溺れるベッドで、天使の寝顔を見たいだけ。

#ふたりで犯した秘密の校則違反

上栖綴人

角川スニーカー文庫

24434

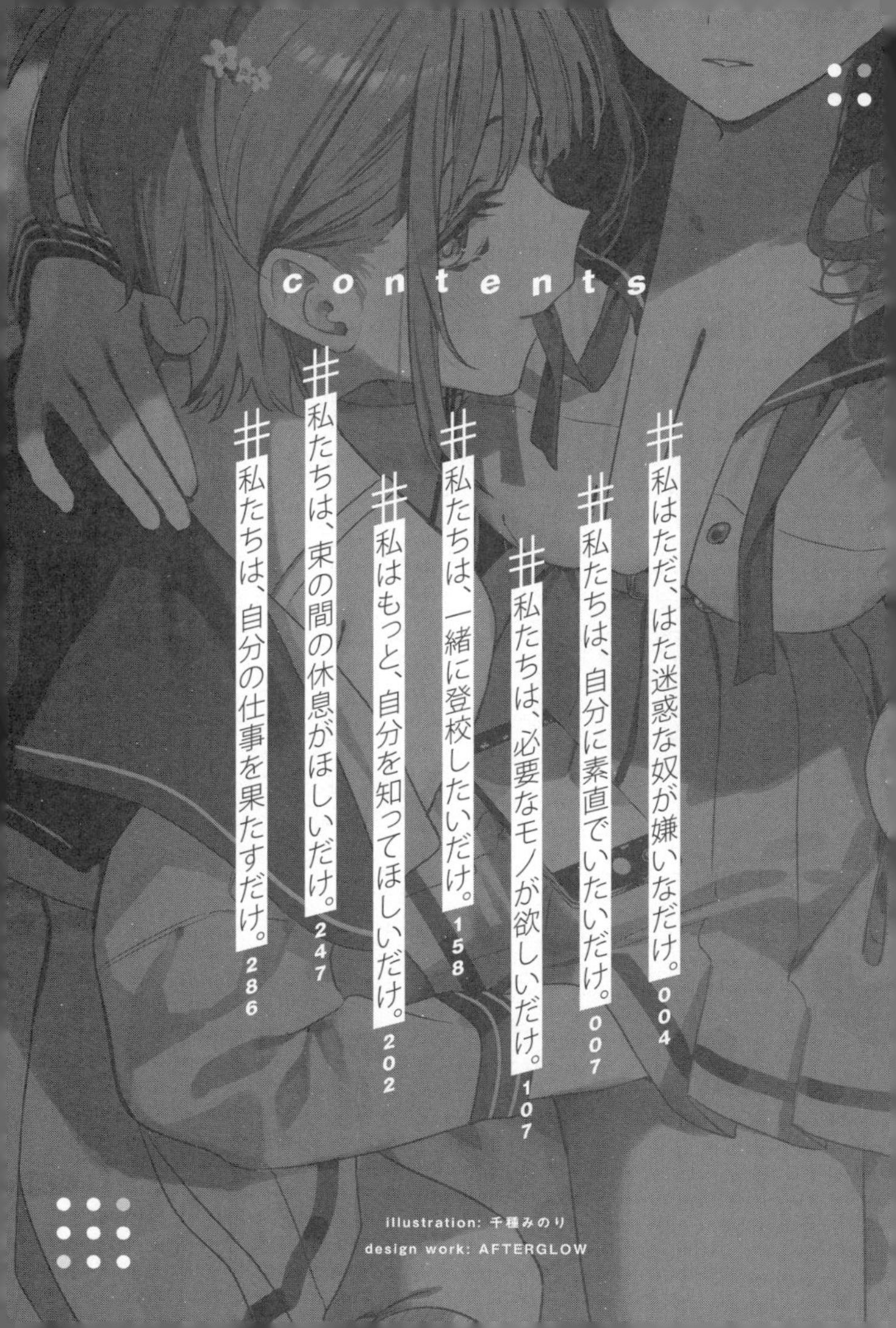

contents

#私はただ、はた迷惑な奴が嫌いなだけ。 004
#私たちは、自分に素直でいたいだけ。 007
#私たちは、必要なモノが欲しいだけ。 107
#私たちは、一緒に登校したいだけ。 158
#私はもっと、自分を知ってほしいだけ。 202
#私たちは、束の間の休息がほしいだけ。 247
#私たちは、自分の仕事を果たすだけ。 286

illustration: 千種みのり
design work: AFTERGLOW

＃私はただ、はた迷惑な奴が嫌いなだけ。

……――物語の主人公なんて、どいつもこいつも大概クソ。


いきなり何を言ってるんだと思った貴方《あなた》。素敵なキャラだって沢山いるとツッコんだ君。

その通り、あくまでこれは極論。私にだっているし、好きな主人公くらい。

でもね――改めて考えてみてほしい。

どうして私たちは、物語の主人公を魅力的に感じるんだろう。

悪を倒して世界を救ってくれるから？　切ない恋を叶《かな》えるために頑張るから？

それとも、私たちにはできないような事をやってのける、憧《あこが》れのような存在だから？

きっと、どれも正解。そういう主人公の姿に私たちは感動し、そして応援する。

いわゆる『感情移入』をしている。

……――けど、本当はそれだけじゃない。

主人公に対して私たちが好感を抱けるのは、どこまでいっても他人事《ひとごと》だから。

私たちは読者で――物語の外、安全地帯から眺めるだけの『傍観者』でしかない。

もしも『当事者』だったら、それでも私たちは主人公を好きでいられるだろうか。

だって——冷静になって考えてみて。

物語を盛り上げるために、主人公が原因で、どれだけの問題や悲劇が生まれているか。

馬鹿みたいに鈍感だったり、恋に夢中になりすぎて周囲に迷惑をかけ倒すラブコメ。

主人公の存在が、クラスや部活内に過剰な衝突や、格差のカーストをもたらす青春系。

次々に悲惨な事件が起きてしまう刑事ものや探偵もの。

バトルものでは話を盛り上げるために、仲間が傷ついたり、それこそ殺されてしまったり。

それら全てが、主人公のために——ううん、主人公のせいで起きている。

なのに私たちは、まるで催眠に掛かったかのように主人公を肯定してしまう。

フィクションならそれで良い。エンタメならそうでなくちゃ始まらない。

……——けれど、リアルではどうかな？

傍観者ではなく当事者になった時。実際に被害を受ける立場になった時。

それでも貴方は、そんな主人公たちを応援できる？

あ——いま思ったでしょ。現実とフィクションをごっちゃにするなって。

全然いいよ。むしろそう思ってくれて良かった。

だって、ここからが本題だから。

『事実は小説より奇なり』というけれど、最近——現実は時にフィクションよりも残酷で。

災害、戦争、パンデミック。目を覆いたくなるような事件や事故だって日常茶飯事。

すっかり悲劇は身近なものになり、私たちはまるで物語のような現実を生きている。

どこか代わり映えしない日常も、退屈を持て余す青春モノの主人公と同じ。

さて、貴方はどう思う？

この状況は——どこかに主人公がいるせいか、それともまだ主人公がいないせいか。

悲劇の数だけウジャウジャと主人公がいて、無駄に現実をドラマチックにしてくれてるのか。

まだ見ぬ主人公に逆境を与えるため、世界がハードモードに突入してるのか。

どちらにせよ最悪だし害悪。もし本当にそうなら、やっぱ物語の主人公ってクソだと思う。

とはいえ、非実在主人公にヘイトを向けたって始まらない。大切なのは自分がどうするか。

私は、事件やトラブルに巻き込まれた時、黙ってやられるつもりはない。

……——もう二度と、あんな想いは御免だから。

だからお願い。どうか貴方たちも一緒に考えて、そして私に教えてほしい。

一体どうすれば、私たちが『被害者』にならずに済むかを。

とりあえず、いったん私が考えている方法は次の通り。
①被害に遭わないように、ひたすら逃げに徹する（※イチ押し）
②なんとか主人公と思しき人を探して、絶対に安全なポジションを確保する（※難易度高）
③仕方ないから自分が主人公になって、問題の解決を試みる（※危険・迷惑・非推奨）

そして、最後の④は——……

＃私たちは、自分に素直でいたいだけ。

「……――今、警察を呼んだから」

透き通った声に、凍てつくような冷たさを含んだそれは、まるで死刑宣告。

そんな言葉を、私――雪平彩凪《ゆきひらあやな》は、フローリングの床に組み伏せられた状態で聞いた。

現場は、とあるマンションの一室。

玄関を上がり、廊下を少し行って左側にある洗面所の前でのこと。

現在、仰向けの状態でいる私の上には、名前も知らない女の子が馬乗りになっていた。

こういうの、マウントポジションっていうんだよね。女の子は左手で携帯を持ちながら、右手で私の左肩を床へ押し付けることで、完全にこちらの身動きを封じていた。

何だろう。ここまでしっかり無力化されてしまうと、諦《あきら》めを通り越して感心してしまう。

以上、まな板の上の鯉の気持ちを、股下《またした》に敷かれてる雪平彩凪がお送りしました。

……なんてね、本当はこんな呑気《のんき》な実況解説と洒落《しゃれ》込んでる場合じゃない。

でも――混乱も、抵抗も、今の私は一通りやりつくした後だった。かといって諦めたワケでもなく、物語の主人公を呪ったさっきの現実逃避だって、実はちゃんと意味があったりする。

どういう事かって……私は改めて、こちらを尻《しり》に敷いている女の子を見上げた。

「………何？」

「いや……何でも」

吸い込まれそうな瞳《ひとみ》に見下ろされ、私はとっさに視線を逸らし、言いたい言葉を飲み込んだ。

……――たぶん、今、私の頬は赤い。

それもその筈《はず》。私に馬乗りになっている女の子――彼女は服を着ていなかった。下着もだ。

濡《ぬ》れて艶《つや》めいた長い黒髪、身体からほんのりと立ち上る湯気、ふわりと香る甘い匂い。

そして、ここは脱衣所も兼ねた洗面所の前で……奥にあるのは浴室。女の子がお風呂上《ふろあ》がりな事は、もはや疑いようがなかった。

おまけに人類の最後の砦《とりで》、バスタオルも巻いてないときた。それで左手で携帯を持ち、右手で私を押さえたりしたら――腰の上に乗られた私からどう見えるか、そんなの言うまでもない。

「ねえ……丸見えなんだけど」

ゴメンやっぱ言う、言葉にするって大事だし。ごにょごにょと教えてあげた私に、女の子は裸でいる自身の身体に視線を落とし、ふたたび私のことを見た。

「もしかして目潰《めつぶ》しをして欲しいって言ってるの？」

「ちがうって何か服を着て欲しいって言ってるの！」

どう聞いたらそんな終わってる結論になるの。思わず叫んでしまったこちらに、

「気まずく感じるなら、そっちが眼を瞑《つぶ》ればいいと思うけど」

女の子は平然と言い放つ。

「そもそも……私を心配するより、自分の心配をしたら？」

彼女は左手に持っている携帯を軽く振るようにして、こちらに画面を見せた。

「警察が来たら、住居不法侵入で貴女を突き出すから。覚悟して」

そこには一一〇番通報をした通話履歴が映し出されている。けれど、

「……——それは、こっちの台詞《せりふ》なんだけど」

冗談じゃなかった。私は真っ向から言い返す。

そして、左手を上に突き出すようにして女の子にあるものを見せた——それは私の携帯。

体勢的に私からは見えないが、彼女には見えてるだろう。

私の通話履歴……連絡した先は同じく一一〇番。そうなのだ。

……——この部屋は私の、雪平彩凪の家なのだ。

だから混乱どころか、もはや混沌《こんとん》とした状況の中で、

「………………」「………………」

私と裸の女の子は、互いに視線をぶつけ合う。いったい何だってこんな事になってしまったのか。

その話は、少しだけ前に遡《さかのぼ》る——……

▽▽▽

そもそもの発端は半年ほど前、高校一年の夏休みが明け、二学期が始まって少し経ったころ。両親の離婚が決まった。原因は父親の浮気《うわき》——不倫が発覚したからだ。

我が家は共働き。お母さんは長期の海外赴任中で、私は中学生から父親と二人で暮らしていた。そんな最中の裏切り……家族関係の修復はもう不可能で、離婚話はソッコーで進んだ。

最悪だったのは——父親の不倫相手が、私の小学校時代からの友達の母親だった事。

ご近所の目や、学校での腫《は》れ物《もの》扱いや陰口などもあり、私はしばらく海外のお母さんのところへ避難した。そのまま向こうで一緒に暮らさないかって誘われたけど、私はその提案を断った。お母さんのことは嫌いじゃないけど、やっぱり慣れ親しんだ日本で暮らしたかったから。

とはいえ、元の生活にも戻れない。だから転校と引っ越しをする事にした。

私が帰国する頃には、両親の離婚はめでたく成立。私の親権はもちろんお母さんが持って、私の苗字もお母さんの旧姓の『雪平』になった。人生の再スタートを切ったのだ。

……——そこからは、足早にカレンダーは進んでゆき、新年度を目前に控えた三月。

どうにか転編入試験に合格した私は、一人暮らしをするための賃貸マンションも見つけ、お母さんの同意を得て無事に契約へと漕《こ》ぎ着《つ》けて——その数日後。

「お待たせしましたぁ、こちらが雪平さんのお部屋の鍵《かぎ》になります」

賃貸不動産の『レイブルハウス』。店内のカウンターに座って待っていた私の対面に、担当してくれてる女性スタッフの遠藤《えんどう》さんがやって来た。封筒の中から鮮やかな青のカードを取り出し、

「これはエントランスのオートロックの鍵も兼ねてます。予備のカードと併せて二枚お渡ししますが、紛失すると締め出しだけでなく、マンション全体のセキュリティリスクにも繋《つな》がっちゃいます。取り扱いには注意して、一枚でもなくしたらすぐに管理会社に連絡してくださいね」

私が頷《うなず》くと、遠藤さんはカードを封筒に戻した。次にバインダーのファイルを開き、

「これはお部屋やマンションの設備の説明、賃貸契約書などの書類をまとめたファイルになります。既に同じ内容のデータをお送りしているので基本的には問題ないとは思いますが、携帯を紛失してしまうなど、トラブルが重なってしまった際にはこちらを活用してください」

おお……これは意外と助かるヤツかも。停電で、充電できないとかあるかもだし。

一応、私のもので間違いないか確認するため、遠藤さんと一緒に契約書のページを確認。

契約者の欄に印字されている名前は……『雪平彩凪』。うん、間違いない。

「お渡しするものは以上ですね。ここまでで、雪平さんの方で分からない事やご不安な事、お聞きになりたい事など何かありますか？」

「えーと……大丈夫です、多分、きっと」

歯切れの悪いこちらに、「あはは、ですよねー」と遠藤さんは笑うと、

「初めての一人暮らしってお話でしたし、分からなくて当然です。住み始めて何かあったら、

遠慮なく連絡して下さい。お部屋や暮らしに関する事なら、少しはお力になれると思います」

「そう言って貰《もら》えると……心強いです、ありがとうございます」

頼もしい言葉に私はぺこりと頭を下げると、お暇するためバッグを持って席を立った。そんな私を、遠藤さんは店の外まで送ってくれて、

「この度は当店のご利用、ありがとうございました。素敵な新生活にして下さいね」

いい人だなあ。手を振る彼女に私は会釈を返すと、自分が借りたマンションへと向かった。


三月後半——天候は晴れ。春の空気はまだほんのりと冷たく、インナーを長袖《ながそで》にして上からカーディガンを羽織ると、たまに吹く風がちょうど心地よく感じられる、そんな昼下がり。

大通りの道をテクテクと歩きながら、私はこれから自分が住む家について想いを馳《は》せる。

……——最寄り駅から徒歩十分。この距離は、近いか遠いかでいうと微妙な距離だと思う。

嫌な人もいるかもだけど、単純に十分歩くというのなら、夜道に注意しておけば私は大丈夫。

まあ、雨が降ったら話は別だけど。十分も歩けば足下はズブ濡れ。風まで吹いてたりしたら、たとえ傘を差していても下半身はグショグショだ。

「そもそも雨って面倒だしね……」

湿度が高いと髪とかメイクが崩れやすいし、ただでさえ通学時間は電車が混むのに、濡れた傘を持った乗客で車内はごった返し。たとえ駅までの距離が短くてもストレスは溜《た》まる。

　問題はもうひとつ。不動産の物件情報に記載されている所要時間は、実際に歩いて計測したワケではなく、八十mを徒歩一分として算出しているそうで、信号待ちや坂道の勾配《こうばい》などは考慮されていないらしい。おまけに一番近い駅の出口を起点にしているため、改札までの距離ではないんだとか。ちなみに、最寄りの駅は四線利用可能なターミナル駅で、私が通学のために使う地下鉄の改札までだと、実際は二十分ほどかかったりする。

「なーんだかなあ……」

　交通面の利便性はイマイチ——それでも、このマンションに決めたのには理由があった。

　それは家賃、とにかく家賃がお安い。間取りは1LDK、築年数はそれなりだが外観は綺麗《きれい》で、室内はフルリノベ済み。設備はオートロックに防犯カメラ、エレベーターに宅配BOXなどをひと通り完備しながら、家賃は周囲の相場の半額ほど。引っ越しシーズンの終盤戦である三月から探し始めて、これだけ好条件の物件に巡り会えるのは宝くじレベルの奇跡だそうで、転編入試験の日程の都合で出遅れたけど、相当良い巡り合わせに恵まれたみたい。

　南へ向かって歩くことしばし。目印となる交番を前に左折すれば、目的地が見えてくる。

『侯和《こうわ》シティコーポⅢ』

　一階には処方箋《しょほうせん》対応も可能なドラッグストアが入っていて、色々と便利なマンションだ。

　私の部屋は二階なので、わざわざエレベーターを使うまでもないんだけど、重いスーツケースがある今回は例外。文明の利器でワンフロア上がり、廊下へ出たら一番奥の突き当たりへ。

　204号室——ここが今日から私の家。

扉を開けて中に入ると静寂が迎えた。内見したのは結構前のため、人見知りならぬ部屋見知りな気持ちになっちゃって、お邪魔しますと思いながら靴を脱ぎ、ゆっくり部屋の奥に足を進める。向かった先はリビング――まずは室内の空気を入れ換えようと、ベランダに通じる窓を開けてみる。と同時、ふわりと風が室内へと流れ込んだ。心地の良い外の空気に導かれ、私は用意していた外履き用のサンダルをスーツケースから取り出すと、そのままベランダへ出た。

自然と石造りの手摺《てす》り部分に片腕を乗せ、もう片方は肘《ひじ》を置いて頬杖《ほおづえ》をつく体勢になって、

「…………」

ぼんやりと、目の前に広がる光景を眺めてみた。馴染《なじ》みのない街、暮らしているのは当然知らない人ばかり。そんなの当たり前なのに、自分が部外者のような息苦しさを感じるのは卑屈だろうか。まあでも……両親が離婚して、それまで住んでた場所から逃げるように引っ越せば、こんな気持ちにもなるよね、きっと。

「…………………………」

いけない。自分で沈黙しておいて、段々と気が滅入ってきた。心機一転のための新天地で、遠藤さんからも素敵な新生活にしてと応援してもらったのに、こんなんでどうするの。

よし、と気合いを入れ直そうとした――その時だった。

バサッといきなり横から何かが黒いものが視界に入り、

「うひぃっ⁉」

結構な悲鳴を上げながら、盛大にベランダで尻餅《しりもち》をついた。痛みに顔を顰《しか》めつつ見ると、

「…………鳩？」

手摺りに止まっていたのは一羽の鳩だった。珍客に眉《まゆ》を顰めるこちらに、向こうは私のことなどお構いなしに、悠然とくちばしで羽繕いを始める。

「あのね……こっちはお尻が痛いんだけど」

恨みがましい眼で見ても、鳩はまるで飛び立とうとしない。図太いねキミ、さすが野生。

うーん、新生活の初日から、何だかケチが付いてしまったなぁ。

……――でも、こういう心のモヤモヤは、考え方次第でどうにかできたりするもの。

メンタルリセットの方法は色々あるんだろうけど、私のものは強引かつ単純。

今回で言えば――もしこのハプニングに遭遇したのが私じゃなかったらって考えてみる。

私の部屋のベランダで休憩していなかったら、鳩は違うルートで飛んでいた筈《はず》。もしかしたら、どこかの交差点で信号待ちをしてる車のフロントガラスに降りたかもしれない。そうしたら、驚いたドライバーがアクセルとハンドルの操作を誤って、急発進した車が近くの工事現場に突っ込んで大惨事になってたかも。それが日本を代表する建設会社の現場で、そこから手抜き工事かなんかが発覚、なんとびっくり業界全体の問題にまで発展しちゃって、最終的には世界経済に深刻な影響が出ていたかも――つまり、この程度で済んで良かったねということで、

「…――また世界を救ってしまった」

この後ろ向きにポジティブな考え方は、イライラ対策だけでなく、自己肯定感を上げるのにも役立つので結構オススメ。ただ、自分だけが特別みたいに思うと痛いだけだから注意しなき

ゃだけど。色んな人が何気なく世界を救っていて、その中に自分も含まれてるって思えたら、自分にも自分以外にも、ちょっとだけ優しくなれるかもよっていう話。

……――もちろん、絶対に許せない事もあるけれど。

私は鳩に「ごゆっくり」と告げて部屋の中へ。そして、キッチンで手を洗ってから、ハンドソープ代わりに除菌シートで水滴を拭《ふ》いてゆく。手はいったんこれで良いとして、

「まさか……汚れてないよね？」

これでスカートまで汚れてたら最悪すぎる。っていうか、ちょっと痛いしお尻《しり》。

「痣《あざ》とかできてたら嫌だなぁ……」

引っ越してきたばかりでまだ姿見はないけど、洗面所には鏡があるし……ちょっとだけお尻を確認しておこうかな。私は廊下に戻ると、洗面所の扉を開けた。

と同時――そこで再び尻餅をつく羽目になった。

別に、自分のお尻に恨みはない。不意に顔に何かが当たって、それで驚いてしまったのだ。

いったい何に……とっさに視線を見上げるものにして、

「――――」

そこで私の思考は停止した――眼の前に、知らない女の子が立っている。

……――思わず吸い込まれそうな瞳《ひとみ》が印象的な女の子だった。

片手は、首にかけた白いタオルで長い黒髪を拭いていて、もう片方の手には携帯。白い肌がほんのり桜色に染まっていて、お風呂上《ふろあ》がりな事を教えてくれる。

その証拠に……女の子は裸だった。そして、当然ながら向こうも私を認識していて、

「あなたは──……」

驚いたようにこちらを見詰める彼女に、私は何も言えなかった。

突然の状況に驚きすぎて、悲鳴を上げようとすら思えない。完全に腰が抜けた状態で、呆然《ぼうぜん》と見上げる事しかできなかった。そんなこちらに対し、彼女は少し腰を屈め、

「……………大丈夫？」

綺麗で落ち着いた声と共に、こちらへ手を差し伸べてくる。

……──相手は知らない女の子、そしてここは私の家。

本当なら、絶対に、その手を取ったりはしない。

「…………………」

それなのに私は、彼女の手を取っていた。私の思考はまだこの状況に追いついていなくて、彼女が裸で、ここが自分の家であることが頭から飛んでしまっていた。そして──互いに手を握り合わせると、女の子は自分の方へと引き寄せるように、私を引っ張って立たせてくれて、

「あ──…」

その瞬間──不運が重なった。女の子の力が強くて、彼女の胸に飛び込むような形になってしまった事。お風呂上がりのため、彼女の足下が濡《ぬ》れていて滑りやすくなっていた事。

その結果、私たちは体勢を崩して……立て続けに音が生じた。ひとつは女の子の手から携帯が床に放り出された音。もうひとつは、私と彼女が抱き合うようにして床に転がった音だ。

体勢としては、私が女の子を押し倒したような格好。そして、

「――――――――」「――――――――」

私と女の子は、驚きに目を見合わせた。

……――なぜなら、私たちの唇が、柔らかい感触を得ていたから。私たちはお互いの唇の感触を教え合っていて……思わぬ突然のキスに、ふたりで固まる事しかできない。

知らない女の子と、自分の家の脱衣所で――それが私のファーストキスだった。

時間にしたら恐らく数秒、だけど永遠みたいな長さにも感じられ……こうしてる間に考えれば良いのに、真っ白になった頭は働いてくれなくて、何をどうすればいいのか分からない。

そんなこちらに対し――女の子が動きを見せた。

「――――――」

あろう事か……ゆっくりと眼を閉じたのだ。まるで私とのキスを受け入れるみたいに。

それを見た瞬間――ドクンと心臓の鼓動が跳ね上がって、

「っ――――……！」

とっさに私は両手をついて身体を起こした。今の……危なかった。もう少しで、私まで彼女に合わせて眼を閉じてしまっていたかも。

でも、最悪の状況は回避した……そう思っていた。なのに、事態はもっと悪化する。

無我夢中だった私が両手をついた先が、女の子の胸だったのだ。自分の身体を支えるためとはいえ、こちらの手では摑《つか》みきれないほど大きな彼女の乳房を、私は指が食い込むほど鷲摑《わしづか》み

にしてしまっていて……驚いたようにこちらを見た女の子に、

「あ……あの、これは違……っ」

慌てた声を上げながら、それでも私は彼女の胸から手を離せなかった。すぐにでも女の子の上から退くべきなのは分かってる。でも頼りない私の腰は、抜けたまま震える事しかできなくて、下半身にまるで力が入らず、両手をつく事でしか自分を支えられない。

とはいえ、さすがに胸からは手を退かさないと……と、その時だった。

私の下にいる女の子の身体がピクンと震えて、

「…………ん、あんっ……」

わずかに、でも確かに——女の子が甘い声を漏らした。まずい、と私は反射的に彼女の胸から両手を退かして……でも案の定、腰に力が入らずに前へと倒れこみ、今度は女の子の胸の谷間に顔を埋めてしまう。大きな彼女の胸は、包み込むようにこちらの顔を受け止めてくれて、口と鼻を温かくて柔らかな感触で塞《ふさ》がれた私は、その深い胸の谷間で溺《おぼ》れそうになりながら、

「……んぅ……ご、ごめんっ、こんなつもりじゃ……」

「…………落ち着いて」

ふっと優しい声がして——そのまま私は抱き締められていた。

思わずこちらが動くのを止めるのと同時、私の視界がぐるんと一回転する。

そして次の瞬間にはもう、私と女の子の体勢は入れ替わり、彼女が私の上になっていた。

「え——……？」

「………大丈夫？　怪我はない？」

女の子は、こちらの様子を窺《うかが》うように尋ねてくる。その表情は落ち着いていて、

「…………………」

自然と私も平静さを取り戻し、無言のまま頷《うなず》きを返す。

「そう……良かった」

女の子は静かに溜息《ためいき》をつくと、私に馬乗りになったまま、床に転がっていたあるものに手を伸ばした。

当然でしょ。一方の私も、自分が着ているカーディガンのポケットに手を入れる。

そして――その先の私と彼女の行動はシンクロ。落ち着いて状況を整理できたのなら、やるべき事はひとつしかない。

直後、コール音なしに電話が繋《つな》がり、そこから先は二つの通話が同時進行で始まる。携帯を操作し、とある場所に電話をかける。

『警察です。事件ですか？　事故ですか？』『警察です。事件ですか？　事故ですか？』

「事件ですっ、知らない人が家に！」「事件です。自宅に不法侵入されました」

『いつの事ですか？』『いつの事ですか？』

「今っ、今も眼の前にいます！」「現在です。相手は今も部屋にいます」

『落ち着いて。安全は確保できてますか？』『安全は確保できていますか？』

「駄目です！　馬乗りになられてます！」「一応は。相手が動けないように押さえてます」

『このまま通話は続けられますか？』『今、警察官を向かわせます。住所は？』

「わからないから早く来て下さいっ！」「本条《ほんじょう》署の近くの侯和シティコーポⅢ、２０４」

『すぐに警察官を向かわせます。住所は？』

「住所は、えっと……引っ越しが今日で」

『落ち着いて下さい。思い出せますか？』

「建物名は侯和シティコーポⅢです！」

『部屋番号は？』

「部屋番号～……２０４！」

『あなたのお名前は？』

「雪平彩凪です！」

『犯人はどのような人物ですか？』

「裸の女の子です！　凄く胸の大きい！」

『冷静に。相手は凶器を持ってますか？』

「手ブラです！　何も持ってない方の！」

『わかりました。相手を刺激しないように。

警察官の到着を待って下さい』

「早く来てください、お願いします！」

懇願するように叫ぶと、私は通話を切った。こういう時、本当なら警察が来るまで通話を続けた方が良いんだろうけど、そこまでする必要は多分ない。生まれて初めての一一〇番のため舞い上がってしまったものの、途中からは冷静になれていたし。

『あなたのお名前は？』

「深未悠宇《ふかみゆう》。十六歳です」

『犯人はどのような人物ですか？』

「女の子です。年齢は十代中盤から後半」

『何か凶器を持っている様子は？』

「ありません」

『犯人の様子は？　大人しくしてますか？』

「少しうるさいけど、危険はないと思います」

『このまま通話は続けられそうですか？』

「多分バッテリーが、そろそろ……」

『では、続けられるだけ続けま――……』

「………そっちも終わった？」

先に通話を終えていた女の子を見上げると、彼女は「ええ」と頷いて、

「…………今、警察を呼んだから」

透き通った声に、凍てつくような冷たさを含ませながら、こちらへそう言ったのだった。

▽▽▽

互いに警察を呼んだら、いったんこの状況でするべき事はなくなり、私はふぅと嘆息した。

未だに女の子に組み敷かれているけど、それでも精神的には先程までより随分と楽かも。

多分、向こうも同じはず。もうすぐ警察が来てくれるからという安心感もあるけど、それ以上に大きいのは――私たちが二人とも警察へ通報したから。

……――もし、この家に入った目的が犯罪だったなら。

自分から警察に通報したりしない。なら恐らくこれは『事件』ではなく、何らかのトラブルに起因した『事故』――とはいえ、まだ現時点では相手に完全に気を許すことは避けるべき。

なので申し訳ないけど……目を瞑《つぶ》ることはできないし、彼女から目を離すわけにもいかない。

そう、だから私は改めて驚いてしまう――女の子は、信じられないほど綺麗だった。

ＳＮＳを見れば、綺麗な人や可愛い子なんて幾らでもいる。でも、ここまでじゃない。

都合よく加工された画像より、眼の前の子の方が遥《はる》かに上なんて……尋常じゃなかった。

あと、否応なしに視界に入ってくるから勘弁して欲しいんだけど、

「…………………………」

流石にちょっと大きすぎませんか――その胸。見上げるアングルだから、サイズ感がとんでもないいんだけど。いったい何を食べればそんな身体になるのか。羨《うらや》ましいとは思わないけど、目の毒すぎて困ってしまう。っていうかさ、きちんと立って見てないから分からないけど、胸だけじゃなくて全体的に滅茶苦茶スタイル良くない？　思わずまじまじと見詰めていると、

「……………ちょっと、見すぎ」

流石に恥ずかしくなってきたのか、女の子は頬を赤くしながら、携帯を持っている方の腕で胸を隠す。どうやら女の子の羞恥心《しゅうちしん》は品切れだったワケではないらしい。だったら、

「やっぱり服着て。もうすぐ警察来るし……いつまでもその格好じゃマズいでしょ」

同時に通報してるから、おおよその現場の状況は警察も分かっている筈《はず》。さらに私は、相手について「裸の女の子」と伝えたので、優先して女性警察官を向かわせてくれると思うけど……絶対そうなるとは言い切れないし、そもそも同性相手でも裸を見られていいわけじゃない。

「別に、私は気に――…」

「私が気にするの。もう一度言う――いいから服を着て」

言い掛けた女の子の言葉を遮り、私は有無を言わさぬ口調で告げた。突然こちらが発した強い言葉に驚いたのか、私に乗っている女の子の身体が一瞬ピクンと震える。

「私から目を離したくないなら、このカーディガンを貸してあげる。私を動けるようにするの

が嫌なら、このまま貴女が脱がしてくれていい」

「…………………………」

挑発するように言ったこちらに、女の子はしばし無言になった後——ゆっくりと携帯をある場所へと押し込んだ。それは彼女自身の胸の谷間で……いや携帯をすっぽり挟めちゃうとか、どんだけ大きい胸なんですか。しかも挟んだまま落ちないし。そうして呆気《あっけ》に取られていると、

「言っておくけど……絶対に逃がさないから」

今度は彼女の方が、確かな意志を込めた声で言ってくる。強い眼差しで見詰められてしまい、

「……わかってる、早く脱がして」

少し声を小さくしながら了承と促しを返すと、彼女は押さえていた私の肩から手を離した。そして、ゆっくりと襟元へと指先を滑らせると、そのまま下へと這《は》わせていって……一番上のボタンまで来たところで、ピタリと手の動きを止めて、

「それだと私の手が塞がっちゃうから……自分で脱いで」

「…………………」

仕方なく私は、自分でボタンを外していった。

これはカーディガンで……中にはインナーだって着てるのに、どうして。

……——私、裸の女の子に見られながら服脱いでる。

そう考えたら自分のしている行為が、すごく性的なものみたいに思えてしまって、

「…………っ」

思わず指先が震えてしまう。それでもボタンをどうにか全て外すと、肩をくねらせるようにして片方ずつ袖《そで》から腕を抜いていった。そうして、こちらが完全に前をはだけさせると、

「それじゃあ……身体を起こして。少しでいいから」

女の子に言われるままに、私が腹筋運動の要領で身体を起こすと――彼女の手が、まるでテーブルクロス引きみたいに、私の下からカーディガンを引っ張り出す。

そしてゆっくりと袖を通すと、上からではなく下からボタンを留めていって、

「…――これで良い？」

谷間どころか胸の半分近くが見えてしまっているが、別にふざけているわけではない。彼女のバストが大きすぎて、胸の下までしか閉まらないのだ。それでも、胸の先端まで見えちゃう事はなくなったし、丈が少し長めだから一番大事なところもギリギリ隠せそうだった。

「これだったら、ちょっとセクシーな部屋着用のニットワンピで通用……しないね」

流石にムリだった。それでも素っ裸よりはマシなので、いったんこれで良しとする。

…――と、その時だった。

電子音と共に――いきなり玄関の扉が開錠され、思いきりドアが開け放たれたのは。

◆

「…――悠宇っ！」

警棒を手にしたスーツ姿の女性が、血相を変えて室内へと駆け込んできた。

彼女が呼んだのは私――深未悠宇の下の名前で、

「円香《まどか》さん――……」

「……知ってる人？」

こちらに押し倒されたままでいる不法侵入の女の子が尋ねてくる。

「ええ……警察の人だから安心して」

私は頷きを返しながら、この場へ駆けつけた女性を見た。

椎名《しいな》円香。本条署の刑事で、階級は巡査部長。そして同時に私の保護者でもある。

当然この部屋のカードキーも持っていて、それでインターホンを鳴らさずに中へ入れたのだ。

かなり心配させてしまったみたいで、警察官は二人での行動が多いのに、円香さんは一人で駆けつけてくれたようだった。そして――そんな円香さんは、

「…………………」

私たちの姿を見て目を丸くしていた。

無理もない。カーディガンだけを羽織った半裸の私が、見知らぬ女の子に馬乗りになっているんだし。通報内容から、こちらの状況についてはある程度想定していたんだろうけれど、この様相は流石に予想外だったかもしれない。とはいえ私たちの様子に危険な状況ではないと判断したのか、円香さんは安堵《あんど》の溜息《ためいき》をしてから、

「………一一〇番通報を受けて来ました、本条署の椎名です」

刑事の顔になりながら言った。

「不法侵入があったとの事ですが、お話を聞かせていただけますか？　でもその前に――…」

と、そこで呆《あき》れたような眼で私を見る。

「悠宇……あんたはそのおかしな格好を止めて、きちんと服を着なさい」

そうした円香さんの言葉に、

「………やっぱり言われた」

それみた事かと、呆れたように女の子は言ってきて、

「私にこの格好をさせたのは、あなただけどね」

私はそう言い返すと、ゆっくりと彼女の上から退いた。そして、言われた通りに服を着ようと寝室の扉を開ける。リビングと遜色《そんしょく》ない広々とした部屋は、リノベーションの際に２ＬＤＫの間取りだったものを、壁を取り去って１ＬＤＫに変更した事によるもの。広すぎるとスペースを持て余してしまうという考え方もあるけれど、私は人よりも身長がかなり高く手足も長いため、ゆったりと寝られるように大きめのベッドを置きたかったからちょうど良かった。

まだ引っ越してきたばかりのため、室内にはベッドを置いただけで、服は荷造りをした段ボールに入ったままになっている。無造作に置かれたままの壁際へ向かい、

「下着は、確か……」

と箱を開けていると、

「本当に住んでるんだ……」

廊下からこちらを見ていた女の子が、ようやく私の無実を認識したように言った。

あの感じだと、先にリビングへ行ったのか、或《あ》るいは玄関から一番近い洗面所の扉を開けたのかまでは分からないけど、この寝室は確認しなかったのだろう。もし見ていれば、人がいる形跡に気がついただろうし、それこそ先程のような不幸な事故は起きなかったかもしれない。

私は白のショーツを取り出し、片方ずつ足を入れてゆっくりと引き上げると、きゅっとお尻《しり》を収めた。それから、手近なところにあったデニムのショートパンツを穿《は》く。

そして、女の子から借りているカーディガンのボタンに手を掛けて、

「…………………」

けれど私はその手を離し、彼女のカーディガンを着たまま二人が待つ廊下へと戻った。

私に気がついた女の子が、こちらの格好を見て何かを言おうとしたが、

「ええ、事件性はなさそうだから応援は大丈夫。うん……地域課にもそう伝えて。まずは、いったん私だけで事情を聞いてみる。何かあったら署に連れていくから、係長にも言っといて」

携帯で報告をしている円香さんに気を遣ってか、口を開くことはなかった。そして、

「…――お待たせ。それじゃあ二人とも、話を聞かせて」

通話を終えてこちらへ向き直った円香さんは、私の隣にいる女の子へ視線を向けて、

「えっと貴女が――…」

「…――ゆきひら、あやな」

名前を口にしたのは、本人ではなく私だった。驚いたように私を見てくる彼女に、

「さっき……通報してた時に言ってたから。どういう字かは知らないけど」

「…………言った方が良いですよね」

「ええ……後で調書にする時に必要だから。教えてもらえる？」

確認してくる円香さんに、女の子は一文字ずつ説明。

「冬に降る雪に、平和の平、色彩の彩に、風が凪《な》ぐの凪……で、雪平彩凪です」

「…………彩に、風の凪ぎ、ね。それじゃあ、何か身分証はある？」

最初から身分証を求めれば、一度で済む確認。あえて先に名前を聞いたのは、身分証が偽造だった場合に備え、内容を確認する機会を与えなくても正確に言えるか調べる刑事の手法だ。

事件性はなさそうと言っていたが、念のため試したのだろう。

「マイナンバーのカードでよければ。手続きはまだなので、住所は前のものですけど」

そう言うと、リビングに置かれていたトートバッグを持ってきた。

そして財布を取り出すと、中からカードを一枚取り出して円香さんに渡す。

「ありがとう。ちょっと確認させてね」

記載されている内容に円香さんが眼を走らせる中、

「……………………」

私は改めて隣にいる彩凪を見た。そして確信する。

やっぱり間違いない――あの時の女の子だ。

▼▼▼

私はこの雪平彩凪という女の子を、一方的に知っていた。

……――別に有名人というわけではない。現に今まで、私は彼女の名前を知らなかった。

それでも私が彩凪を知っていたのは、少し前にとある場所で彼女を見かけた事があったから。

その時の彼女は、普通の女の子として、ごく自然な振る舞いで人助けをしていた。

ううん、そうじゃない……ただ見かけただけの人を、こんなにも覚えているわけない。

彩凪がしてたのは大それた事じゃなかった。でもそれは、私がやろうとしても上手くはできない事で――だから私は眼が離せなくなり、他の人が素通りする中ずっと彩凪を見ていた。

今回の件だってそうだ。私は彩凪のことを知っていたから、部屋に入られてもまだ落ち着いていられる。一方、彩凪は私のことを知らなかったんだから、間違いなく彼女の方が怖かったはず。それでも彩凪は、私のことを最大限気遣ってくれた。彼女にとっては見ず知らずの相手なのに――今だって、私が裸でいないようにと自分の服まで貸してくれている。

……――いきなり脱衣所の扉が開けられた時は、びっくりしたけれど。

前から知ってたから、裸を見られても、尻餅《しりもち》をついていた彼女に手を差し伸べられた。

その後まさか、事故とはいえキスをして、胸まで揉《も》まれるなんて思ってなかったけども。

裸のままで、押し倒されて、奪われて……それが私、深未悠宇のファーストキスだった。

そんなの普通なら絶対に容赦なんかしない。たとえ同性相手だって叩《たた》きのめしてる。

それでも、そうしなかったのは、ひと目であの時の彼女だと分かったからだし——そして少しも嫌な気持ちにならなかったのは、私自身がもう一度会いたいと思っていたから。

私がそっと手で胸を押さえていると、

「あと——これなんですけど」

彩凪はキャリーケースの中からあるものを取り出して、円香さんに差し出した。

それは私も見覚えのある——黒のバインダーのファイルだった。そして三十分後。

「……——本当に、すみませんでした！」

謝ったのは私でもなければ円香さんでもなく——ましてや彩凪でもない。

円香さんからの連絡を受けて駆けつけた、不動産会社の女性社員だ。私たちに頭を下げたままでいる彼女に、円香さんは溜息をひとつついて、

「つまり……御社のミスで二重契約になっていたわけですね」

それが——この事態の原因で元凶だった。私と彩凪は同じ不動産会社を利用し、この部屋を契約。ただし担当したのはそれぞれ別のスタッフで、契約情報の共有に不備があったらしい。

私と彩凪は、どちらも不法侵入はしてなくて、

「……………………」「……………………」

何ともいえない空気が私たちの間に流れる中、大人たちは話を先に進めてゆく。

「それで……こういう場合、契約はどうなるんです？」

「こんな事は弊社も初めてで……ただ契約日時は、深未さんの方が先でした。なので、居住権も深未さんが持っています。雪平さんには、本当に申し訳ないのですが……」

「そんな……遠藤さんが悪いわけじゃ」

と彩凪が言った。その通り……私の方が先に契約をしたという事は、こちらを担当した人が契約情報を更新していなかったことになる。とはいえ、同じ会社の人間のミスでこうした事態になっている以上、この場で彼女以外に謝罪できる人間はいない。すると、

「あの、状況は分かりました……そういう事なら、私は違う物件を探さなきゃですよね」

気持ちを切り替えたかのように彩凪は言うと、

「遠藤さん、またお願いしていいですか？」

「もちろんです。こんな事があったのに、雪平さんがまだ当社をご利用くださるなら、私の方で精一杯お部屋探しをお手伝いさせていただきます」

ただ……と女性社員。

「もう三月も下旬ですので、ここまで好条件の部屋を見つけるのは難しいかもしれません」

「そう……ですよね」

沈んだ表情になった彩凪を見ながら、私は静かに考える。

…………また会いたいと思っていた彼女との再会。

まさか二重契約のトラブルだなんて、これを偶然なんかで終わらせたくなかった。だから、

「…………あの、すみません」

気がついたら私は、不動産会社の女性に声を掛けていた。

「私と彩凪が……一緒にこの部屋に住んだりって、できますか？」

△◯▽

深未さんの言葉を、私はすぐには理解できなかった。

呆然《ぼうぜん》としている私を見て、困惑していると誤解したのか、

「もちろん、彩凪が望むなら……だけど」

と、こちらの気持ちを確認するように深未さんが言ってきて、

「えっと――……」

いきなり、そう言われましても。とんでもない事を言い出した深未さんに、私はどういう話か考えてみる。これってつまり、ルームシェアをしないかって事だよね？

ルームシェアって、基本的には友だちや知り合いとするものだと思うけど……でも、シェアハウスとかだと初対面同士で一緒に暮らすケースもなくはないんだっけ。

うーん……間取りは１ＬＤＫだけど、元は２ＬＤＫだけあって寝室もリビングも広いから、ふたりで暮らしても特に不便はなさそう。自分の部屋がないことは確かにちょっとマイナスだけど、それは一人暮らしのイメージで考えてしまっているから。たとえば、同年代と同室で暮らすことは寮生活なんかだと当たり前にあるものだし、それこそ初対面同士だって珍しくない。

そして、そもそもの話をいえば――私はあの父親と離れたかっただけで、別に一人暮らしをしたかったわけではなかったりする。今回みたいな事があったりすると、ルームメイトがいてくれた方が安全面では何かと心強いし……それこそ深未さんと一緒なら、警察である椎名さんにも気にかけてもらえるだろうから精神的にも安心できる。そうして色々と考えた結果、

「……――私としては、ありがたいかも」

いったん私の中ではそんな結論になった。なったけど、

「でも……深未さんはいいの？　その、私と一緒に住んでも」

あんな事があったのに――とまでは言わなかった。でも、私は彼女の裸を見てしまったし、事故とはいえキスしちゃったり、それこそ胸とかも……そういう意味では気まずさがあるし、申し訳なさもあったりする。すると深未さんは小さく溜息《ためいき》をついて、

「話を聞くと、さすがに気の毒だし。こんなトラブル、何かの縁でもないと起こらないでしょ」

うん、確かにそれはその通りかも。同感すぎると頷《うなず》きそうになったこちらに、

「あと、二人なら家賃や生活費なんかも折半になるんだし、そこまで悪い話でもないはず」

「そっか……」

不安面の解消だけでなく、出費も抑えられるというのは確かに魅力だ。ただし、

「でも……ここって、ルームシェアはＮＧでしたよね？」

「……――そうですね。ただ……恐らくですが、そこは大丈夫だと思います」

私の問い掛けに、遠藤さんはこちらの不安を払拭《ふっしょく》するように、

「このマンションは、実は弊社所有の物件なんです。空室になるわけでもないですし、何より今回のトラブルはこちらの社内ミスによるものですから。融通は利かせられると思います」

ただし。

「ウチは問題ありませんが……雪平さんと深未さんはお二人とも未成年ですので、改めて保護者の方の承諾と、契約書の再作成は必要になると思います」

「じゃあ私の方は、円香さんがＯＫしてくれれば問題ない」

と、深未さんに矛先を向けられ、

「うーん。確かに気の毒だとは思うし、力になってあげたい気持ちもあるけど……でも、会ったばかりの相手と同居するなんて話、さすがに突拍子がなさすぎて、どうにも賛成しにくいよ」

ただ、と椎名さん。

「今日みたいな事が起こった時……今回は誤解だったたし、女の子同士だったから大丈夫だったところもあるけれど。場合によっては、最悪の事態になってもおかしくなかった。だからこれは言っておくけど——一一〇番通報したふたりの判断は、全然間違ってなかったの」

椎名さんの言う通り、状況が少し違っていたら、今ごろどうなっていたか分からない。

「署に入電があった時は、生きた心地がしなかった。引っ越しを勧めたのは私だし、悠宇はかなり危なっかしいところがあるから、私が一緒に住んであげられればって思ってたけど……」

「でも、家はすぐ近くでしょ。円香さんには充分すぎるくらい面倒を見てもらってる。これ以上迷惑はかけたくない」

という深未さんの言葉に、

「………仕方ないね。それなら雪平さんと一緒の方が、確かに私としても安心できるかな」

椎名さんは溜息交じりにそう言うと、私の方へと向き直って、

「ごめんね。申し訳ないけど、悠宇のことをお願いしていい？」

「えっと……はい。私も、深未さんが一緒の方が安心できますから」

そう私が頷きを返すと、深未さんがこちらを見て、

「でも……いきなりこんな話、彩凪の親は許してくれるの？」

「それは、多分だけど大丈夫。きちんと説明さえすれば、きっと」

お母さんは、私の一人暮らしに反対はしなかったけど、心配はしていたから。不動産会社の遠藤さんと、警察の椎名さんがフォローしてくれれば、恐らく了承してくれる筈《はず》。

……――というわけで、ようやく事件になりかけた問題も無事に解決して。

私が住む1LDKの部屋には、とっても綺麗《きれい》な女の子がついてくる事になったのだった。

▽▽▽

……――その後、いったんその場は解散となった。

私がお母さんに連絡を取ろうとしたけど、時差の関係もあってか反応がなかったから。

だから私たちは、帰ってゆく大人らを見送って――二人になると、まずは携帯番号やチャッ

トアプリのIDを教え合った。聞けば深未さんはSNSはやってないそうだが、私も中学時代に色々あって自分のSNSは消していたので問題なし。そうして一通り連絡先を交換してから、

「……──あの、ちょっと聞きたい事があるんだけど」

私はずっと疑問だったことを尋ねる。

「深未さんの靴って……」

「私の靴？　それなら玄関横の靴箱に入れてあるけど」

「だよね、やっぱり……」

どうりで見当たらないと思ったら──意外と几帳面《きちょうめん》なのかな。玄関にそのままにしておいてくれれば、こっちもすぐに気がつけたのに。っていうか靴はちゃんとしまっておいて、裸は見られても出しっぱなしとか、それってどうなの……いや、深未さんは悪くないんだけどね。

「えっと……それじゃあ改めてよろしくね、深未さん」

「………こちらこそ」

ぎこちない雰囲気が残る中、私と深未さんの同居は幕を開けた。

……──ということで、まず部屋の状況の確認から始める。

備え付けのエアコンがリビングと寝室にあり、キッチンにはガスコンロ。

あとは深未さんが買ったベッドと洗濯機──これが家具と家電の購入状況だった。

聞けば、深未さんも昨日引っ越してきたばかりで、他のものはこれから用意するつもりだったらしい。契約も引っ越しも本当に同じくらいのタイミングだったようで、なんだか改めて不

思議な縁を感じた。とはいえ、これだけではとてもじゃないけど生活するのは難しい。

でも——色々あって時刻はもうすっかり夕方なので、

「……——とりあえず今日のところは、晩ご飯の買い出しだけする感じでいいかな？」

ちょっと歩くけど、ホームセンターと一体型になっている便利な総合スーパーがある。物件の下見に来た時に、周辺の生活環境の案内として連れて行ってもらったお店だ。

そこで食材のついでに調理器具やお皿とか、いったん必要なものだけ調達して、家具とか大事なものはまた明日《あした》あらためてにしよう。

「わかった……じゃあ、出掛ける準備をするから待ってて」

深未さんは頷くと、着替えにまた寝室へと戻っていった。

……——そして数分後。私と深未さんはマンションを出て、スーパーに向かって歩き出した。

陽が傾いて空が少しだけ茜色《あかねいろ》に染まりつつある時間帯、平日の住宅街に人の姿はあまりない。

目的のお店までは徒歩で十分ほど。そうして二人並んで歩道を行きながら、

「………………………」

隣を歩く深未さんを、私はそっと横目で見た。やや見上げる視線になるのは、それだけ身長差があるから。そして私は改めて、彼女のスタイルの良さを思い知る。私の背は平均的だけど、深未さんはそんな私より二十cmは高い。そして身長以上にスタイル……というよりプロポーションに歴然の差があった。胸が大きいとかいう次元ではなく、そもそもの身体つきが全く違う。

深未さんは身長だけでなく、膝《ひざ》の位置、お尻《しり》の高さ、腰の位置、そして胸の位置……全ての

位置が高かった。骨格診断でいうとタイプは『ストレート』だと思うけど、身体つきは完全に日本人離れしていて股下なんか通り越してヤバい。一方で鎖骨がしっかりと浮いていたり、手が大きく指が長かったりと『ナチュラル』の特徴も兼ね備えていて、身体のパーツがどれも綺麗すぎて見惚《みと》れてしまう。そう感じているのは私だけではないみたいで、

「…………どうかした？」

「いや……深未さん、さっきから人に凄《すご》く見られてるから」

深未さんの格好は、下はレザー調のミニスカート。そして上は、ブランドロゴの形に胸元が開いてるノースリーブのタートルネックで——伸縮性の高いニット生地のため、大きな胸の形やラインをこれでもかと主張していた。それらを黒とチャコールのダーク系でまとめつつ、白いカーディガンをラフに着崩して、両肩から二の腕までを露出させたスタイル。そう——私のカーディガンは未だに戻ってきていないのでした。っていうか、深未さんのインナーがセクシーすぎて返してとも言えない。でも、横から見ると胸がカーディガンから飛び出しちゃってるんで全然隠せてないんですけど……しかもニットの形状的に、下手したらブラしてないよね。

「人の視線とかって、あんまり気にならないの？」

「別に。関係ない人から見られたって、特に何とも思わないけど」

だって、と深未さん。

「たとえば——こうやって道を歩いていて、地面に何か虫がいたからって、下からスカートの中を覗《のぞ》かれたなんて思わないでしょ」

「それ……見てる人のこと、さらっと虫けら扱いしてるよね」

「ちなみに、さっきから彩凪が私の胸をチラチラ見てるのは、ちゃんと気づいてるから」

「……ごめん。身長差のせいで、眼の前にくるからつい」

などと話している内に、目的地のスーパーが見えてきて、

「深未さんは、今夜何か食べたいものとかは？」

「食べたいもの……何でもいいの？」

「うん、よっぽど凝ったものじゃなければ。大抵のものなら何でも」

父親と一緒に暮らしていたこの数年、ずっと自分で作ってたし。いったん鍋《なべ》とフライパンさえ買えば、そこそこのバリエーションは何とかできるくらいの腕はある。

「……じゃあ、ホットケーキ」

「え……ホットケーキ？　別にいいけど……夜ご飯だよ？」

いや、確かに美味《おい》しいけど――けどこれまでの人生で、夜ご飯にホットケーキを食べたことはない。あれって朝ご飯の定番だし。でもホットケーキか……随分と食べてないなぁ。小さいころは、休みの日とかによくお母さんにおねだりしてた気がするけど。

そうやって考えると、段々と悪い案じゃない気がしてくる。作るの楽だし……それにせっかく今日から一緒に暮らすんだから、好きなものを作ってあげたいもんね。

「そういう事なら……ホットケーキにしよっか」

「……うん」

　こちらの言葉に、深未さんはコクンと頷《うなず》いた。少しだけ幼さを感じる表情と仕草に、思わず頭を撫《な》でてあげたくなる。可愛いなぁ……帰ったらすぐに作ってあげるから、たんとお食べ。

「でも夕飯だし、やっぱり付け合わせとかあった方がいいのかな」

「私は特にいらないけど。栄養だの物足りないだの考えるなら、そもそも夜にホットケーキなんか食べないでしょ」

　ごもっとも。なら、素直にホットケーキだけにしますか。

「それじゃあ、必要なものを買いに行こうか」

　食材があっても、調理器具がなければ始まらない。調理器具や食器があるのは確か二階だ。

　そうして店内に入った私たちは、入口の近くにあった階段を上り始め——そして踊り場で折り返した時だった。二階から、ひとりの客が下りてきた。スーツ姿で鞄《かばん》を持った、大柄な男性サラリーマンだ。男性は鞄とは逆の手に持った携帯の画面を見ていて、おまけに階段のど真ん中を下り始める。そして——こちらには気がついていないようだった。

　うーん……危ないなぁ。私は深未さんとの横並びを止めて前に出ると、一列になる事でやり過ごそうとした。そうして階段上で擦れ違う直前——あろう事か、男性が階段を踏み外した。

「——————」

　その結果、男性はよりにもよって私の方へと倒れ込んできて——そのまま激突。

　男性は私とぶつかった反動で、どうにか体勢を立て直して階段上に留まった。対する私は、思いきりバランスを崩し——仰け反るような体勢になりながら、

「――――――――っ」

とっさに上体を横へと捻《ひね》った。このまま倒れたら、後ろにいる深未さんを巻き込んでしまう。

強引に身体を旋回させると視界が回り、そして落下が始まる――まさにその瞬間、私の身体は受け止められていた。深未さんが私の下に回り込んで、こちらを抱き留めてくれたのだ。

「………良かった。大丈夫？」

「う、うん……ありがとう、深未さん」

深未さんの冷静な問いに、私は頷きを返した。それでも心臓の鼓動は早鐘のようで……危ないところだった。下手をすれば、私の世界が終わっていたかもしれない。

深未さんに抱き締められながら、いったん鼓動が収まるのを待っていた――その時。

「…――っだよ、あっぶね」

こちらへぶつかってきた男性は、逆ギレみたいに言って階段を下りていった。

いや、流石にその言い草はどうなの。私は思わず声を上げようとして――できなかった。

私より先に、深未さんが動いていたから。

「――――――――」

彼女は踵《きびす》を返すと、タンと階段を蹴《け》って下へと飛んだ。ふわりと長い髪が宙を舞い――そのまま踊り場に軽やかに降り立つなり、両手で手摺《てす》りを摑《つか》みながらさらに横へと跳躍。

と同時、深未さんは両腕の力で強引に身体の向きを変え、階段を全て飛ばして一気に一階へと着地した。そして、そのまま先ほどの男性を追って店内フロアへと駆け出す。

「ちょっ、ちょっと深未さんっ!?」

あっという間の出来事で、慌てて私も後を追いかけたけど……残念ながら遅かった。

私が一階フロアへ戻った時には、深未さんが強烈な蹴りを男性の背中へと叩《たた》き込《こ》んでいて――背後からの一撃を食らって盛大に吹っ飛んだ男性は、まるで氷上を腹滑りするペンギンのように、スーパーの白い床の上で強制ヘッドスライディングを決める。

『…………………』

多くのお客さんの喧噪《けんそう》で賑《にぎ》わっていた店内が一瞬で静まりかえり、青果コーナーに流れる宣伝BGMだけが虚しく鳴り響く中、私は思わず椎名さんの言っていた言葉を思い出していた。

『悠宇はかなり危なっかしいところがあるから――……』

なるほど、確かにこれは危うすぎるかも……なんて思ってる場合じゃない。

「っ……な、何なんだお前……っ！」

立ち上がり怒りの形相を向けてくる男性に、深未さんは肩に掛かった長い髪を払いながら、

「何なのかは、こっちが聞きたいんだけど――…」

冷たい声でそう言うと、彼女の方からさらに男性へと詰め寄ってゆく。

「自分から階段でぶつかってきて、他人を大怪我の危険にさらした挙げ句、こっちが悪いみたいな言い方して立ち去って……そんなことが許されるとでも思ったの？」

「このっ――……！」

男性はとっさに深未さんに摑み掛かろうとして――けど、その手は何もつかめない。

「――――――」

深未さんは流れるように相手の手首を取りながら、長い脚を斜めに振り上げるようにして男性へ足払い。男性の突進を利用した足技に、大柄な身体が宙を舞い――そのタイミングで深未さんは、男性の手首を取っていた手をしならせるようにして、ぐいっと手首を返した。すると、巨体がふわっと空中で半回転し、男性は背中からスーパーの床に叩きつけられ、

「ぐあっ――……」

苦悶《くもん》の声を漏らした彼は、それでもギリギリ受け身が間に合ったようだった。大柄な身体に加えて、とっさに深未さんに摑み掛かった行動――もしかしたら柔道経験者なのかもしれない。っていうか……この体格差で圧倒するとか、深未さんは何をしてたらそんな真似ができるの。

「…………………」

あまりの格好良さに思わず私が見惚れていると、

「っ……調子に乗るなっ！」

ダメージが少なかったのか、男性は逆上したかのように再び深未さんへと向かおうとして、

「ちょっ、ちょっとお客さま困りますっ！」

そこへ騒ぎを聞きつけたお店の警備スタッフが、慌てた様子で割って入って男性を制止する。

「放せぇっ、ふざけんなっ！」

すっかり興奮状態の男性は、警備の人を振り払おうとしていた。その声の大きさに、遠くにいるお客さんたちの注目まで集まり始めてしまう。ところが彼らの視線は、声を上げている男

性ではなく、深未さんへと向けられていた。ズバ抜けた容姿がもたらす圧倒的な存在感……その容姿に誰もが眼を奪われて、ただの喧嘩《けんか》騒ぎがドラマのワンシーンのようになっている。

そんな中——とうとう男性も、深未さんの容姿に気づいたようだった。僅《わず》かに目を見張ると、深未さんの全身へゆっくりと視線を這《は》わせてゆく。そして、

「…………お前、覚えとけよ絶対に」

途端にそれまでとは違う、暗い笑みを浮かべて言った。それがどういう意味かは明白で、

「——————」

その瞬間、私は自分の心が急速に冷たくなるのを感じた。

もし男性が変な逆恨みをしたら。それで深未さんに危害を加えるような真似をしたら——そうした可能性をどこまでも広げて想像したのだ。

…——深未さんは、関係ない人がどんな眼で見てきても、気にしないって言っていた。

いいと思う。他人なんて気にしない——それはきっと深未さんの強さで、魅力だと思うから。

でも私は違う。私にぶつかって、悪態をつく程度なら我慢できても——これはダメだ。

たとえ実行しなくても、脅しの言葉を吐いた以上は許さない。

だから私は……ゆっくりと二人へと向かって歩き出した。

こんなちっぽけな私でも、たとえほんの少しでも、世界を救えるんだと信じて。

彩凪にぶつかった男は、私を見る目を露骨なものにしていた。

……——でも、そんな事はどうでもいい。

彩凪は呆《あき》れていたけれど、こんな男はそれこそ私にとっては虫けらだから。

現に——男は悪びれるどころか、もはや完全に開き直っていた。私が何を言ったところで、彩凪に謝ったりはしないだろう。だからといって、それで済ませるつもりはない。

これ以上はこちらが加害者になりかねないから、先に手を出すような真似はしないけど、もし向こうが何かしようとしたら、その時は容赦しない——返り討ちにしてやる。

と、その時だった。

「……——株式会社三共《さんきよう》証券、第二営業部課長、久保田誠二《くぼたせいじ》さん」

息を呑《の》んでしまうほど冷たい声がした。すると眼の前にいる男もまた、血相を変えていて……

…声のした方を見ている男の目線に合わせて、私もそちらを振り返る。

私たちの視線が向けられた先——そこにいたのは彩凪だった。その手には名刺入れっぽい革製のケースと、中から取り出したと思しき一枚の名刺。彩凪とぶつかった時か、それとも私が蹴ったタイミングかは分からないが、男が落としたものを彩凪が拾ったのだろう。

「刑法二二二条。あなたが彼女に言った『覚えておけよ』って言葉、脅迫だって知ってますか？」

彩凪は言いながら、ゆっくりとこちらへ歩み寄ってくる。

「ちょっとした揉《も》め事《ごと》で終わらせずに、そんな犯行予告みたいな物言いまでするなら……警察を呼んでじっくりお互いの言い分を聞いてもらってもいいですけど」

「何だそりゃ、脅しのつもりか。呼びたいなら呼べばいいだろ。こっちはコイツに一方的に暴力を振るわれたんだ。他の客だって、俺が被害者だって証言してくれる」

「ええ……みんなが見てましたよ、あなたが彼女に摑み掛かろうとしたところも」

それに、と彩凪。

「そもそもの発端は、あなたが階段で私にぶつかったからじゃないですか」

そう言って、私を庇《かば》うように彩凪は男の前に立ちはだかった。

「はあ？　知らねえよ。何いい加減なこと言ってんだ。証拠でもあんのか？」

「……高そうなスーツ。ご立派な上場企業の課長さんともなると、身嗜《みだしな》みも大切ですよね」

ふてぶてしく言い放つ男に、彩凪はスッと視線を落とす。

「たぶんウール生地でしょうけど……あれだけ強くぶつかったら、私の服にあなたのスーツの繊維片やホコリが絶対に付着したはず。警察が鑑定すれば、間違いなく一致します」

あと、とさらに畳み掛ける。

「ここはスーパーです。店員さんの目が行き届きにくい階段なんて、万引き対策で防犯カメラがあるに決まってるじゃないですか。踊り場の上の天井のところですよ……バッチリ映ってるはずです。私があなたにぶつかられて、階段から転落しかけた瞬間が」

「………………………」

彩凪の言葉に、徐々に形勢が悪くなってきたのを感じたのか、男が表情を苦いものにする中、

「お望み通り、貴方《あなた》のことはよく覚えておきます。顔も、名前も、会社も全て」

でも、と彩凪。

「もしかしたら、こちらにも悪いところがあったかもしれません。だから、お互いこれで水に流しましょう。それとも――本当に呼びますか警察？　大きな会社や有名な企業だと、仮にもし報道されるような事になったら、会社名まで出ちゃいますけど」

そう言って、彩凪は名刺入れを差し出す。

「…………っ」

男は怒りにまかせて、強引に名刺入れをひったくろうとして――でも、その手は虚空を掠《かす》めるだけで終わった。彩凪が直前で手を下ろし、名刺入れを床へ落としたのだ。革製の入れ物が白の合成樹脂のタイルへと激突し、中に入っていた大量の名刺がバサッと床にぶちまけられる。

「っ――――…！」

慌てて床に這いつくばり、自分の名刺を掻《か》き集《あつ》める男を、彩凪は蔑《さげす》む目で一瞥《いちべつ》すると、

「…――じゃあ、私たちは行きますね。さよなら久保田さん」

そう言うなり、私の手を取って店の奥へと向かって歩き始める。別人のようだった彩凪の雰囲気に思わず気圧されていた私は、そこでハッとなって、

「待って、まだあの男に謝らせてな――…」

「もういいよ。私の代わりに深未さんがいっぱい怒ってくれたでしょ。あれで充分」

「でも……中途半端に済ませたら後で……」

「それなら平気。本当にヤバい人は、わざわざ『覚えておけ』なんて言わない。後から何かするつもりなら警戒されない方がいいんだし、あんなのは見せかけの脅し文句だよ」

まあ、と彩凪。

「これが反社の人とかなら、脅しも意味があったりするんだろうけど。でも、さっきのは自分の社会的地位を後生大事にしてるプライドが高いだけのサラリーマンだから大丈夫」

「――――――」

私の裸を見てあたふたしていた時とは別人のような、冷静な分析と辛辣《しんらつ》な物言い。思わず言葉を失うこちらに、

「ありがとね、深未さん。っていうかビックリしたよ本当に。階段での身のこなしとか、あんな大きな男の人を投げ飛ばしたりとか……凄《すご》すぎるよ。もしかして何か習ってるの？」

「……………母親の勧めで、小さい頃から合気系の古武術を」

「どうりで……私のことも簡単に引っ繰り返してたもんね。でも深未さんみたいな目立つ人は、護身術とか身に着けておいた方がいいだろうから、習っておいて正解だよ絶対」

そう言って微笑んだ表情は、もう元の彩凪のもので……私は頷《うなず》きを返しながら思う。

私に服を着ろって言った時もそうだったけど――彩凪はたまに、こちらを圧倒するほどの迫力を見せる。あの男も、最後は完全に彩凪に気圧されていた。

「…………………………」

こちらの手を引き、半歩先を歩く彩凪を見つめながら考える。

……――もしかしたら彩凪は、私なんかよりも。

もちろん身体の大きさとか腕力とかは私の方が上だし、強さには色々あるけれど……でも、あんなに体格差がある男相手に、私よりも前に出たりして――……

「――――――――」

そこでようやく思い至る。そっか……どうして気が付かなかったんだろう。

……――私は階段から落ちかけた彩凪を助けはしたけど、あの男に対してはやり返しただけ。

最終的に事態を収めて、問題を後に残さないようにしたのは彩凪だ。

今になって湧き上がる実感。彩凪に握り締められた手――その温もりを感じながら、私は自分の鼓動が少しだけ高鳴ったのを自覚する。

さっき私――彩凪に守ってもらったんだ。

それから、今度こそ二階へ行って――私たちは調理器具や食器を見て回った。

先導するのは彩凪で、買い物カゴを持つのは私。たぶん無意識なんだろうけど……彩凪は私の手を握ったままで、そんな彼女に手を引かれながら、ふたり並んで売り場を歩いてゆく。

ホームセンターも兼ねている事もあり、商品ラインナップは本格的なものまで充実していて、

「へえ……こんなのも置いてるんだね。これならフライパンや鍋《なべ》だけじゃなくて、食器とかも全部ここで買っちゃってもいいかも」

「…………………………」

周りから今の私たちはどんな風に見えるんだろう。きっと、今日初めて喋《しゃべ》ったなんて誰も信じない。そんな関係で一緒に暮らす事になったなんて、それこそ絶対に。

「……――ねえ。深未さんは、これまでどんなの使ってた？」

「安いものを適当に。こだわりとか特にないから、彩凪がいいと思うものを選んで」

「そうなんだ……了解。じゃあ候補は私が選ぶから、好きな色とか形があったら言ってね」

彩凪はそう言うと、いったん必要なものを揃えていった。

会計はいったんカゴを持っていた私が済ませると、エスカレーターを使って一階へ。

「ひとりで全部持ってもらって大丈夫？　重たくない？」

「これくらい平気」

こちらを気遣うように言ってくる彩凪に、私は買い物袋を持ち上げて見せた。確かにそれなりの重さはあるが、色々と鍛えている事もあってこれくらいなら問題はない。

「ありがと。じゃあ、今度は私が持つね」

そう言って、彩凪はカゴを置いたカートを押しながら食品コーナーを歩き始める。

必要なものはホットケーキミックスに卵と牛乳、それにバター……と思いきや、彩凪は製菓コーナーへ寄ってあるものを手に取った。

「…………バニラエッセンス？」

「うん。ちょっと入れるだけで全然匂いが違うから」

なるほど。こういうのが、料理をきちんとやってる人の「ちょっとした一手間」なんだろうか。小さい箱をカゴに入れた彩凪は、

「あとは……と。深末さんは、蜂蜜《はちみつ》とメープルシロップならどっち派？」

「どっちも好きだけど……今日は蜂蜜の気分かな」

「オッケー。じゃあ、向こうだね」

そう言って彩凪がカートを押し始めた瞬間だった。小さな人影がてててっと私を追い抜くと、そのまま先を行く彩凪へと駆け寄って、

「……――おねえちゃんっ」

明るい声を上げながら、小さな女の子が彩凪の足下へしがみつくようにして抱きついた。

「わっ――……あ、えっと……さなちゃん？」

可愛らしいタックルに驚きと困惑の声を上げた彩凪は、すぐに女の子を認識したようだった。

「今日はどうしたの？　さなちゃん、ひとり？　お母さんは？」

しゃがんで目線を合わせながら彩凪が尋ねると、

「……――すみませんっ。もう、お店の中で走っちゃダメでしょっ」

慌てたように母親らしき女性がやって来る。そして、

「あの……その節は本当に助かりました、ありがとうございます」

「ああ、いえ……そんな大した事は全然」

頭を下げる女性に笑顔で応じつつ、女の子の頭を撫《な》でていた彩凪は、

「っと、深未さん。この子はさなちゃんっていって、前にこのお店の近くで会った子でね」

「…………うん」

彩凪の説明に、私は頷きを返した。彩凪はそれを、相づちと受け取ったのだろう。再び女の子へと向き直ると、優しく相手をしてあげていた。

でも――私がしたのは相づちではなく肯定。だって私は、この「さな」という女の子を知っていた。それだけじゃない。彩凪がこの子を助けたことも知っている。彼女たちは気づいていなかっただろうけれど、実は私も現場にいた。だから前から、私は彩凪を知っていたのだ。

……――数週間前。午前中にマンションの内見を終えて、円香さんの家に泊まった日のこと。円香さんは帰りが遅くなるため、食事は一人でして欲しいと言われていた私は、円香さんの家の近くにあるこのスーパーへと向かった。忘れもしない――時間は午後三時過ぎ。その日は生憎《あいにく》の空模様で、夕方からは雨になるという予報だったため早めに出かけたのだ。

食べられれば別に何でもよくて、適当に飲み物と惣菜《そうざい》付きのお弁当を買った私は店を出て――そこで、店から少し離れた歩道に一人でポツンと立っている小さな女の子が目に入った。

「――――――」

店内や店の敷地内に小さな子供が一人でいたら、その不自然さに迷子の可能性がすぐ浮かぶ。でも道端に子供が一人でいても、周辺が住宅街でマンションから一軒家までひしめいていれ

ば、近所の子が一人で遊んでいるだけかもしれない。だから、声をかけるべきか迷った。

迷った理由はもうひとつ——私は人一倍背が高い上に、そして何より無愛想。だから、見知らぬ人から声をかけられたと思ったら、少女を怖がらせてしまうにちがいない。

それでも女の子の前を通りかかった時、

「……——ひとりで大丈夫？」

私は短い言葉で少女に声をかけた。もしも迷子だったとしたら……そう思うと、どうしても放っておけなかった。すると、少女はこちらを見上げて、

「…………」

無言のまま、それでもコクンと頷いた。その時の少女は、少しも不安そうにはしてなくて——凄いなって思った。だって私は、ひとりじゃ、駄目だっていうのに。

けれど問題ないならそれで良い。そう思って私は、その場を立ち去った。

通りの角で振り返った時も、特に少女に変わった様子は見られなかった。

でも、円香さんのマンションの前まで戻ってきた時、予報よりも早く雨が降り始めた。

それは予報よりも激しい土砂降りで——辛うじて私は濡《ぬ》れずに済んだけど、さっきの女の子の事が気にかかった。女の子はレインコートを着てなかったし、傘も持っていなかったから。

……——普通に考えれば家に帰るか、母親など家族が迎えに行くはず。

部屋まで戻った私はお弁当を温めるためにレンジへ入れて……だけど、どうしても居ても立ってもいられなくなり、傘を手にマンションを出た。

元の場所まで行ったけど、女の子はいなかった。きっと家に帰ったんだろう——そう自分に言い聞かせようとしたけど、私の足はマンションへは向かなかった。

念のため、スーパーまで戻ってみよう……そうして店の入口まで行くと、私は自分の勘が正しかったのを目の当たりにした。中途半端な時間帯に加えて雨が降っている事もあって、客の姿はほとんどない中——入口近くの軒下に、先程の女の子がいた。雨宿りをしているのか、ぼんやりと濡れたアスファルトにできた水溜《みずた》まりを見つめている。

……——よかった。とりあえず無事だったことにホッとしたけど、かといって声を掛けることまでは出来ずにいた時……私と年の近い少女が、女の子へと歩み寄った。

それが——彩凪だった。

▼▼▼

目線を女の子と近いものにするためだろう。彩凪は膝《ひざ》を抱えるようにして身を屈めた。でもその位置取りは、正面ではなく隣——女の子のすぐ真横だ。小さい子供の視界は狭く、女の子はしばらく彩凪に気づかなかった。そのためか彩凪もすぐに声を掛けることはせず、女の子と同じ水溜まりを黙って見つめる。すると……程なくして女の子が彩凪に気づいた。

『……………………』

自分の隣に彩凪がいる事に、女の子は少し驚いたようだった。そんな女の子に、ようやく彩凪は視線を合わせると、優しい笑みを浮かべて——何事かを話し始めた。

恐らく質問していたのだろう。彩凪に対して女の子は頷いたり、首を横に振ったりして……

そうしたやり取りが何度か行なわれた後、不意に女の子がある動きを見せた。

彩凪の首元へと抱きついて——そして泣き出したのだ。大丈夫なんて、そんなの嘘で、

『——————』

ポロポロと涙を流す女の子を、彩凪は優しく抱き締めて、小さい背中を撫でてあげていた。

……——そして、程なくして女の子の母親らしき女性が現れた。

両手に持った大きなビニール袋を見るに、買い物の途中ではぐれてしまったのだろう。すごく心配したようで……泣きそうになっているお母さんに対し、彩凪のおかげで女の子はとっくに泣き止んで、笑顔を浮かべているのが印象的だった。

そうして何度も頭を下げる母親に連れられ、女の子は帰ってゆき——そんな二人に、彩凪は手を振っていた。他の人にとっては些細《ささい》な事で、ありふれた日常の光景だったかもしれない。

だけど——一部始終を見ていた私には、迷子を助けた彩凪の姿がとても眩《まぶ》しく映った。

先を越されたなんて微塵《みじん》も思わない。何もできなかった私に、そんな事を思う資格はなかったから。むしろ——こちらまで救われた気持ちになったくらい。

……——だってこの一年ほど、ずっと私も、迷子みたいなものだったから。

そして今日、私は彩凪と再会した……それがまさか、あんな形になるとは思わなかったけど。

想いを馳《は》せていた過去から現在に意識を戻すと、彩凪とさなちゃんは笑顔で話していて、

「――――――――」

店内を行き交う人が、チラチラとこちらを見ていた――その好奇の視線が向けられている対象はきっと私だろう。さなちゃんの母親も私のことが気になるみたいで、彩凪たちと話しながらも合間にこちらへ視線を送ってくる。

……――そんな中、さなちゃんの眼だけは彩凪に向けられていた。

きっともう、私に声を掛けられたことなんて忘れてる。だって、本当に価値のある存在は誰なのか……その真実を幼い少女は知っている。けれど、私だってそれは同じ。私だって、彩凪に助けてもらった。そして、私だって彩凪を――そう思いながら二人を見ていると、

「…――へえ、さなちゃん家、今日の夜ご飯はカレーなんだ。いいなあ」

「んふふ……おねえちゃんは？」

「え？　お姉ちゃんたちはね、ホットケーキなんだ」

彩凪の「お姉ちゃんたち」という言葉に、ようやくこちらを認識したのか、さなちゃんが私を見た。幼い純粋な瞳《ひとみ》に見つめられ、こちらが何も言えずにいると、

「………………」

さなちゃんは、私を見ながら彩凪の耳元にそっと何かを囁《ささや》く。すると、

「――――――」

彩凪は一瞬、驚いたような顔をして、さなちゃんに何かを囁き返した。

そして二人は小さく笑い合うと「バイバイ」と別れを告げて、さなちゃんは母親に連れられ

てレジの方へと去ってゆく。その姿を見送りながら、

「……――あの子、何て言ってたの？」

「ん？　ああ、深未さんの事……あのお姉ちゃん、カッコイイねだって」

と、彩凪は笑いながら言った。ただし、こちらと視線を合わせない――だから、

「それだけ？　なんだか彩凪、困ってたように見えたけど」

こちらが追及すると、彩凪はちらっとこちらを見た――そして頰を少し赤くして、

「…………あと、すっごくおっぱい大きいねって」

「なるほど――…」

「いやまあ、小さい子の言うことだし……」

「確かに、あの子は小さい子供だけど――だったら彩凪はなんて答えたの？」

「…………えっと、言わなきゃダメ？」

「言えないようなことなの？」

私が問いつめると、彩凪は「ええと」と言葉を濁してから、観念したように白状する。

「凄《すご》いよね、私もそう思う……って言いました」

「…………ふーん」

ジト目でこちらがそれだけを言うと、

「………ごめんね。怒った？」

こちらの機嫌を窺うように上目遣いで尋ねてくる彩凪に、私はさらりと告げる。

僅《わず》かに頬が赤くなってしまっていることを自覚しながら、

「別に。ただ――実際に裸を見られた相手の感想だから、少し恥ずかしくなっただけ」

△〇▽

買い物を終えて帰宅した後、私と深未さんはすぐに夕食の準備に取り掛かった。

もちろん作るのはホットケーキ。部屋にはまだ冷蔵庫がないため、卵や牛乳、バターなんかは使い切れる量のものを使ったのに、それでも結構な量の生地になって。それぞれのを一枚ずつ焼くことも考えたけど、どうせならと豪華に三段重ねにして、私たちはそれをシェアした。

まだ家具がないので床に直接座り、机は深未さんの荷物が入った段ボールで代用する。

久しぶりのホットケーキ……実は、食べるまでちょっと不安だった。だってフルーツたっぷりに、生クリームやアイスをデコレートした、写真映えするオシャレなパンケーキとは違う。

あの素朴な美味しさは、小さい頃の美化された思い出の中にだけあるもので……今食べたらそんなに美味《おい》しくなかったり、子供騙《こどもだま》しみたいに感じちゃったりするんじゃないかって。

でも、そんな事はなかった。今でもきちんと美味しかったし、何なら小さいころよりも味が良くなってると感じたくらい。きっとホットケーキミックスも色々と進化してるんだと思う。

私も深未さんも、あっという間にぺろりと平らげて……洗い物とか後片付けが終わって一息つくと、自然と簡単な話し合いが始まった。議題は――これからの同居生活についてで、

「……――じゃあ家事の分担は、担当や当番を厳密には決めないで気づいた方がやる。ただし、なるべくお互い得意なものをやろうねって事で、私が料理をやって、深未さんは掃除……と」

「それでOK。洗濯機は、気が付いた方が回せばいいし」

「うーん……掃除の負担が大きい気がするけど」

キッチンだけで完結する料理と違って、掃除は家全体が対象になるし。

「そんなの慣れとか得意不得意の問題でしょ。私からすれば、料理の方がよっぽど大変だし」

「まあ、担当制じゃなくて気が付いた方がやるって事ならいいのかな……でも、一応ロボット掃除機とかは見に行ってみようよ。それだけで大分楽になると思うし」

「いいんじゃない。どのみち冷蔵庫は見に行かなきゃいけないし。彩凪が料理をしてくれるなら、炊飯器とかオーブンとかも必要でしょ」

「そうだね……家電以外も、家具とか服とか必要なものはなるべく明日《あした》まとめて買っちゃおう」

明日は朝から一日買い物だ。後でリストを作って、買い忘れがないようにしないと。

「生活必需品はそれでいいとして……あとは、お互いのための同居のルールとか？」

1LDKで寝室も同じになるのだ。パーテーションを置いて、無理やり個人スペースを作る方法もなくはないけど、完全な個室にはならないし、その気になればいくらでも覗《のぞ》けちゃうんだから、正直プライバシーなんてあってないようなもの。それなら共同生活を送る上で、互いに不快にならないようにする方法を考える方がいいと思う。すると、

「一緒に暮らす上で、方針を共有するくらいはいいけど……ルールまで決めるのは反対」

深未さんは、私の提案に難色を示した。

「同居生活を良くする目的のルールだったはずが、いつの間にかルールを守ることが目的の同居になるのがオチ。気をつける事、気を遣わなきゃダメな事を増やしたって堅苦しくなるだけ」

「なるほど……確かにそうかも」

あれもダメこれもダメってしてたら、問題が起きないようにするはずのルール自体が問題になっちゃうもんね。一番落ち着きたいはずの家が、息苦しくなってしまったら本末転倒すぎる。

「だったら……二人ともなるべく好きにして、お互いそれを尊重するのがいいのかな」

「うん。そうしないと、いつまでもこの部屋は私たちにとって『自分の家』にならないと思う」

深未さんの言葉に、私は了承の頷《うなず》きを返した。

「そうだね……それじゃあ気楽にしようか」

警察通報レベルの出会いからマンションの二重契約が発覚し、そこからまさかのルームシェア。気が休まる瞬間なんて全くなくて、正直ずっと緊張しっぱなしだった。同居話は深未さんの厚意から始まったものだったから、彼女の迷惑にならない事ばかり考えちゃったけど……そうだよね、もう少し肩の力を抜かなきゃ一緒になんてやっていけないよね。

そうして方針がまとまったところで、お風呂《ふろ》が沸いたのを知らせる機械音声が流れる。

「……――よし。それじゃあ深未さん、先にお風呂に入っちゃって」

「彩凪は？」

「私は明日買うもののリストを作りたいから後でいいや」

「……わかった」

深未さんはコクンと頷くと、立ち上がってリビングを出て行った。残った私は、携帯のチャットアプリを立ち上げて、自分用のメモに必要なものを書き出してゆく。

「とりあえず服を何とかしなくちゃだよね……」

今回の一人暮らし……というか新生活にあたって、私が実家から持ってきた荷物はない。

もちろん愛用していたもの、気に入っていたものはあったけど……あの父親と一緒に暮らしていた家にあったものは、もう使いたくなかった。海外のお母さんの所へ行ってからは、それなりに色々と買ってもらったけど、それもスーツケースに収まる量。そりゃ身軽だし、引っ越し業者を使わずに済んだと前向きに考えることもできる。けれど流石にこのままだと厳しいから、最低限の着回しができるくらいは揃えなくちゃね。

「後はやっぱり……布団かな」

寝室にある深未さんのベッドはかなり大きめで、二人で寝ても全く問題ないサイズ。ただそれは、深未さんがゆったりと手足を伸ばして寝たいからと購入したものだし、

「……一緒のベッドは流石にね」

申し訳ないけど深未さんと一緒に寝るのは、刺激が強すぎて私の理性が保ちそうにない。

もちろん、今日のところは深未さんのベッドを間借りさせてもらう事になるだろうけど。

「…………でも大丈夫かな」

俯《うつむ》きながら、私がポツリと呟《つぶや》いた時だった。

「……――どうかした？」

いつの間にか時間が経過していたのか、深未さんがリビングへと戻ってきた。

「ううん、何でも――……」

とっさに私は顔を上げて――そこで絶句する。また裸だった。流石に今回はバスタオルで身体を覆っていたし、タオルドライのために頭にも巻いていたけれど。

「なんで裸なのっ⁉」

「なんでって……お風呂《ふろあ》上がりだから。でも、ちゃんとバスタオル巻いてるでしょ」

深未さんは自分の身体を見下ろす。すると、僅かに前傾姿勢になったことで大きな胸がゆさっと揺れて――その結果、胸元の結び目があっさりと解けてバスタオルは床に落ちてしまう。

「あ――……」

「全然ちゃんと巻けてないじゃん！」

嘘つき！　完全に裸の深未さんを見ないようにしながら、私が遺憾の声を上げると、

「いいでしょ、これくらい。お風呂上がりにラフな格好もできないで、何のための自宅よ」

「それは……そうだけど。深未さんはラフすぎなんだってば」

「お互い自由にやって、それを尊重し合おうって話したばっかでしょ」

深未さんは不服そうに言うと、こちらを見つめて、

「……――一緒に暮らすんだから、早く私の裸に慣れて」

さらりと、とんでもない事を言ってくる。

「その言い方は……語弊があるんじゃないかな」

人の裸に慣れてたまるか。っていうか慣れたくないし、そもそも慣れるなんてできないし。と、そこで私の携帯が鳴った——通話の着信だ。相手は、

「お母さんだ……」

こっちのメッセージに気づいて連絡をくれたんだろうか……っていうか、

「ビデオ通話だこれ……ごめん深未さん、ちょっと出るね」

深未さんが映らないように気を付けながら、通話開始のアイコンをタップして、

「もしもし……お母さん？」

『もしもし彩凪っ⁉　ちょっと、どうなってるのあんた！』

画面が映るなり、携帯から飛び出しそうな勢いでお母さんが話し始める。

『さっき不動産屋さんから突然電話があって、二重契約のトラブルがあったって謝罪されたんだけど。その上あんたが、先に契約してた同い年の子と一緒に暮らすって言ってるから、連絡してあげて欲しいって……何だってそんな話になってるの？』

「ああ、うん……えっとね」

畳み掛けるように言われて思わず気圧されてしまう。でも、怒っているというワケではなく心配している感じだから、こちらの話が通じないとかではなさそうだった。だから、

「ちゃんと説明する……聞いてお母さん」

私は落ち着いた口調でそう言うと、ゆっくりと今日あったことを話してゆく。

単にルームシェアを許して貰《もら》うのではなく、お母さんには信用して貰う必要があった。

そのため伝え方は重要で、何でもバカ正直に話しちゃったらムダに心配をかけるだけ。

だから何を、どんな順番で、どのように言うか――それが重要になってくる。

最初は互いに警察に通報してしまったのは、相手に深刻な恐怖を感じたからではなく、二人とも危機意識が高かったからで、駆け付けた刑事の椎名さんに通報は正解だったと言われた事。

そして――そんな経験をしたからこそ深未さんとは意気投合ができた事。

スーパーでは、男性会社員とぶつかって階段から転落しかけたところを助けてもらった事。

今夜はふたりで夜ご飯を作った事などを話して聞かせた。すると、

『……――初日から警察沙汰《ざた》、とはね』

こちらの話をいったん聞き終えたお母さんは、頭が痛そうに言った。

『それで……あんた今どこにいるの？』

「例のマンションの部屋。二重契約のトラブル相手の子も一緒」

という私の説明に、

『あのね、無事だったのは良かったけど……何だってそれでルームシェアなんて話になるの？』

「三月下旬のこのタイミングだと、良い物件はあまり残っていないって話になって。それで深未さん……二重契約の相手の子が、よかったら一緒に住まないかって提案してくれたの」

『あのね彩凪……たとえ条件的に劣ることになっても、今回みたいな事になった以上は、ある程度妥協してでも別のところを借りるのが自然な流れでしょ』

「…………うん、そうだね」

私は頷いた。お母さんが言っているのはもっともな話だったから。

「でも……今回いくつか候補を送った中で、お母さんがOKしてくれたのってこの物件だけだったでしょ。それは家賃やセキュリティがどうとかじゃなくて、警察署と消防署がすぐ近くにあるっていう立地そのものが決め手だった」

『それは――……まあ、そうだったけれど』

お母さんは頷くしかなかった。それもその筈《はず》……この物件は幾つかあった候補の中のひとつ、最終的には保護者であるお母さんが決定した場所なのだ。

「お母さんの言ってたことは正しかった……通報したら警察の人はすぐに来てくれたから。もし、もっと時間が掛かるような場所で、相手が本物の不審者だったりしたら――――……」

『……………………』

お母さんは黙り込んだ。親にしてみれば、子供の初めての一人暮らしなんてそれだけでも心配なのに、自分は海外にいるのだ。何かあってから駆け付けようとしても、ほとんどの場合間に合うことはない。不安を煽《あお》って申しワケないと思いつつ、

「だからルームシェアなの。二人で住んでいたら、安心感が全然違うから」

この物件である意味と、ルームシェアの意義を私は伝えた。

「それにね、お母さん聞いて。一緒に住もうって言ってくれた深未さんって子、小さいころから古武術を習ってて、さっきスーパーで男の人とトラブルになりかけた時に助けてくれたんだ」

そしてダメ押し。

「聞いたら、通報で来てくれた椎名さんって女性刑事さんも、深未さんの知り合いだったの。私も驚いたんだけど……でも今回みたいな経験をしたら、何かあった時に相談できる人が警察にいるのってやっぱり心強いなって」

それは——遠く離れた場所にいるお母さんにこそ、最も魅力的な安心材料になるもの。途中から、私の話を黙って聞いていたお母さんは、無言のまましばらく思案の表情を浮かべた後、

『……………分かった、ルームシェアについて考えてあげる』

まだ完全に納得はいってないみたいだけど、それでも認めてくれそうな可能性が出てきたことに、ホッと胸を撫《な》で下《お》ろしていると、

『それで——その深未さんって子は？　あんたの話じゃ、そこに一緒に居るのよね？』

「……………そうですね」

そうなるよね、やっぱり。痛い所を突かれたワケじゃないけど、思わず敬語になってしまう。

「居るのは居るんだけど、今はちょっと——……」

どうしたものかと思いながら振り返ると、話の流れをある程度予想していたようで、

「………——大丈夫。話させて」

深未さんはいつの間にか、白のTシャツにスウェット生地のショートパンツというラフな格好に着替えていた。Tシャツがジャストサイズのせいでやっぱり胸元は凄《すご》いことになってたし、まだ少し髪も濡《ぬ》れていたけど、電話の向こうのお母さんからは艶《つや》がかって見えるくらいだろう。

「……ごめん深未さん、じゃあちょっとだけお願いするね」

私は感謝の言葉を口にしつつ、深未さんの隣へと並んで彼女を携帯カメラの画角に映した。

「お待たせ、お母さん……こちらが深未悠宇さん」

そう言って——深未さんの事を紹介した。

『————————』

深未さんを見るなり、お母さんは眼を丸くしていた。無理もないよね、このルックスだもん。

「…………初めまして。深未悠宇です」

お母さんが言葉を失っていて話が始まらないため、深未さんが軽く頭を下げて挨拶《あいさつ》すると、

『あ……と、失礼、彩凪の母です。簡単にだけど話は聞きました』

お母さんは我に返ったように話し始める。

『ごめんなさいね、なんか娘が色々とご迷惑をかけちゃったみたいで』

「いいえ……トラブルがあってのことですし、それにお互い様ですから」

元々の落ち着いたトーンの口調もあって、深未さんが丁寧に喋《しゃべ》ると受け答えが非常にしっかりしている印象になる。もしも考えなしの子供たちの戯れ言みたいに、心のどこかでまだ思っていたのなら、完全にイメージが覆されたはずだ。

『彩凪とルームシェアしても良いって言ってくれたそうだけど……理由を聞かせて貰える？』

「彩凪さんが言っていた通りです。私も今回のことがあって、誰かと一緒の方が一人よりも色々と安心できるって思って。それで、よければ……と彩凪さんに提案させて貰いました」

という深未さんの言葉に、

『…………そう、話は分かったわ。それに、ふたりの気持ちも』

お母さんはやれやれと嘆息する。

『けど……ＯＫする前に、最後にそちらの親御さんと話をさせてもらえないかしら？』

と、もっともな要求をしてくる。とはいえ、この感じだと許して貰えそう。

よかった……と私が一息ついたのと、深未さんが口を開いたのは同時だった。

「…――親はい、い、ま、せ、ん。シ、ン、グ、ル、マ、ザ、ー、で、私を育ててくれていた母が、一、年、前、に、死、ん、だ、の、で」

その言葉に――私は思わず息を詰めた。もちろん、椎名さんが保護者代わりって話だったし、そもそも高校生の一人暮らしなんて何かワケありなことぐらい分かりきった話だったけど。

「…………………」

呆然《ぼうぜん》と深未さんを見たけど、その横顔からは感情を読み取ることができない。

『…………そうだったのね、ごめんなさい』

「いえ……なので、もし保護者とお話をされたいのであれば、私の後見人とお願いします。先ほど彩凪さんが言っていた椎名円香という女性刑事で、母の昔からの親友だった人です」

連絡先を教えます――私からも彩凪さんのお母さんから連絡が行くと伝えておきます――でも仕事の関係ですぐに出れないかもしれません――すみませんお願いします。

そんな風に隣で話している深未さんの声を遠くに感じながら、私はただ立ち尽くしていた。

どこかぼんやりとしたまま、気がついた時にはお母さんに後の事を頼んで通話を終えていて、

「…――彩凪、大丈夫？」

と、深未さんがこちらの顔を覗《のぞ》き込んでいた。そんな深未さんに、

「……………ごめん私、深未さんの事情とか何にも知らなくて」

ルームシェアを許してもらうために、椎名さんを利用してしまった。

「そんなの当然でしょ。言ってなかったんだから」

「それは……そうだけど」

申し訳なくて俯《うつむ》くこちらに、小さく嘆息して、

「…………円香さんが言ったと思うけど、引っ越したのは彼女の勧めがあったから。母と暮らしてた部屋に一人でいたら、いつまでも色々と考えてしまうだろうからって」

それで、と深未さん。

「一周忌が終わった後に、円香さんの家や職場にも近いこの部屋に引っ越す事にしたの」

そうして事情を明かしてくれた深未さんに対して、

「…………私は、両親が離婚したの。原因はね、父親の浮気《うわき》」

私も引っ越しと一人暮らしの理由を話した。

「お母さんはもうずっと海外赴任で、私は父親と二人で暮らしてたんだけど……去年、体調不良で学校を早退した時に、自宅に女の人を連れ込んでるところに鉢合わせちゃってね」

あはは、と私は自虐的に笑いながら、これまでお母さん以外の誰にも話さなかったことを打ち明けた。ここまで詳しい事情を話したのは、深未さんへの後ろめたさがあったから。

苦しさなんて他人と比べたり、競ったりするものじゃないけれど。私と深未さんは決して同じじゃないけれど……それでも自分の傷を見せることで、深未さんに寄り添うことができたら。

そんな苦し紛れの告白をした私の肩に、そっと手が置かれて、

「…………そうだったんだ。辛かったね、彩凪」

あろう事か、深未さんの方が私に優しい言葉をかけてくれる。

「…………………っ」

ちがうよ深未さん。私はそんな風に言ってもらえる資格なんかない。

…………私は自分の無神経さが後ろめたくて、楽になりたくて、それで事情を明かしただけ。

それなのに……深未さんは私に寄り添って、心を救ってくれるような言葉をくれて。

だから、せめて何か返したくて――――気がつけば私は、深未さんをギュッと抱き締めていた。

「――――――――――」

突然のことに驚いたのか、こちらの腕の中で深未さんが僅《わず》かに身体を硬くする。

でも構わない――――告げる。

「ありがとう。私ね……一緒に住む相手が、深未さんでよかった」

お金とか安心とか、そういう事じゃなくて。本当の意味で、相手をしっかりと思いやれる――

――そんな人となら、これからの共同生活もきっと乗り越えられるって思えた。だから、

「深未さんにも同じ気持ちになってほしい。私にしてほしい事があったら何でも言って」

それは私が心から思った事。そんなこちらの想いが通じたのか、深未さんの身体が力を抜いたかのようにゆっくりと柔らかくなって、

「…………うん」

小さな頷《うなず》きの声と共に、深未さんも私を抱き締め返してきた。

だから——そんな深未さんに応えるように、私はさらに彼女を抱く力を強くする。

……——まだ何もないリビング。そこにあるのは抱き合う私と深未さんだけ。

それでも私たちに足りないものなんか何もないって——そんな風に思えた。


そうして私たちは、しばらく抱き合ったままでいた。

つい気持ちが昂ぶってやった行為だけど、冷静になると少し大胆だったかもしれない。

ただでさえ抱き合えば互いの身体は密着するのに、深未さんはビデオ通話に出るため急いで服を着たせいか、Tシャツの下は何も着けていないようだった。そんな状態で抱き合っているから、身長差のある私の頰から顎《あご》にかけての感触はとんでもない事になっている。

深未さんが嫌がってたらどうしよう……そんな風に思って、

「…………あの、深未さん。そろそろ」

「…………………………」

控えめに呼び掛けると、深未さんは黙ったままだった。ただ、代わりに私の腰に回している手に少しだけ力を込めることで、こちらと離れる意思がないことを伝えてくる。

こうなると私から抱き締めた手前、こちらから離れるのは気が引けてしまう。

これが普通のハグなら何の問題もないんだけど、でも私と深未さんの場合そうはいかない。

だって私たちには——洗面所での一件があるから。

……——あの時、私と深未さんの間に一瞬だけ流れた空気。

あれは絶対に勘違いなんかじゃなかった。私と深未さんのどちらかが、もう少しその気になっていたら……私たちはきっと。そんな想いがずっと頭から離れなくて、チラチラと彼女を見てしまっていたのだって全部そのせい。深未さんが私をどう思っているかは分からないけれど。

でも、私は完全に、深未さんを意識してしまっていた。

……——だからこれ以上はマズい。もしまた、あの時と同じ空気になるような事があったら。

今度こそ私は……そう思っていると、

「…………あ」

私の腰に回されている深未さんの手が、ゆっくりと下がり始める。

「んっ……あの、深未さん……」

「…………………」

私が戸惑いの声を上げても、深未さんは応えなかった。その代わり、私が顔を押しつけている深未さんの胸の鼓動が、こちらにまで伝わってくるほど大きくなる。それは気のせいなんかじゃなくて――そうこうしている間に、深未さんの手はどんどん下へ降りてくる。

このままじゃ……そう思った瞬間、

「っ――ごめん、ちょっと喉《のど》が渇いたから、お水」

とっさに私は深未さんから身体を離すと、彼女の手から逃れるようにキッチンへと向かった。

コップに水を汲《く》んで、自分を落ち着かせるようにまずは一杯飲み干す。そして空になったコップに再び水を注いでいると、深未さんもキッチンにやって来た。こちらを見る彼女の瞳《ひとみ》は少し不安そうにしていて――入口のところで、私が水を飲み終わるのを黙って待っている。

……――たぶん、私に拒絶されたと勘違いしてる。

そういうワケじゃないんだけど……でも、本当のことを言うのもマズい気がする。

深未さんも水を飲んで、いったん落ち着いてほしいけど……この様子じゃ無理だよね。

だとしたら話題を逸らすしかない。どうしたものかと思案した私は、

「…――幾らだった?」

そう深未さんへと問い掛けた。

「………何の事?」

意味が分からないとばかりに問い返してくる彼女に、

「さっきスーパーで買ったもの。お会計、深未さんが全部してくれたでしょ。半分払うから、何円だったか教えて」

それは、いったん後回しにしていた割り勘の話。数字って論理的なものだから、一定の理性

が必要になる……はず。だから金額を確認している間に、盛り上がってしまった感情を落ち着かせてもらう。そんなつもりだった――だけど、

「…………別にいい」

「えっ……いや、よくないよ。食器や調理器具はふたりで使うものだし、ホットケーキだって一緒に食べたんだから、不公平になるのはダメだってば」

予想外の反応に驚いたこちらに、

「だったら、ホットケーキを食べたいって言ったのは私で、彩凪はそれに付き合ってくれただけ。同じ金額を払うのは公平じゃない」

「そんな……ホットケーキは私も食べたいからって一緒に決めたものだし」

「なら彩凪が作ってくれた労力は？　公平にするなら、食べただけの私が払うべきでしょ」

いや――料理は基本的に私がやるって決めたじゃん。思わずそうツッコミそうになったけど言わないでおく。多分だけど……今の深未さん、理屈が通じなさそうだし。だから、

「じゃあ、食器とか調理器具の金額だけ教えて。変な貸し借りは嫌だから」

と私が言った瞬間――深未さんの目つきが明らかに変わった。

「そう……そんなに貸し借りが嫌なんだ。それならお金より先に返して」

拗《す》ねたような目をして言いながら、こちらへ手を差し出してくる。

「？　別にいいけど……何のこと？」

いったい何の話だか分からず尋ねると、

「……――洗面所で私の裸を見て、床に押し倒して唇を奪って、胸もいっぱい触って」

それは私が彼女にしてしまった事だった。

そして、深未さんはこちらを真っ向から見つめて言い放つ。

「忘れたなんて言わせない……全部返して」

▽▽▽

確かに私がやってしまった事ではあるけれど、流石にそんな要求に応じられるワケがない。

深未さんも、自分が無茶なことを言っていると分かったのだろう。

私が立ち尽くしていると、彼女はキッチンを後にして寝室へ入っていった。

……――そして現在。行き場をなくした私は、とりあえずお風呂《ふろ》に入っている。

身体を洗うためのスポンジはさっきお店で買ってきたもの。

でも洗面器や、身体を洗う時に腰掛ける小さなバスチェアなどは、深未さんが購入していたもの。シャンプーやコンディショナー、ボディソープに洗顔フォームに加え、お風呂上《ふろあ》がりに塗る化粧水や乳液なども、既にあるのを使えば良いと言われ、お言葉に甘えることにしていて、

「…………私が間違ってたのかな」

貸し借りどうこうの考え方でいえば、これらも共用にするならお金を払わなくてはならなくなる。それぞれ幾らか深未さんに確認してもらい、その半分を計算して支払うのだ。

嫌だなあ……まるで、友だちとご飯を食べにいって、割り勘の時に一円単位まで細かく計算する人みたい。そういう真似はした事ないし、そういうつもりも全くないんだけど。

「…………………………」

考えていても仕方ない。ありがたく使わせてもらう事にして、私はバスチェアに座るといつものように頭から洗い始めた。シャンプーの泡をしっかりと流してから、髪にコンディショナーを馴染《なじ》ませると、今度は身体を洗ってゆく。

そうして全身を泡立てたスポンジで洗いながら、私は深未さんのことを思っていた。

考えるべき事は二つある。一つは、私がお金を払おうとした時のあの反応について。

……――私が「変な貸し借りは嫌だ」と言った時、明らかに深未さんの表情が変わった。

理由は分からないけど……単純に考えるなら、深未さんは逆に貸し借りとかをしたいって事なのかな。だとしたら――彼女が望んでいたのは、私の考えているようなルームメイト同士それぞれ線引きされた責任を果たす共同生活じゃなくて、互いに気にする事なく貸し借りができたり、時には迷惑を掛け合える同居生活だったのかもしれない。

「そういえば……深未さん、一度も『ルームシェア』って言ってなかったっけ」

身体を洗う手を止めて、ポツリと呟《つぶや》く。

……――きっと深未さんは、本当に私と一緒に住みたいって思ってくれてたんだ。

本音が言いやすい家族との暮らしや、甘えられる恋人との同棲《どうせい》みたいに。

一方の私は――先に契約してた深未さんから誘われたのもあって、やっぱりどこかで遠慮してしまい、ルームシェアというか間借りしているみたいな気持ちになっていた。だから、とにかく深未さんの迷惑にならないようにと考えていたけれど……そんな私の態度は、近い距離での同居を求めていた深未さんからは冷たく、そして遠く感じられただろう。とはいえ、

「…………なんで深未さん、あんな事」

リビングで抱き合っていた時──私の腰に回されていた手が、下へと降りてきていた。勘違いなんかじゃない……まちがいなく深未さんは私に触れようとしていた。それにさっきの発言もある。だからそう、『なんであんな事』なんかじゃない。疑いようなんてなかった。

…──深未さんはきっと、私のことを。

ゴクリと喉が鳴ったのは、自分でも気がつかない内に、生唾《なまつば》を飲んでいたから。

どうしよう。一体いつから深未さんは、そういう気持ちだったのかな。

もちろん私も、あんな事があったんだから、もの凄《すご》く意識はしていたけれど……でも、そういうつもりで同居の話を受けたワケじゃなかった。

でも──スーパーでの男性相手の立ち回りで見せた、毅然《きぜん》とした態度や格好良さ。

ホットケーキを食べたいと言った時の、思いもしない可愛らしさとのギャップ。

そして、自分自身よりも私を気遣ってくれた確かな優しさ。

ただ綺麗《きれい》なだけじゃない。そうした素顔まで知ってしまったからこそ、私の心は深未さんへと傾きつつあった。そこへ、こんな風に好意をぶつけられたら────…。

「ダメだよね……こんなこと」

言葉はためらっているのに、呟く声がはっきりしてるのは、きっと本音とは裏腹だから。

「……──あ」

そこで私は、自分が無意識にいつもより念入りに身体を洗っていることに気がついた。

「…………………」

シャワーのお湯で全身の泡を洗い流すと、私の身体は足の指先までくまなく綺麗になっていた。このあと自分が何をするつもりなのか──言い訳なんてできないくらいに。

◆●◆

彩凪と軽く言い合いみたいになった後、私はその場から逃げるように寝室へと入った。

その理由は──いったん一人になって、気持ちを落ち着かせたかったから。

「…………勘違いだったのかな」

照明をつけず、レースのカーテン越しに入ってくる遠くの街灯の輝きしかない仄暗《ほのぐら》い寝室で、私はベッドに仰向けになりながら呟いた。

…──洗面所でのことがあってから、彩凪は私を意識していたように思う。

ただ視線を感じただけじゃない──本人は気がついていないかもしれないけれど、時おり私を見ていた彩凪は、明らかにこちらをそういう目で見ていた。

間違いない、私には分かる……だって私も、同じ目で彩凪を見ていたから。

……――むしろ、前から知っていた分、私の方が想いは強いくらい。

迷子だった女の子を私が気になった理由――それは母さんが死んで、ひとりになった自分を重ねていたから。だから彩凪があの女の子を助けたのを見た時、間接的ではあったけど、私も救われたような気持ちになったし……それ以上に彩凪に直接救ってもらいたいって思った。

だって、あの女の子はママが迎えにきてくれたけど――私にはもう母親はいないから。

その役目を円香さんに求めることはできない。母さんの親友である円香さんもまた、私と同じ喪失感を抱えているから。互いに寄り添うことはできても、彼女に甘えることはできない。

だからこそ、名前も知らなかった彩凪に対する想いを私はひたすら強く抱いて……そんな中でのまさかの再会。もちろん彩凪は知る由もない話だけど……私にとっては、裸を見られた事を忘れてしまうほどの運命の再会。すぐに彩凪が、迷子を助けてたあの子だって分かった。

「…………………」

指先でそっと唇に触れながら思い出すのは、彩凪とキスしてしまった時のこと。

……――比喩《ひゆ》でもなんでもなく、本当に電気が走ったみたいだった。

その理由が、初めてのキスだったからかどうかは分からないけれど――私にとっては運命の再会から、運命の相手へと変わった瞬間で、思わず目をつむってしまったのはそのせい。

そして――戸惑う様子に悪い子じゃないって確信して、ただのトラブルで終わらないように、わざと警察を呼んで大事にした。『絶対に逃がさない』って言ったのも、許せないからじゃなくて、ただ離れたくなかったから。

……――自分でも、メチャクチャな事をしたって思ってる。

でも――あの時は、突然のことで頭がいっぱいになって、他に方法が思いつかなかった。

どうか私を置いていかないで……それだけを必死に願っていた。

そのあと、二重契約が発覚して――一緒に住まないか彩凪に提案し、無事に同居も決まって。

私の心は一気に弾んだものになった。そして、スーパーでの揉《も》め事《ごと》が決定打。大柄な男を前にしても一歩も引かず、むしろ圧倒するほどの冷たい瞳とあの言葉。きっと……彩凪はただの優しい女の子じゃない。そう感じたからこそ余計に、私の中の想いがさらに強くなって。

自分は守られたんだって……そのことを理解した瞬間。
私は――深未悠宇は、雪平彩凪に恋をした。

……――だけど、その想いを明かすつもりはなかった。

彩凪も私のことを意識してくれてるって思ったけど、もし万一拒まれたら――そう考えると怖くて、自分の気持ちを伝えたりはせずに、一緒に暮らせるだけで充分だって思おうとした。

「それなのに――……」

そんな中、リビングで彩凪に抱き締められた。さらに彼女がくれた言葉は、私にはまるで告白みたいに聞こえた。思わず泣きそうなくらい嬉《うれ》しくて――すがるように私が抱き締め返すと、彩凪はもっと力をこめて抱いてくれた。求められてるって……そう強く感じるほどに。

だから気持ちが抑えられなくなって、もっと彩凪に触れようとしたのだ。

……――けれど、彩凪は台所へと行ってしまった。

勇気を出して追いかけたけど、どうでもいいような話で誤魔化そうとしてきた……それで思わず、「全部返して」なんてメチャクチャな事を口走ってしまった。すぐに後悔したけれど、謝ることもできなかった私は、彩凪の言葉を待たずにその場を後にした――怖くて逃げたのだ。

「……………………」

ベッドに横になったまま、私は携帯を手に取ってチャットアプリを起動する。トークページの一番上に来ているのは、連絡先を交換したばかりの相手――彩凪だ。

……――彼女は現在、お風呂に入っている。結構時間が経ったし、もう少しで上がるはず。

向こうの扉の前で待つこともできるけど、今はまだ合わせる顔がない……というより、どんな顔をしていいか分からなかった。だけど、このまま逃げているワケにもいかない。もしこれで、本当に気まずくなって……最悪、彩凪との同居が白紙に戻ってしまったら。

そんな事になるのだけは絶対に嫌だった。だから、

「――――――――……っ」

私は意を決すると、彩凪へのメッセージを打った。

【さっきはゴメン】そう送ると即座に既読状態になり、

【いいよ】と返ってくる。返事が来たことに、ほんの少し胸《むね》を撫《な》で下《お》ろしながら、

【忘れて】そんなこちらの言葉に、今度は既読がついたものの返事が来なくなる。

どうしたんだろう……空白の時間が緊張になり、私が胸を苦しくしていると、

【スーパーの二階で買ったもの】【何円だった？】と、彩凪から連投で送られてきた。

「……………………」

私は電子決済の履歴から、二階での会計を確認して、金額をそのまま打つ。

すると、

【わかった】という言葉が来て、そしてメッセージが途絶えた。

……――きっと、このあと彩凪が自分の分の金額を渡してくるのだろう。

それを私が受け取れば、仲直りができるのだろうか。そう思いながら、チャットアプリを閉じようとした時だった――連続で送られてきた彩凪のメッセージに、私は思わず息を呑《の》んだ。

【じゃあ全部返す】【取りに来て】

一瞬……彩凪が何を言っているのか分からなかった。『全額』の打ち間違いかとも思った。でも、たぶんそうじゃない。だとしたら、どういう意味なのか――それを考えた瞬間、

「――――――」

ドクン……と私の胸の鼓動が高鳴った。彩凪が何を言っているのか、それが分かったから。

……――けれど、すぐには信じられない。

だって――ついさっき、彩凪は一度こちらを拒んでいる。だけど、

「…………………」

私はベッドから下りると、その足で寝室を出てある場所へと向かった。

それは廊下の先――浴室へとつながる洗面所だ。

かすかに背筋が震えているのは、きっと素足で踏む床が冷たいだけが理由じゃない。

まだ信じない。それでも、扉の向こうには確かな気配があった。

だから……私はそっとドアノブへ手を伸ばし、ゆっくり引くように扉を開けていって。

そして――そこに私を呼んだ女の子が、彩凪がいた。

▼▼▼

……――それは数時間前とは正反対。互いの立場がひっくり返った状況だった。

私の眼の前には今、携帯を手にしたお風呂上《ふろあ》がりの彩凪が立っている。

それは初めて見る裸。さっき抱き締めた時に感じた通り、思ったより彩凪は華奢《きゃしゃ》な躰《からだ》つきをしていた。でも形の良い胸は想像してたよりも大きくて、私の手から少し溢《あふ》れるくらいのサイズ感。そして、その先端はきれいな桜色をしていた。下半身に目がいかない理由は、見たら申し訳ない気持ちがあったのと――綺麗《きれい》な裸より眼を離せないものがあったから。

「――――」

それは彩凪の瞳《ひとみ》――息を呑《の》むほど真っ直ぐな眼差しがこちらへ向けられていた。裸でいる事を微塵《みじん》も気にしていない堂々とした雰囲気。身長差から私の方が見上げられてる筈《はず》なのに、こちらが見下ろされてるみたいな感覚に陥ってしまう。そんな力強い眼差しで、彩凪はこちらを見つめていて……私の裸を見てうろたえていた時とはまるで別人だった。私は今、スーパーでトラブルになった男に対して彩凪が向けた、静かな威圧感のある瞳に見つめられている。

だから私は完全に気圧されてしまって……呆然《ぼうぜん》と立ちつくすこちらに、彩凪はスッと手を伸ばしてきた。そして、私はそのまま胸の真ん中をトンと軽く押される。それだけで、

「――――あ」

私の躰はよろめいて――その場にへたり込むように尻餅《しりもち》をついてしまう。

そんな腰が抜けてしまった自分の状態を理解するより先に、

「…――大丈夫？」

彩凪はそう言って、こちらへと手を差し伸べてきた。まるで出会った時の私がしたのを再現するかのように。その手を取ったら、どうなるかなんて言うまでもない。私は彩凪のことを床に押し倒し、キスをして――さらに胸を触って、柔らかな彼女の膨らみに顔を埋めるのだ。

その行為を想像するだけで躰の奥がほのかに熱を持つ。だけど、

「……………………」

私は彩凪の手を取れなかった。そんなこちらに視線を合わせるように、私の眼の前に彩凪も腰を下ろして――人差し指で自分の唇に触れると、ゆっくりと下に降ろしながら、

「返して欲しいんでしょ……いいよ。キスして、触って」

言いながら彩凪は自分の胸に手をやった。息が届きそうな距離なのに、だけど私は何もできない。もちろん彩凪には触れたいけれど、それ以上に私は――そう思って視線を逸らすと、

「やっぱり……返してなんて言って、本当は奪って欲しいんだね」

「────────」

見透かすような彩凪の言葉に、私はハッと彼女を見てしまう。すると彩凪は覗《のぞ》き込むようにこちらへ顔を近づけてきた。そして私の太股《ふともも》に手を置きながら、

「キスしちゃった時そんな感じだったもんね。本当はあのまま私にされたかったんでしょ」

「彩凪だってあの時、私のこと──んっ」

とっさに言い返そうとした言葉を、私は最後まで言えなかった。口を塞《ふさ》がれてしまったからだ──彩凪の唇によって。奪われるような強引なキス……けれど私は抵抗できない。突然のことに驚いてしまったのもあるけれど本当の理由は別。彩凪が言ったように、こんな風に彩凪からキスされたいって私自身が思っていたから。だから私は奪われるままに、彩凪に対して応えてしまう。そして、あの時と同じようにそっと瞳を閉じると、

「んっ……ちゅ……はぁ、ん……ちゅ……ふ、ぅ……っ」

ひたすら彩凪とのキスに夢中になった。彩凪の背中に両手を回して、もっと彼女を求めてゆく。すると彩凪は、唇だけのキスなんかじゃ終わらせないで──こちらの唇の動きに合わせて、私の口の中へ舌を入れてくれた。自分の中に他人の躰《からだ》の一部が入ってくる……本当なら怖いはずなのに、その相手が彩凪だと震えるほど嬉《うれ》しくて。私は彩凪の舌を悦んで受け入れると、自分の舌で彼女を歓迎する。私たちは唾液《だえき》でヌラヌラになった互いの舌を擦り合わせて、

「くちゅ……んっ、ふ……ちゅぷ……はぁ、んむ……ちゅぷ……んぅ」

甘い吐息を漏らしながら、初めてするディープキスの気持ち良さに溺《おぼ》れていった。そして、たっぷりと舌を絡ませて、口の中でお互いの粘膜の温度が一緒になったころ——私たちはどちらからともなく唇を離した。自分が今、どんな顔をしてるのか分からない。だけど瞳を開けると、眼の前の彩凪は艶《つや》っぽく笑っていて——そっとこちらの頰に触れながら、

「やっぱり気づいてたんだね。私が深未さんをこうしたいって思ってるって」

「…………私の胸を触ってた時、一瞬だけど今みたいな目をしてたから」

こちらの言葉に、彩凪はスッと眼を細めて、

「へえ……気づいてたのに、一緒に住もうって自分から言ったんだ」

「それは——……」

せっかく会えた彩凪と離れたくなかったから。そして——一緒に暮らしたら、こういう風になれるかもって思ったのだ。はしたない願望を抱いた私のいやらしい期待。それが今、現実のものになりつつある。彩凪は私の太股に置いた手を滑らせるようにして撫《な》でながら、

「あのまま続けてたら私たち、どうなっていたんだろうね」

「んっ……………私もずっと考えてた」

私は彩凪の手がくれる快楽を感じながら答えた。もちろん全てはもう過ぎたことだし、結果的には未遂で良かったとも思ってる。だって、もしあのまま先へ進んでたら——たとえ私が誘っても、彩凪は一緒に暮らすことを選ばなかったかもしれないから。

でも、一方で考えずにはいられない。それ程までに、昼間の出来事は鮮烈だった。すると、

「……——ねえ、確かめてみようか」

彩凪がそう耳元へ囁《ささや》いてきて——私は小さく躰を震わせた。

「確かめるって……どうやって」

もうあの時の私と彩凪はいない。お互いのことを知って、大切に想うようになっている。今さら下手な真似をして気まずくなったら、同居に支障をきたしかねない。すると、彩凪は携帯カバーのポケットから紙幣を一枚取り出した。それは一万円札で、

「これは二階でした会計の私の分。取っておいて」

「でも、それだと少し多すぎ……」

「うん。だけどお釣りはいらない——代わりにそのお金で深未さんを買わせて」

「私を……買う」

うわ言のように繰り返した私に、彩凪は「そう」と頷《うなず》きながら、

「今日だけ深未さんは私のものになるの。私は何をしてもいいし、深未さんは抵抗してもいいけど終わったら文句は言わない。この方がお互い気兼ねなく、あの時の再現ができるでしょ」

「…………………」

強引だけど確かにその通りかもしれない。彩凪が私を買って、私は彩凪に買われた事にすれば、たとえ建前でもこれから私たちがする行為の免罪符になる。私たちに必要なのは、その場しのぎの刹那《せつな》的な言い訳。それがあるだけで理性なんて邪魔なものは捨ててしまえる。

「もちろんこれは今日だけの話。それなら明日《あした》から気まずくなる事もないだろうし」

あと、と彩凪。一万円札を少し振りながら、

「やっぱり全部を清算することにして、ここで終わりにしても構わないけど——どうする？」

「…………そんなの」

私が自分の願望を告白したように、彩凪も隠していた彼女の本性を明かした。今さらそんな真似をしたら、お金と一緒に彩凪との関係も清算されて、この同居まで白紙になるかもしれない。それだけは嫌だった。今の私たちはもう——戻れないところまで来てしまっているのだ。

……——それに、こんなにドキドキしてるのに、ここで止めるなんてできない。

床に押し倒されて、奪われるみたいなファーストキスをして、胸までいっぱい触られた。あのまま続けていたら、私たちは一体どうなってたのか……その答えが知りたいのに、このまま有耶無耶《うやむや》になんかしたくない。彩凪だって同じ気持ちのはず。だから、

「お願い彩凪……私のことを買って、昼間の続きを最後までして」

私は意を決して、自分の望みを口にした。そんなこちらに、

「…………分かった。もう引き返せないよ」

彩凪はそう言って一万円札を差し出してくる。私はそれを受け取りながら、

「別に構わない。でも、代わりにひとつお願いを聞いて」

「お願いって？」

「苗字じゃなくて名前で呼んで。きちんと目を見て、ちゃんと私を呼び捨てて」

こちらが『優しくして』とでも口走ると思ってたのか、彩凪は驚きに目を丸くした。

そして私の気持ちを理解した彩凪はふっと笑うと、私の一番欲しい言葉をくれる。

確かな声音で、

「いいよ、悠宇——私のものにしてあげる」

△○▽

お金で悠宇を自分のものにした私が最初にしたのは、彼女の服を脱がすことだった。

といっても私と同じ裸にするためじゃない——昼間の再現をするなら私は服を着て、悠宇は裸になるべきだ。だから、

「ほら……昼間は私がカーディガンを貸してあげたよ。今度は悠宇がそのTシャツを貸して」

こちらの言葉の真意を、悠宇はすぐに分かったみたいで、

「……………わかってる、早く脱がして」

頬を赤くしながら、昼間の私が告げた言葉を今度は悠宇が再現する。私はゆっくりと襟元へと指先を滑らせると、そのまま下へと這《は》わせていき——裾《すそ》の辺りで手を止めると、

「これだと私の手が塞がっちゃう——自分で脱いで」

今度は私が悠宇の言葉を再現して、そのまま止めの言葉へと繋《つな》げる。

「言っておくけど……絶対に逃がさないから」

それが相手の言葉をただ再現してるワケではない事を理解していた悠宇は、その躰を一瞬だけ震わせた。そう――これは今の私からの宣言。だから悠宇は従うことしかできない。

「…………………」

躰の前で腕を交差させて裾を摑《つか》むと、悠宇はゆっくりＴシャツを脱いでいった。

……――私がカーディガンを貸せたのは、下にも服を着ていたから。

なら今の悠宇がＴシャツを脱いだら――その答えを私は見た。分かっていたけど悠宇はＴシャツの下に何も着けてなくて、昼間に見た大きすぎる乳房が私のすぐ眼の前で露わになる。

悠宇の胸を見るのは二度目。でも慣れたりとかは全くなかった。昼間はとにかく驚きから混乱してしまったけど、今の私はきちんと悠宇を性的対象として見ていたから。

そして悠宇も別人になっている。だってあの時と違って、今はもう私のものだから。昼間よりも綺麗で、それ以上に艶っぽく見えるのは気のせいじゃない。自分がこれからされる事への期待を膨らませている悠宇の瞳は、私にメチャクチャに奪われることを望んでいた。だからすぐにでも押し倒して、あの時の続きをしてやりたい――そんな想いに駆られるけど、

「…………………」

私は自分の欲望を押し殺して、悠宇から受け取ったＴシャツに頭を入れて袖《そで》を通した。

……――これは私のものになった悠宇との関係を、改めて明確にするために必要な事。

ひとりは服を着て、もうひとりは裸――つまり服を着ることを許されない。それは性的な上

下関係における象徴ともいうべき対比構造だ。この方が悠宇も、私のものになったとより強く意識できるはず。そして私は、少し乱れた髪を手で搔《か》き上げるようにして整えると、
そう言うなり、ゆっくりと悠宇の胸に手を伸ばした。すると、

「……お待たせ悠宇、それじゃあ始めようか」

「…………………っ」

もうすぐ胸を触られる――そんな自分を理解した悠宇が息を呑んだ。表情は緊張で硬くなりながら、それでも瞳はいやらしい官能に濡《ぬ》れていて、間もなく訪れる瞬間を待ち望んでいる。だから私は、そんな悠宇の願望に応えてあげた――大きな彼女の乳房に触れる。昼間のような床に転がった拍子の事故じゃなく、今度は私自身の意思……性的な行為として。すると、

「あっ……ん……ふぅ、や……ぁあん」

途端に悠宇は甘い声を上げながら、気持ち良さそうに躰をくねらせる。

片手どころか、両手でも溢《あふ》れてしまうほど大きな悠宇の双丘――その感触は想像よりも遥《はる》かにいやらしいものだった。最初に感じたのはこちらの指を押し返すほどのハリと弾力。ふんわりとした私の胸と違って、悠宇の乳房は手に吸い付いてくるような密着感があって……まるでもっと揉《も》んで欲しいって主張してるみたい。そんな胸を、私は望み通りたっぷりと揉んであげた。もちろん本来は、こんな風にいきなり直接的な場所を触ったりはしない。普通は心と躰の準備ができてからじゃないと、触れられても気持ち良くなれないからだ。

……――でもその反面、こうしてあげた方が私のものになったと感じやすい。

昼間の行為の先を妄想して、我慢できないほど私に奪われたくて――悠宇は私に買われることを選んだ。昼間の出会いから八時間以上、ずっと私にされたいって思っていたのだろう。これまでの時間と、ここまでの私とのやり取り全てが、悠宇を焦らし続けてきた淫《みだ》らな愛撫《あいぶ》だ。

そして今――心と躰が完全に出来上がった状態で、悠宇は私に胸を揉まれていて、

「やっ……あぁっ、っ――――――〜〜〜〜っ」

瞬く間に官能を昂ぶらせた悠宇は、唇を噛みながらいやらしく躰を震わせた。それは私も思わず言葉を失ってしまうほどの敏感な反応。だけど私は、悠宇の胸から手を離さなかった。

快楽を極まらせた悠宇は壮絶に綺麗《きれい》で……背徳的な興奮が私の中で一気に湧き上がる。

「ふふ、可愛い……どうしてこんなに感じやすいの？」

「んっ――は、ぁあ……いつも……自分でしてるから。寝る前とか……色々……んっ」

たしかに一人エッチをすると眠りやすくなる。それこそ女の子は快感より、リラックスや睡眠導入の目的でする人の方が多いって話もあるくらい。もちろん私だって経験はそれなりにあるけれど……流石にここまでじゃない。甘い絶頂感がまだ続いているのか、悠宇の瞳《ひとみ》はとろんとしていて、その表情には恍惚《こうこつ》の色が浮かんでいる。そんな悠宇に、

「でも胸だけでイクなんて……もしかして、アソコより胸でする方が好きなの？」

そんなこちらの問いかけに、悠宇は思考をとろけさせながら、

「分からない……下は何だか怖くて、胸でしかやった事ないから」

「胸でしかって――それで最後まで出来るの？」

ちょっと待って。驚きに目を丸くしたこちらに、

「最初は出来なかったけど……出来るようになるまでやったから」

悠宇は信じられないような事を言ってくる。でも、その表情は本当のことを言ってる顔で、

「すごいね……自分でそこまで開発しちゃったんだ」

もちろん感度には個人差はあるけれど、それでも胸だけで最後までいける人なんて滅多にいない。だから普通は、もっと感じやすい場所でするのに……悠宇は胸だけでやり続けて、普通の人じゃ辿《たど》り着《つ》けないところまで行っちゃったんだ。たぶん元から感じやすい体質で、その上で開発できる性感の深さが人並み外れていたんだと思う。そして上手くいかなかったら諦《あきら》めるんじゃなくて、上手くいくまで頑張っちゃったのだ。きっと真面目で不器用なところもあるから、そんな事しちゃったんだね。恐らくは――何も考えずにいられる時間が欲しくて。

自宅に女の人を連れ込んだ父親の不倫セックスの現場なんてものを見ちゃったせいで、私も一時期メンタルがやられて眠れなくなって、ひとりエッチに逃げてた時期があるから分かる。

たぶん――悠宇もお母さんが亡くなったことが影響したんじゃないかな。

私は父親や不倫相手が家族を裏切ってまで求めた快楽がどんなものか知りたくて、取《と》り憑《つ》かれたように色々な情報を集めて試していった結果、最終的に父親と一緒に性的な快楽とも距離を取れたけど。悠宇はそれこそ深みに嵌《は》まってしまったのだ。甘くて切ない……禁断の快楽に溺《おぼ》れるみたいに。と――そこで私は、悠宇と出会った時の真実に気がついて、

「ああ……それであんな中途半端な時間にシャワーを浴びてたんだね」

「――――――――」

図星だったみたいで、私の言葉に悠宇の顔がもっと赤く染まる。

……――新居のこの部屋にひとりで、不安か何かから逃げるように昼間から。

そして、シャワーを浴びてもその躰は敏感なままで――そんな時に私が来たのだ。だから私が胸を揉んじゃった時に、あんな風に反応してしまったのだろう。

「明るい内からそんなことして……シャワーが必要になるなんて、いったい何回したの？」

「………………二回、くらい」

「ふーん、二回くらいね」

悠宇がした可愛らしい過少申告のような答えを、私は流してあげた後――告げる。

「……――ねえ悠宇、してみせてよ」

「え――……」

思わず目を見開いた悠宇に、

「胸だけでするのってどんな感じか知りたいな。それに昼間の再現をするんだったらまずは悠宇が同じような状態にならなくちゃ……でしょ？」

「…………でも」

こちらの無茶な要求に、躊躇《ためら》いの表情を見せる悠宇に、私は「お願い」と優しく諭した。

「私の知らないあなたを教えて。そうしたら、私はそんな悠宇も一緒に奪ってあげるから」

「…………………………」

私の言葉は、悠宇の心を揺れさせていた――だから最後の一押しをする。

「……――それと忘れないで。今の悠宇は私のものなんだよ」

「………………………あ」

こちらが強い眼差しで告げると、悠宇は自分が何者かを思い出したかのように息を呑《の》んだ。

そう――今の悠宇は私に買われている身なのだ。だから、

「抵抗していいとは言ったけど……拒否していいとまでは言ってなかったよね」

ほら……とこちらが促すと、

「……………………………っ」

やがて悠宇は意を決したように、自分の胸に手を伸ばしていった。

……――最初は、外側から内側へ向かってそっと寄せ上げるように。

そうして悠宇は自分の乳房を両手で揉み始めた。すると悠宇の左右の膨らみが形を変えながら、艶《なま》めかしく張り詰めた乳首がいやらしい円運動の軌道を描きだす。そんな淫らな行為を、すぐ眼の前の特等席のような場所で私が見つめていると、

「っ………んっ、は……んぅ………っ」

悠宇の口からは控えめな吐息しか漏れてこない。両手の動きも左右対称のため、どこか機械的なものに感じられる。どうやらまだ躊躇いが完全には抜けきれないみたいで、

「………………そんなにジッと見ないで」

消え入りそうな声でこちらから視線を逸らした悠宇に、

「どうして。気まずく感じるなら、そっちが眼を瞑ればいいと思うけど」

私は悠宇を見据えながら言い放つ。これも昼間、悠宇が私に言ったこと——まるで詰め将棋のように、私は悠宇を彼女自身の言葉で追いつめてあげる。逃げ道を塞《ふさ》がれた悠宇は、

「…………………っ」

言われた通りに眼を閉じたけど、でもこれは私が誘導した罠《わな》。瞼《まぶた》を閉じて視覚情報が遮られれば、それだけ触覚に意識が集中してしまう。恥ずかしさで悠宇が逃げ込んだ先は行き止まりで、落とし穴まで用意されていた——だから、後はひたすら堕ちてゆくしかなくて、

「んっ……はぁ、ん……ふぅ……あぁ、ん……ぁあ……んぅ……っ」

それでも眼を瞑《つぶ》っていても私の視線を感じるみたいで、自分の乳房をいやらしく弄《もてあそ》んでいた悠宇の声が次第に熱を帯びてゆく。すると……手の動きが左右で異なるものへと変わりだした。感覚だけに集中して気持ち良くなってきたことで、同じ動きをする意識が薄まって快楽だけを求め始めたのだろう。次第にその指先が桜色の先端にかかり始めると、さらに手の動きが艶めかしいものになり、悠宇はますます官能を深めて乱れてゆく。自分でしているところを私に見られてる——その異常なシチュエーションが、悠宇をより昂奮《こうふん》させてるようだった。そして、

「あっ……んぅ、はぁん……あぁ……んっ、ふぅ……はぁ……ぁあああぁっ」

もうすぐそこまで絶頂が近づいていることを知らせるように、悠宇の声がボルテージを増していって——その時が訪れる直前。私はその一歩先を行くように、少しだけ悠宇より力を込め

て、張り詰めた乳首ごと彼女の大きな膨らみをグッと鷲掴《わしづか》みにする。

瞳を閉じていた悠宇にとって、それは完全な快感の不意打ちで、

「────────────っ」

廊下中に響き渡るような嬌声《きょうせい》を上げながら、私の眼の前で悠宇が激しく絶頂した。

一度だけならまだしも、二度目があったらもう疑いようがない。

「へえ……本当に胸だけでイケるんだね」

悠宇の官能的なその姿は、私をさらに昂奮させた。眼の前でまだ激しい絶頂感に溺れたままでいる悠宇の乳房は、快楽に打ち震えるみたいにはしたなく痙攣《けいれん》していて……見れば乳首がいやらしい形に膨れ上がっている。今なら──そう思い、私は悠宇の胸に顔を寄せるとそのまま彼女の乳首を口に含んだ。そして一気に吸い上げた──次の瞬間、

「〰〰〰〰〰〰〰〰〰〰〰〰〰〰っ」

驚くほど簡単に、悠宇はさらなる快楽を極まらせた。すると強すぎる官能の奔流に襲われた悠宇は、縋《すが》るようにこちらを抱きしめてきて──必然的に私の顔は悠宇の乳房へと押し付けられる格好になる。その状態でも口に含んだ悠宇の乳首を淫らにしゃぶり続けてあげると、

「〰〰〰〰〰っ、〰〰〰〰〰〰っ」

その度に躰をいやらしく震わせながら、面白いように悠宇は絶頂を重ねてゆく。

絶頂後は感覚が鈍る人もいれば、逆に敏感になりすぎてそっと触れられるだけでも刺激が強くて不快になる人もいる。それは個人の身体的な特性や、心理的なブロックによるもの。そん

な中、悠宇は何度となく性感を極まらせていた。

まるで快楽を無限に受け入れられる心と躰を、官能の神様から授かったみたいに。そして、

「…………ん、はぁ……ん……ふぅ……♥」

ようやく乳首での連続絶頂から戻ってきて、悠宇が甘い吐息を漏らしたのと――私が彼女のショートパンツに手を掛けたのは同時だった。自分が何をされるか理解した悠宇が、

「…………………あ」

力のない声を上げたけど――私は容赦なく彼女のショートパンツを脱がしてしまう。すると、一気に悠宇の匂いが強くなった。見れば下に穿《は》いていた白のショーツが濡れたことで透けて、熱を帯びた股間《こかん》に張り付いて悠宇の形をくっきりと浮かび上がらせてしまっている。

「…――や……あぁ……」

自分がどんな状態なのか目の当たりにして、羞恥《しゅうち》を募らせた声を上げた悠宇に、

「こんなに濡らして……じゃあ今度は私が、胸だけじゃないイキ方を教えてあげるね」

構うことなくそう言って、悠宇のショーツの中へ手を入れてあげようとした時だった。

電子音と共に――私の携帯が鳴ったのは。

◆●◆

…――それは突然のことで、いったい何が起きたのか、私はすぐには分からなかった。

だけど――なぜか彩凪が私から離れて、床にあった携帯を手に取り操作すると、

「時間が来ちゃった……ここで終わりだね深未さん」

そうして私を元の苗字で呼びながら、こちらへ携帯の画面を見せてきた。

そこに表示されていたのは零時ジャストの時刻で、ようやく私は理解する。

私が彩凪のものになれていた時間が――たった今、終わってしまったのだと。

「…………そんな」

呆然《ぼうぜん》となったこちらに、彩凪は表情を曇らせながら、

「私はまだ続けたいけど……仕方ないよね。そういう約束だったもん」

「っ――それなら！」

「…――それなら何？」

こちらの言葉を遮るように、眼の前の彩凪が先ほどまでのような雰囲気に戻って言った。

「これ以上続けたら、私たち本当に後戻りできないところまで行っちゃうと思う。今だけとか、今夜限りとか、そんな一晩の過ちじゃ終わらない。それでもいいの？」

きつく携帯を握り締めながら、

「私は今なら我慢できるよ。全部忘れてなかった事にして、普通のルームメイトとしてやっていける。でも――これ以上したらもう無理。本当に深未さんのことを私のものにしたくなっちゃう。深未さんはどうなの？　この先ずっと私のものになりたいって本気で誓える？」

「この先も……彩凪のものに」

そう口にした瞬間、その言葉の持つ意味を理解して思わず背筋がゾクッとなった。私の中に生まれたのは、仄暗《ほのぐら》い後ろめたさと――それ以上の震えるような悦び。

……――彩凪のものになって、これからもずっと、私の全てを奪ってもらえる。

だとしたら――私に拒む理由なんてなかった。アラームを止めた後に、彩凪から「深未さん」って呼ばれた瞬間、思わず泣いてしまいそうだった。もう私は彩凪のものじゃなくなったんだって……そう思っただけで息もできなかった。

……――ここで終わっても、こういう行為はまたできるのかもしれない。

だけど、その時はまた何か理由が必要になる。そして、そんな都合の良いものが見つかる保証はない。でも、ここで私が望めば――誓いさえすれば、私は完全に彩凪のものになれるのだ。それはお金じゃなく、互いにそうなりたいと思って結ばれる関係で、だから私は考えるよりも先に自分の答えを口にしていた。告げるのは私の……深未悠宇の心の底からの願いで、

「……――誓うから。だからお願い……私のこと、もっと彩凪のものにして」

自然と涙をこぼしながら――そう私は彩凪に懇願した。すると、

「…………………………」

しばらく無言だった彩凪が、やがてそっと私を抱きしめてくれて、

「…………分かった。いくよ、悠宇」

そう言った次の瞬間——彩凪の右手がゆっくりと、私のショーツの中へと入ってきた。

▽▽▽

十二時の鐘が鳴った。でも——それでも私と悠宇の初めての夜は終わらない。

……——もしも、シンデレラに魔法をかけたのが悪い魔女だったとしたら。

城でシンデレラと踊った王子も、本当はその魔女が化けた姿だったかもしれない。だって魔女は最初からシンデレラに目をつけていて、彼女を自分のものにするつもりだった筈《はず》だから。

だから当然、十二時の鐘が鳴っても魔法は解けないし、ヒールの高いドレス姿の女の子に逃げられるような間抜けな事もない。鐘が鳴る前に服を脱がしてシンデレラを裸にして、心も躰も全部奪って逃げられないようにしたはず——そう、今の私みたいに。

……——胸だけで快楽を極められる、淫《みだ》らすぎる肢体を持ったシンデレラ。

そんな彼女に、私はたっぷりと新しい快楽を教えてあげた。

そして深夜二時を迎えた現在。私のものになった深未悠宇という名のシンデレラは、子供には決して読ませられない——大人のお伽話《とぎばなし》の住人になっていた。

あれから二時間。私の右手は一度たりとも悠宇のショーツの中から抜いていない。約束した通り、私は悠宇に胸以外での絶頂がどういうものかをたっぷりと教え込んでいた。

とはいえ指を中に挿入する事まではしてない。怖くて胸でしかできずにいた悠宇に、いきなりそこまでやるのは気が引けるし……私自身も経験した事のない真似はしたくなかったから。

……――悠宇はもう私のものになった。だから慌てる必要なんてない。

それに……そんな事をしなくたって、快楽なんていくらでも与えてあげられる。

その証拠に悠宇に刻んであげた絶頂は、もう数え切れないほどになっていた。ショーツの中を火傷《やけど》しそうなほど熱くした悠宇は、すっかり私の与える快楽の虜になっていて――いやらしく両脚を広げて、私の手を受け入れやすいように艶めかしく股《また》を開いている。

とっくに私は手首まで悠宇のいやらしい分泌液まみれになっていて、悠宇から借りてるTシャツも裾《すそ》の辺りは濡《ぬ》れてしまっている有り様。そんな悠宇のお尻《しり》の下には、ショーツから溢《あふ》れてしまった分で小さな水溜《みずた》まりができていて……昨日までキスさえした事のなかった私と悠宇は、そんなはしたない自分たちの状態を当たり前にしながら、

「……――っ、彩凪……私そろそろ、また……っ」

「…………いいよ。任せて」

私はそう告げると、悠宇の乳首を優しく吸いながら、ショーツの中に入れたままの手で彼女のすごく敏感な場所を淫らにくすぐってあげる。そんな私のいやらしい愛撫《あいぶ》に、

「あっ……ん、はあぁ……彩凪……ぁああっ」

悠宇はとろけきった顔になると、私にしがみ付きながらピクンピクンと躰《からだ》を甘く震わせた。

また新たに快楽を極まらせたのだ。こんなに沢山されているのに、それでも悠宇はどこまでも私を求めてくれて、イク時は必ず私にしがみ付いてくる。そんな悠宇が最高に愛おしくて、

「自分から言えるようになったね……その調子だよ。悠宇はもう私のものなんだから、私のことだけを想って、気持ち良くなることだけ考えて。私も悠宇のこと好きにするから」

そう言うなり——私は悠宇の唇を奪う。この二時間で数十回以上してるキスだけど、

「…………ぁ……んぅ……」

悠宇はうっとりした顔をしながら、私の唇と舌をどこまでも従順に受け入れていた。

……——これこそが、私と悠宇が確かめたかったこと。

震えるほど淫らな答え合わせ。もし昼間、あのまま続けていたとしたら、きっと二人はこうなっていたんだって……悠宇と舌を絡めながら私はそんな事を思っていた。

そして私の右手は今もずっと——悠宇のもっとも敏感な場所の熱を感じている。

私たちは、必要なモノが欲しいだけ。

……――その日は、朝から体調が最悪だった。

どうにか登校はしたものの、一時間目が終わるころには痛みで気が遠くなっていて。

保健室で薬をもらって休んだけど、ベッドで横になっても全然痛みは引かなかった。

二時間目が終わっても良くなる気配はまるでなく……保健の先生とも相談した結果、無理せずに早退した方が良いということになった。

家に着いたのは……確かお昼前だったと思う。

異変にはすぐに気がついた――玄関の鍵《かぎ》が開いている。もしかして体調が悪すぎて、家を出る時に鍵をかけ忘れてしまったのだろうか。そう思いながら私は扉を開けて、

『――――――――』

そこで思わず息を呑んだ。玄関に父親の革靴と、見たことのない黒のパンプスが、乱れたように転がっていた。それだけじゃない……見覚えのある男性のジャケットに、女性のブラウスやタイトスカートが、二階へと向かう階段の床に点々と落ちている。

『………………』

もしも……いつも通りの体調で、頭がきちんと働いていたら、この時点で引き返していたかもしれない。けれど——この時の私の状態は、色んな意味で普通じゃなかった。

だって……この家の二階にある部屋は、ひとつは両親共用の書斎。

そして、もうひとつは——私の部屋だったから。

視界が揺れていたのは体調のせいか、思考が混乱していたせいかは分からない。ただ、

『————————』

階段を上りだすと、すぐに女性の甘い嬌声《きょうせい》が聞こえ始めた。一段上がる度に、声はどんどん大きくなって……二階へ着くころには、何を言っているのか完全に分かるようになっていた。

私が自分の部屋の前まで来ると、扉の手前の床には見たことのないブラジャーが落ちていた。

私のものじゃない。海外にいるお母さんのものとも違う。そのブラジャーは胸が透けるレースをあしらった淫《みだ》らなデザインで、嗅《か》いだことのない甘い香水の匂いを放っていた。

『…………………………』

私は扉の前で、しばらく黙ったまま立ち尽くした。

……——もしも、このドアを開けてしまったら。その先に、想像通りの光景があったら。

私の家族は失われ……もう元には戻らない。自分の手で、自分の人生を破壊することになる。

だけど、ここで見て見ぬフリをしたって、家族関係なんて続けられない——絶対に。

だから私は、ゆっくりと、自分の部屋のドアを開けた。

そして視線の先にあったのは————……

▽▽▽

……――気がついたら、私は白い天井を見上げていた。

「…………久しぶりに見た」

夢を見ていたことに気がついて、私は仰向けのままポツリと呟《つぶや》く。

今となっては懐かしい――あれは半年ほど前、父親の不倫現場を目撃した時の記憶だ。

何度も自宅で逢瀬《おうせ》を重ねてた父親と相手の女性は、寝室だけでなく、不倫による背徳感と刺激を強めるため、リビングからキッチン、浴室まで家中のいたるところで行為を楽しんだ挙げ句、娘である私のベッドまで使うようになっていたらしい。それどころか、私の体操服までコスプレ衣装代わりに使ってくれていたというから驚きだ。いやもう、本当に終わってる。

だから携帯で現場の証拠を撮影し、家を飛び出した私は、海外にいるお母さんに見たもの全てを報告して、家族関係を終わらせることにした。私にはもう、あの父親はいらなかったから。

そして今の私は、すでに新しい生活を始めている。だから――ゆっくりと身体を起こして、

「…………あ」

そこで、布団の中の自分の格好に気がついた。私が着てたのはパジャマ代わりの白のシャツだけで、下には何も穿《は》いてなかった。そしてようやく、全てを思い出す。

「うーん……完全にやっちゃったよね」

昨夜——私がいっぱいしてあげたせいで、悠宇はいやらしい液で下半身をメチャクチャに濡《ぬ》らしてしまって。シャワーを浴びさせてから、私と悠宇はベッドに入ると、そこからまたお互いを何度となく確かめ合った。とはいえシーツを汚すのは避けたかったので、ゆっくりとキスをしたり、互いの脚を絡め合ったり、優しく胸を揉んであげたりしたくらい。だけど悠宇は、それだけでも軽くイッてしまうほど快楽に溺《おぼ》れていて……驚くほど感じやすい躰《からだ》をしていた。

あそこまで自分ひとりで開発しちゃうなんて——クールに見えて旺盛《おうせい》すぎるよね。

そんなところも可愛いんだけど……お陰で、こちらも歯止めが利かなくなってしまった。あそこまでするつもりはなかったのに、悠宇の心と躰に私のことを徹底的に教え込んじゃったと思う。こちらが言わせたところもあるけど、私のものになるって何度も誓ってたし。

私にとっても悠宇にとっても、あれは異常すぎる夜で——けれど必要な時間だった。

だって昨夜のあれは、私たち二人が望んだことなんだから。

……——悠宇の姿は、もうベッドにはなかった。

携帯を確認すると時刻は八時過ぎ。普段なら寝坊だけど、春休みにしては早起きで……でも、今日の買い物の予定を考えれば、そろそろ起きた方が良い時間帯。そこで、

「…………あれ」

お母さんから連絡が来てる。画面をタップしてメッセージを確認すると、お母さんと椎名さんが話し合ったらしく——結論として、私と悠宇の同居を正式に認めてくれるという話だった。

私は【ありがとう】【大好き】とお礼を送ると、ポイッと携帯を枕元へと放った。

これでもう――私と悠宇を遮るものはなくなった。それが良い事か、悪い事かは分からないけど……私たちはこの家で、この部屋で、そしてこのベッドで、ふたりで一緒に過ごすのだ。

私はベッドから下りると、キャリーケースを開けて中から替えのショーツを取り出した。

「…………………………」

悠宇ほどではないけれど、私も汗とかを掻《か》いてるだろうし……ここで数少ない替えのショーツを消費しちゃって大丈夫だろうか。どうせ穿くなら、シャワーを浴びてからの方が良いかも。

それに――もうここは私の家なんだから、少しだらしない格好をしたって問題ない。だから私はショーツを戻すと、素足で感じるフローリングの床の冷たさに心地よさを感じながら寝室を出た。だけど、私が向かったのは浴室ではなくリビングだった。

正確にはキッチンかな。寝起きの水分補給は大切だから、まずは水で喉《のど》を潤しておきたい。

そうしてリビングに足を踏み入れると、キッチンに先客がいた――もちろん悠宇だ。こちらと同じことを考えたのだろう。水を注いだガラスのコップに口をつけている。

……――悠宇が身に着けているのは、有名海外ブランドのスポーツブラとショーツのセット。

伸縮性の高い下着が悠宇の大胆な身体にぴったりと密着し、美しい肢体のラインを見せてくれて、あまりにも圧倒的すぎる姿に思わず見惚《みと》れてしまう。まるで下着のＣＭを生で見ているみたいで、何だか信じられない……こんな綺麗《きれい》な子と、あんな関係になったなんて。

すると――水を飲んでいた悠宇が気づいたように、ゆっくりとこちらを向いて、

「…――起きたの？」

透き通るような大きな瞳《ひとみ》が私を見つめる。

「うん……おはよう」

「………………」

私の挨拶《あいさつ》に、悠宇は無言のまま視線をこちらから外して黙って水を飲んでいた。昨夜あんなに私を求めてきた彼女を知っている私としては、素っ気なく感じてしまう反応。まあ、そっちがそういうつもりなら別に良いんだけどね。私は小さく嘆息すると、悠宇の隣へと並んで、

「今日の朝ご飯なんだけど……食材がないから、コンビニで適当なものを買うか、駅前のファミレスかカフェなんかで簡単なものでも食べようかなって思うんだけど、いいかな？」

「それで良いけれど……――んっ♥」

こちらに答えていた悠宇が不意に甘い声を漏らしながら、ピクンと身体を小さく震わせた。悠宇のお尻を、私がいきなり触ったからだ。

……――今さら恥ずかしくなって、なかった事にしたいのか知らないけれど。

あんなに乱れまくって、私のものになるって誓っておいて、何事もなかったような態度とか。ダメだよそんなの。私だって、悠宇に応えるために自分の本性を晒《さら》したんだから。

私は当然のように悠宇の尻《しり》を撫《な》で始めると、次第に強く揉《も》みしだいてあげながら、

「今日は一日買い物巡りだよ。あちこち回るから覚悟してね」

「……――んっ……はぁ……あん、んぅ……ぁ……んっ」

「家電に家具でしょ……あと私は服がないから、そっちも付き合ってもらえると嬉《うれ》しいな」

「あっ――……!?」

急に悠宇が切羽詰まった声を上げた。それは、こちらが悠宇のショーツの中へ直接手を入れたからで……私は直接お尻を揉み始める。悠宇は一気に羞恥《しゅうち》を募らせたのか、コップをシンクに置いて両手を縁につく体勢になると、甘えたように腰をくねらせた。そんな悠宇に対し、私が手の動きを激しいものにしていくと、直接触っていないのに悠宇のショーツの中に熱が籠《こ》もり、湿り気を帯び始めた。次第に『くちゅ、くちゅ』と淫らな音が生まれ始める中、

「ベッドや洗濯機はそっちが買ったものを私も使わせてもらうんだから、今日の会計は私に出させてね。もう聞き分けのないこと言っちゃダメだよ……――分かった？」

そう言うと同時、私はグッと悠宇の尻を思いきり鷲掴《わしづか》みにした。

「……――――んっ」

すると悠宇はビクンと腰を反らせて――直後、形の良い尻を何度も小刻みに震わせる。そして、悠宇のショーツの中に溜《た》まったとろりとした液体が股間《こかん》の横から溢《あふ》れ、その雫《しずく》が彼女の内《うち》股《また》を伝って落ちていった。白い肌をした悠宇の背中は、いつの間にか興奮で桜色に染まっていて……しっとりと汗ばんだせいで、長い黒髪がいやらしく張り付いている。

「……――やっぱり作ろうよ、ルール」

そんな悠宇の耳元へ、私は囁《ささや》くように言った。まだショーツの中から手は抜いてあげない。

「ただし、作るのは同居のルールじゃなくて、私たちのルール。だって……こんな事ばかりやってたら、ふたりとも歯止めが利かなくなっちゃうもん」

だから——と言ったところで、ようやく私が悠宇のショーツから手を抜くと、

「……あっ、ん……」

ピクンと悠宇は身を震わせてから、熱の籠もった安堵《あんど》の吐息を漏らした。そんな彼女へ、

「今後は私、普段は深未さんって呼ぶようにするね。みんなの前だけじゃなく、ふたりの時も」

でも、と私は声のトーンを変えて、

「昨夜や、今みたいな……必要な時は悠宇って呼ぶから。悠宇も、私に呼び捨てにされたら、そういうことだって分かってね」

「……そういう事」

とろんとした目でこちらを見ながら、オウム返しに呟いた悠宇に、私は「うん」と頷《うなず》いた。

官能に濡れている悠宇の瞳を、息が届きそうな距離で覗《のぞ》き込みながら、

「深未さんは深未さんのもの。でも——悠宇は私のもの」

それは契約のような言葉で、私はそれを悠宇に押しつける。

「……私は……彩凪のもの」

うわ言のように呟く悠宇に、「そう」と私は言い聞かせる。

「……分かったら、こっちを向いて、眼を瞑《つぶ》って」

「…………………」

悠宇はしばらく黙ったあと——私に向き直って瞳を閉じた。こちらが彼女の両肩に手を置くと、これから何をされるか想像したのか、物欲しそうに柔らかな唇をキュッと結ぶ。

……――だから私は、そんな悠宇に応えた。

彼女の両肩に置いていた手で、悠宇のブラジャーの肩紐《かたひも》を摑《つか》むなり、一気に腰の辺りまでずり下ろしたのだ。悠宇の大きな胸が躍るように露わになって、

「っ――――…」

自分が何をされたのか理解した悠宇は、とっさに両腕で胸を抱くようにして隠すと、恥ずかしさのあまりキッチンの床にぺたんと尻餅《しりもち》をついた。私はそんな悠宇と目線の高さを合わせて屈むと、彼女の顎《あご》を片手で摑むようにして持ち上げ――奪うようにその唇へとキスする。

「――――――」

突然のことに、悠宇は驚いたように眼を見開いていた。

けれど私はお構いなしに、悠宇の唇をたっぷりと味わう。そして舌を入れてあげると、やがて悠宇はこちらを受け入れるようにそっと瞳を閉じて……胸を隠していた腕をほどくと、私の首の後ろに両手を回して、自分からも舌を絡めてくる。

「んっ……はぁ、ん……ちゅ……ふぅ……ん♥」

甘い吐息を漏らしながら、悠宇は私とのキスに夢中になっていた。

乱暴に胸を丸出しにされて、強引に唇まで奪われて……それでも悠宇は従順だった。

私がどれだけいやらしく胸を揉んでも、当然のようにそれを受け入れて。

私たちの舌と唾液《だえき》の絡み合う音だけが、朝のキッチンにいつまでも響いていた。

予定より一時間ほど遅れたものの、私は彩凪と一緒に買い物へと出かけた。

遅くなった理由はもちろん、キッチンでの出来事があったから。

胸をさらしながらする彩凪とのキスに、いつしか私は理性を手放して……気がついた時には床に押し倒され、ブラもショーツも剝《は》ぎ取られた状態でメチャクチャにされていた。それこそ、シャワーを浴びないと外出なんて絶対にできないほどに。

今朝――本当はもっと素直に、彩凪と接するつもりだった。

それなのに、最初キッチンで少し素っ気なくなってしまったのは……彩凪に対して、どう振る舞っていいか分からなかったから。

……――彩凪と、こういう関係になったことを、後悔しているワケじゃない。

だけど朝起きた時――眼の前に彩凪の寝顔があって、そこで私は昨夜あったことを完全に思い出した。あんなに乱れて、彩凪に軽蔑《けいべつ》されていたらどうしよう……そう思ったら怖くなって。

だからキッチンへ彩凪が来た時に、ついあんな態度を――……

でも――そんな私を彩凪は許してはくれなかった。彩凪が問題視したのは、私の態度ではなく、彩凪に対して自分を取り繕おうとしたこと。昨夜あれだけの事をしておいて今さら……そんなのは、こちらに応えてくれた彩凪に対する裏切りだったかもしれない。

私がすべきだったのは誤魔化すことじゃなく、本当の自分をさらけ出すこと。

それを教えるために——彩凪は私とのルールを作ってくれた。

「……——深未さん、青だよ」

ふと隣からした彩凪の声に——私は意識を今に戻した。

……——そうだ、私たちは買い物のために出かけている最中だった。

天気は晴れ。最高気温は昨日より三度ほど高いという予報もあって、春の陽気を感じられて過ごしやすい。彩凪は白のインナーの上に、ゆったりサイズのシャツジャケットを着て、膝上《ひざうえ》丈《たけ》のフレアスカートという可愛い系のコーディネート。そして肩には容量たっぷりのビッグトートをかけている。表情からも分かることだけど、買い物するつもり満々だ。

「ほら、邪魔になっちゃうよ」

彩凪はそう言うと、通行している他の人とぶつからないように私を誘導する。それは私の腰のあたりに回した手を前へと押すもので、

「…………ん」

頷くようにした私の答えが吐息のようになったのは、彩凪の手が触れている場所が腰からお尻にかけての曖昧《あいまい》な場所だったから。

……——でも彩凪には、きっとそういう意図はない。

これは私が意識しすぎているだけ。現に彩凪は、「深未さん」って私を呼んでいる。

彩凪がその呼び方をしている時は、私たちの関係はごく普通のもの。名前呼びで統一しても

らった方が、互いの距離を近く感じられるから、そっちの方が良いって気持ちもあったけど。

でも今は、これで本当によかったと心の底から思っている。だって——この方が、彩凪との関係を周囲には秘密にしておきやすいから。

それに何より……彩凪が私の名前を呼ぶ度に、ふたりの関係が特別なんだって感じられる。

いつ呼び捨てにされるんだろうって、今からもう次のことを考えてる。

でも——私たちのこの関係を続けるには、ふたりだけの秘密が絶対条件。

だから早く慣れないと。この普通の関係にも——誰にも言えない秘密の関係にも。

そうして横断歩道を渡り終えると、彩凪は私の腰から手を離した。

「————————」

私は——そんな彩凪の腕を取るように自分の腕を絡めると、そのまま彼女の手を握る。

驚いたようにこちらを見る彩凪に、

「いいでしょ、これくらい……友だちなら」

そう告げると、

「………うん、そうだね。えいっ」

彩凪は嬉しそうに、もう片方の手も添えるようにして、私の腕にギュッと抱き付いてくる。

「これだって、一緒に住んでる友だちが相手なら、甘えてるようにしか見えないよね」

「なんか……その言い方だと、私たちが友だちじゃないみたい」

胸の横あたりに彩凪の頬が当たっているのを感じながら言うと、

「うわ確かに。それは嫌かも」

彩凪は微妙な顔になって、どうしたものかとブツブツと呟《つぶや》き始める。

そんな彩凪に、私はふと足を止めた。必然的に彩凪も立ち止まる形になり、

「？　どうしたの深未さん？」

「……――彩凪は、私たちの関係って何だと思う？」

私はまだ、自分たちを表す適切な言葉を見つけられていない。私にとって彩凪は大切な存在なんだけど……この関係を何と呼べばいいのか分からなかった。問い掛けたこちらに、

「そうだね……たぶん私たちは友だちだよ。一緒に暮らしているルームメイト」

「………………」

その言葉に、距離のようなものを感じてしまった私は俯《うつむ》いて……でも次の瞬間、スッと背伸びをした彩凪がこちらの耳元へ唇を寄せた。吐息が鼓膜をくすぐるような距離で――囁く。

「……――でも、ただの友だちじゃないけどね」

▼▼▼

……――友だち同士のまま、いけない行為をしたっていい。

エッチをしたからって恋人になるワケでもないんだから。

きっと私たちは、いけない行為を一緒にする友だち。私があんなに感じちゃうのも、きっと

心のどこかに悪いことをしてるって背徳感があるから。

彩凪の囁きに顔を赤くした私は、彼女に手を引かれる形で家電量販店を訪れた。

陽気なオリジナルソングが流れる店内を進み、最初に向かったのは生活家電エリア。

「…………それで結局、何を買うことにしたの？」

「冷蔵庫とレンジ、あと炊飯器と掃除機は絶対に必要。この中だと、こだわるならレンジかな……料理の手間がグッと減るし。それと約束どおり、ロボット掃除機は見てみようよ。他には、リビングと寝室それぞれに加湿ができる空気清浄機を置きたいかな」

と、指折り数えながら彩凪。

「あとは、ドライヤーはもちろんだけど、制服のケアのことを考えると衣類スチーマーも押さえておきたいよね」

確かに――アイロン的なシワ取りだけでなく、除菌や脱臭も行なえる衣類スチーマーは、毎日制服を着る女子高生にとっては必需品。私も買おうと思っていたけれど、

「そういえば、彩凪はどこの高校？　同い年とは聞いたけど」

「あ、そっか……バタバタしててお互いの高校の話とかしてなかったよね」

彩凪はうっかりしていたとばかりに、

「私の転校先は――篠川《しのかわ》女学院だよ」

さらりと彩凪が口にした高校名に、私は思わず立ち止まった。

「…………篠女なの？」

「うん。お母さんが卒業生でね、転校先として薦められたんだ。制服が可愛いから楽しみ」

それで、と彩凪。

「悠宇はどこに通ってるの？」

「…………私も、篠女だけど」

「え、そうなの？　本当に？　うわぁ……あるんだね、そんな事って」

私の返答に、彩凪は苦笑していた。驚きを通り越して、笑ってしまったのだろう。

……──同じマンションの同じ部屋で二重契約になった者同士が、同い年で同じ学校なんて。

そんなの……一体どんな確率で起こるっていうんだろう。奇遇や偶然なんて次元じゃない。

奇跡とか──それこそ運命のレベル。それならもう、仕方のないことだって思える。

彩凪と私のこの関係も、全て運命のせいにして、このまま溺《おぼ》れてしまえばいい。

だって運命には……逆らえないもの。彩凪も同じようなことを考えていたのか、

「……………………」「……………………」

私たちは黙ったままで、お互いの手を握る力を少しだけ強いものにする。

……──そこからの買い物は、予算と部屋のサイズに合うものをチョイスしていった。

絶対に必要だからこそ、通常の機能でも充分な冷蔵庫や炊飯器は、ふたり暮らしに合ったサイズのお得モデルを。ロボット掃除機は、私たちが学校に行っている間に働いてもらおうということで購入。レンジはオーブン機能が付いたもので、高すぎないミドルクラスのものを選び、衣類スチーマーはそこまで選択肢がないので、無難に有名メーカーにしておいた。

「……――あとは、ドライヤーでいいの？」

「そうだね……っと、ちょっと待って」

とある売り場の前で、ふと彩凪が足を止めた。それは、

「………シャワーヘッド？」

「うん。どうせだったら買いたいなって……深未さんはこういうの興味ない？」

「知り合いから勧められたことはあるけれど、それくらい」

すると彩凪は私の髪に手を入れてきて、

「ダメだよ、こんなに綺麗《きれい》な髪してるんだから……きちんとケアしなくちゃ」

「…………ん」

私が小さく吐息を漏らすと、彩凪はさらに指の背でこちらの頬に触れながら、

「最近のものは肌も綺麗になって、触り心地も良くなるんだって……欲しくない？」

私を見る彩凪の瞳《ひとみ》が、どこか艶《つや》っぽく感じられるのは意識しすぎなんだろうか。

もしも彩凪が――私にそれを望むのなら、拒む理由なんてないけれど。だから、

「…………彩凪がそう言うなら、買ってほしい」

もっと私に触れたいと彩凪に思ってもらえるなら……私も嬉《うれ》しい。

「良かった……じゃあ決定だね。どれにしようかな、深未さんも一緒に考えてね」

彩凪は嬉しそうに笑うと、シャワーヘッドのコーナーを眺め始めた。

その隣に並びながら、私も真剣に商品を選んでゆく。

どの商品を選べば、彩凪に喜んで貰《もら》える自分になれるのか——そんなことを考えながら。


シャワーヘッドにこだわったら、必然的にドライヤーにもこだわる事になって。

生活家電をひと通り選んだ後、彩凪と私はテレビを見に行った。

……——彩凪も私も、テレビ番組や動画は携帯で見ていて、特に不便を感じたことはない。

けれど——ふたり暮らしで、それぞれ自分の携帯ばかりに集中するのも良くないので、一緒に楽しめるテレビを買おうという話になったのだ。

大型商品の配送の手続きをしたら、次は家具・インテリアの専門店へと向かった。

寝室には大きめのクローゼットがあるけれど、それとは別に下着やインナー、ニットなんかを入れられるチェストが必要。全身を映せる鏡を探していたら、スペースを節約できる姿見とドレッサーがセットになった商品があったのでそれを買うことにした。他にも必要な棚や、簡単な飲食ができるように小さめのテーブルなんかを買ったらいったん寝室については終了。

「……——よし、次はリビングだね」

と言った彩凪に、私は彼女の携帯の画面に表示されているリストを横から覗《のぞ》いた。

「ソファにテーブル……あとはカーテンと、テレビ台」

彩凪はリストに視線を落としながら、

「こだわりたいのは、やっぱりソファかな……多分リビングで一番いる場所になるだろうし」

という事で、私たちはソファから見ていく事にする。

「深未さんは、ゆったりくつろげるものと、コンパクトなものなら、どっちがいい？」

「その二択なら……私はくつろげる方がいい」

「だよね。ベッドだって、ひとりで使うのにワイドダブルを買ってたし」

そうなると、と彩凪。広い売り場を眺めながら、

「2人掛けの大きいのを探すんじゃなくて、いっそ3人掛けとかにした方がいいかなぁ」

「……………3人掛けにまでは、しなくていいと思うけど」

「そう？　深未さん身長あるし、横になりたくなった時とか楽だよ」

「あんまり大きいと……場所を取り過ぎてしまうし」

それに――ふたりで座った時に距離ができてしまうから。

「ああ……確かにスペースの問題はあるよね」

ふむ、と彩凪はこちらの言葉に納得してくれつつも、

「じゃあ深未さん、この3人掛けのソファに座ってみてくれる――真ん中あたりに」

「…………これ？　別にいいけれど」

私が言われた通りにソファへ腰を下ろすと……彩凪は私のすぐ眼の前に立った。下から彩凪を見上げていると、昨夜や今朝のことを思い出してしまい落ち着かなくなる。

「彩凪……？」

「大丈夫、力を抜いて……そのまま動かないで」

彩凪は私の肩に手をやると、あろう事かこちらの太股《ふともも》に跨《また》がってきて――私は言葉を失った。

……――その直後、私はすごく自然にソファの上へと押し倒される。思わず呆然《ぼうぜん》となる中、彩凪はこちらの足下に手を伸ばして私の靴を脱がすと、自分も靴を脱いで、

「ね……こんな使い方もするなら、小さすぎると窮屈だよ」

そう言って、笑いながらこちらへ覆い被さってくる。

「彩凪……何を」

「何を――って、ソファを試すなら、座り心地だけじゃなくて寝心地も確認しないとでしょ」

「でも、こんな――…」

「こんなの、女の子同士でじゃれ合ってるようにしか見えないよ。深未さんは意識しすぎ」

彩凪は苦笑すると、スッと私の上から退いて、

「って事で、どうしようか。サイズが気になるなら、2・5人掛けにしておく？」

「……彩凪に任せる。その代わり、色んなことに使うなら頑丈なのにして」

頬を赤くした私が、身体を起こしながら注文をつけると、

「へえ……頑丈なのにしたら、色んなことして良いんだ。じゃあ、店員さんに聞いてみる？」

彩凪はふふっと笑いながら言った。

「私たち二人で色んなことに使いたいから、どれが頑丈なのか教えてくださいって」

「……いじわる」

私が恨みがましい目で見ると、彩凪は「ごめんごめん」と優しく私を抱き寄せてくれる。

「ふたりで良いのを探そうね。休みの日は一日中、そこで一緒に過ごせるくらいに」

△○▽

その後――私と悠宇は、無事にソファを選び終えた。

すると必然的に他の家具も決まって、クッションやベッドシーツなどの小物も選び終えると、私たちは会計を済ませて店を後にする。もちろん、これで部屋が完成するかといえば、他にもまだ必要なものはあるんだろうけど、別に今日全てを買わなきゃいけないワケじゃないし。

……――ふたりで外に出て、携帯で時間を確認したら、すでに午後二時を回っていた。

昨夜はホットケーキだったし、今朝はコンビニで簡単に済ませちゃっている。流石にそろそろきちんとしたものを食べないと良くないということで、私たちは和食系の定食チェーン店へ。

店員さんが出してくれたお茶に口を付けながらメニューを眺めて、

「……――深未さんは決まった？」

「うん。彩凪は？」

「私も大丈夫。じゃあ店員さん呼ぶね」

呼び出しボタンを押すと、ほどなく店員さんが来てくれて、

「お待たせしました。ご注文をお伺いします」

「私は、豚肉と野菜の甘酢あんかけをお願いします」

豚肉に加えて、大根、キャベツ、人参、茄子《なす》、いんげん豆、蓮根《れんこん》、玉葱《たまねぎ》、ジャガイモ。これを家で作ろうとしたら、食材費も下処理の手間もかなり大変になってしまう。やはり自炊をする身としては、せっかく外食するなら自分ではあまり作らないようなものを食べたいところ。

「かしこまりました。ご飯は、白米、玄米、五穀米から選べますがいかがしますか？」

「じゃあ、五穀米でお願いします」

そんなこちらの注文に続いて、悠宇がオーダーしたのは、

「…………私は塩麴《こうじ》のおろしチキンを、チキン二倍にして、同じく五穀米で」

メニューの中でもかなりがっつり系のものを注文する。そういえば……昨夜のホットケーキも、かなり沢山焼いたのにぺろりと平らげていたっけ。食事が身体を作るとはいうけど、悠宇のような凄《すご》いプロポーションともなると、これくらい食べないと作れないのかもしれない。そうして食事が来るまでの間、私たちの会話は自然とそれまでの買い物のことになって、

「今日の買い物は、彩凪がお金を出すって話だったけど……さすがに全部は払いすぎだと思う」

会計の時は悠宇も隣にいたため、私が幾ら払ったか見ていたのだろう。

「ベッドと洗濯機だけじゃ相殺できないと思うから、あとで家に帰ったらきちんと相談させて」

「…………わかった、それじゃあお言葉に甘えさせてもらうね」

悠宇が申し訳なさを感じるなら、その申し出を断ることはできない。私だって昨夜、同じ理由で悠宇にお金を払ったんだから。っていうか、予定していた金額は超えちゃってるんだけど——でも予算をオーバーしているかというと、実はそんな事もないんだよね。

……──今回の新生活にあたって、私がお母さんから貰っているお金は五百万円。

一人暮らしの支度には破格すぎるこのお金は、父親と不倫相手の二人からお母さんへと払われる慰謝料──そこから弁護士費用を差し引いた額になっている。お母さんは、私の方が傷ついたからと慰謝料をこちらへ回すことにしたんだと思う。あの父親のお金なんて一円たりとも貰いたくなかったんだけど、あくまでお母さんの貯蓄から先に払うことで私の溜飲《りゆういん》を下げてくれた。

そんなことを考えてると、ふと私の携帯が小さく震えた。見れば、お母さんからメッセージが来てる。さっき買い物の途中で、悠宇の高校も篠女だったと送っておいたんだけど……どうやら確認したみたい。【一緒に住むんだから、そっちの方が良かったかもね】との事で、後でゴタゴタしないように、学校側にはお母さんと椎名さんから伝えてくれるって書いてある。

私が【ありがとう】とお礼を返していると、

「……──それで、お昼を食べた後は服を買いに行くって話だったけど」

という悠宇の言葉に、私は「うん」と頷《うなず》きながら携帯をテーブルの上に置いて、

「まずは着回しを含めて、一週間分のコーデが考えられるくらいにはしたいかな」

でも平日は学校だから、帰ってからのスーパーの買い出しなんかも含めて制服で済ませる予定でいる。なので部屋着を中心に、休みの日とかに備えて外出着もいくつか揃える感じかな。

「……──あとは、やっぱり下着かな。一応、今でも三セットはあるけど」

満杯のキャリーケースに入れてたせいで、ブラの中にはカップが崩れてしまったものもある。

「最低でも追加でもう三セット、安くて良いのがあれば、五セットくらい買ってもいいかも」

「安くていいもの……」

こちらの言葉を聞いた悠宇が、オウム返しに呟《つぶや》いて……そこで私は思い至る。

「あ、そっか……深未さんくらいのサイズだと、値段が高くなっちゃうんだっけ」

「ブランドによっては安いところもあるけど、普通の人よりはどうしても種類は少ないと思う」

「それで、あんまりブラしてないの？」

昨日のノースリーブの時もそうだったけど、今日もまた悠宇はキャミソール型のブラトップの上から、ショート丈のデニムジャケットを羽織ることで、下着をつけていないのを上手く誤魔化している。とはいえ、こんな胸しておいてブラをしないとか絶対によくないと思う。

「そういうワケじゃないけど……」

悠宇は、どこか言いづらそうにしながら、

「引っ越しの段ボールに詰める前に、まとめて洗ったんだけど……面倒だからベランダに干しておいたら全部盗まれちゃって」

「うわ……最悪」

これだけ目立つ外見だと、良くない輩に目をつけられていたのかもしれない。

「椎名さんには相談した？」

「叱られた……不注意だって。でも、それ以上に犯人に怒ってて、被害届を出すようにって」

「いや、それで良かったと思うよ」

椎名さんが言っていた、悠宇は危ういところがあるって話は、この件もあってのことだったのかな。私たちの部屋は二階だから念のため色々と気をつけておいた方が良いかも。

「……――でも、そういう事なら深未さんも一緒に下着を買っておこうよ」

のんきに家具だの家電だの買ってる場合じゃない。

そんな理由でノーブラで過ごしてるなら、どう考えても下着の方が緊急性が高いでしょ。

▽▽▽

お昼ご飯を食べ終えた後――私と悠宇はその足で、下着・ランジェリーの専門店へ向かった。

……――ちなみに、悠宇のブラのサイズは、Ｉカップでアンダーは65だそうです。

調べたらランジェリーのお店は北口に二軒と、南口にある別々のファッションビルに二軒ずつ入っているらしい。これなら何とかなるでしょ……そう思っていたけど全然甘かった。

一軒目、高校生でも買いやすいプチプラのショップはＨカップまで。

二軒目、甘くて可愛い系デザインが人気のブランドはＧカップまで。

三軒目、有名ブランドが展開している姉妹ブランドはＦカップまで。

四軒目、ここならと入った大人向けの有名ブランドはＫカップまで……ただし、Ｉカップ以上の店頭在庫はなし。ここまで来ると、さすがに残る二軒は直接行かずに電話で問い合わせたところ、やはり悠宇のサイズのブラは取り扱っていないそうで、私はげんなりとしながら、

「なにこれ……東京でブラジャー難民とかって」

「……別に、いつもの事だけど」

慣れているのか、悠宇はまるで当然のことのように言い放つ。一方の私はというと、

「…………………………ムカついた」

ポツリと呟くと、私は携帯を操作してランジェリーショップの検索範囲を都内全域に広げる。

「彩凪……？」

こちらの不穏な空気を察したのか、悠宇が少し不安そうに見てくる中、私は検索を続行。すると、電車で二十分くらいのところに良さそうな場所を見つける。

営業時間は午後九時まで……まだ夕方前だし余裕で間に合う。私は悠宇の手を掴《つか》むと、

「……――行くよ。こうなったら、意地でも深未さんのブラを買うからね」

なかば強引に、悠宇を連れて駅へと歩き出した。

悠宇が穿《は》いているのはハイウエストのタイトミニスカートで、ブラトップにデニムジャケットという辛口寄りの上半身とも、良い感じにバランスが取れている。

合わせるバッグはミニトランクをチョイスして、ストラップをジャケットの下で斜めがけに。このコーデがまた、悠宇のメリハリが利いた身体のラインを際立たせて本当に格好いい。

上りのホームで普通電車を待ちながら、

「深未さん、ジャケットの前って留められたりとかは――――…」

「…――試してもいいけど、ボタンが飛んでどのみち同じになると思う」

「無理やり締め付けたら、家出しちゃうんだ……深未さんのボタンは思春期だね」

仕方ない、と溜息《ためいき》をついたところで電車が到着。

そして——ひとたび乗ってしまえば、そこから先はあっという間。地図アプリの移動時間ぴったりで、私と悠宇は目的地へと到着した。ふたり横に並んで建物の前に来たところで、

「この場所……テレビで見たことある気がする」

「有名なところみたいだね。宝くじ売り場の聖地らしいよ」

悠宇の言葉に、私は頷きながらここが人気スポットであることを教えてあげる。とはいえ今日は、一発勝負をしにきたワケじゃない。目的の場所は、この商業施設の地下にある。

私たちは、宝くじ売り場のすぐ後ろにある階段を2フロア分下りると、地下鉄の連絡口とは反対の扉を通って建物内へ。そして、入ってすぐに右へ少し行ったところに——それはあった。

……——カラフルな色彩に満ちたその空間は、まるで非日常が支配する異世界。

そこは、下着専門店が八つも入った東京屈指かつ日本最大級のランジェリーショップ・ストリート。決していかがわしい場所ではないけど、軽い気持ちで足を踏み入れちゃった私たちは、

「……………………」「……………………」

圧巻すぎる光景に思わず息を呑《の》んで、気がつけば二人でキュッと手を繋いでいた。

「……凄《すご》いね」「うん——……」

ここまで周りをランジェリーで囲まれると、私たちは下着を買いにきたんだって否応なく実感させられてしまう。ふたりで身を寄せ合うように、ゆっくりとフロアを見て回っていると、

『────』

店の外にいるこちらに対して、決して声は掛けてこないけど……明らかに各ショップの店員さんたちから注目されていた。正確に言えば、悠宇へと視線が注がれている。

……────でも気持ちは分かる。だってこの身長に、この顔立ち、このスタイルだもん。

ここへ来る途中で調べたところ、フロアに入っているお店は同じ企業やグループのものらしい。女の子なら誰でも知っているような有名ブランドから、私は初見のところまで様々で、

「…………このブランド、知ってるところ」

ふと悠宇が、とあるショップの前で足を止めて呟いた。そこは私が知らないお店だったけど、

「もしかして……深未さんのサイズがある？」

「…………うん。何枚か持ってた」

「それなら……まずはここから見てみようか」

こちらの提案に悠宇はコクンと頷いて────私たちは店内へと足を踏み入れた。

木目のタイルの床を踏みしめながら奥へ進もうとすると、

「いらっしゃいませぇ、何かお探しですかぁ？」

甘いトーンの声で、女性の店員さんがすぐに声をかけてきた。首から下げた社員証カードには、採寸用のメジャーも掛かっていて、いかにも下着ショップの店員さんといった感じ。

「すみません、この子の下着を探してるんですけど……」

隣にいる悠宇へ少しだけ顔を向けながら来店目的を告げると、

「わぁ、そうなんですね。どうぞ、ゆっくりご覧になってください」

胸の前で両手を合わせながら嬉《うれ》しそうに勧めてくれる店員さんに、

「…………ちなみにですけど、サイズってありそうですか？」

「んー。いま着けて……あ、普段ですかね、幾つの着けてるかって伺ってもいいですか？」

悠宇がブラトップなので店員さんが言い直して尋ねてくる。

「Ｉの65です」

悠宇がさらりと告げた数字に、店員さんは笑顔になって、

「でしたら大丈夫ですよ、いくつかご用意があります」

うちの最寄り駅は全滅だったのに。よかった――と私と悠宇が顔を見合わせていると、

「ただ……そのサイズだとラインナップ的に、プチプラのものは作ってないんですね。最初から上下セットになっているものもなくて、ちょっと価格が高くなってしまうんですけど、お客さまの方でブラとショーツのセットを作っていただく形になります」

あと、と店員さん。

「申し訳ないんですが……お客さまのサイズだと、そこからさらにもう少しだけ金額が高くなります。たとえば、この辺りの商品とかですね」

と言って、近くのラックからブラを取って「どうぞ」と悠宇に渡してくれる。

あ、凄い。ブラって大きくなりすぎると、しっかりとした作りにしなきゃダメな関係で、同じデザインでも野暮ったくなってしまうものが多いんだけど、このブラはストラップが太くな

いし、デザインも大人っぽいけど可愛らしさもある絶妙なものになってる。

問題は価格らしいけど……悠宇が見ている値札を隣から覗《のぞ》きこむと、五千円と書かれている。

確かに、ブラだけで五千円はかなり高い。私が買ってるのだと、上下セットで二〜三千円くらいがほとんどで、セールの時なんか千円になったりする。五千円くらいのものも前にひとつ持ってたけど、それだってブラとショーツのセットだし、買った時はセールで3割引だった。

「これにプラスする形で、ショーツが二千円くらいです」

店員さんは同じデザインのショーツをこちらへ見せてくれる。なぜか四枚も。

「えっと、これって……」

「ショーツは、ノーマルタイプ、紐《ひも》タイプ、Tバック、バックレースの四種類からお好きなものを選んでセットを作っていただけるんです。気分を変える目的だったり、ブラと比べてだとショーツは傷みやすいので、ブラ一枚にショーツ二種類とかで買われる方も多いんですよ」

うわぁ、商売上手だなぁ。一種類なら上下セットで終わりにしちゃう人が多いだろうけど、種類が複数あるなら二つくらい選びたくなっちゃうもんね。っていうか四種類とか、さっき食べた定食屋さんのご飯よりも選択肢が多い。まあ、たしかに良いサービスだとは思うけど、

「上下で七千円……」

「すみません。一番安いものだと、上下セットで四千円くらいのものもあるんですけど、一応これが当店で扱っているグラマーサイズの商品だと、オーソドックスな価格になっています」

少し気まずそうにした店員さんは、そこで声のトーンを変えて、

「ただ……このフロアに入っているお店でも、お客さまのサイズを扱っているのはうちともう一店舗だけです。向こうのお品だと、最低でもセットで一万円。高いものだとブラだけで三万円近くになったりもします。もちろん、金額に見合った素晴らしい商品なんですけどね」

なんじゃそりゃ。そんなの、おいそれと手は出せない。ならもう、この店しかないじゃん。


「深未さん……どうする？」

「ここにする。私のサイズだと、むしろ安いくらいだし」

私にとってはこれでも充分に高いんだけど、悠宇は納得してるようだった。

「よかったら、念のため採寸されますか？」

「お願いします」

悠宇はそう言うと、着ていたデニムジャケットから腕を抜いて上はブラトップ一枚になった。

その堂々とした脱ぎっぷりに、私だけじゃなく店員さんもびっくりして、

「あの……奥にフィッティングルームがありますけど」

「面倒なので大丈夫です。ここで測ってください」

「……えっと、じゃあ失礼します」

店員さんは恐縮しつつも、プロの慣れた手つきで悠宇のトップとアンダーをさっと測って、

「そうですね……サイズは大丈夫そうなので、Ｉの65で選んでいただくのが良いと思います」

大きい胸のお墨付きをもらった悠宇は、「どうも」と短くお礼を言うと店内を回り始めた。

「……私もここで買おうかな」

途中からすっかり主旨が変わってたけど、そもそも下着が欲しかったのは私だし。本当はもっと安いのでも全然いいんだけど、こっちが連れてきておいて悠宇にだけ高い下着を買わせるのは申し訳ない。とりあえず私も、悠宇と同じ価格帯のものを同じ数だけ買うことにしよう。

「すみません、私も採寸お願いしていいですか……フィッティングルームで」

「もちろんですよ、こちらへどうぞ」

店員さんに案内されて、私は試着用のフィッティングルームへ通してもらった。普通の服の試着室と比べると、下着のフィッティングルームはかなり広い作りになっている。これは採寸やフィッティングなどで、場合によっては客と店員が一緒に中に入る必要があるため。また、ブラを脱いで上半身裸になる場所でもあるから、フロアとの仕切りはカーテンではなくしっかりとした扉で隔てられている。私はシャツジャケットを脱ぎながら、

「あの……ここのフロアって、同じグループのお店が入ってるって話ですけど、お店によって内装からスタッフさんの格好まで全然雰囲気がちがいますよね」

「そうですね、やっぱりそれぞれのブランドのコンセプトやイメージ、雰囲気なんかを大切にしているので、店も私たちもその世界観に合うようにしています」

たとえば、と店員さん。

「うちは下着だけじゃなくて、リゾートウェアも手掛けてて、上のフロアでは水着をメインにしたお店もやってるんですね。他の店舗は下着と水着を両方扱って、店内で売り場を区分してるんですけど、ここはランジェリー・ストリートがテーマなので完全にお店を分けてるんです」

なるほど……このお店の白い木目調の床は、南国を意識したものなのかな。

「そういえば、このフロア全体的にお客さんの姿が少ないような気がするんですけど、平日だとこんな感じなんですか？」

「いえ……そういうワケじゃないんですけど」

実は、と少し気まずそうに店員さん。

「昨日まで全館セールをやってたんです。それで今日は少し落ち着いているんだと思います」

ああ、それで。まあ残念だけど、こればかりはタイミングの問題だから仕方ないよね。その代わり、他のお客さんがあまりいないから、周囲を気にせずのんびりと買い物できてるし。

……――それこそ、もし今日じゃなくて昨日来ていたら、世界が滅びてたかもしれない。

また世界を救ってしまった……なんて自分に言い聞かせながら、脱いだジャケットを壁のハンガーに掛けさせてもらっていると、

「………あの、お客さま。私もちょっといいですか？」

「？　はい、どうかしました？」

「お連れの方――メチャクチャお綺麗ですけど、何をされてる方なんですか!?」

興奮したように店員に詰められ、私は少し気圧されながら、

「………えっと、女子高生ですね」

「うわぁ……大人びて見えたけど、やっぱりお若かったんですね。SNSやってるならフォローしたいんですけど、ご本人にアカウントとか聞いても大丈夫ですかね？」

「んー……ＳＮＳには興味ないから、やってないみたいですよ」

「ええ～、もったいない。やったらすぐに凄い数のファンが付くと思うけどなぁ」

心底残念そうに店員さんは言った。まあ気持ちは分かるかな……私も悠宇のアカウントならフォローしたいって思うし。今はもう、自分のアカウントは持ってないけど。

「……――あの、そろそろお願いしてもいいですか？」

「あ、すみません。それじゃあお測りしますね」

とっくに準備ができてた私が声を掛けると、店員さんはすぐに採寸をしてくれて、

「お客さま……華奢《きゃしゃ》だなって思ってましたけど、アンダー61ですよ。これだと、お連れの方と同じくらいサイズを探すの大変じゃないですか？」

「いや、去年は63だったんですけど……この半年でちょっと痩《や》せちゃったみたいで」

まさか、父親の不倫の影響がこんなところにまで及んでいたとは。

「ちなみにカップ数ってどうでした？」

「トップが82なのでＥですね」

店員さんにお礼を言って、私はトートバッグにシャツジャケットを入れながらフィッティングルームを出ると、

「ねえ深未さん……今日ってどれくらい買う予定？」

「いったん五セットで考えてる」

「………了解」

うん、Eの65で行こう。っていうか、五セットだと三～四万円くらいだよね。Iカップの下着を追い求めて、とんでもない事になってしまった。

はぁ～と溜息《ためいき》をつきながら、私も自分の下着を選び始める。専門店だけあって品揃えはかなり多いけど、自分の中で候補になるものは、どうしてもこれまでと似たものばかり。そこまで下着にこだわりがない私は、学校の体育など更衣室で同性の女子に見られた時に悪目立ちしてないかが選択基準になっていて——そのために、とある診断を利用している。

……——髪や瞳《ひとみ》、肌や唇の色でタイプ分類して、似合う色を導き出すパーソナルカラー。

私のように髪や瞳の色素が薄くて、肌が黄色がかった明るいトーンは『イエローベース春』。似合うのはパステルカラーやビタミンカラーで、寒色系やダークカラーはあまり良くない。

ファッションだけでなく、メイクにも応用できるこの知識を踏まえて考えると、少なくとも色については絞れるため、こだわるのはデザインやシルエット、そして肌触りなどの質感になる。その点、いい値段がするだけあって、デザインや手触りなどはこれまで私が買っていたものとは段違い。こうして選んでいるだけで、少し気分が上がってくるけど……でもなぁ。

「……——あの、すみません」

「はい、どうかしました？」

私の呼びかけに、店員さんは即座に反応して近くにきてくれる。

「自分で選んでると、これまで持ってたものに近いものばかりになってしまって……ちょっと違う感じのもので、自分に合いそうなものを探したい時ってどうすればいいですか？」

「そうですね……そういう場合、ご自分でムリに冒険しようとするとピンと来なかったりして、イマイチ思い切れなかったりすると思うんですよ。値段が高いと感じている時はなおさら」

と店員さん。

「なので、他の人の意見を参考にするのも良いですよ。店員の目線でよければ私がオススメしますし、それこそお友だち同士で相手が似合うものを選んであげるのも素敵だと思います」

「友だち同士で――……」

「…………………」

店員さんの言葉に、私と悠宇は思わず顔を見合わせる。それって私が悠宇の下着を選んで、悠宇が私の下着を選ぶ……ってことだよね？　どうしよう、その発想はまったく頭になかった。

すると、他のお客さんに呼ばれて店員さんが私たちから離れた瞬間、

「……――それがいい、私のものは彩凪が決めて」

こちらが何か言うより先に、即行で悠宇が店員さんのアイディアに強く賛成する。

「お願い……彩凪のは自分で決めていいから」

「えーと……ちょっと待って深未さん、いったん落ち着こう」

何なの、その本気すぎる目は。その言い方だと、私が悠宇のを全部選ぶってことじゃん。

いや――もちろん本音を言えば、私だって悠宇の下着を選んでみたい。

艶《つや》のある長い黒髪、透き通るように白い素肌、白目と黒目のコントラストのある瞳。

これは『ブルーベース冬』の特徴。似合う色はブルーなど寒色系全般と、暖色ならルビーレ

ッドみたいな鮮やかでビビッドな赤。それから白と、全タイプの中で唯一似合う——黒。

これらは全て、白い素肌を際立たせる色使い。自分の好きな色ではなく、自分に合うとされる色を選ぶ指標のパーソナルカラーなんて、他人の視線を意識しない人間は必要としない。

でもだからこそ、私の方が本人よりも悠宇を魅力的にしてあげられる。そして悠宇は絶対に、私が選んだ下着を拒まない。私がこれと言ったら、それがどんなに煽情的なものでも身に着ける。

……——そのための魔法の言葉を、ふたりだけのルールを、私たちは作ったから。

だけど、今ここでそれを使ってしまったら——倫理観が邪魔をして黙りこむ私に、

「…………………彩凪」

ふっと悠宇は艶《なま》めかしく微笑みながら言った。右手の指を裾《すそ》に引っ掛けて、私にだけ分かるようにほんの少しスカートをたくし上げながら、

「私のこと……彩凪の自由に着せ替えて、好きに遊んでみて」

その言葉は——私の理性を壊すには充分すぎる破壊力だった。もう昨夜みたいに我を忘れてしまわないように、完全にこちらが主導権を握ってコントロールするつもりだったのに。

……——私たちはこうやって、互いの手を引きながら、少しずつ一緒に沈んでゆくのだ。

ふたりで溺《おぼ》れるみたいに。だから、

「いいよ……遊んであげる。悠宇の下着は全部、私が決めるね」

私は冷たい声で呼び方を変えると、そっと悠宇の頬に触れてあげながら、

「その方が、私のものになったって悠宇も実感できるでしょ？」

言いながら頬から顎《あご》へ、そして首筋から鎖骨へと撫《な》でるように指先を走らせると、ピクンと身を震わせた悠宇の瞳に、たちまち恍惚《こうこつ》の色が浮かんで、

「――――」

次の瞬間にはもう、彼女は「深末さん」から、私の「悠宇」になっていた。

……――そして私は、悠宇の下着を選び始めた。

全て私の欲望を満たすようなデザインで揃えてもいいけど……やっぱり学校で着替える時とかに、必要以上に悠宇へ注目が集まるようなことは避けたいかな。体育の日は基本的にスポブラでいいとしても、プール授業みたいな例外や身体測定なんかもあるし、みんなに見られても問題ないようなものを何パターンか用意しておいた方がいい。だから悠宇の雰囲気やスタイルを考えつつ、レースがなくて響かないような――下着のラインが浮きにくいシンプルなデザインのものを二色と、悠宇に似合いそうな可愛い系の候補をまずは押さえとしてチョイス。これらで五セットの内の三枠を埋めつつ、残りは私が悠宇に着せたいものにさせてもらう。

……――それは、悠宇の肢体の魅力を引き立たせる、ゴージャスなレースをあしらったもの。ひとつは生地とレースが単色で統一され、色気と清楚《せいそ》さを両立させたものにし――もう一つは、異なる配色のものにすることで、完全にセクシーへと振り切った下着をピックアップ。

そうして候補をまとめると、商品は全部で十種類になった。少し多いけど、五セットを買うのに五種類しか選ばなかったら決め打ちにしかならないので仕方ない。

「あの……すみません、試着なんですけど」

と、私は女性店員さんに声をかける。

「フィッティングルームには、一度に何枚まで持って行っていいですか？　一応、ひとり五セットずつ買うつもりなんですけど」

「そうですね……規則では一応、おひとりさま三点までなんですけど」

こちらの確認に、女性店員はちらりと悠宇の方を見てから、

「……――いえ、大丈夫です。今日は他のお客さんも少ないですし、何枚でもどうぞ」

そう言って、あっさりと特例を認めてくれる。なんだかな、と苦笑しそうになりながら、

「ありがとうございます。それと、フィッティングルームには、ふたり一緒に入っていいですか？　私が選んであげたので、ちゃんと似合っているか責任もって見てあげたくて」

「あ、はい。それは全然ＯＫですけど」

「そうですか……良かったね悠宇」

「…………………ん」

こちらの言葉に、悠宇はコクンと頷《うなず》いた。その頬が赤く上気しているのは、これから奥の部屋で私たちが何をするのか想像してしまったからだと思う。

……――そして私たちは、候補に選んだ下着を大量に持ち込んだ。

店員さんはキャスター移動式のハンガーラックを用意してくれて、そこへずらりと並べるようにブラとショーツを掛ければ、フィッティングルームが私たち専用の売り場みたいになる。

そこは売り場と繋《つな》がっている共有スペースと、カーテンで仕切られた中で服を脱いで試着できる三つの小部屋で構成された空間で、私たちは一番奥の部屋を選んだ。

やや横に広い作りの小部屋は、ふたりで入っても問題ない大きさで、正面に大きな姿見があるのに加え、右側にも半分ほどの幅の鏡があって、前とサイドの両方から姿を確認できるようになっていた。そんな鏡張りの空間で、部屋の隅にバッグや畳んだ上着を置いた私たちは、

「もういいよ悠宇——脱いで」

こちらの言葉に、悠宇は黙って従った。躰《からだ》の前で両手を交差させるようにしてブラトップの裾を掴《つか》むと、肘《ひじ》から上げるようにゆっくりと脱いでゆく。すぐに可愛らしい臍《へそ》が見え、胸の下までくると少し引っ掛かり——それでも悠宇が構うことなく両腕を持ち上げると、彼女の大きな胸が飛び出すように露わになった。するとブラトップを脱ぎ去り、ミニスカートを穿《は》きながら上半身だけ裸になった悠宇が鏡に映し出され、私はその姿を彼女の隣に立って一緒に眺める。すでに興奮を昂ぶらせていたのか、大きな胸の桜色をした先端がいやらしく張り詰めていて、

「もうそんなにして……期待してたんだ？」

「そんなこと——……」

恥ずかしそうに僅《わず》かに身をよじらせた悠宇が、手に持っていたブラトップを床に落とす。

私はそんな彼女の手を取ると、ぐっと抱き寄せるように引き寄せてそのまま強引にキスした。

今朝に続いて二度目だからか、悠宇は私に奪われるって分かっていたみたいで、

「んぅ……はぁ、ちゅ……んむ……ふぅ、んちゅ……んふ」

当然のように私の唇を受け入れると、すぐに自分からも舌を絡めてきた。それならと、悠宇の腰に回していた右手を下ろして、スカートをたくし上げるように尻《しり》を揉《も》んであげる。すると、途端に悠宇はキスの合間に漏らす吐息を甘いものにしながら、腰をいやらしい動きでくねらせた。そんな悠宇の頬に私は左手を添えると、キスを続けながら彼女の顔を横へ向かせ、その動きに合わせて私も少しずつ悠宇の横へと移動。最終的に悠宇の斜め後ろに回ると、肩越しに振り向かせるようにしてキスを続けながら、両手で彼女の胸に触れた。柔らかな膨らみを下から持ち上げるようにして、その感触と共にサイズと重量感をたっぷりと楽しみながら、

「ん……本当は私の服を買うはずだったのに、何でこんな所でエッチな事してるんだろうね」

そっと唇を離して、鏡に映るいやらしい姿を本人に見せるようにして告げると、

「んっ……ずるい、彩凪が私を連れてきたクセに……」

自分で開発して快楽に弱くなった胸を揉まれた悠宇は、まるで夢心地のように瞳をとろんとさせながら甘えた声を上げる。そんな悠宇が可愛くて、私はショーツの中に手をいれようと悠宇のスカートを右手でたくし上げた――その時だった。

「…――失礼します、お客さま」

◆●◆

フィッティングルームの扉がノックされ、店員さんが中へ入ってきたのは。

それはあまりにも突然の出来事で、

「っ――――……！」

彩凪にいやらしく胸を揉《も》まれながら、服を脱がされていた私は思わずとっさに息を呑《の》む。

……――店員さんがいるのは個室の手前。フィッティングルームの共有スペースの廊下だ。

向こうからは、カーテンで仕切られた個室内の私たちを見ることはできない。

だけど心臓の鼓動は否応なく高まって――そんなこちらの緊張が伝わったのか、

「あの……お客さま、どうかされましたか？」

事情を知らない店員さんが、何かあったのではと尋ねてくる。すると、

「いいえ――どうもしてないですよ」

彩凪はそう言って私の胸を揉み続けながら、堂々とカーテンの向こうに言い放つ。

「素敵な下着ばかりだから、どれから試着しようか迷っちゃって……ね？」

スラスラと取り繕う言葉で、平然と嘘をついた彩凪は、私の腰のベルトを外しながら、

「(ほら……悠宇も返事をして)」

私にだけ聞こえるように、こちらの耳元で甘く囁《ささや》いた。彩凪の手によって胸の形を淫《みだ》らなものへと変えられていた私は、その快感と昂奮《こうふん》で甘い声を漏らしそうになるのを我慢しながら、

「………うん。何でも、ないです」

彩凪のくれる官能に頬を赤く染めながら、言われるままに店員さんを誤魔化して――この瞬間、彩凪と私は背徳的な共犯関係になった。健全なはずの試着室の中で、ベルトに続いてこち

らのスカートのホックを外した彩凪は、ゆっくりとファスナーを下ろしていって、

「(両手を鏡について……それから脚を開いて、お尻《しり》をいやらしく突き出して)」

「…………………………」

不健全な彩凪の指示に従って、躰《からだ》を支えるように両手を鏡につくと、私は言われた透りに脚を広げてお尻を突き出す姿勢をとった。

……──昨日までは絶対に考えられなかった淫らな行ない。

なのに彩凪に求められてると思ったら、私はそれを受け入れることができていた。まるで、たった一晩で生まれ変わったみたいに。恥ずかしい気持ちはあったけど、だからといって嫌だとは思わない。「着せ替えて、好きに遊んで」──そうお願いしたのは他でもない私だから。

これは全て私が望んだこと。私は今、自分の願いを叶《かな》えてもらっていて……そうして私がはしたない体勢になったのと、彩凪がファスナーを一番下まで降ろしたのは同時で、

「……──って事で、すみません。ちょっとゆっくり試着したくて……いいですか？」

「ええ、それはもちろん。焦らなくても大丈夫ですので、納得いくまで試してみてください」

彩凪からの問いかけに恐縮したように店員さんは言ったものの、それでもフィッティングルームのエリアからは出ていく気配はなかった。けれど──これでしばらく私たちは、誰にも見られることのない試着室という名の密室にいられる。そして彩凪によってスカートを途中まで下ろされると、あとは私のお尻のラインを滑るようにして、こちらの腰を覆っていた布が音を立てて床へと落ちた。すると眼の前の鏡に映っている私は、当然のようにショーツを穿《は》いてる

だけの淫らな格好になって……そんな私を一緒になって見ていた彩凪が艶《つや》っぽく笑って、

「……——ふふ、やっぱり綺麗《きれい》だね」

すると脇の下から手を入れてきて、私の胸をいやらしく両手で持ち上げるようにしながら、

「骨ストって、どんな服よりも裸がいちばん素敵って本当なんだ」

そう言ってこちらの首筋にそっとキスをして——彩凪の唇の感触に私は躰を震わせる。

骨格ストレートの中でも私のようにメリハリのある躰つきだと着太りがしやすく、そのため似合う服は躰のラインを出すフォルムのものとされていて、結果として「裸がもっとも盛れる」とまで言い切ってしまう人もいるほど。アパレル業界の人なら大抵は知っているその知識を、彩凪はあえてカーテンの向こうにまで聞こえるように言っていた。

でもそれは——店員さんに聞かせるためじゃない。店員さんに、聞かれてるんだ、って、そのこ、い、いを、私に意識させるためだ。自分がそんな格好でいることを間接的に店員さんに伝えられて、

「…………そんなこと」

と、自分のいやらしい姿を目にした私が官能を昂ぶらせていると、

「すみません……もしご希望されるのであれば、フィッティングのお手伝いをさせていただくことも可能なんですが、いかがですか？」

店員さんがそんな事を尋ねてきて、

「そうなんですね……ねえ、どうしようか」

彩凪は白々しく言うと、両手をついてる私の躰と鏡の間に立ち膝《ひざ》をして入り込んだ。鏡に手

をついていた私が顎《あご》を引くと、こちらを見上げてくる彩凪としっかりと眼が合う。

……――いったい何でそんな真似を。

そう私が疑問に思った瞬間――ありえない事が起こった。あろう事か彩凪は下からこちらの胸に顔を寄せると、そのまま私の乳首を口に含んだのだ。途端に胸のあたりに生まれた強い快感に、私は背中を仰け反らせるようにビクンと腰を震わせながら、

「っ……大丈夫だから、私たち二人だけに。そこにいられたら……っ」

彩凪に乳首を吸われる快楽に、甘い嬌声《きようせい》を漏らしかけるのを必死に堪えつつ答える。すると彩凪は私の乳首からいったん口を離して、

「もう、そんな言い方して。すみません、この子ってば意外と恥ずかしがり屋で」

そう言って私の腰に両手を添えた。そこから滑らせるようにして下げてゆくと、彩凪の両手の親指が私のショーツのウエストを引っ掛けて、そのままスルスルと引き摺《す》り下ろしてゆき、

「っ――――……」

彩凪の顔の前に、剝《む》き出《だ》しの私の股間《こかん》がさらされて――その状況に思わず息を吞むと、

「申し訳ないんですど……試着が終わったら呼びますので、少し出てもらってもいいですか？」

声を被せるようにして、彩凪が店員さんを追い払ってくれて、

「いえ、そういう事でしたら……ごゆっくりどうぞ。何かあれば遠慮なくお声がけください」

どこか残念そうにしながら、そう言い残して店員さんはフロアへと戻っていった。そして気

配がなくなり、完全にふたりきりになってから、

「………バレたらどうするの」

信じられないとばかりに尋ねた私は――次の瞬間、

「んっ――――…」

今度こそ甘い声を漏らして、いやらしく躰を震わせる。それは再び彩凪がこちらの乳首を吸ってきたからで……さらに彩凪は手を伸ばして、私の乳房を淫らに揉みしだきながら、

「心配しないで。悠宇のこんな姿、他の人に見せるワケないでしょ」

彩凪はそう言って私の下から出ると、こちらの背後へと回りながら、

「言ったはずだよ、悠宇は私のものだって」

「………あ………」

腕を前へ回すようにしてキュッと後ろから抱き締められて――ショーツまで脱がされて完全な裸にされているのに、彩凪の言葉と優しい抱擁が嬉《うれ》しくて私は吐息のような声を漏らしてしまう。そんなこちらに、彩凪は艶《なま》めいた笑みを浮かべながら、

「いい子だね……それじゃあ、そろそろ私の好きに着せ替えさせて」

試着用に持ってきたブラへと手を伸ばすと、そこから私は彩凪の手によって様々なブラを着けられていった。まずはデザインや色、サイズが私の肌や胸にしっかりと馴染《なじ》むかという下着としての基本的な役割をチェックしてゆく。必然的に彩凪に胸を触られることになって、個室とはいえ外で完全な裸になっている背徳感に、躰を敏感にしていた私はブラの着け外しだけで

感じてしまう。すると彩凪が思い出したように、

「そういえば私、悠宇がブラを着けてるところを見るの初めてだ」

「ん…………言われてみれば」

新しいブラを着けられながら考えてみる――確かにそうかもしれない。昨日、彩凪と部屋で出会った時の私は裸だった。それ以降は服を着ていたけど、なんだかんだブラはしてなくて、最終的に彩凪のものになった時もTシャツの下は何も着けていない状態だったし。

「…………………………」

そう考えると無性に恥ずかしくなってくる。彩凪には裸も――もっと恥ずかしい姿だって見られてるのに、改めてブラを着けているところを見られると何だか意識してしまう。

しかも下半身はショーツを穿いてないから余計に恥ずかしくて……胸の下で両腕を交差するようにして浅く躰を抱くと、私は余計に胸の膨らみの大きさを強調してしまう。すると、

「…………見た目や着け心地は大丈夫そうだね。それじゃあ他のことを確認しようか」

「…――他のこと？」

そうこちらが問い返した数分後――ブラを着けられた状態のままの私は、

「やぁっ、ふぁあん……彩、凪ぁ……あぁ……んっ」

試着室の鏡の前で、はしたなく甘い嬌声を上げていた。見た目や着け心地といったものに加

えて、別のことまで彩凪によって調べられていたからだ。

……──布地の手触りや、ブラをした状態での乳房への愛撫《あいぶ》の具合はどうか？

相手がいる人の下着選びでは、そうした要素も重要になってくる。だから私はブラの上から彩凪に胸を触られ、さらに中にまで手を入れられて乳房をメチャクチャにされてしまう。スポブラや可愛い系など体育の授業の着替えなどで周囲に見られるケースを考えた無難なものを押さえつつ、彩凪は私のために扇情的なデザインのものも選んでいた。そのため私は、生まれて初めて透けている黒のレースのブラを着けられながら胸を揉まれていて、

「────────」

そんな私のいやらしい状態を、眼の前の鏡がすべて映していた。

……──それは初めて見る、まるで別人のような自分の姿。

彩凪の手で乳房をいやらしい形へと変えられている私は今──官能に溺《おぼ》れた顔をしている。股間の奥に生まれている熱く切ない感覚に内股《うちまた》を擦り合わせると、その度に「くちゅ、くちゅ」と淫らな音が鳴っているのは、もう何度も彩凪によって快楽を極まらせられているから。

そうして鏡に両手をついてないと立ってられないほど私を感じさせていた彩凪は、

「………うん。これも買ってもいいかな」

納得したように、こちらの背中のホックを外して透けてるレースのブラを脱がした。すると
それが、売り場から持ってきていた最後の下着で……ようやく試着が終わったと思っていた。

ところが、私の躰を斜め後ろから支えるように寄り添ってくれていた彩凪が、

「……――ねえ悠宇、最後にとっておきのを着けてあげようか」

「ぁ……はぁ……とって、おきって……え？」

呼吸を整えるように息を吐きながら私が尋ねると、彩凪はそれを了承にして売り場にはないブラをこちらの胸へと着けてくる。それは――今まで着けてきたどんなブラよりも、ぴったりと私の胸の膨らみに密着するものだった。まるで吸い付くかのような極上の着け心地。そんな嘘みたいな極上のブラを、私はよく知っていて、

「ほら見て……これが一番似合ってる」

「――――」

そう言われた私は、彩凪と一緒に鏡に映った自分を見た。彩凪の言う通り、試着した他のどれよりも私にぴったりだった。これよりも私に合うブラは、きっとこの世には存在しない。

たとえどんなに胸の形が変わっても、どんなにバストサイズが変わろうとも関係ない。

胸を覆う面積が足りてないけど気にもならなかった。だって必ず私の胸にフィットして、しっかりと支えてくれて、着け心地も最高で――どこまでも淫らだったから。

……――彩凪の両手。それが私の胸へと着けられた、一番似合うブラだった。

彩凪の五指が少し食い込んで、指の隙間からいやらしくハミ出しているのは胸の柔肉と、敏感に張り詰めてしまっている乳首。あまりにも艶めかしいビジュアルと着け心地に、

「………………」

思わず私は見惚《みと》れてしまう。鏡の中で彩凪の手に抱かれている私の胸は、間違いなく悦んで

いて。そうして自分の姿を見ている私の眼はすっかり官能に潤んで、その表情にはうっとりと恍惚《こうこつ》の色が浮かんでしまっている。初めて来たお店の試着室で丸裸にされて、胸にいやらしく手をあてがわれて、お前に一番似合う下着はこれだなんて言われて。そんなこと他の人にされたら絶対に許さないのに——相手が彩凪というだけで、その全てを受け入れられている。

それこそ嬉しいとさえ思ってしまうほどに。すると、

「…——ちなみにね、このブラはセットでショーツも付いてるんだよ」

彩凪は悪戯《いたずら》っぽく笑うと、私の胸に添えていた右手を下の方へ。ゆっくりと両端の親指と小指だけを大きく開き、真ん中の三本を揃えたその形は、まるで翼を広げた天使のようで、

「…………あ」

「大丈夫だよ、これは売り物じゃなくて私のものだから。だから悠宇は何も気にしないで、この下着の良さをたっぷりと味わって」

呆然《ぼうぜん》となっていたこちらに彩凪はそう言い放つと、彼女の右手がそっと私の恥ずかしい場所へと舞い降りて——着地した天使が身を屈めるように、真ん中の三本の指がわずかに曲げられると、私の濡《ぬ》れた股間をグッと下から持ち上げた。彩凪の右手で作られたショーツを淫《みだ》らに穿かされた私は、同時に油断していた胸を彩凪の左手でメチャクチャに揉《も》みしだかれて、

「っ——んぅ〜〜〜〜〜……！」

私が激しい絶頂による喘《あえ》ぎ声を漏らすより、彩凪の唇がこちらの口を塞《ふさ》ぐほうが早かった。

彩凪のいやらしい指使いの手ブラと、淫らなハンドショーツのセットに信じられないような

快楽を極まらせ続けた私は立っていられなくなって。彩凪の腕の中に囚われながら何度となく湧き上がる絶頂感へと溺れてしまうと、二人でゆっくりと沈むみたいに……どちらからともなく試着室の床に尻餅《しりもち》をつく。そして――奈落《ならく》のような深い快楽にすっかり溺れてしまった私が、どうにか呼吸を取り戻すと、彩凪は塞ぐようにしていたキスを優しいものにしてくれて、

「ぁ……あぁん……ちゅっ、はぁ……んっ……ふぅ」

私は甘い絶頂感の余韻に浸りながら、彩凪の唇と舌の温もりにひたすら夢中になってゆく。

今朝のキッチンでの行為なんて――まるで子供のお遊びみたいだった。

そうして私は改めて、彩凪のものになるというのがどういう事かを理解した。

……――彩凪に服を着せられた私が試着室を出たのは、それから二十分が経過した後。

再び様子を見に来た店員さんにお礼を伝えて、彩凪と私は下着を購入したのだった。

#私たちは、一緒に登校したいだけ。

……――何事も、始めが肝心だとは言うけれど。

嘘みたいな出会いから、二人で同居する事になって、溺れるように快楽を求め合った初日。

朝のキッチンでの行為から、家具家電を買うデートを経て、背徳的に下着を選んだ二日目。

私と悠宇は、本能の赴くままにスタートダッシュを決めてしまった。

あまり良くない事は分かってる。いけない事をしている自覚も。私たちの関係はまちがいなく不健全だし……それこそ下着屋でやった事なんて不適切にもほどがある。

それでも止められないのは、私たちが互いに甘えているから。きっと悠宇は、求めれば私が応えてくれるって信じてるし――私も、どんな事をしても悠宇は受け入れてくれると思ってる。

私たちの心は歪《いびつ》な形をしたパズルピースみたいで、それが完全にパチッと嵌《は》まってしまった。

互いに隙間を埋め合うんじゃなくて、絡み合ってひとつになるみたいに。

……――あれから十日。私たちは互いに、相手にどう求められているかを理解していた。

私の一日は――悠宇がしてくれる舌を絡めた目覚めのキスで始まるようになっていて、

「んっ、彩凪……ちゅっ、んぅ……くちゅ……」

ふたりの体温が混ざり合った布団の中で、悠宇が甘いキスで私を起こしてくれる。

私は、そんな悠宇に応えてあげながらゆっくりと身体を起こすと、

「悠宇……ほら、手ぇ上げて」

「…………ん」

私の言葉に対して、悠宇は従順で……言われた通りに悠宇が両腕を上げると、私は彼女の着けているナイトブラを脱がしてあげる。そして悠宇の両腕から抜けたブラを床に落とすと同時、今度は私からキスをして——悠宇の大きな胸に手をやりながら、そのままベッドの上で押し倒す。すると、悠宇は嬉《うれ》しそうにこちらの首の後ろに両手を回して完全に私を受け入れた。私は吐息の合間に絡め合っていた舌をほどくと、ゆっくり首筋から鎖骨へと這《は》わせていきながら胸の膨らみへと舌先を滑らせ、そのまま悠宇の乳首を口に含んでいやらしく吸い上げる。

「んっ——ふぁあんっ」

ビクンと悠宇が身体を震わせながら腰を浮かせたのに合わせて、穿いていたショーツを引きずり下ろすと、乳首を吸い上げる力を強くしながら悠宇の股間《こかん》へ手を伸ばし、優しく右手の指先を滑らせた。途端に悠宇は本気の喘《あえ》ぎ声を漏らしながら、甘えるように私の頭を掻《か》き抱《いだ》いてくる。だから私は応えるように——そのまま最後までしてあげた。

「〰〰〰〰っ」

聞き取れないような声と共に、私の下で悠宇の大きな肢体がいやらしく跳ねて——その後、完全にとろけた状態の悠宇の呼吸が落ち着くのを、じっくりと見下ろすように待ってから、

「……――おはよう、悠宇」

私はそう告げると、もう一度キスをした。

「えっと、朝って何時までに登校すればいいんだっけ？」

「八時二十分。ＳＨＲは半からで、その後に体育館へ移動して始業式」

私たちは選んだ下着をつけると、用意していた制服に袖《そで》を通してゆく。

そしてふたり一緒に洗面所へ移動すると、髪の毛や軽いメイクなどの身支度をすませてから、

「ほら……してあげる」

私は悠宇の胸元のリボンを結んであげた。すると手の甲が悠宇の胸に当たって、

「…………………ん」

悠宇は微かに吐息を漏らしたけど、私は気づかないフリをしてリボンを結び終える。

そして玄関で靴を履いて家を出ようとしたところで、

「…………待って、彩凪」

と悠宇がこちらを制止した。何事かと見れば、

「外ではあんまりしないって……だから、出かける前にもう一度キスして」

透き通るような瞳《ひとみ》を潤ませながら、悠宇はこちらに甘えてくる。私は苦笑すると、

「いいよ……でも、リップが取れないくらいにしようね」

悠宇を抱き寄せて彼女の口に軽くキスをして――そして唇を離すと、

「…………………………」

悠宇は名残惜しそうな顔をしていた。その顔が可愛くて、私は再び唇を重ねてあげる。そして少しだけ、こちらの舌先で悠宇の舌先に触れてあげると、悠宇はピクンと反応を見せて、

「…………はい、おしまい。続きは帰ってから」

私が優しく諭すように告げると、悠宇は納得したのか頬を赤くしながらコクンと頷いた。

▽▽▽

快速で五駅――二十分ほどの乗車で、私たちを乗せた電車は目的のターミナル駅についた。

「学校に一番近い駅は、ここから乗り換えでもうひとつ先なんだっけ？」

「そう。でも、ここから乗り換えるには駅を端から端まで移動しないとダメだから……」

私の問いかけに、悠宇は頷きながら説明してくれる。

「接続時間とか、乗り換えの電車賃も考えると、この駅から歩いた方がいい」

もちろん異論なんてなく、軽い上りの道のりを、私と悠宇はのんびりと歩いてゆく。

通学ルートという事もあって、同じ制服を着た女子が私たちの前にも後ろにもいた。

その姿は、私たちが使わない最寄り駅まで来ると一気に増えて――そして程なく見えてくるのが、都内屈指の中高一貫教育の女子校。私たちが通う、私立篠川女学院の第一校舎だ。

……――次々と建物へと入っていく生徒たちが着ているのは、当然だけど同じ制服。

篠女の制服は、進学理由のアンケートでも上位に来るほどの人気ぶりで、この可愛い制服に袖を通せば、それだけである程度は垢抜《あかぬ》けられる優れもの。

でも、同じ制服だからこそ――どうしようもなく個人差も浮き彫りになってしまう。

誰のことかなんて言うまでもない。それ程までに、私の隣を歩く悠宇は圧倒的だった。

抜群の顔立ちに異次元のスタイル、頭ひとつ高い長身。どこか物憂げな表情や、背筋の伸びた綺麗《きれい》な歩き方と所作、風にそよぐ美しい黒髪――それら全てが完全無欠。

ずっとそうだけど……悠宇はそこにいるだけで周囲の視線を集めてしまう。それは同じ高校の女子たちも例外ではなく、校舎へ入っていく際にチラッと悠宇へ視線を送っていた。

そんな生徒たちの流れに混ざって、私と悠宇も入口へ――その際に悠宇が、前の生徒にならって木製の台に置いてあるプリントを取った。そこに記載されているのは新年度のクラス名簿。

……――これが年度途中の転入だと、私はまず職員室へ行かなくてはならない。

そして――ひとりだけ後から教室に入って、みんなの前で挨拶《あいさつ》させられるという、転校生ならではの罰ゲームみたいな自己紹介をさせられていたのだ。でも今回の私のケースでは、普通に悠宇たち新二年生と同じ扱いでクラス分けしてもらえているから罰ゲームの必要はない。

私は悠宇の名簿プリントを横から覗《のぞ》きこみ、高等部二年のところを確認。

「………あ、私も深未さんもC組だって」

私は名簿の中に、自分たちの名前を発見する。私は悠宇の腕を取りながら、

「クラスも一緒だね。よろしくね、深未さん」

「…………うん」

悠宇はC組の名簿を見ながら嬉しそうに頷《うなず》いて、そっとこちらへ身を寄せてきた。この程度なら友だち同士の距離として通用するので、そのまま悠宇の好きにさせてあげる。

……――っていうか、お母さんに言っておいた甲斐《かい》があったかな。

中高一貫の学校へ、高等部の――それも二年から転入する生徒が学校へ馴染《なじ》むには、早く友人を作るのが一番。そんな中、同じ学年に一緒に住んでる生徒がいるなら、いっそ同じクラスにした方が手っ取り早い。途中から転入してくる外部生なんて、どうせ後からどこかのクラスに割り振るんだから融通も利く。ウチのお母さんは別に過保護ではないけど、離れて暮らしてるから私を心配してくれてる。だから、どこまで事情を話したかは分からないけど、学校側がこちらへ配慮してくれる可能性はあった。悠宇も、去年お母さんを亡くしてるしね。

……――雪平彩凪と深未悠宇は、同じクラスにすべき。

高校が同じだったのは偶然だけど……クラスについては、学校側がそう判断するように私の方で少しだけ流れを作らせてもらった。それでも他のクラスになる可能性はあったし、別にたまたま同じクラスになっただけかもしれないけれど。

だけど――ふたりで二年C組の教室へ行くと、私の考えが正しかったことが証明される。

一クラスにつきおよそ四十人、いったん廊下側から五十音順に決められている席で、

「んーと……私の席はこれかな」

「………私は、ここみたい」

私と悠宇は、互いに顔を見合わせる――私たちの席は、隣同士にされていた。

私が一番窓側の列の真ん中あたりで、悠宇はその横という配置。もちろん『深未』と『雪平』だし、偶然の可能性はあるんだけどね。まあ大丈夫だとは思うけど……まさか、お母さんか椎名さんが、学校側に強く申し入れたりとかしてないよね？　一抹の不安を覚えつつも、

「…――どう？　クラスに、誰か友だちとかはいた？」

教室に入った時からそうだったけど、悠宇はクラスのあちこちから見られてた。おそらく校内では有名なんだと思う。これだけの外見だし、噂にならないはずがないもんね。でも、

「ううん。去年は母さんのことがあって、一学期はあまり出席してなかったから。その間にクラスの中で、完全にグループができてしまっていたし」

悠宇は小さく首を横に振りながら言った。

「それに……どこからか噂も回っていたみたいで。私が登校するようになったら、気を遣って話しかけてくれた人もいたけど――当時の私はまだ、それを受け入れられなかった」

「そっか……」

高校生活の始まりとなる、一年生の一学期……その時期に、悠宇は学校へ行けてなかった。出遅れたし、拒絶した。だから友達らしい友達はいないし、孤立もしていたかもしれない。

「じゃあ、いったん私だけで我慢してもらおうかな。っていうか、私は友達どころか知ってる人もいないから、深未さんが面倒みてくれないと困るんだからね」

「………うん、任せて」

そうして私たちがお互いの席で笑い合っていると、予鈴のチャイムが鳴って——クラスのあちこちで話していた人も、それぞれ自分の席へと戻っていった。さすが進学校だなぁ……前の学校だと、先生が入ってくるまで喋《しゃべ》り放題してる人が多かったんだけど。

などと感心している内に、教室の前の扉が開いて、白衣姿の女性が入ってくる。

綺麗な女性だった。悠宇ほどではないけど背が高くて、長い髪をまとめているその人は、黒のブラウスにタイトスカートを合わせて、デニールの高いタイツを穿《は》いた足下は踵《かかと》の高いパンプス。手にはA4サイズの黒の手帳——でもそれはアナログな出席簿ではなく、タブレットのようだった。彼女は教壇の前に立つと、なぜか横を向いた。そして、

「くぁ……あ……ふぅ。みんな、おはよう」

言葉より先に大きなあくびをした。そんな彼女へ、生徒のひとりが呆《あき》れたように、

「かえちゃん先生……もしかして、また夜更かししたの？」

「ん？　ああ、ちょっと筆が乗りすぎてしまってね」

女性が笑いながら言うと、つられたように生徒たちも笑って——教室の空気がふっと緩んで柔らかくなった。それだけで、人気のある先生だって分かる。彼女はクラスを見渡しながら、

「おはよう、美術教師の八神楓《やがみかえで》だ。察しはついてると思うが、このクラスの担任を任された。知っている者も多いだろうけど、見ての通りの不良教師でね。これからの一年、君らにはたっぷりと自主性を身につけてもらう予定だから、そのつもりでいるように」

ふざけてるように見えて、八神先生の瞳はどこか鋭くて——それ以上に格好良かった。あっさり自分を不良教師と言ってのけたり……この雰囲気だと、生徒からの人気はかなり高そう。

「さて、それじゃあ出席番号順に廊下に並んでくれ。みんなで体育館に行って、つまらない始業式を乗り切るとしよう」

八神先生の言葉に私たちは苦笑すると、席を立って廊下へと向かった。

▽▽▽

始業式は中等部・高等部の合同で、第一体育館で行なわれた。

全校生徒と教職員の総勢千人以上が、一堂に会する景色はまさに壮観。

さらに私立の中高一貫ともなれば、壇上で挨拶する人の数も必然的に多くなる。

各学年の先生たちの紹介が行なわれ、校歌斉唱をして終了。最後に、この後のＬＨＲが終わった後に、またこの体育館で新入生の歓迎会が行なわれることが告げられた。

そして教室へ戻った後、短い休み時間を挟んでから、

「…——それじゃあ出席番号順に、各自簡単な自己紹介をしてもらおうかな」

教壇の端に置いた椅子に脚を組んで腰掛けると、八神先生は私たち生徒を促した。

「ってことで、まずは芦原《あしはら》から頼む」

「はいは～い、芦原咲耶《さくや》でーす」

八神先生の指名に、廊下側の一番前の席に座っていた子が立ち上がった。八神先生が最初の挨拶であくびをしていた時、夜更かしがどうとかツッコミを入れていた女の子だ。

「部活は特にやってないけど、去年は庶務として生徒会を手伝ってました。で、かえちゃん先生とは去年のA組の時からの付き合いで……今年も一緒ってことは、来年もそうなんだよね？」

「まあ、私が異動しなければそうなるな」

芦原さんの言葉に、八神先生は頷いた。篠女では、高等部二年のクラス分けは大学受験へ向けて文系と理系に分ける目的もあるため、今のクラスが三年生になっても継続される。

「ちなみに芦原……もし立候補者がいなかったら、お前さんには委員長を任せたいんだが」

「え、また？　あたし去年もやったけど……」

キョトンとする芦原さんに、

「お陰で昨年、ウチのクラスは問題が起きなかった。元A組で反対するヤツはいないだろう」

八神先生がそう言うと、クラスの何人かが頷いたのが見えた。きっと彼女たちは去年A組だった人たちで、芦原さんの委員長としての仕事ぶりを見ていたにちがいない。

「んー……やる人がいないなら考えても良いけど。でもその場合は、また見返りを貰《もら》うよ？」

「内申書へのプラス評定と、席決めの際の優先権のことを言っているなら問題ない。その程度でクラス委員としての雑用を請け負ってくれるなら、むしろ他のみんなもありがたいだろう」

「あとは――副委員長は去年と同じで、不破《ふわ》っきゅんがやってくれるのが条件」

と芦原さんが言うと、

「……まあ、咲耶が委員長ならそうなっちゃうのかな」

深末さんの後ろの席に座っている女子が、やれやれと溜息《ためいき》をついた。

「咲耶がやるなら手伝うけど……でも先生、これって立候補がなければの話ですよね？」

「もちろんだよ不破。他にやりたい者がいた場合だけでなく、イヤなら断っても構わない」

ただし、と八神先生。

「生徒会で高い役職を狙うつもりなら、クラスでの実績はプラスに働く。お前たちにとっても損はないと思うよ」

「なんか……上手く言いくるめられてる気がするんですけど」

「単に事実を言っているだけさ。というワケで不破、ついでに自己紹介を頼む」

八神先生に促され、不破さんは仕方なさそうに立ち上がって、

「不破有紗《ありさ》です。咲耶と同じ元Ａ組……っていうか彼女とは小さいころからの付き合いで、生徒会でも一緒に活動してます。あと私も、副委員長をやるなら咲耶が委員長の場合だけなので」

よろしくお願いします、と手短に挨拶を済ませてスッと着席する。

うーん……芦原さんも不破さんも雰囲気があるっていうか、この二人が委員長と副委員長をやってくれたら間違いないような気がする。

「それじゃあ続けてくれ。クラス委員をやりたい者は、自己紹介と併せて立候補するように」

そう先生が言うと、挨拶が再開された。ひとりが終わる度にまばらに拍手が起きたり、話している途中でからかう合いの手が入ったりと、おなじみの初日の光景が繰り広げられてゆく。

そんな中、自分の番を迎えたひとりの女子が立ち上がると、教室内が僅《わず》かに緊張した。

「……………深未悠宇です。よろしくお願いします」

悠宇が口にしたのはたった一言……それだけなのに、これまでの誰よりも強い存在感を放っていた。その結果——拍手どころか、物音すらない完全な沈黙がクラスに満ちてしまう。

…——たぶん、悠宇は無愛想にしたワケじゃない。

ただ——誰かに好かれようとか、好印象だとか、そういう事は考えないんだと思う。

もし、ただのクラスメイトとして出会っていたら、私だって悠宇と仲良くなろうなんて思わなかったかも。同じクラスで隣の席だけど、無関係で無縁な存在だったかもしれない。

「………………………」

ぼんやりと考えていると、あっという間に順番が回ってきて、

「えっと、雪平彩凪です。この春から篠女に転校してきました」

立ち上がって私がそう言うと、興味を引いたのか、こちらを見る周囲の眼が少しだけ変わる。

転校生って、それだけで摑《つか》みになるから楽だよね。さて、ここからどうとでも展開はできるけど……先々のことまで色々と考えた私は、そこでふっと笑って、

「…——転校の理由は、両親の離婚です」

私がしたのは、火を付けた瞬間に起爆する爆弾発言。いったい何を言い出してるの……と思わずみんなが息を吞む中、私は隣へ一歩移動すると悠宇のすぐ隣に立って、

「それと――事情があって深未さんと一緒に暮らしています」

間髪いれずに放ったダメ押しに、クラス中が若干どよめいて、

「――――」

悠宇まで呆然《ぼうぜん》とこちらを見上げているけれど――でも私は構わない。後で知られたらよくない噂になりそうなことは、どうせなら早めに言っちゃった方がいいでしょ。

悠宇を安心させるように彼女に微笑みかけてから、改めてクラスのみんなへ向き直って、

「以上です。よろしくお願いします」

そうして私の自己紹介は、悠宇と同じくらいの衝撃を残して終わった。

◆●◆

…――彩凪による衝撃の同居宣言の後。

それ以降の三人の自己紹介は無難に行なわれて、この日のＬＨＲはそのまま幕を閉じた。

始業式の今日は、私たち高等部二年はこれで終了。チャイムと共に八神先生が教室を出ていくと、みんな帰宅の準備を始めてゆく。そんな中、私は席を立って隣へと近づいて、

「………彩凪、あんなこと言ってよかったの？」

「もちろん。あ、もしかして深未さんは言わない方がよかった？」

「ううん……私も平気だけど」

彩凪の言葉に、私は首を横に振った。母さんが死んで、再び登校するようになった時——私はまだ周囲を受け入れきれずに遠ざけて、結果として友だちを作れなかった。そんな去年のこともあるから、私は積極的に学校で仲のいい友人を作ろうとは考えていない。でも、彩凪まで私に付きあって、そんな学校生活を送る必要はないのだ。それなのに、

「なら良かった。ひとまず深未さんがいてくれたら、それで私は大丈夫だし」

と、私にだけ聞こえるように彩凪が言ったのと、

「……——雪平さん、ちょっといい？」

ふと、声が掛かったのはほとんど同時だった。それは私の席のすぐ後ろ——不破さんからの呼び掛け。そして、いつの間にか芦原さんもその隣に来ていて、

「うん、もちろん……あ、それとありがとね。二人ともクラス委員を引き受けてくれて」

彩凪が席を立ちながら二人へ笑顔を向ける。結局あれから立候補する人はいなくて、芦原さんと不破さんが委員長と副委員長に決まっていた。すると芦原さんが「いいよ」と笑って、

「さっき言ったように、タダでやるワケじゃないから。そんなに貧乏クジとかじゃないよ」

「そっか……そういう事ならいいんだけど」

と彩凪も笑顔を返すと、

「それでね？　早速だけど、委員長と副委員長っぽいことをしたいなーと思って」

「雪平さんがよければ、学校を案内したいんだけど……どう？」

芦原さんと不破さんはそう提案した。

「午後にある新入生の歓迎会は、基本的に中等部一年と高等部から入った外部生が対象なの。転入生の雪平さんも参加して問題ないけど、でも校内の案内みたいなものはないし」

「そっか、そうだよね……ありがとう、すごく助かるかも」

彩凪はふたりに感謝の言葉を伝えると、チラッと私を見て、

「…――でも、ちょうど深未さんに案内をお願いしようとしてたところだったんだよね」

そう言うと、彩凪は「ね？」とこちらへ同意を求めるように、少しだけ身を寄せてきた。もちろん、そんな話はしていない。けれど、それは芦原さんと不破さんを騙《だま》すための嘘じゃなくて、私を優先するって言っているのだ。だからこそ、彩凪に大切にされてるって感じられて、

「………うん」

思わず嬉《うれ》しくなって頷《うなず》くと、

「あ～っと、ごめん。順番的に転校生の雪平さんに先に声をかけただけで、あたし達は深未さんのことも案内してあげられたらって思ってたんだ」

「…――私のことも？」

予想外の芦原さんの言葉に、私が思わず尋ねると、

「深未さんって部活も委員会も入ってないじゃん。でも、今年になって気が変わることもあるかもしれないし、何かの参考程度くらいの役には立てるかなって」

「どうして私が帰宅部だって――…」

「深未さん、去年は運動部系から色々と勧誘されてたけど全部断ってたでしょ。私たちは生徒会を手伝ってた関係で部長会にも参加してたから、そこで話題になっているのを聞いてたの」

苦笑しながら教えてくれた不破さんに、隣の彩凪がこちらを見上げて、

「へえ～……そうなんだ。やっぱ深未さん、すごいんだね」

「背が高くて目立つから、とりあえず声をかけてくれただけだと思うけど……」

からかうように尋ねられ、こそばゆい気持ちになりながら答えていると、

「そういうワケだから——ふたり一緒に案内できたらって思うんだよね。どうかな？」

という芦原さんの提案に、

「……………どうする、深未さん？」

彩凪は判断を私に委ねてきた。もし私が断れば——彩凪はそれを尊重するつもりだ。

……——正直に言ってしまえば、私には部活の案内は必要ない。

去年は散々勧誘を断った。そんな私が二年生から中途入部なんてしたら、それまでの部内の空気が微妙なものになってしまうかもしれない。

でも、彩凪はちがう。どこか入りたい部活があれば入れば良いと思うし……それに彩凪が入るんなら、私も一緒に……という気持ちがある。運動部にも文化部にも特に興味はないけれど、彩凪と一緒に部活はしたいとは思う。そういう意味でいうと、帰宅部の私よりも生徒会で各部と関係があった芦原さんと不破さんの方がずっと適任だし、校内の案内にしたって最低限のことしか教えられない私より、彼女たちにお願いした方が間違いがない。だから、

「私も、芦原さんと不破さんにお願いできると助かる」

そう私が告げると、彩凪は優しい表情になって、

「じゃあ、ふたりに甘えちゃおっか。芦原さん不破さん、お願いできるかな？」

「うん、任せて！　色々と教えたげるからね」

芦原さんがパッと笑顔を輝かせると、不破さんも頷いて、

「よかったら、さっそく行きましょうか。さっきから少し注目されちゃってるから」

見れば、周囲のみんながこちらの様子を窺っていた。無愛想な元不登校と、爆弾発言をした転校生を、委員長と副委員長がどう面倒を見るつもりなのか気になるのだろう。

「ってことで——私と不破っきゅんは、雪平さんと深未さんを案内してくるから」

そんな視線などお構いなしで、芦原さんは言った。

「それじゃあ……みんな、また明日《あした》。あと改めて、これから同じクラスでよろしくね」

▼▼▼

それから私たちは四人で、午前中に放課後を迎えた校内を巡り始めた。

不登校だった時期はあるものの去年からいる私に対し、今日から通い始めた彩凪はこの学校の初心者だ。だから芦原さんたちの案内も、必然的に彩凪を基準にしたものになって、

「特別教室なんかは授業が始まってからにして、まずは職員室と保健室から案内しようかな」

「ありがとう。分からないことだらけだから、ふたりにお任せできると嬉しいかも」

「オッケー。それじゃあお任せされちゃうね」

頼りにした様子で彩凪が言うと、芦原さんは嬉しそうに笑って、そうして私たちは廊下を歩き始めた。案内役の芦原さんと不破さんが先を歩き、彩凪と私がその後に続いてゆく。

……――篠川女学院は第一校舎が高等部で、第二校舎が中等部。この二つは直接行き来できない造りになっていて、職員室や保健室はそれぞれの校舎に存在している。一方で、体育館などの大型教室や、美術室や被服室などは中高が共用で使っていて、そうした特別教室がまとめられた第三校舎を介して、高等部の第一校舎と中等部の第二校舎は繋《つな》がっていた。

早々に職員室と保健室を回った私たちは、その足で第三校舎へ。そして始業式でも使った体育館へと足を踏み入れて、

「体育館はこの第一と、奥の第二があるんだけど、校舎みたいに中等部と高等部でどっちを利用するか決まってるワケじゃなくて、体育の時は種目によって使い分けてる感じかな」

「部活だと、バスケやバレーみたいな球技の中でもコートを広く使うものは大体こっちの第一ね。第二は体操や卓球、バドミントンなんかが使ってる」

芦原さんの説明を補足していた不破さんが、

「そうだ……二人とも、よかったらこれ使って」

そう言って、持っていたタブレットを彩凪に手渡した。授業がないため私や彩凪は持ってきていなかったけど、生徒会の仕事の関係もあって不破さんは用意していたのだろう。隣の私も

一緒に見せてもらうと、画面には『新入生歓迎会』という表紙が表示されていて、

「午後の歓迎会で使うスライド。部活紹介のところを見てもらったら分かりやすいかも」

「うわ～……凄《すご》いね、こういうのも生徒会が作ってるの？」

しっかりとした作りの資料に、画面をスライドしながら驚いたように彩凪が言うと、芦原さんが「まあね」と言って、

「といっても、デザインとかテンプレートを用意したぐらいだよ。部活や委員会の紹介なんかは、それぞれが作ったものを取《と》り纏《まと》めただけ」

「それでも充分すごいと思うけど……ね、深未さん」

「うん……分かりやすい。ありがとう、見せてくれて」

素直な感想がお礼みたいになると、芦原さんと不破さんは嬉しそうに笑っていた。

そして中庭を抜ける渡り廊下から向かったのが、校舎と別に造られている建物で、

「ここがプール。以前は水泳部が高校総体《インターハイ》とか全中の常連だったから、うちだと一番施設が充実してるんじゃないかなぁ」

「そのせいで、普通の学校よりも水泳の授業が沢山あって面倒なんだけどね」

「あー……プールって結構大変だよね」

不破さんの言葉に、彩凪も共感したように微妙な表情になった。でも気持ちは分かる。水着にならなくちゃいけないし、プールに入れば全身が濡《ぬ》れて髪もメイクも崩れてしまう。女子としては、もっとも憂鬱《ゆううつ》な体育の授業のひとつだ。だけど温水プールに室温調整も完備されてい

ることもあって、冬を除いて基本的には毎月のように水泳の授業がある。

「それこそ今月もあるはずだから、早めに水着の準備とかしておいた方がいいと思うよ」

「そうなんだ。じゃあ深未さん、家に帰ったら色々と教えてよ……ね？」

「……私に分かることなら」

こちらにだけ分かる意味深な言い方をした彩凪に、私は頷きを返した。芦原さんと不破さんがいるんだし、深い意味はないだろうけど……仮にそうでも、その時はその時で別にいい。水着にならなくても、水に入らなくても、私は毎日のように彩凪に溺《おぼ》れているんだから。


それから校舎へ戻って文化部の案内もひと通り終わると、私たちは購買へ向かった。

それぞれ自分の飲み物を選びながら、

「一応これで部活案内は終わりだけど……どこか気になるところとかあった？」

「うーん……深未さんはどう？」

不破さんに尋ねられ、彩凪から話を振られた私は、

「…………」

やっぱりというか、私自身には入りたい部活はない。これまでのように帰宅部で構わないし、その方が彩凪とのふたりきりの時間も多くなる。ただ学校での部活は学校でしかできないことだし、もし彩凪と一緒にやれたら、きっとかけがえのない思い出になる。だから、

「私はもう少し考えてみる……彩凪はどこか良いところは？」

「うーん……いくつか興味はあったけど、私も今すぐどこかって言える感じじゃないかな」

「前の学校とか、中学時代にやっていたものがあるなら、それでもいいんじゃない？」

　という芦原さんの質問に、

「特に部活には入ってなかったんだよね。ちょっと、色々とやる事があって」

　彩凪はそう言うと、いちご牛乳を選んで会計をする。私も同じものを買うと、四人で丸テーブルの席へと腰かけながら、

「お昼はこの購買で買ってもいいし、もちろん家で作ったお弁当を持ってきてもオーケー。あと、いつもは敷地内にキッチンカーも来てくれるから、それを買って食べても大丈夫だよ」

　芦原さんの説明に、彩凪は「へえ……」と興味を引かれたように、

「キッチンカーなんて珍しいね……大学とかには来るところもあるみたいだけど」

「大抵はセキュリティの問題があるから——ただ、うちに来るのは卒業生が始めたお店だから、その辺りは大丈夫」

　と不破さん。

「日替わりでメニューが変わるし、栄養バランスも考えられてるし、何より美味《おい》しいから生徒だけじゃなくて先生も利用してる人が多くて……最近は、事前に調理を済ませているものも多くて、お弁当屋さんの出張販売に近いかも。それでも出来たてで美味しいから凄い人気なの」

「いいねそれ……私たちもそうしようかな。朝と夜を自炊すれば節約はできるだろうし」

　と彩凪は思案しながら、

「深未さんは、去年はどうしてたの？」

「特に何も……私は基本一日一食で、お昼は食べてなかったから」

そうこちらが答えると、彩凪が溜息《ためいき》をつきながら呆《あき》れたように、

「もう、不健康だなぁ……あれ、でも今は私と一緒に三食きちんと食べてるよね？」

「………それは、彩凪が作ってくれるから」

「なるほど……じゃあ、深未さんの健康は私が面倒を見なくちゃだね」

と、彩凪と私が話していると、

「…――なんか、雰囲気変わったね深未さん」

こちらのやりとりを見ていた芦原さんが、少し驚いたように言った。

「去年も廊下とかで見かけてたけど、あまり人を寄せ付けない感じだったから。それこそ春休みに入る前もそうだったし、今も人と話したりとかしたくないのかなって思ってたんだけど」

「…………うん」

去年は母さんの事があって、学校では人と話すことはほとんどなかった。気を遣ってくれるのはありがたかったけど、あの時の私には同じくらい煩わしく感じられたから。もしも、そんな私が少しでも変わったんだとしたら、それは彩凪のおかげだと思う。そう想いを深くしていると、

「よかったね咲耶。ずっと深未さんと話してみたいって言ってたもんね」

不破さんはそう言って、芦原さんに笑いかける。

「不破っきゅん……なんで本人にバラしちゃうかな」

「へえ……どうして？」

恥ずかしそうな芦原さんの前で、彩凪が興味深そうに尋ねると、

「うん。深未さんって高校から入った外部生でしょ？　実は私と咲耶もそうなんだけど」

と不破さんが話し始める。

「去年の入学式で、高等部の新入生代表を咲耶が務めたんだけど……本当なら深未さんが挨拶《あいさつ》をするはずだったの」

「――――――――」

そういえば、そうだった。すっかり忘れてしまっていたけど……春休み中に学校側から連絡が来ていた。ただ、その時は母さんが死んだばかりで返事をする気にもなれなくて、円香さんが事情を話して断ってくれたはず。私の中ではそれっきり終わった話だったけど……まさか私が休んだことで、芦原さんに迷惑をかけてしまっていたなんて。

「…………ごめんなさい。あの時は色々なことがあったから」

「ううん、全然。本当に気にしないでよ」

慌てたように芦原さんは手を振って、彼女も申し訳なさそうにこちらを見てくる。

……――噂になっていたし、きっと芦原さんも私の事情は知っているのだろう。

こちらを気遣う芦原さんの態度は、以前の私ならネガティブにしか受け取れなかったかもしれない。もちろん今も、そう感じてしまう気持ちはゼロではないけれど……それでも今の私は、

申し訳ないと思えるくらいには母さんの死を受け止められていた。

「新入生代表って……入試でトップってことでしょ。ふたりとも頭いいんだね」

感心したように言う彩凪に、

「だから、トップだったのは深未さん。あたしはその次」

「私は入試の時だけ……テストの点も成績なんかも、今は平均くらいだし」

学校側がこちらの事情を考慮して、補習や宿題、追試などで無事に進級させてくれたけど、一学期の大半を休んでたせいで、正直いって今はもう勉強は間に合わせ程度しかやってない。

良い成績を取る理由も——今はもうないから。

「そういうワケで、深未さんがどんな人か気になってたんだよね……咲耶」

気持ちを代弁するような不破さんの言葉に、芦原さんは観念したように、

「まあ、うん。深未さんはD組だったから、A組のあたしや不破っきゅんとは体育も移動教室も一緒にならなくて、話すきっかけがなかったし……何より一人でいたそうにしてたから」

だから、と芦原さん。少しだけ俯《うつむ》きながら、

「やっと話せて、うれしい……かも」

「良かったね、咲耶」

不破さんはそう言うと、芦原さんの頭をポンポンと叩《たた》く。そんな不破さんの手を芦原さんは払うことなく受け入れていて、ふたりの仲の良さが伝わってくる。

そうして買ったものを飲み終えると、今日のところはお開きになった。そして、

「ねえ、ふたりと連絡先の交換したいんだけど」

という芦原さんの提案に、彩凪は笑顔で、

「もちろん。あ、でも私と深未さんはＳＮＳやってないんだよね」

「珍しいね……それじゃあ、この四人でグループ作っちゃおうか。お願い不破っきゅん」

「はいはい。それじゃあ私と雪平さんでつながって、咲耶と深未さんを招待するから」

とんとん拍子で話が進んでいく。それでも、彩凪は私を置き去りにはしないで、

「……──深未さんもそれでいい？」

と、こちらの意思も確認してくれる。尊重してくれる──だから、

「………うん」

私はそう素直に頷《うなず》いて──そして程なく、私たち四人のチャットグループが作られた。

念のため、それぞれリアクションのスタンプを押して問題ないことを確認すると、私たちは購買を後にする。そして教室へと戻っていきながら、

「実はね……同じクラスになったけど、深未さんとどう話そうかなって迷ってて」

廊下を歩きながら、ふと不破さんが言った。

「でも転校生の雪平さんが、深未さんと一緒に住んでるって言ってくれたから……クラスのみんなは驚いてたけど、私たちは話しかけやすくなったところはあるんだ」

そんな言葉に──私が隣を見た時、彩凪はごく自然な様子で、

「……──委員長と副委員長としては、問題児は放っておけないもんね」

ごめんね、と謝りながら彩凪は「あはは」と笑っていた。

その横顔を見ながら、私はようやく理解する。

彩凪は私のことを気にかけながら、ふたりだけで孤立しないように手を打っていたのだ。

芦原さんと不破さんに対して、こちらへ声をかけるきっかけと動機を与えることで。

私が好きになった人は——そうやって私のことを守ってくれていた。

△○▽

芦原さんと不破さんは、私と悠宇とは別の電車らしくて、二人とは学校近くの駅前で別れた。

ふたりになった私たちは、朝とは逆のルートで自分たちの駅へと向かって歩いてゆく。

「通販の荷物って何時に指定したっけ？」

「午後二時から四時にしてあるから、寄り道しないで帰れば充分に間に合うと思う」

他愛のないことを話しながら、私は今日あったことを振り返っていた。

……——とりあえずだけど、登校初日は良い方向に転がったって考えていいかな。

悠宇とは同じクラスだったし、学級委員になった芦原さんや不破さんともお近づきになれたしね。ふたりは八神先生との関係も良好みたいだから、仲良くできたらって思ってたけど……。

去年の新入生代表の件で、芦原さんが悠宇に興味を持ってくれていたのは嬉《うれ》しい誤算かも。クラス委員だから仕方なく面倒を見るのと、前から友達になりたかったのじゃ全然ちがうもん。

それに話した感じ、芦原さんも不破さんも良い人そうだったし。学校生活を過ごしやすいものにするために付き合うんじゃなくて、普通に仲良くなれてよかったって思える。

そうして高架の駅前デッキへと続く階段を上り、ふたりで改札へ向かっていた時だった。

「……――こんにちは、少しお時間よろしいですか？」

ふと、横から女性に声を掛けられた。清潔感のあるスーツ姿だけど堅くなりすぎない、ビジネスカジュアルでまとめているその女性は、

「突然呼び止めてすみません。私、芸能事務所アースティアの桐谷《きりたに》と申します」

丁寧な口調でそう言うと、悠宇へ向かって名刺を差し出してくる。

「……………………」

悠宇が無言でスカウトの女性の名刺を受け取ると、女性は穏やかな笑みを浮かべて、

「すごく素敵だったので、お声を掛けさせていただきました。よろしければ、少しお話しさせていただけませんか？」

えっと、これってスカウトだよね……すごい、実際の現場なんて初めて見た。でも、何だって芸能スカウトがこんなところに？　こういうのって大抵、原宿《はらじゅく》とか渋谷《しぶや》がメインだよね。あと最近なんかは池袋《いけぶくろ》や新大久保《しんおおくぼ》とかも増えてきてるんだっけ。それらの場所に共通するのは、いずれも若い女の子が集まる街で――さらに都心の環状線の西側ということ。一方、ここは思いきりビジネス街だし、環状線の沿線ではあるけど位置的には南東になる。

……――もしかして、悠宇が評判になったりしていて、わざわざ探しに来た？

しかもアースティアって、ドラマや映画に主演したり、雑誌の表紙を飾るような女性の俳優やモデルが何人も所属している大手だったはず……そんな有名事務所が悠宇のことを？

桐谷と名乗ったスカウトの女性から、悠宇へと視線を移すと、

「……──いいえ、結構です」

悠宇はあっさりと断って、私の手を取って歩き出した。

「……話は聞かないの？」

「うん、別に必要ない」

そうして手を引かれながら後ろを振り返ると、スカウトの女性は追いかけてきてはいないものの、まだこちらを見ていて……心なしか残念そうにしている。いやまあ、断られたんだから当然の反応なんだろうけど。っていうか、

「今のあしらい方……なんか慣れてたけど、これまでもスカウトされて断ったりしてる？」

「以前はたまに。最近はあんまり出歩かないから、なかったんだけど」

やっぱり……まあでも当然か、こんなに綺麗《きれい》なんだもん。こないだ行った下着屋の女性店員さんも言ってたけど、この容姿で普通の女子高生をやらせておくのは、もったいないっていう大人たちの気持ちはよく分かる。私も正直、悠宇よりも綺麗な人って見たことがないし。

ふたりで改札を抜けて、ホームへと向かっている途中で、

「……──彩凪も、私には芸能とかの仕事が向いてると思う？」

ふと何気ない口調で悠宇に尋ねられ、私は率直に自分の意見を伝える。

「うーん。深未さんがやりたいなら挑戦してもいいと思う。綺麗だし、凄《すご》くカッコイイしね」

あと、姿勢が良いのもポイント。小さいころから習ってたっていう古武術の基本姿勢とかがそうさせてるのか分からないけど、背筋が真っ直ぐ伸びてるっていうか。歩いていても止まっていても、とにかく悠宇は絵になるから、そういうところもモデル向きだって思う。だから、

「もし、もっと魅力的な深未さんが見れるなら……そういう姿は興味あるかも」

悠宇はメイクも服も、そこまでこだわるタイプじゃない——それなのにこの仕上がり。これでプロのメイクやスタイリストに任せたら、いったいどうなるのか興味はある。

「でも芸能系の仕事って色々と大変なことも多いみたいだし、どうしてもやりたいってワケじゃないなら無理にやる必要はないと思うよ」

それに、私が言える立場じゃないけど——悠宇を相手に理性を保てなくなる人とかいそうだし。それこそ、悠宇の少し不安定なメンタルに付けこむ悪い大人とかもいるはず。いやもう本当に、私に言えたことじゃないんだけどね。でも、そういう人に悠宇を食い物にされるのは嫌。

だって悠宇は私のものなんだし……なんてね。

どこまでこちらの気持ちが伝わったかは分からないけど、

「…………わかった、そうする」

悠宇はさらりとそう言って、それ以上この話題には触れなかった。

▽▽▽

帰宅すると何だかんだで午後二時近くになっていた。

私と悠宇は遅めのお昼を済ませると、そこからは通販で買った荷物の受け取りと開封をして、ふたりで部屋作りに取り組んだ。といっても、すでに一緒に暮らし始めて二週間近くが経って、大半は買い足した小物や食器の配置や収納くらいで、ほとんど最後の仕上げの段階だけど。

夕方になると作業は一段落。そして私と悠宇は、

「これでよし、と……とりあえず、こんなもんかな」

「…………うん、良いと思う」

ふたり並んでリビングを眺めながら感慨深く頷き合った。高さのある家具は置かないことで開放感を作りつつ、配色はアースカラーにしたから落ち着ける空間になったと思う。

家具や家電も色々とそろえて生活が「快適」になったのはもちろんだけど、「改善」されたのは何といっても食事面。やっぱり冷蔵庫があると全然ちがう……というか、食材の保存だけじゃなくて、色々と作り置きができるのが何といっても大きい。

きんぴら、煮物、ポテサラ、マリネなどを、それぞれ和風・洋風・中華風などの味付けと、具材の変化などと組み合わせてアレンジした複数の副菜——それをタッパーやチャック付きの袋に入れて冷蔵や冷凍で保存しておけば、主菜と汁物を用意してご飯を炊けば何とかなる。

……――ということで、ふたりで今日の夕飯の買い出しに行ってきた。

メインのおかずは、私と悠宇が日替わりで食べたいものを選ぶことで落ち着いている。

ちなみに本日の晩ご飯は、悠宇の希望で中華になった。メインは麻婆豆腐と麻婆ナスを合わせた麻婆ナス豆腐に、パプリカで彩りを加えつつキノコで歯ごたえもプラス。それを、鶏ガラの顆粒《かりゅう》ダシと白ごまを振って軽く炒《いた》めた焼き飯の上に掛ければ、栄養たっぷり麻婆焼き飯丼のできあがり。もう一品のよだれ鶏は、ネギとゆず胡椒《こしょう》のタレでさっぱり仕立てに。汁物はわかめと卵のスープにして、あとは冷蔵庫の副菜メンバーの中から長芋の浅漬けと、きんぴら高菜をチョイスして小鉢で添えれば食卓が完成する。

……――そして食事が終わって洗い物も一段落したら、そこから先はくつろぎの時間。

リビングでの私たちの定位置は、先日ふたりで選んだソファ。最終的に2・5人掛けにし、生地は手入れのしやすさも考えてファブリックにした。座面の下と左右の肘《ひじ》置きは、それぞれ開けると収納になっている便利仕様に加え、わざわざ同色の防水ソファカバーを買って座面から背凭《せもた》れに掛けてある。そんなソファの上で、

「…………………」「…………………」

私は悠宇とまったりしながらテレビを眺めていた。特に見たい番組を流しているんじゃなくて、目的はあくまで二人で一緒に過ごすこと。なので、ふたり横並びに座るんじゃなく、背もたれに上半身を預けている私に、悠宇は横から抱き付くように身を寄せていて――私の右胸を枕にして心地よさそうに眼を瞑《つぶ》っていた。その様子は、まるで飼い主に甘えきった大型犬……

というか毛並みの美しい黒豹《くろひょう》みたい。うーん……なんていうか本当に懐かれたなぁ。

そんな事を思いながら、私は左手を伸ばしてソファの肘置き部分の収納を開けると、中からあるものを取りだした。それは綿棒とベビーオイルで——そんな私の動きを感じ取った悠宇が、顔を上げてこちらを見てくる。

「あ、ごめん……そのままにしてていいよ」

「……耳かきするの？」

「うん。こないだ深未さんにしてあげたけど、自分のはやってなかったから」

そう私が言うと、悠宇は身体を起こして、

「だったら……今度は私がやってあげる」

私の隣へ足を揃える形で座り直し、自分の太股《ふともも》をぽんぽんと叩《たた》いた。ヘソ上までしかないショート丈のキャミソールに、締め付けの少ないローライズのヘムショーツというラフな格好のため、当然ながら生足での膝枕《ひざまくら》になる。なんとも魅力的なお誘いだとは思いつつ、

「気持ちはうれしいけど……念のため確認していい？」

私は試しに悠宇の膝枕へ頭を乗せてみた。ただし耳を上に向けるんじゃなく、顔を上に向ける体勢で。すると、弾力のある悠宇の太股の質感はたしかに極上だったけど……案の定、私の視界には大きな胸の下しか眼に入らなくて、悠宇の顔はまるで見えない。ってことは当然、悠宇からも私は見えてないわけで。悠宇もこの問題に気がついたのか、

「…………………」

「………悪いけど、やっぱり自分でやるね」

手元が見えない状態で耳掃除をしてもらう勇気は私にはない。

「だったら、私の太股だけでも使って……」

こちらを見る悠宇の瞳《ひとみ》は、どこか不服そうだったので、

「それじゃあ……お言葉に甘えて、ちょっと失礼するね」

仕方なく私は、悠宇に膝枕をしてもらいながら自分で耳掃除を始めた。

始めたけど……なんなのこれ？　どうして人の下乳を眺めながら耳かきしてんの私。

そして反対側をやる時は、先にやった耳を悠宇の太股に乗せる体勢になって——これはこれでシュールというか虚無すぎる。これなら横並びにソファに座って、その状態で悠宇にやってもらった方が自然だった気がするんだけど……まあ、頬に当たる悠宇の太股の感触なんかは気持ちいいから、膝枕してもらえてよかったとは思う。ある意味、これも貴重な経験なのかも。

「こんなところかな……ありがとう深未さん」

耳掃除を終えた私は、身体を起こしてソファの背凭れに身体を預けた。すると、隣の悠宇がこちらへ顔を近づけてきて——ふっと耳に息を吹きかけてくる。完全に油断していた私は、

「………んっ」

悠宇の吐息に、思わず甘い声を漏らして身体を震わせる。

「…——もう、いきなり何すんの？」

「最後の仕上げ……ちゃんとしないと」

耳を押さえて言ったこちらに、悠宇は悪戯《いたずら》っぽく微笑んだ。その瞳は艶《なま》めかしく潤んでいて、それだけで私たちの間の空気が一変する。悠宇はこちらの頬に手を添えながら、

「ねえ……もう片方もしてあげる」

「…………………」

私は黙ったまま、少しだけ顔を傾けて悠宇に反対の耳を向けた。すると悠宇はそちらにも息を吹きかけてきて……その吐息は熱を帯びているのに、私の背筋をぞくりとさせる。

そして私たちは互いに向き直ると――ゆっくりと悠宇がこちらへとキスしてきて、

「んっ……ちゅっ、ふ……んむ……はぁ、くちゅ」

そっと唇だけ重ねたものから、私たちのキスはすぐに舌を絡めたいやらしいものになり……悠宇は濡《ぬ》れた吐息を漏らし始める。けれど――悠宇はキス以上のことはしてこない。最初の夜に私が少し逃げてしまったから、拒絶されたくないっていうのもあるんだろうけど……それ以上に悠宇は自分からするより、とにかく私にして欲しいって思ってる。私も自分が気持ち良くなるより、悠宇を気持ち良くしてる時の方が興奮するから良いんだけど。前から自覚はあったけど、悠宇とこういう関係になってから、つくづく自分はSっ気があったんだなって思う。

それで――今夜はどうしようかな。このままソファの上で押し倒して、悠宇の誘いに乗ってあげてもいいけど……それだと少しつまらない。ってことで、

「……………ねえ、また耳掃除してあげるから横になって」

私はキスの合間に、悠宇にそっと囁《ささや》いた。既にキスで完全に火がついていた悠宇は、こちら

に焦らされたと感じたのか、

「…………ん」

構うことなくキスを続けようとしてくる。そんな悠宇の唇を、私は人差し指でそっと制して、

「いいから……言うことを聞いて――悠宇」

悠宇の眼を見つめながら、穏やかに、でもはっきりとした口調で呼び捨てにした。それは、私と悠宇の関係を絶対的なものに変える合い言葉。だけど決して、悠宇を無理に従わせるものじゃなくて――私がその気になったと教えてあげる合図だ。すると、

「――――……っ」

とたんに悠宇は息を呑《の》んで――小さく身を震わせた。そして催眠術にでも掛かったみたいに、瞳をとろんとさせる。そうなったらもう、悠宇はすっかり私に従順で、

「…………」

黙って私の膝枕《ひざまくら》に頭を預けてきた。そうして悠宇を膝に乗せながら、新しい綿棒を取り出して先端をベビーオイルで濡らすと、私は悠宇の耳掃除を開始する。耳をしっかりと露出させるために、長い黒髪に手を入れて横へと流すと、自然と悠宇の白い首筋が露わになった。そして整った形の耳の外側に髪をかけてあげると、

「…………んぅっ」

それだけで悠宇はピクンと身震いをする。ただでさえキスで昂ぶっていたのに、私に呼び捨てにされたことで、感じやすい躰《からだ》がもっと敏感になっていた。しかも、耳はそもそも立派な性

感帯で……耳かきが気持ち良いのもそれが理由。こないだ耳掃除をしてあげた時に、そのことは教えたけど――改めて私は、その事実を悠宇に分からせる。オイルで湿らせた綿棒の先を、耳の溝にそって滑らせながら、もう片方の手で耳たぶを揉《も》んだり、肩から首筋へ……そして鎖骨にかけてを指先でしばらく撫《な》でると、私はキャミソールの中へ手を入れて悠宇の胸を揉み始めた。温かくて柔らかな、心地の良い感触。それをたっぷりと手で楽しんであげると、

「……――んっ、ぁ……ふっ……んぅ、はぁ……ん……ふぅ……あぁん……っ」

悠宇は切なそうに内股《うちまた》を擦り合わせて甘い吐息を漏らし出す。すると、すぐに悠宇の耳から首筋までが薄紅色に染まって――最初こそ我慢してたけど、次第に甘く腰をくねらせ始める。

「ほら……動いちゃダメだよ」

私は優しい声とは裏腹に、悠宇の大きな胸をぐっと鷲摑《わしづか》みにしてあげながら自分の太股へと彼女を押さえつけるようにした。それは動けないようにしたんじゃなく、逃げられないと分からせるため。キャミの肩紐《かたひも》が二の腕までずり落ちて、悠宇の胸が露出しちゃうけど構わない。そんなことより私の存在と、私の与える快楽を教えてあげる方が大切だから。そして悠宇の反応を観察しながら、準備が整ったのを確認すると――私は悠宇の耳から綿棒を離した。

「…………………？」

どうして、と悠宇がこちらを見てきた時――私は右手の小指の先を口に含んでいた。いつでも悠宇の大事な場所を触れるように手入れはしてあるから爪で傷つける心配はない。それでも、

「いくよ悠宇……危ないから頭は動かさないでね」

そう言った直後――私は右手の小指を、悠宇の耳の穴へと挿入した。すると、

「っ――――……！」

指先がヌプっという感触を得たのと、悠宇がビクンと躰を震わせたのは同時で……それでも私の言いつけを守って、頭だけは動かさずにいる。だから私は悠宇を褒めてあげた。挿入した小指を動かして、悠宇の耳の穴を優しく、たっぷりと犯してあげると、

「～～～～～～～～っ」

悠宇は口元を手で押さえながら、私の膝の上で丸くなるように身を縮める。私が指を動かすのに合わせて「くちゅ、くちゅ」といやらしい音が微かに鳴って、その度に悠宇は腰のあたりを震わせていた。胸やアソコをしてあげてる時ほど激しくはないけど……まちがいなく軽く達しているのが分かる。それも一度だけじゃなく――二度、三度と面白いくらいに。

本当に可愛いなぁ……これだから悠宇はたまらない。

そうして私は戯れに、悠宇を耳でイカせた後――彼女のキャミソールへと手を伸ばした。

◆●◆

……――淫《みだ》らな耳掃除でメチャクチャにされた後。

膝枕《ひざまくら》の状態から躰《からだ》を起こすように促された私は、彩凪に背後から抱きしめられていた。

まだ躰がふわふわして、頭もぼんやりしたままで、自分が何をしてるのかよく分からない。

だけど気がついたら、私はソファの前の床――腰掛けてる彩凪が開いた脚の間に座らされていた。そして背後の彩凪は私の長い髪の中に手を入れて、こちらの躰の後ろへと流していて、

「…――彩凪、これって……」

「大丈夫だよ……悠宇は何も考えずに、このまま私に委ねて」

彩凪はそっと囁《ささや》くと、私の着ているキャミソールの生地を両手で摑《つか》む。

「あ――――…」

自分が何をされるか理解した私が、か弱い声を漏らしたと同時、彩凪の手によってキャミソールが鎖骨の辺りまで捲《まく》り上《あ》げられて私は完全に胸を露出させられる。

キャミを着た状態でも浮いていたから分かりきってた事だけど……私の乳首は当然のように立っていた。それも言い訳なんてできないくらい、いやらしい形になっていて、

「…………あ……あぁ……」

自分の状態を目の当たりにした私が、恥ずかしさに身を震わせていると、

「ねえ悠宇……このまま自分で押さえてて」

「…………………」

彩凪にそう命令されて――私は黙ったまま、捲り上げられたキャミソールの内側に両手を入れた。そして鎖骨を軽く押さえるようにして、言われた通りに胸を露出した状態をキープする。

すると彩凪は、綿棒の先を湿らせるのに使ったベビーオイルの透明ボトルを再び手に取ったようで、ボトルのポンプがプッシュされる音が聞こえてくる。何度も何度も、繰り返しポンプ

が押されてゆく度に、これから彩凪が何をするつもりか明白すぎるくらいに伝わってきて、私の中で淫らな確信ばかりが募ってゆく。

……――家具の中で、最もこだわったソファ。その使い途は単にくつろぐだけじゃない。

2・5人掛けにしたのは、ソファの上でそういう行為もできるようにする意図から。防水仕様のカバーも、彩凪のものになっている時の私が濡《ぬ》らしてしまわないようにするためで、寝室のベッドシーツも同じ理由で防水仕様のものに変えられている。そんな中、ソファを購入する上でこだわった所は他にもあった――それが座面の奥行きと高さ。

彩凪と私の身長差は二十㎝くらい。だからソファの上でそういう行為をする時、彩凪の膝《ひざ》の上に私が跨《また》がると、対面でも背面でも正直ちょっとキスはしにくい。その解決法として彩凪がソファへ腰掛け、私が床に座るとちょうど良くなるような低めの座面のものを選んだのだ。

彩凪と私はこの家を、至るところで淫らな行為ができるインテリアにしていた。

その結果、今のような体勢になると彩凪はソファに腰掛けた状態で、床に座っている私の肩を揉《も》めるし――少し手を伸ばせばもっと下の場所だって触ることができる。だから、

「……――今夜は胸で気持ち良くしてあげるね」

そう言った次の瞬間――ベビーオイルをたっぷり乗せた彩凪の両手が、私の胸をいやらしく揉み始めた。本来はまだ肌が敏感な小さい子供のために作られているオイル。それを淫らな行為のローションに使うなんて……彩凪によってさらに敏感に開発されて、耳掃除だけでも乳首が立ってしまうほど感覚を高めてしまっていた私は、

「んっ……あぁっ、や……ぁ……はぁぁ……っ……あぁ……ん」

乳房をヌラヌラにされながら、彩凪がもたらす快楽に溺《おぼ》れてしまう。保湿の目的で使われることが多いものだからこそ、彩凪はこれまで触ってこなかった胸の谷間や下の裏側まで指を入れてきて、私の胸全体へ余すところなくオイルを塗り込んでいた。まるで淫らな大人の塗り絵みたいに――私の乳房がいやらしいオイルで艶《なま》めかしく染め上げられていて、

「ねえ悠宇、凄《すご》くエッチな触り心地だよ。こんなの私の手まで気持ちよくなっちゃう」

「あんっ、ふぁあん……彩凪ぁ……はぁっ……あぁ……はぁあぁっ」

興奮した声で彩凪に囁かれた瞬間、胸で感じていた快楽が膨れ上がって――私は甘い声を漏らしながら、ビクンと躰を仰け反らせた。途端にショーツの奥が一気に熱くなって、股間《こかん》をいやらしく突き出すみたいに腰がはしたなく浮いてしまう。そんなこちらに、

「ふふ、またイッちゃったね。でも耳でされるより、ずっと気持ち良かったでしょ」

「……ぁ……あぁ……んっ、はぁ……ぁ……ん」

彩凪の言葉を聞きながら、私は浮かせていた腰を下ろして尻餅《しりもち》をついた。そして絶頂の甘い余韻に浸るように、躰を小刻みに震わせていると、

「ほら悠宇……胸を揉みながらキスしてあげるから、こっちに顔を向けて舌を出して」

「……………ん」

求められて肩越しに背後を振り返ると、彩凪の顔はもう眼の前にあって――言われた通りに舌を出すと、奪われるように私は彩凪にキスされる。でも、そんな強引なところも嬉《うれ》しくて、

「んんっ……ちゅっ、はぁ……あぁ……んむ」

私は甘えたように鼻を鳴らしながら彩凪に応えた。肩越しにするキスは少し難しくて、上手く舌を絡ませられないけど……そのもどかしさをさらなる昂奮《こうふん》の燃料にして、

「はぁっ……んっ……彩凪、あぁ……くちゅ……んぅ」

私は自分から彩凪の唇と舌を求めてゆく。そして——その間も彩凪は私の乳房をたっぷりと揉んでくれていて、硬く張り詰めてる乳首を当然みたいに摘まんで引っ張られる。ベビーオイルで淫らな質感になった私の乳首は、すっかり感度も上がっていて、

「んぅっ——————〜〜〜っ」

彩凪にキスされたまま、私は再び絶頂へと誘われて甘く腰を震わせた。ベビーオイルの気持ち良さに意識をとろけさせた私は、

「はぁ……ん、あぁ……ちゅぷ、んふぅ……ぁあん」

いやらしく胸を揉まれながらするキスの快楽に、すっかり夢中になってゆく。そうしてしばらくの間、そのまま舌を絡め合っていると、申し訳程度の息継ぎの合間に彩凪が唇を離して、

「ん……そろそろ乳首を吸ってほしいでしょ。こっちを向いて私の膝に跨がって」

「………………うん」

彩凪の提案は私も望んでいたもので——だからコクンと頷《うなず》くと、私は床からソファへと上がって座ってる彩凪の脚の上へと跨がった。互いに向かい合ったこの体勢は、距離感こそ近いけど、身長差のある私たちにとってキスがしづらい。でも、代わりにやりやすい事もある。

…——彩凪の太腿《ふともも》に跨がると、私の胸がちょうど彼女の顔の前にくるのだ。

オイル塗れになった私の乳房を、彩凪は息が届くような距離でジッと見つめていて、

「………彩凪は、私のおっぱい好きすぎ」

「好きだよ。でも、私よりも悠宇の方がおっぱいは好きでしょ——だって」

「…——んぅっ」

キュッと乳首を摘まみ上げられ、私は彩凪の膝の上でビクンと躰を震わせる。

「私に触られて……こんなに感じて。自分が今、どんな顔してるか分かってる？」

「やぁっ……それ、はぁ……んっ」

甘く身を悶《もだ》えさせながら、しがみつくように彩凪の両肩に手を置くと、高まる快感によって私は腰をはしたなく揺らしてしまう。

「ふふ……気持ちよさそう。でも、この様子じゃキャミを押さえてられないかな」

彩凪はそう言うなり、私のキャミをさらに上へと捲り上げて、

「…——ほら悠宇、だったら咥えてて」

捲れて裏返しになったキャミソールの裾《すそ》を、私の口元へと持ってくる。

「————」

一瞬——彩凪が何を言ってるのか分からなかった。でもやがて、脱ぐより恥ずかしい格好をしろって意味だと頭の理解が追いついて——信じられないことを言われた私は、

「………………はい」

それでも従順に頷いた。今の私にとっては、彩凪の望みを叶《かな》えることが一番大切だから。

むしろ嬉しい。こんな事を言われて、それに応えられる自分がとても誇らしかった。

だから……私がキャミソールの裾を咥《くわ》えて、背筋を伸ばしながら自分の胸をはしたなく晒《さら》すと、そんなこちらの姿を見た彩凪が笑みを浮かべる。それは彼女が昂奮してる時の表情で、

「……――上手に出来たね。じゃあ、いい子にはご褒美をあげる」

そう言うと、ゆっくりこちらの左胸に口を寄せてきて、私の乳首をいやらしく口に含んだ。

その瞬間。私の胸から全身へと、幸せな甘い感覚が駆け抜けるように広がって、

「――――――――――――っ」

私はキャミソールを咥えたまま、リビングの外まで聞こえるような声にならない叫びを上げる。そんなこちらに、それでも彩凪はまるで手を緩めなかった。私の乳首を好き放題にしゃぶりながら、さらにこちらの背後に回した両手をショーツの中へと入れて、お尻《しり》まで容赦なく鷲《わし》掴《づか》みにしてくる。いきなり複数の絶頂感に呑《の》み込まれた私は、両手を彩凪の頭の後ろへと回して掻《か》き抱《いだ》くようにしながら、天井を見上げるように喉《のど》を反らすことしかできない。

……――だけど。それでも私は、彩凪に言われたことだけは守り抜いた。

彩凪が私の乳首を吸いやすいように――キャミソールの裾を咥えたまま決して離さない。

やがて、こちらのお尻を揉んでいた彩凪の手の片方が前へと回ってきて、私の濡れた股間をいやらしく擦り上げる絶頂を重ねてきても。そして私の股間からベビーオイルよりもねっとりとした分泌液が溢《あふ》れ出して、濡らしたショーツから大量に零れ落ちても。そのまま彩凪の太腿

へと伝って、ソファカバーまで垂れてしまっても構わない。彩凪が「いい」と言うその時まで、私は彼女の淫らな言いつけを守り続けた。

そんな私を褒めるように彩凪は何度もイカせてくれて、その感覚が震えるほど幸せだった。

そうやって今夜も、彩凪はしっかりと——私を彼女のものにしてくれた。

＃私はもっと、自分を知ってほしいだけ。

私と悠宇の新しい学校生活は、始まってから数日が経過した。

芦原さんと不破さんは、クラス委員を引き受ける条件のひとつに挙げていた席替えをすぐに実施。ふたりと仲良くなっていた私たちは、彼女らと中央二列の最後方の四席へと集まった。

ちなみに学校を舞台にした物語だと、よく窓際の席が良いって思われがちだけど……実際は窓側なんてムダに日焼けのリスクが高いだけで、嬉《うれ》しい女の子はあまりいなかったりする。

私と悠宇が一番後ろで隣同士になって、芦原さんと不破さんはその前の席という配置。生徒が三八人のウチのクラスでは、中央の二列は最後尾が一席多いこともあって、私と悠宇だけ両サイドに人がいなくて、授業が始まれば私たち二人はクラスメイトの視界に入らなくなる。クラス全体を見渡せる席ということもあって、本来ならクラス委員の芦原さんと不破さんが座るほうがよさそうなものだけど、ふたりは私と悠宇に最後尾を譲ってくれた。

その理由は——悠宇が去年のこともあって、私たち以外のクラスメイトとはそこまで関係を作ろうとは考えていないことが大きい。そこで、いったん私と悠宇を一番うしろに配置して、芦原さんと不破さんがある種の壁みたいになることで、隣接する席を少なくするって狙いがあったんだと思う。これは悠宇や私への気遣いだけじゃなくて、クラスのみんなの事も考えてのアイディアで……時間をかけることで、みんなと上手く馴染めれば良し。もしダメなら、その時は私たち四人でも充分って考えたんだと思う。

ここまで頭も気も回るとか、八神先生が芦原さんと不破さんをクラス委員に指名したのも頷《うなず》けるっていうか、この感じだと生徒会でも色々と頼られているんじゃないかな。

という事で、私と悠宇はこれ以上なんて望めない形で高校二年のスタートを切っていた。

▽▽▽

そして迎えた初めての週末——私は悠宇に連れられて、とある場所を訪れた。

……——悠宇から「付き合って欲しい場所がある」って言われたのは、昨夜のこと。

これまで悠宇に何かしたいことを尋ねても、家でふたりきりで過ごしたがるというか……主に私とのスキンシップを望むことが多くて、どこかへ誘ってくれるなんて初めて。嬉しくて即OKしたんだけど……どこに行くのか尋ねても、秘密だって教えてくれなかった。

遊びに行きたいところがあるのか、もしくは小さいころから習っているという古武術の道場に顔を出すのか。それとも悠宇のお母さんのお墓参りに行くのかとか、いろんな可能性を考えてたんだけど……結果はどれも大外れ。

……——そこは、重厚感のある洋館みたいな場所だった。

板張りの床の上に、アンティークのオフィス家具が整然と配置されていて、それらを細かい作りのシャンデリアが温かく照らしている。壁には天井まで届くような高さの書棚があって、上から下まで洋書がずらり。そして応接スペースには、大理石のテーブルを挟むように革張りのソファが置かれていて、室内の高級感をこれでもかとアピールしている。

見上げるような視線を向けると、二階には木製の手摺《てす》りがあって一階を見渡せるようになっている。その向こうには大きな窓があって、柔らかな自然光が室内へと差し込んでいた。

まるでヨーロッパの建物にでも迷い込んだみたい——そう感じる私を現実に引き戻すのは、フロアに配置されたスタンド型の照明器具たち。それぞれに大きな四角い箱や、傘のような形をしたものが取り付けられていて、接続されたケーブルが床へと伸びて電力を供給している。他にも、壁際には銀色や金色のレフ板が立てかけられていて、それだけこの場所では照明が大切なことがよく分かる。っていうか、

「…………やっぱりモデルだったんじゃん」

そんな撮影スタジオの様子を眺めながら、私はボソッと呟《つぶや》いた。悠宇の姿勢や体幹がしっかりしてるのは古武術の体捌《たいさば》きか何かだと思ってたけど、よく考えると安定した自然体なら下重心になるよね。一方、普段の悠宇は背筋が伸びた上重心——あれはモデルとしての立ち居振る舞いが身についていたからにちがいない。何人ものスタッフが慌ただしく準備を進める中、そんな場所へ私を連れてきた張本人はフロアにはいない。悠宇は現在、別室の楽屋でメイクと衣装の準備中。私はスタジオの隅に用意された休憩スペースで、邪魔にならないように身を縮め

てるんだけど……さっきから、スタッフさんがこっちをチラチラと見てきて気まずい。

私のことが気になるのは、部外者だからというより、きっと私が悠宇の関係者だから。

どうやら悠宇は今回の撮影に参加する条件として、私を一緒に連れて行く事を挙げたらしくて、特例としてゲスト扱いで見学させて貰《もら》っている。そのため私が肩身を狭くしていると、

「……――雪平さん、よろしかったらどうぞ」

ふと、落ち着いた声で呼びかけられた。見れば、スーツ姿の女性がカップを差し出している。

彼女は六道一葉《りくどうかずは》さんといって、今回の撮影のクライアント『Ｆｒａｎｄ Ｃｒｕ』の現場責任者。かなり若いけど、こう見えて副社長らしい。なんでも三年前に、同い年の社長とアメリカの大学へ留学中に向こうでファッションブランドを立ち上げたんだとか。

休憩スペースのテーブルにはケータリングとして軽食からお菓子、飲み物もいっぱい用意されていて、どれもコンビニやスーパーなんかでは見かけないオシャレなものばかり――そんな中、六道さんはポットに淹れられた温かい飲み物を紙コップに注いでくれていて、

「あ、はい……ありがとうございます」

私は恐縮しつつ湯気の立っているカップを受け取ると、改めて六道さんを見た。

綺麗《きれい》な人だった。悠宇のような長身やメリハリのある肢体ではないけど、ひと目でスタイル抜群だと分かる――それは彼女が着ているスーツが、身体のラインを美しく際立たせているから。私はスーツはもちろん、ファッションもそれなりの知識しかないけど……でも、こんなに綺麗に着こなせるスーツは見たことがない。実際に採寸して仕立てるオーダースーツだって、

もっとよれたりシワが寄るはず。このスーツは六道さんの会社『Ｆｒａｎｄ Ｃｒｕ』が生み出した画期的な商品で、アメリカの大学の研究室と共同開発した「体温を吸収することで、身体へ密着するように収縮する繊維」を使用しているらしい。特許も取得しているこの生地は伸縮性も高いうえに、着る度にジャストサイズが実現できる優れもので、ぴったりと身体に寄り添うようにできている。そんな革新的なアパレル技術を用いたスーツに身を包んだ六道さんは、

「今回は本当にありがとうございます。『ＵＵ』さんからは先月、しばらくお仕事はお休みされると言われまして、一度この撮影は断られていたんです」

この『ＵＵ』というのは、悠宇のモデル名だそうで、

「それがつい先日、もし今からでも間に合うなら引き受けたいと、代理人を通じて連絡がありまして……その際の条件が、雪平さんの撮影現場への同行という話でしたから。ＵＵさんが考えを変えられるきっかけを、雪平さんが作ってくださったんだと思います」

「…………………………」

こないだ学校帰りにスカウトされてた時に、もし悠宇がモデルだったら見てみたいなんてことも言っちゃったし、多分そうなんだろうけど……自分で認めるのも違うような気がして、私は無言を返した。代わりに私は、自分の疑問をぶつけてみる。

「……──あの、やっぱり深未さんって凄《すご》いんですか？」

土壇場でやっぱり仕事を請けるとか言い出して、さらに友だちを撮影現場に連れて行くのが条件なんてワガママまで通る──そんなの普通はありえない。雑誌の読者モデルならそんな特

別扱いは許されないし、専属モデルならそもそも断ったりなんかしないよね。でもランクの高い有名モデルかというと、そんな事もなさそう……もしそうなら、あまりモデルに詳しくない私が知らないのはまだしも、学校の誰かが間違いなく気づいて、とっくに噂になってるはず。

「どのような指標で評価するかにもよりますが、モデルとしての素晴らしさなら抜群ですね」

六道さんはテーブルの上に置かれていたタブレットを取ってロックを解除すると、少し操作をしてから私に渡してくる。表示されているのは『Ｆｒａｎｄ Ｃｒｕ』のスーツを着ている悠宇の写真——それも商品ページの着用画像ではなく、イメージモデルとしての絵力のあるショットが映し出されていて、

「————」

私は思わず言葉を失って、画面の悠宇に釘付《くぎづ》けになった。

抜群のプロポーションの悠宇の肢体が、スーツを着ることでさらに強調されている。

自然とスライドしてゆく写真の中には、それこそ裸の上半身にジャケットだけを羽織っているようなものもあった。そこだけを見れば、人によっては過激や下品みたいに思う人もいるかもしれない。でも、その感想を口にできる人は多分いないと思う。それほどまでに、写真の悠宇の表情と存在感は圧倒的で、有無を言わせない説得力があった。こんなの綺麗とか、可愛いとか、格好良いとか……そんな次元じゃない。

心臓を鷲摑《わしづか》みにされたまま、意識をまるごと呑《の》み込まれるような、身震いするほどの感覚。

私の知らない——深未悠宇がそこにいた。

「これが、前回お願いした弊社のイメージモデルの撮影時の写真で、ＵＵさんにとって初めてのモデル仕事だったと伺ってます。当時、欧米向けにしかＷＥＢ広告を打たなかったので日本では話題になりませんでしたが……予約段階で初期ロットの十倍の注文が入りました」

と六道さん。私の隣にくると、タブレットの画面を操作してＳＮＳアプリを立ち上げながら、

「弊社のこのラインは、その特性から新興ブランドとしてはかなり高い価格設定です。しかし、ＵＵさんを見た世界的アーティストが話題に取り上げると、そこから一気にＳＮＳセレブリティたちの間で評判になり、彼女たちが競うように着用画像をアップしてくれまして」

入力したのは『#Ｆｒａｎｄ Ｃｒｕ』。すると、海外の綺麗な女性たちのスーツの着用写真がずらりと並んでいて、

「ＵＵさんのおかげもあって、弊社は一気にブランドとして躍進を遂げ、資金調達もアパレル系のスタートアップとしては異例の金額が集まりました。それでも現在は職人にフル稼働してもらっていても、お届けに半年ほどいただく状況が続いてしまっていて心苦しいのですが……」

心苦しい――そうは言いつつも、それはきっと嬉しい悲鳴だと思う。それにしたって、

「そちらとのお仕事が初めてだったんなら、深未さんはどうやってモデルに？」

「起用させていただいたのは、撮影を依頼したフォトグラファーの推薦があったからで……去年の夏に街で偶然見かけてスカウトしたと聞いています。当初、こちらとしては素人《しろうと》をモデルに使うことに抵抗があったのですが、起用しなければ撮影を降りると言われてしまいまして」

「それって、もしかして……」

「ええ、あちらにいる方です。彼女は日本でも有名ですからご存じかもしれませんが……スカウトしたご縁で、UUさんの仕事の窓口もされているみたいですね」

六道さんが向けた視線の先を追うようにして見れば、高そうなデジタル一眼レフを手に、『FrandCru』のスーツを着ている三人の女性と談笑しているサングラスの女の人がいる。

……――六道さんの言うように、私はその女性を知っていた。

斑目蓮《まだらめれん》。海外を拠点に活躍する女性カメラマンで、最近は写真だけでなく映像まで手がけるアートディレクターとしても仕事をしてる。SNSにアップしていた様々な女性の人物写真が多くの人の眼に触れたのをきっかけに、国内外のコンクールでも多数の受賞経験があったはず。

たしか何かの記事で――ヨーロッパのコンクールで受賞した時、海外の大御所写真家から『大衆に迎合してるだけのつまらない写真。芸術性も知性の欠片《かけら》もない』と批判されたところ、『お前のような勘違いした芸術家気取りが、世界中の写真と写真家たちを不自由にする。恥を知れ』と痛烈に言い返したことで、一気に人気に火が付いたと書かれていた。斑目蓮は女性だけのチームで撮影するため、そのあたりを揶揄《やゆ》するコメントもあったことで過激な反論につながったのでは、みたいな話だけど……いやもう、レスバ能力高すぎるでしょ。

ってていうか、あんな有名人と悠宇が知り合いだったのもビックリだけど……それより、よく悠宇をモデルとしてスカウトできたよね。多分だけど悠宇は斑目さんのことは知らなかっただろうし、たとえ知っていたとしても有名なカメラマンだからといってなびくようなこともないと思う……いったいどうやって口説いたんだろう？

不思議に思いながら見ていると、ふと斑目さんが私の視線に気付いたようにこちらを見て、

「――――――」

眼が合ったと思った瞬間――ふっと向こうが笑った。見ていたことがバレてちょっと気まずかったので申し訳程度に愛想笑いを返すと、斑目さんはすぐにこちらから視線を外して、女性たちとの会話へと戻った。恐らく相手は海外のモデルさん達だと思う。北欧系、アフリカ系、ラテン系と人種も肌の色もバラバラだけど、三人とも美人だしスタイルも抜群だった。そうしてモデルさん達と話している斑目さんを見ながら、

「前回の成功もあって、斑目さんとUUさんには前々から打診させていただいて、斑目さんの予定はどうにか押さえられたものの……UUさんには断られてしまっていたので、いったん商品画像と通常モデルによる着用画像だけ撮影する予定だったんです」

そして、と六道さん。

「イメージモデルについては、新たに代役を立てるかどうかも含めて話し合うことになっていたんですが……無事にUUさんに引き受けていただくことができて本当に助かりました」

六道さんは心の底から安堵《あんど》したように言った。かなり悠宇を高く評価してる口ぶりだけど、向こうの人たちじゃダメってことなのかな？　タイプはちがうけどみんなすごい魅力的だし、それこそ三人ともブランドの広告塔を務めたっておかしくなさそうな美人なのに。

……――そんな私の考えは、次の瞬間にはあっさりと覆ることになる。

「UUさん――入られます！」

スタジオに声が響くと同時、楽屋の扉が開け放たれた。

そして次の瞬間——比喩《ひゆ》というには生易しいほどスタジオの空気が一変する。

とっさに視線を奪われた私は、思わず息を呑んでいた。

衣装に着替え、メイクも髪型も完璧《かんぺき》に仕上がった——完成されたモデルのＵＵがそこにいた。

◆

私がスタジオに入った時、彩凪がこちらを見ているのが分かった。

その様子を視界の端に捉《とら》えながら、それでも私は彩凪のいる休憩スペースには向かわない。

私の勝手で撮影現場に連れてきた挙げ句、ひとりで待たせていて本当に申し訳ないけれど。

今日——ここへ彩凪を連れてきたのは、彼女の知らない私を見せたかったから。

モデルの仕事は、去年の夏休み中に始めた。まったくの素人だったし、今でもそれは変わらない気もするけど……私の外見は商品として通用するらしくて、何度も撮影に呼ばれていた。

……——芸能系のスカウトは、小学生のころから数えきれないほど経験がある。

私自身は興味がなかったけど、ひとり親で育ててくれている母さんの役に立ちたくて、子供ながらに家計を助けられたらって思ったりはして……でも母さんは、私が芸能界のような場所に入ることに激しい拒否感があったみたいで絶対に許してくれなかった。

だから一年前に母さんが死んだ後は、興味のない業界に関わる必要はなくなって——それでも去年の夏休みに外で斑目さんから声をかけられた時、一度くらいなら試してみても良いかもしれないと引き受けた。結果としては――撮影の仕上がりは相当良かったらしくて、それから何度か呼ばれることになったけど。それでも今年に入って母さんの命日が近づくと、どうしても気持ちが作れなくなって、今後はもう撮影は断りたいと連絡を入れていた。

それから円香さんの勧めで気分を変えるために引っ越しの準備をして、そうしたら運命が変わるような出来事が起きた――彩凪と出会ったのだ。

一緒に暮らすようになって半月ほど……彩凪がどう思っているかは分からないけど、私はもう彩凪がいない生活なんて考えられないくらいには彼女に惹《ひ》かれている。

幼い迷子の不安な心に寄り添い、助けてあげられる優しさも。

悪意のある相手に怯《ひる》むことなく、毅然《きぜん》と立ち向かえる勇気も。

状況をしっかりと見定めた上で、物事を有利に運ぶ聡明《そうめい》さも。

そのどれもが彩凪の持っている魅力で……そんな彩凪に私は救われ続けている。

……――だから当然、彩凪に対する独占欲のような気持ちがあるけれど。

なんとなく自分で気がついたのは――私の中では彩凪を独占したい気持ちより、彩凪に独占されたいという願望の方が強いような気がする。

私だけの彩凪になって欲しいんじゃなくて、彩凪だけの私になりたい。

そして彩凪にも、私のことを独占したいって思ってほしい。

もちろん、そんなの物理的にも精神的にも、状況的にも状態的にも無理だって分かってる。

でも――無理だと分かっていることを、それでも望んで欲しい。

もっと夢中になって、もっと私に溺《おぼ》れて欲しい。私から甘えている時も嬉《うれ》しいけど……彩凪から求められると、それこそ震えるような幸せを感じてしまうのはきっとそのせい。

そして彩凪は、私がモデルをしているところを見たいと言ってくれて――それで今回の仕事を引き受けることにした。

……――でもそれは、彩凪のためじゃない。

私が彩凪に喜んで欲しいから。そして、彩凪にもっと求めてもらえるようになりたいから。

そのために私は――UUとしてここへ来たのだ。

▼▼▼

私が斑目さんのところへ行くと、

『――――――――』

それまで話していた海外モデルの三人が、こちらを見るなり喋《しゃべ》るのを止める。

「……――お待たせしました」

そう告げると、斑目さんは突然手にしていたカメラで私を一枚撮った。

すると、いきなり撮られた私よりも、海外モデルさん達の方が驚きの表情を見せる。

……――斑目さんは、その気にならないとスナップ一枚撮らないのは業界では有名な話で。

逆に言えば、一枚でも撮られればそれだけでモデルとして一定の価値を認められるらしく、それほどまでに斑目蓮はフォトグラファーとして高い評価を得ているという。だからこそ、海外モデルさん達は呆然《ぼうぜん》としていて……斑目さんは、そんな彼女らにまったく構うことなく、

「へえ……お友だちを連れてきたいとか言い出した時は、使いものにならないかと思ったけど。結構いい顔してんじゃん」

他のモデルと話していた時とは打って変わって、冷たい笑みを浮かべて言った。これも私に敵意があるワケじゃなくて、こっちが本来の斑目さんだ。優しい笑顔はよそ行き用の愛想笑いで、こういう表情や態度こそが斑目さんの気分が乗っている合図らしい。

斑目さんはモデルさん達の方を見ずに、手で彼女らを追い払うような仕草をすると、

「用意した資料には眼を通した？」

「今回はスーツじゃなくて、新作のシャツがメインとか」

私の着ているスーツは、ジャケットと膝上丈《ひざうえたけ》のタイトスカートの組み合わせ。ただし今回の主役は、下に着ている白のシャツの方。このシャツもまた『Ｆｒａｎｄ Ｃｒｕ』の「体温を吸収することで、身体へ密着するように収縮する繊維」を用いた商品だけど、シャツはスーツと比べると生地が薄くなるため、身体に密着させる効果を出すことが難しくなる。また直接肌に触れるから、収縮と着心地のバランスの調整もより繊細になって完成までかなり時間が掛かったという。私の言葉に、斑目さんは「ああ」と頷《うなず》いて、

「ただ、一番の用途はスーツと合わせての着用だから、撮影はジャケットを着た状態でスター

ト。かっちりした着こなしから、ジャケットのボタンを外して少しずつラフに崩していって、ジャケットを脱いだ状態まで行ってひと通り撮ったら、衣装を変えてイチからまた始める」

斑目さんの言う「衣装替え」は、他の服を着るという意味じゃなくて、シャツとスーツの色変えのこと。スーツは三色、新作のシャツは五色用意されていて……一応、推奨されている色の組み合わせはあるみたいだけど、もし全パターン撮るとしたら十五通りにもなってしまう。

そもそも――斑目さんが言った撮り方は、余計な時間と手間がかかるため、オーソドックスな撮影手法じゃないらしい。その方法で進めるのは、私がきちんとしたモデルじゃないからで、手間と時間をかけないと良い絵が撮れないと斑目さんが判断しているからだと思う。

それでも――私をモデルとして起用する以上、それは私が気にすることではなくて、

「さてと――それじゃあ、今日もたっぷりとやり合おうか」

そんな斑目さんの言葉で、私の撮影はスタートした。

向こうの指示で、おおまかな位置や構図を決めると、そこから先はいったん私に任される。イメージは仕事のできる管理職の女性――それを私なりに表現するため、自由に動いて表情とポーズを作ってゆく。そんな私に向かって斑目さんはしばらくシャッターを切ると、「次」とだけ言い放つ。その言葉を合図に現場全体が動くと、場所変えと照明の調整が行なわれて、そこから再び私は表情やポーズを変えることで、表現にバリエーションをつけてゆく。

……――そんな中、クライアントの『Ｆｒａｎｄ Ｃｒｕ』からは、要望や注文は入らない。

商品画像や着用画像の撮影なら、モデルが服の邪魔をするような自己主張なんて余計なだけ。

これがイメージモデルだと、服とモデルの両方の魅力を出した上で、モデルと商品のバランスをどう取るかはケースバイケース。商品を優先したいクライアントもいれば、モデルの知名度や人気にあやかってより多くのお客さんの獲得を狙うこともあるみたい。その意思決定を行なうのはもちろんクライアントだけど、『Ｆｒａｎｄ Ｃｒｕ』はその全てを斑目さんに一任していた。でもそれは当然のこと――わざわざ斑目蓮を起用する理由なんて、自分たちが思い描けないような想像を超えた絵を求めているからに決まっている。

そして斑目さんは完璧主義者で、本来は自分の求める絵を撮るために、モデルに対して細かく指示を出すタイプらしい。そんな斑目さんが私を自由にやらせてくれてるのは、きっと私が瞬間的なオーダーに応えられないからで……そういう意味でも、やっぱり私はモデルとしては色々と足りてないんだと思う。それでもイメージモデルを任せられてるということは、その価値があるって思われているからで――なら私が目指すべきは、斑目さんの想像を超えること。

……――あの斑目蓮に自由にやれと言われたら、普通ならモデルは萎縮《いしゅく》してしまう。

前にメイクの人からそう言われたことがあるけど、幸いなことに私にプレッシャーはない。斑目さんに対するリスペクトは確かにあるけど、私にとってモデルの仕事は所詮《しょせん》アルバイトでしかないから。自分の全てを懸ける職業でも生き様でもないし、モデルとしての活躍やステップアップに興味なんかなくて……ハッキリ言えば、別に私自身はどう思われたっていい。

でも――撮影をどうでも良いとは思っていない。そのバランスが良いんだと思う。気負いや気兼ねといった不純物のような感情は抱かずに、気概や気合いはきちんと持って挑めるから。

ただし今日に限っては、私は不純な動機でここにいて……ふとスタジオの端を見ると、

「―――――――――」

撮影を見学している彩凪と視線が合った。彩凪は息を呑《の》むようにしてこちらを見つめていて、

「…………………………」

だから私はジャケットの前ボタンをゆっくり開けて、両肩を出しながら肘《ひじ》の内側に引っ掛けるようにして脱ぎかけの状態になった。体温を吸って収縮したシャツが身体のラインを際立たせて、私の胸の大きさと形が浮き彫りになる。彩凪の視線を感じながら、ジャケットを完全に脱ぐと、椅子じゃなくわざとデスクに腰掛けた状態で、私はシャツの袖《そで》ボタンを外して腕をまくった。そして――そこからはカメラではなく彩凪を意識して、表情とポーズを作ってゆく。

……――今より大人になった私たちは、同じ会社のオフィスで一緒に働いている。

そうして想像の未来にいる自分を、今の私が表現してゆく。

斑目さんは、そんな私の姿を次々に写真に収めていって、

「…――OK、それじゃあ次の衣装を用意して」

「…………………………」

夢中になっていた私は、斑目さんが発した指示でふと我に返った。現場が慌ただしく動き始める中、私はなんだか信じられない気持ちでいる――本当にいいんだろうか？

メイクさんとスタイリストさんの二人に誘導されて楽屋へ戻りながら時間を確認したところ、最初のカットを撮り始めてまだ十五分ほどしか経ってない。

それはこれまでの撮影で——最短といっていいほどの速さだった。

△○▽

何度か衣装や髪型を変えながら、悠宇の撮影は数時間にわたって続いた。

……撮影の現場を見たのは初めてだったけど、驚くことばかりだった。

まずは何といっても独特の緊張感。撮影現場は戦場みたいに言われる事もあるみたいだけど、海外の——それもトップクラスの世界において評価されているフォトグラファーの現場は、想像していた以上の空気だった。私が見たのはその一端でしかないんだろうけど、素人目にもその凄《すご》さは伝わってきて……だからこそ驚きだった。

重厚感と高級感に覆われた空間。まるで舞台のような、息を呑むほどの緊張感の中——悠宇は堂々とした存在感を放って、斑目さんを納得させるだけのパフォーマンスを発揮し続けた。

あらゆる理屈を必要としない、そこにいるだけで生み出す、圧倒的なまでの説得力で。

それは私の知らない悠宇のもうひとつの顔で——私はただ、ずっと眼を奪われていた。

……——そして今は、当初予定していたものをひと通り撮り終えたところ。

悠宇には楽屋で白シャツとチャコールグレーのスーツという組み合わせに着替えてもらいながら、斑目さんがもう少し別の絵が撮れないか考えている。六道さんは、そんな斑目さんと話してたんだけど、携帯に連絡が入ったみたいで少し前にフロアを出ていった。

という事で――私は今、休憩スペースの椅子にひとりでポツンと座っている。悠宇からはここへ来た時に、途中で飽きたり疲れたりしたら、先に帰ってって言われたけど、ここまで来たら最後まできちんと見届けたい。

っていうか、私がモデル姿を見てみたいって言ったことは大きな意味があったのかも。だって、さっき見せてもらったSNS――あの盛り上がりは相当な感じだったし。

……――それこそ、また世界を救ってしまったかもしれない。

なんて事をぼんやりと思いつつ……さすがにお腹が減ってきた。撮影があったからだろうけど、朝ご飯は野菜ジュースだけでいいって悠宇が言ったから私もそれに付き合っちゃったし。

どうしようかな。ケータリングの軽食はあるけど、私は部外者だから手に取りにくいし。

「………………………」

私は携帯を取り出すと、地図アプリでスタジオの周辺を検索。あ、すぐ近くにコンビニのマークがある。よし、ささっと行って買ってこよう。……――そう思った時だった。

「コンビニなんて行かなくても、食べ物も飲み物もそこにあるのを自由に取って良いよ」

不意にした真横からの声に、ギョッとしながら見ると、いつの間にか斑目さんが隣にいた。一流フォトグラファーまさかの襲来。自分が声を掛けられるなんて思ってなくて、

「あ、はい……そうなんですけど、やっぱり部外者なので」

「どうせ余るんだから、気にせず飲み食いしていいよ。足りなくなれば買いに行くだろうし」

斑目さんはさらりとそう言って――そして薄っすらと笑いながらこちらを見てくる。

「………あの、何か？」

「いや……悠宇が友だちを連れてきたいなんて言うから何事かと思ったけど、まさかキミみたいな子だったとはね」

「はあ……」

悠宇がわざわざ連れてきたわりには、普通すぎるって思われたかな？　まあ、こちらとしてもその方が好都合なんだけど。だから斑目さんが興味を失うように、わざと曖昧《あいまい》な相づちのようなつまらないリアクションを返すと、

「撮影を見るのは初めて？」

なぜか斑目さんは私との会話を続けることを選んだ。失敗か……どうしよう、露骨に避けるのもなんだから、世間話ぐらいしといた方がいいかな。

「はい……すみません、お邪魔しちゃって」

「気にしなくていいよ。どうせ悠宇が言い出したんだろうし」

悠宇のことをよく理解しているみたいで、斑目さんはズバリと言い当ててくる。そして、

「…………どうだった？」

核心っぽいその問いかけに、

「えっと……凄かったです。初めて見学させてもらった撮影が、まさか斑目さんみたいな有名な写真家の現場なんて、本当にビックリしました」

「ああ――そうじゃなくて」

私が口にした称賛の感想を、斑目さんは的外れとばかりに、

「モデルをやってる悠宇を見たのは初めてでしょ。どうだった？」

自分のことをそっちのけで、悠宇について感想を求めてくる。

「深未さんも凄かったです。あんなに綺麗《きれい》だから、モデルとか役者とかできそうって思ってたけど……本当にモデルだったなんて驚いちゃいました」

「ふふ……なるほどね」

私は無難な返答をしたのに、斑目さんは興味深そうに笑った。なんだろう……この言いようのない気持ち悪さは。さっきからずっと、言葉の裏にある思惑を見透かされてるみたい。

「あの……深未さんをモデルにスカウトしたのは、斑目さんって聞いたんですけど」

質問される側でいると、よくない事になりそうな気がして、私から話題を振ってみたところ、

「まあね。去年の夏に、たまたま見かけて声をかけたんだ。理由は分かるでしょ」

「………そうですね」

顔立ち、身長、スタイル、プロポーションといった外見的な要素に加えて、姿勢や佇まいまで悠宇はズバ抜けている。先日もスカウトされてたけど、それも初めてじゃないらしいし。

「でも……斑目さんは日本だけじゃなく海外でも活躍されていて、トップクラスのモデルさん達を何人も見てきてますよね。それなのに、わざわざ声をかけたって事は……それだけ深未さんに惹《ひ》かれるものがあったって事ですか？」

「声をかけたのは、ちょっとした成り行きなんだけど……とはいえ素材として見ても、あたし

がこれまで撮ってきた中でも悠宇は五本の指に入る。素人《しろうと》に毛が生えたくらいの今の段階でもね。世界の頂点までは難しいかもしれないけど、トップクラスなら狙えるんじゃないかな」

多分それは最大級の賛辞で、けれど斑目さんは「まあ」と付け足す。

「この世界は——本人の才能や技術だけあっても、どうにもならないんだけどね」

「本人じゃないなら……やっぱり人との出会いとかですか？」

「いや、大切なのは本人の資質だよ。だって人とはいくらでも会えるでしょ。芸能人だって本気で出待ちをすれば大抵会えるのと同じで、海外のコレクションの時期に現地に行けば、世界的なデザイナーや有名バイヤーを始め、アパレル関係者に会うチャンスなんていくらでもある」

なるほど——斑目さんはそう考えるんだ。なんか似たような話があったような。『六次の隔たり』だっけ。六人くらい知り合いを経由すれば、人は世界中の誰とでもつながれるとか。

「えっと、才能と資質はちがうんですか？」

「もちろん。ただし、そのふたつは主語が別なんだ。正確にはモデルの才能や技術だけではどうにもならなくて、大切なのは人間としての資質ってこと。これはモデルに限った話じゃない。この世界のあらゆる職業に対して言えることだよ。具体的には運と……あとは影響力だろうね」

「影響力……知名度とか、ＳＮＳのフォロワーとか」

「それもあるけど、この場合はオーラとか華とか、存在感とかの方だね。あたしは別に、手当たり次第に声をかけてるワケじゃない。悠宇だから声をかけたんだ。その差は、ただの出会いをチャンスに変えられるような人間力を備えているかどうか。そういう話だよ」

たしかにその通りかも。こうして私は斑目さんと話してるけど、モデルとしてスカウトは絶対にされないし——このままいけば私たちは、今この場所だけの関係で終わる。

「………何がそんなに違うんですかね」

「そうだね……表現力とか、支配力みたいに言い換えるといいかもしれない。たとえば、一流モデルがその気になって道を歩けば、たとえ路地裏であってもランウェイになるし、高い実力のある役者やアーティストがその気になれば、ステージ上はおろか客席の空気まで変えられる」

つまり。

「世界や空間の中で存在感を発揮するんじゃなく、その場の空気や空間を自分の世界に作り替える力っていうのかな。その点で言うと、悠宇は今でもこのフロア全体を支配できるくらいの空気は作れるからね。この調子で伸びていけば、見込みは充分にあると思うよ」

確かに、撮影中の悠宇はスタジオ全体を掌握していた。ううん、今回だけじゃない。サラリーマンとのトラブルの時はスーパーのフロア中を、教室での自己紹介の時はクラス中の空気を悠宇は支配していた。私自身も、裸の悠宇との出会いの時から心を奪われて……大人しくしているつもりだったのに、本性を引きずり出されちゃったし。そう考えると確かに、悠宇は斑目さんのいう影響力や支配力を備えてると思う。

「まあ……そうはいっても、悠宇はランウェイモデルには向いてないと思うよ。あの子自身、そういう世界は望んでないだろうし。そもそも身長や脚の長さはともかく、あそこまで存在感を主張するプロポーションだと、服が主役の海外コレクションじゃ敬遠されるのがオチかな」

「それって……」

「歴史の長さや価値の高さに囚われたハイブランドや一流メゾンのデザイナー達は、基本的に自分らの作る世界観に都合の良い人間しか欲しがらないんだよ。ブランドの世界観はモデルが作るんじゃなくて、ブランド自身とデザイナーが作るものだからね」

まあ、と斑目さん。

「今はショーモデルも少しずつ多様性が認められてきているから、あの子を使いたいって物好きなヤツがどこかにいるかもしれないけど」

「斑目さんみたいに……ですか？」

「あたしは強欲なだけだよ。言うことを聞くだけのヤツだと想像どおりの絵は撮れるけど――あたしが求めてるのはその先なんだ。予定調和はいらない」

予定調和はいらないって……根っからのアーティストなんだなぁ。

「そういう意味でいうと、今日の悠宇はこれまでと違ってて新鮮だったかな」

ふと――斑目さんは楽しげに笑いながら、

「表情や雰囲気にぐっと色気が出て、まるで別人みたいで撮ってて面白かったよ。いったい何があったんだろうね。友だちとして、何か思い当たることはない？」

と言って、こちらを見てくる。

「私は今の深未さんしか知らないので、以前がどうだったのか分からないから何とも」

「おや……あの子が、わざわざ現場に連れてくるくらいだから、てっきり何か知ってるかと思ったんだけど。恋人ができたとか、なにか聞いてない？」

「さあ――でも写真家の斑目さんがそう感じたなら、もしかしてそうなのかもしれないですね」

私はさらりと流しながらも、斑目さんの言葉の中に気になった部分があって、

「……どうして恋人ができたって思うんですか？　好きな人ができた、じゃなくて」

カメラマンの人は職業柄、人を見る目に優れていて、それこそ役者やモデルに好きな人ができたら気がつくって言うけど……見ただけで恋人がいるかまで分かるものなんだろうか。

私の問いに、斑目さんは「ああ」と笑って、

「悠宇のあの雰囲気はね……自分の肢体がいやらしいって思ってる者にしか出せないものだからだよ。絶対に、誰かが悠宇に教えたはずなんだ。それも徹底的にね」

だから。

「たぶん朝から晩まで四六時中……性行為まではしなくても、意識させるような相手が近くにいるんじゃないかなって。好きな人じゃなくて、恋人って言ったのはそういうわけ」

「……………………」

そういえば――斑目蓮のインタビューに、視覚系の共感覚を持ってるって書いてあったっけ。

なんでも、人の感情をオーラのように色と形状で認識できるそうで……被写体が見せる最高のタイミングを読み取って撮影できるらしい。悠宇の外見からモデルの経験の可能性は想定してたけど、よりにもよってこんな人と関わりがあったなんて落とし穴にもほどがある。

……――本当にそんな力の持ち主なら、斑目さんは私と悠宇の関係なんてお見通しだよね。

この意味ありげな物言いからすると、信憑性《しんぴょうせい》はかなり高そう。朝から晩までっていうのは流石に見破ったんじゃなくて、悠宇から「一緒に住んでる友だちを連れていく」みたいな説明をされたからだと思うけど。でも――こうして話してるだけでも、こっちの感情は丸見えで、話しながら裏取りをされているようなものだろうから、いくら誤魔化そうとしたところで嘘発見器のように見破られちゃうだけ。ほんと厄介だなぁ……こんな事なら、どこかのタイミングで帰っておけばよかったかも。でも、こうなった以上は、ある程度は腹をくくるしかない。

とはいえ逃げ場はなさそうだし、さっさと再開しないかな撮影――って、よく考えたらそれを決めるのも斑目さんだよ。詰んでるじゃん。そうして私が黙り込んでいると、

「…………………」

斑目さんも、何も言わずにジッとこちらを見てくる。這《は》うようなその視線が気まずくて、

「…………何ですか?」

黙っていた方がいいんだろうけど、思わず尋ねてしまう。すると、

「いや……まさかこんな所で、かつての有名人に会えるなんて驚いちゃってね」

一息。

「……――い、い、いもう世界は救わないのかい、い？」

スッと、こちらの思考の隙間へ入り込んでくるように斑目さんは言った。

「…………何の話ですか？」

「あれ、悠宇と同い年なんだよね？　だったら中学生の時に、覆面インフルエンサー『ナギ』のことは何かで聞いたことはあるんじゃない？　一時期、十代から二十代の女の子たちを中心にSNSを賑《にぎ》わせて、社会現象にまでなってたし」

「そうでしたっけ……私、SNSとかやってなくて」

「なるほど、悠宇と気が合うわけだ。当時はちょっとしたハッシュタグと一緒に流行《はや》ったんだけどね。『#また世界を救ってしまった』とか『#また世界が滅びるところだった』とか」

「ありましたね、そんなの……その『ナギ』ってアカウントで検索すれば、出てくるんですか？」

携帯を手にしながら私がそう返すと、

「それはムリかな。残念ながら、一昨年《おととし》にアカウントが削除されちゃったからね。今はもう、なりすましのものが幾つかと、たまにハッシュタグを見かけるくらい。それでも、『覆面インフルエンサー　ナギ』で調べれば、当時の熱狂を伝えるネット記事は見つかると思うよ」

そう言うなり――斑目さんは蛇のように不気味な笑みを浮かべて、

「ちなみに……覆面ながら彼女は顔が見えないようにしつつ、何枚か自分の写真もアップしていたんだ。その姿を真似して、一時は街中の女の子がみんな黒のキャップを被っていたくらい。かくいう私もその一人でね。当時は一フォロワーとして、彼女の発信を心待ちにしたものだよ」

ただ、と斑目さん。

「大半の人間は、目立ちやすい帽子に目を奪われていたけど、私は違うところが目についてね。

かなり拡大した上で画像を鮮明化しないと分からないから、恐らく本人も油断したんだろうけど、左耳の後ろにある小さな双子ぼくろが映ってた――そう、ちょうどキミのようなね」

「…………………………」

とっさに耳元を押さえそうになるのをどうにかこらえる。油断した――たぶん声をかけられた時に見られたんだ。

「偶然じゃないですか？　それに、画像をかなり拡大したならゴミか何かの可能性だって」

「確かに……それなら、確かめてみようか」

と斑目さん。手に持っていたカメラをこちらへ見せながら、

「耳紋って知ってるかな。外耳部分の形状は人によってちがうから、指紋と同じく個人を特定できるんだよ。よかったらキミのものと、『ナギ』の画像を照合させて貰《もら》えると嬉《うれ》しいな」

そう言った時だった。

「…――私の友だちに何か？」

ふと、私たちの間に割って入ってくる声があった。見れば、いつの間にか着替えとメイク直しを終えた悠宇が立っている。

「別に。少し前に流行ったインフルエンサーの話をしていただけだよ」

斑目さんは笑いながら肩をすくめて誤魔化した。それでも私の表情は硬いままで、

「…………彩凪？」

「斑目さんの言ったとおり、ちょっと話していただけ……何でもないよ」

心配そうにこちらへ寄り添ってくる悠宇に、私がそう返すと、

「どうかしましたか?」

用事が済んだのか、フロアに戻ってきた六道さんが、こちらの様子に気づいてやってくる。

「いいや。折角だから若い子と話してみようと思ったんだけどね。でも、私の振った話題が少し古かったみたい」

斑目さんは、悠宇にも六道さんにも私のことを言うつもりはなさそうだった。ところが、

「そうだ、雪平ちゃん。これから最後の撮影があるんだけど、まだどういったものにするか決まってなくてね……よければ何かいいアイディアを貰えるかな?」

いきなりすぎるその提案に、

「斑目さん、それは……」

クライアントの六道さんが苦い顔になる。でも斑目さんは構わずに、

「彼女は悠宇がわざわざ連れてきた。どういうつもりかは知らないけれど、少なくとも撮影のことだけを考えればその判断は正解だったと思うよ。あなたも見ていたんだから気づいてるだろうけど……今日の悠宇の出来は良い。それは多分、このお友だちが見学していたからだ」

だから。

「彼女の案なら、もっと悠宇がノってくれる可能性があると思ってね。素人《しろうと》の悠宇をイメージモデルに推薦したのと同じだよ。あの時も最初は難色を示してたけど……結果はどうだった?」

斑目さんの言葉に、六道さんは反論できなくなる。このままだとマズい流れになりそうで、

「そんな事を言われても――……」

「もしここで彩凪ちゃんが引き受けなかったら、世界が滅びてしまうとしても？」

斑目さんはこちらの言葉を遮って、私にだけ通じるように言ってくる。

「……………………………………」

断れば、私のことをバラすって意味なのかな。私は小さく溜息《ためいき》をつくと、

「……六道さん。今回の撮影は、新たに発売されるシャツのためのものと伺いました。商品情報について書かれている資料はありますか？」

「あ、はい……こちらに」

私の問いかけに、六道さんは少し気圧されたようにしながらも、悠宇の写真を見せてくれた時のタブレットに資料を表示して渡してくれる。私は書かれている内容に目を通しながら、

「メインターゲットと、想定ペルソナによる着用のシチュエーションをおおまかに」

「ターゲットは……仕事服としてのシャツを必要とする二十代～三十代のＯＬが中心。ペルソナは美意識にこだわりがあるけど新しいものにも抵抗がなく、商談などの場での活躍を求められる女性です。これは前のスーツの時から変わらない、弊社のメインターゲットになります」

「だとするなら、春からの新生活に合わせて買い揃える人がメインですよね。今日が撮影で発売がこれからというのは、タイミングが遅いように思うんですが」

はっきりいって、ＳＳ《春夏》シーズンの服の発売としては遅すぎる。こちらの指摘に、

「………仰る通りです。なるべく理想の効果を生むために、繊維の配合割合についてかなり

試作を繰り返した結果、当初より発売のタイミングがかなり遅れてしまったのが原因です」

苦い表情で六道さんは言った。

「現在はGW明け、五月中旬の発売を予定しています。そのため広告は四月中に打ち、同時にネットでの予約も開始するという販売スケジュールです」

五月中旬――六道さんが口にしたタイミングなら、効果的なアイディアがある。

「………斑目さんこれ。どう思いますか？」

私は家を出る時に調べていたままになっていたネット情報を、携帯の画面に映して見せた。

「働く女性がメインターゲットなら、こういう事もあると思うんですけど」

流石というか、すぐにこちらの意図が伝わったようで、

「なるほど……あえて逆を行くんだね」

斑目さんは興味深そうに笑みを深くすると、握った拳《こぶし》を口元に当てて何かを思案しながら、

「写真のことだけで言えば全然アリなアイディアだよ……ただ、アパレルだと敬遠するところが多いだろうね。『Ｆｒａｎｄ Ｃｒｕ』のブランド的にはどう？」

「…――失礼します」

横から六道さんも私の携帯の画面を覗《のぞ》き込んでくる。理解が早いみたいで、こちらの意図をすぐに把握した六道さんは、

「確かにブランドとして考えるとちょっと……デザイナーが嫌がるかもしれません」

そして。

「そもそも――このアイディアだと、モデルと服の両方の魅力を損なってしまうのでは？」

六道さんは懸念を口にしてくる。その心配はもっともだったけど、

「それなら大丈夫だと思いますよ。ちゃんと納得してもらえるはずです。あの斑目蓮が、世界のトップクラスを狙える素材だってお墨付きを与えたモデルで撮るんですから」

ねえ、と私は斑目さんを見た。

「たしか――予定調和なんかいらないんですよね？」

「ははっ……気をつかってもらえるとは、ありがたいね」

こちらの意趣返しを、斑目さんは楽しそうに笑いながら受け止めると、

「……――もちろん、撮れるよ」

きっぱりと断言するように言い放つ。

「そういう事なら、私としては異存ありません。斑目さんが仰ったように、写真としてはアリなアイディアとも思います。弊社はデザイナーズブランドなので、デザイナーが代表も務めています。狙いを伝えれば、少なくとも撮影そのものにNGが出る事はないかと」

と六道さん。

「十分ください。会社に電話して、デザイナーの玖龍《くりゅう》を説得します」

そう言って、再びフロアを出て行こうとする六道さんに、

「六道さん、良かったらこれ……デザイナーさんに伝えてみて下さい」

私は、六道さんと斑目さんが話している間に、携帯のメモ帳に打っておいた文字を見せた。

それは短い一文で——働く女性へと贈る言葉。
『雨デモ負ケラレナイ私タチへ』

▽▽▽

「雨ニモマケズ風ニモマケズ」って言ったのは夏目漱石《なつめそうせき》だっけ。

なんて嘘——正解は宮沢賢治《みやざわけんじ》。

斑目さんから撮影のアイディアを求められた私が考えたのは、スタジオを飛び出して雨の中で撮影するというものだった。斑目さんが人物写真ならアリと言い、六道さんはデザイナーが嫌がる可能性があるといった理由がこれ。服や身体を濡《ぬ》らした状態での撮影は、人物写真のシチュエーションとしては撮りかた次第で素敵な雰囲気を生み出せるけど、アパレルの撮影としては正直いって適してない。それは主役は人間ではなく服で、そして濡れた状態で着ることを想定も推奨もしていないから。さらに服におけるデザインは、柄や模様だけじゃなく、シルエットや触り心地、着心地なんかも重要視されていて——早い話が『着こなし』も大切になる。

そのため通常の状態と水に濡れた状態では、シルエットや着心地がデザイナーの意図したものから大きく変わってしまう。デザイナーは普通の状態で着用した時の美しさを追求しているのであって、水に濡れた状態までは保証していられないから、それは当然のことなんだけど。

……——とはいえ、突然の通り雨によって服が濡れてしまう事はある。

それでも働く女性は、雨に濡れたからといって仕事を投げ出すワケにはいかない。

そんな中、『Ｆｒａｎｄ Ｃｒｕ』の服は、着る人の身体に寄り添う機能性を有している。しかも、資料によると撥水《はっすい》加工も施されてるらしい。雨に降られても服は大丈夫なのだ。

なら都合の良い晴れの日だけでなく、雨の日にも寄り添えると訴えたら……そう思った。

普通に考えれば、こんなアイディアは無謀なだけで不採用になって終わるもの。

でも——そんな無謀を味方にする絵が撮れれば、それは他にはない魅力を持った写真になる。

そして私は、悠宇と斑目さんのふたりなら、その問題をクリアできるって考えた。

悠宇には、その場の空気や空間を自分の世界に作り替えられるような存在感があって——斑目さんには、そんな悠宇が最も輝く瞬間を写真に収められるだけの実力がある。

「雪平さんは……こうなる事まで分かっていたんですか？」

東京駅の丸の内にある並木通りに場所を移しての再開——その様子を私の隣で眺めながら六道さんは言った。私たちの視線の先では、雨が降りしきる中での撮影が行なわれている。

私は六道さんの問いかけには応えずに、黙って眼の前の光景を見つめていた。

……——まるで、映画のワンシーンを見ているみたいだった。

降り注ぐ雨粒が石畳の道を濡らして、建物のガラス窓に無数の水滴を描いている。

雨模様の丸の内の街並みは、普段とは異なる表情を見せていた。

街路樹の新緑は雨に濡れて鮮やかさを増して、石畳の道に点在する水溜《みずた》まりさえ、通りの店の照明を反射させた光で、周囲に幻想的な雰囲気を漂わせている。

本来なら灰色の空の下、薄暗く陰気なだけの風景が広がるはずなのに、なぜか世界が色鮮やかに輝いていて——そんな奇跡のような光景は、たったひとりのモデルが生み出したもの。

彼女は周囲の景色に溶け込むことなく、むしろ異彩を放つように存在感を際立たせていた。

……——六道さんの、「こうなる事まで分かっていたのか?」って質問の答えだけど。

そんなの決まってる。上手くいく事は分かってた——でも、ここまでとは思わなかった。

「——————」

あえてジャケットを脱いだ格好の悠宇は、白のシャツとタイトスカートで色彩のコントラストをはっきりさせていた。袖《そで》を七分丈までロールアップすることで爽《さわ》やかさを出しながら、左右に細いブレスレットや腕時計を巻くことで手首を華やかに。スカートの下から伸びる長い脚は黒のアーガイルのストッキングを穿いて、足下はミドルヒールのパンプスで身長とスタイルをさらにアップ。耳元を飾るカットの美しいクリスタルのイヤリングが、雨に濡れることでその輝きを複雑なものにしている。そんな悠宇の姿を見つめていると、

「あの……冷えますので、もし良かったらどうぞ」

ひとりの女性のスタッフさんが、こちらへベンチコートを差し出してくれた。それは、傘を持たずに撮影している斑目さんたちが着ているもので、

「ありがとうございます。でも、大丈夫です」

私はお礼を言いながら首を振った。素人の私のアイディアを最高の形にするため、悠宇だけでなく何人もの撮影スタッフさん達が必死に応えてくれている。

ただでさえ私は傘を貸してもらってるのに、自分だけコートなんて着れる筈《はず》がなかった。

既に外での撮影開始からかなりの時間が経っていて、雨脚は次第に強くなりつつある。

それなのに、悠宇のパフォーマンスは高いままで、見る者の心を捉《とら》えて離さない。

長い黒髪は濡れることで艶《つや》やかな輝きを増していて、頬を伝う雨は物憂げな表情の時は涙のようになり、強い眼差しの時はただの水へとその姿と意味を変えている。頭を振って濡れた黒髪を振り乱すように雫《しずく》を払った時の姿は、まるで天使の水浴びを見ているみたいだった。

……――斑目さんが言ってたことを、みんなが見ている前で悠宇が体現している。

そんな悠宇の姿がより際立つように、照明スタッフの人たちが絶妙な角度にライトを調整する中、斑目さんは悠宇の動きに合わせて瞬時に最適なアングルを見つけ出し、レンズ越しにその姿を捉えて一番美しい瞬間を逃すことなくシャッターを切ってゆく。

疑う余地なんて微塵《みじん》もない――きっと最高の写真が撮られている。

もちろん、あくまでメインはスタジオ内での写真で、外での――それも雨の中での写真なんて、サブプラン的なものでしかない。でも、この屋外での撮影が上手くいけば、ギャップによる対比効果もあってスタジオで撮ったものもより良く見えるようになるはず。

……――プロだからか、それともトップクラスの人間だからなのか。

悠宇と斑目さんは完全に熱が入った状態で、撮影が終わる気配はまるで見えなかった。

それでも――雨がいよいよ土砂降りになった時、

「……――うん、OK。ここまでにしよう」

斑目さんはそう言って——ふとカメラを下ろした。その理由は誰の目にも明らかだった。

悠宇の着ているシャツが、すっかりグショ濡れになっている。撥水は雨を弾くことはできるけど、それでも防水とはちがうもの。限界を超えてしまったら濡れてしまう。そして服の美しさが損なわれた状態では、写真にする意味も意義もなくて……そこで撮影は終了になった。

「よかったよ悠宇。早く移動車に戻って着替えておいで」

「……——おつかれさまでした」

ねぎらいの言葉をかける斑目さんに、悠宇は軽い会釈を返すとこちらへやって来る。

そんな悠宇を、私は自分の傘の中に入れてあげて、

「おつかれさま……すごかったよ」

「………うん」

こちらの言葉に、悠宇はこくんと頷《うなず》いた。そこへ、

「雪平ちゃん、これ移動車の鍵《かぎ》」

斑目さんはこちらへ車の鍵を放ってくる。私がどうにか片手でキャッチすると、

「こっちは、みんな後片付けがあってね。悪いけど、悠宇の着替えを手伝ってあげて」

有無を言わせずにそう言うと、スタッフの人たちの指示に戻っていった。

▽▽▽

今回の屋外撮影は、斑目さんのツテを使って強引に当日申請を通して行なわれた。

本降りになった雨から逃れるように慌ただしく撤収作業が進められる中――私と悠宇は肩を寄せ合って同じ傘に入りながら、移動車のミニバンが停められた路上パーキングへと向かう。

……――まるで雨音だけが世界を支配しているみたいな静けさだった。

濡《ぬ》れて黒光りしたアスファルトは街灯の光を鈍く反射させていて――雨で散った桜の花びらが遠くから流れてきたのか、足下にある薄紅の色彩を踏みしめながら私たちは夜のオフィス街を歩いてゆく。気温がぐっと下がったことで冷たさが肌を刺す中、やがてビルの合間の通りに暗く佇《たたず》むようにして停まった漆黒の移動車が見えてくる。

私は斑目さんから渡されたリモートキーのボタンに描かれたマークを確認して、車に向けてロック解除のボタンを押すと、ランプの点滅と共にカチャっと乾いた金属音が鳴って、続いてスライドドアの開閉ボタンを押すと流れるように扉が開いてゆく。私と悠宇は二列目の横一列一体型のベンチシートに乗り込むと、すぐにスライドドアを閉めた。

「…………えっと、こうかな？」

……――雨での撮影という事で、車内には悠宇が濡れた後のことを考えた準備が整っていた。

身体を拭《ふ》けるサイズのタオルと、濡れた服を入れるビニール袋の両方が、予備を含めて何枚か用意されていて――さらに後ろの三列目のシートには、悠宇の着替えとして現場まで着てきた服がきれいに畳んで置いてある。降りしきる雨が車の屋根を打つ音が響く車内で、ふたり並んで座りながら私はタオルへと手を伸ばすと、

「はい深未さん。まずは濡れた頭をこれで拭いて」

「…………ありがとう」

受け取った悠宇にお礼を言われながら、私はシートにある操作パネルで空調の暖房とシート自体を温めるヒーターを作動させる。さらに悠宇が着替えても大丈夫なように、運転席と助手席の後ろに取り付けられているカーテンを閉めた。二列目以降の窓には、車内を見えないようにするマジックミラーのような効果のフィルムが貼られてるけど、フロントガラスや運転席と助手席の横の窓は普通の状態だから丸見えだ。さらにドライブレコーダーもあるから、服を脱いでも問題ないようにするためには、カーテンを閉めないと始まらない。そうして車内のプライバシーを確保すると、ようやく一息つくことができて、

「……ごめんね。無茶させちゃって」

この撮影は私のアイディアが採用されたもの。雨の中での撮影なんて、口で言うのは簡単だけど、実際にそれを行なう人は大変だし――過酷だ。そんな申し訳なさに悠宇へと謝ると、

「彩凪が謝らなくていい。この撮影は、みんながやるべきだって思ったから採用されたんだし」

そこで悠宇は頭を拭く手を止めると、真っ直ぐにこちらを見つめて言ってくる。

「それに私は……彩凪のアイディアで撮影できて嬉《うれ》しかった」

「――――」

ただでさえスーツに綺麗《きれい》めのメイクと大人の女性のような雰囲気なのに、さらに雨に打たれて濡れてしまった悠宇の雰囲気は、思わず息を呑《の》んでしまうくらい艶《なま》めかしかった。

……――もちろん、お風呂上《ふろあ》がりで髪が濡れたままの姿なんかは見たことがある。そういう悠宇も色っぽいんだけど……なんだろう、本来は濡れるべきではないものが濡れてしまった姿だからかな。いつもよりも色気が、とんでもない事になってる気がする。すると、

「……くしゅんっ」

悠宇の可愛らしいくしゃみで我に返った私は、彼女が濡れた服を着たままなのを思い出し、

「っと――話は後にして、深未さんはまずはその服を着替えようよ」

そう私が促すと、悠宇はスーツのボタンに手を伸ばした。しかし、

「…………………………」

すっかり雨に濡れたことで身体が冷えてしまったからか、手がかじかんで上手くボタンを外せずにいる。そんな悠宇に、

「…………いいよ、やってあげる」

私はそっと身体を寄せると、悠宇のスーツのボタンを外してあげる。そして脱がしたスーツを大きなビニール袋に入れると、今度は着ていたシャツのボタンを外していって、

「……――え？」

そこで思わず固まる。悠宇はシャツの下に何も着けてなかった。いきなり露わになった悠宇の乳房には、濡れたシャツから付いた雨の雫《しずく》が浮いていて、

「…………な、何でブラしてないの？」

「何でって、『Ｆｒａｎｄ Ｃｒｕ』の服は収縮性が魅力だから、身体のラインを強調するため

に撮影の時はいつも下着はつけないけど」

混乱するこちらに、悠宇が平然と言ってくる。

「でも、ニップレスとかは……」

「付けると違和感があって集中力が削がれるし、剝《は》がす時に痛かったりするから」

「………そうなんだ」

ニップレスなんて付けたことないから、そう言われたら納得するしかないんだけど、

「って待って……下着はつけてないって事は、もしかして下も？」

「…――それは彩凪の目で確かめて」

「…………………」

まるで誘ってるみたいに悠宇に言われ、私は彼女のスカートのホックに手を伸ばして外すと、ゆっくりとファスナーを下ろしていった。そしてスカートを脱がしてみると、悠宇はストッキングの下には本当に何も着けてなくて――呆気《あっけ》に取られるこちらに、

「…………ね？」

悠宇は艶《つや》っぽく微笑んだ。その表情にゾクッとしてしまいそうになるけど、

「ごめん……そんな格好だなんて知らなくて」

「言ったでしょ――彩凪は気にしないで。私はモデルとして必要な事をしてるだけ」

「………そうかもしれないけど」

悠宇は平気だって言ってるのに、それでも私は気になってしまう。申し訳なさもその理由な

んだろうけど――何よりも私自身がイヤなのかもしれない。それはきっと独占欲からくる感情で、そういう格好の悠宇をみんなに晒《さら》してしまった自分の迂闊《うかつ》さが許せないのかも。

そうしてモヤモヤを抱えていると……気がつけば悠宇の顔が眼の前にあって、

「――――」

不意に私は――悠宇にキスされた。少し冷えた悠宇の唇の温度を感じながら、思わず驚きに目を見開くと、やがて彼女はゆっくりとこちらから離れた。そして甘く微笑むと、

「……心配しないで、私は彩凪のものだから」

ストッキングだけという裸よりも扇情的な姿で、悠宇が私にしなだれかかってくる。

そんな悠宇に……私は自分の服が濡れるのも構わず彼女を抱き締めた。モデルとしての悠宇の魅力を初めて目の当たりにしたのと、そんな彼女が下着をつけてなかった事実を知ってしまったことで、私の理性はすっかり抑えが効かなくなっていて――悠宇の顎《あご》を手で持ち上げるとそのまま強引にキスしてしまう。唇が触れると同時に舌を入れるような私の乱暴なキスに、

「んんっ……ちゅっ、はぁ……んちゅ……ん、ふふ……あぁ……んぅ」

悠宇は嬉しそうに私のキスを受け入れて、自分からも淫《みだ》らに舌を絡めてくる。まだ名前で呼んでないのに、それでも悠宇はどこまでも従順で……そんな彼女の態度に、私はますます興奮を昂ぶらせてゆく。すると悠宇も完全に火がついたのか、いよいよ私たちは止まれなくなって、

「……こんな事して。風邪引いちゃうよ」

「うん……だから、彩凪が私を温めて」

キスの合間に交わした言葉に、私は行動で応えてゆく。操作パネルで二列目のシートをフラットに倒してベッドへと変えながら、私と悠宇はキスを再開。その状態で悠宇の濡れてるストッキングを引き摺《す》り下ろすようにして脱がすと、彼女を完全に裸にしてあげた。

……――そして私が自分の服を脱ぎ始めると、悠宇もまたキスをしながらそれを手伝って。

途中からは悠宇に服を任せると、私は悠宇の全身にいやらしく手を這《は》わせながら彼女を感じさせていって――やがて大きな胸やお尻《しり》へと手を伸ばした。抑えが効かない私の愛撫《あいぶ》は、絶対にいつもよりも乱暴だったと思う。それなのに、

「はぁっ……んむ……あぁ、彩凪……はぁ……んっ」

悠宇は甘えた声を上げながら、私の服を脱がし続けて……最後に私が自分のブラとショーツを脱ぎ去ったころには、後ろへと倒したシートが水平なベッドに変わっていた。そして私はそのまま悠宇を押し倒すと、やや強引に彼女の脚を割り開いた状態にして覆い被さってあげる。

すると私の体重を、悠宇は敏感にしている股間《こかん》でも受け止める形になって、

「あんっ、やぁ……そこ、ぉ……あぁ……っ！」

たまらず悠宇は、私の下でビクンと躰《からだ》を跳ねさせた。一度目の絶頂。だけど、そんなものじゃ私も悠宇も終われない。オフィス街のど真ん中で、雪山で遭難したみたいに――車内をふたりだけの山小屋にした私と悠宇は、たっぷりと肌を重ねながら一緒に体温を上げてゆく。

……――それはまるで、自分たちの乳房の柔からさを確か合うかのように。

私と悠宇は互いの膨らみを淫らに重ね合わせると、呼吸を合わせて躰をゆする事でいやらし

く胸を絡み合わせていった。ふたりとも既に乳首をすっかり硬くしていて、互いのものが擦れる度に私も甘い感覚と共に昂奮《こうふん》を感じるけど――でも悠宇の快楽はそんな私の比じゃなくて、

「はぁっ……あぁん、やぁっ……彩凪ぁ……はぁっ、ぁあぁあぁ……っ」

こちらの体重を感じながら、私の乳首で自分の乳首を攻められた悠宇は、あっという間に二度目の官能を極まらせる。そんな快楽に弱い悠宇が最高に可愛くて、

「……ほら急いで。片付けが終わっちゃうよ」

「あっ――――…」

私は悠宇の躰を起こすと、戸惑いの声に構うことなく後ろに回って、彼女を窓の方へと押しやった。腰に腕を回すように背後から前に手を回して、悠宇の股間をくすぐってあげると、

「あぁ……んっ、こんな……格好でぇ……はぁ……ぁあぁあん」

両手をついた窓に大きな乳房をいやらしく押し付けるようにしながら、こちらへ尻を突き出していた悠宇はさらなる絶頂に至って――腰の力が抜けたのか、悠宇の両手とずるずると窓の下へと降りてゆく。そんな悠宇の手を取った私が、手首を引くように彼女の躰を抱き寄せると、こちらの腕の中に悠宇が収まる体勢に。そうして悠宇を膝《ひざ》の上に乗せて、私は背後から抱き竦《すく》めるようにしながら、彼女の乳房と股間を左右の手で優しくまさぐってあげる。すると、

「ぁ……あぁ……んっ、はぁ……彩凪……ぁあっ、キスを……んぅ」

悠宇は切なげにこちらへ口づけをせがんできて――私はその望みに応えてやった。胸を揉《も》んでいた右手で、悠宇の顎を優しく摑《つか》んでこちらを向かせると、奪うようにキスをしてあげる。

……――もう少ししたら、撤収作業が完了して誰かが来てしまうと思う。
それでも甘くて官能的なそのキスに、私と悠宇は夢中になって互いの舌を求めてゆく。
濡れた窓に掛かる雨水のカーテンが――今だけは私たちを覆い隠してくれると信じて。

＃私たちは、束の間の休息がほしいだけ。

休みの日は、何か予定がない限り目覚ましをかけない――それが私と悠宇が決めたルール。

体内時計が狂わないように、休みでも平日と同じ時間に起きた方が良いとか、色んな考え方があるみたいだけど、三大欲求の「食欲」「性欲」「睡眠欲」の中で一番強いのが睡眠欲。

だからこそ私たちは目覚ましはかけずに、身体が欲するままに睡眠を取ることにしている。

食欲については私は人並みで、悠宇は食べる量が多いけど……きちんと満たされてるはず。

そして何の自慢にもならないけど――たぶん性欲は普通の人より凄《すご》いかもしれない。それこそ翌日が休みの時は、ふたりで夜明け近くまでお互いを求め合うことも珍しくないし。

悠宇の撮影の影響なんだろうけど、昨日なんかは特にすごかったと思う。それだけ会心の出来だったんだろうし、見ていた私も思わず引き込まれたけど……移動車のミニバンの中で、私は撮影の興奮冷めやらない悠宇に求められるまま彼女をメチャクチャに抱いてしまった。それなのに家に帰ってもまだ悠宇の興奮はまるで治まらなくて――そんな彼女にすっかり私も当てられちゃって、いつもよりも念入りに悠宇を可愛がってあげた。

それから、ふたりで泥のように眠って……眼を覚ましたのは昼過ぎのこと。

「ん……ちゅ、はぁ……ん……彩凪……ちゅっ……んふ」

いつものように悠宇は甘いキスで私を起こしてくれた。ねっとりと舌がこちらの口の中に入ってきて……私はまどろみながら舌を絡ませつつ、布団の中で悠宇の腰を抱いてあげる。

そこで――普段とは違う、あることに気がついた。悠宇の舌がいつもよりも熱を帯びていて、滑らかな肌がしっとりと汗ばんでる。それはまるで求め合っている時みたいで、私はキスをしながら互いのおでこをくっつけてみる。やっぱり熱い……悠宇は暑がりだし体温だって私より高いけど、それにしたって明らかにおかしい。私は身体を起こしながら、

「んっ……深未さん、こっち見て」

キスしていた唇を離しつつ告げると、

「…………？」

悠宇はとろんとした眼で、不思議そうに私を見た。その瞳《ひとみ》はいつもよりも潤んでいて、頬もかなり紅潮してる。私はベッドの宮台にある戸棚に手を伸ばすと、ピンク色の体温計を取り出した。こちらの意図を察したのか悠宇は小さく口を開けて、私はその中へ体温計の先端を入れて含ませた。基礎体温も測れるデジタル婦人体温計は、十秒ほどで計測を終了。電子音と共に表示された体温は――三八・二四度。

「……彩凪？」

「ほら、これ見て……かなり熱あるから、今日は温かくしてゆっくり休まなきゃだね」

私は体温計の液晶を悠宇へ見せながら、もう片方の手で悠宇の頬にそっと触れると、

「…………ん」

悠宇は気持ちよさそうに首を傾げて、私の手に顔を預けてくる。

雨で身体を冷やして風邪を引いたのか、疲労性の発熱かは分からないけど……移動車の中や家に帰ってきてからも、私は悠宇の求めに応えてしまっていた。帰ったらすぐに一度お風呂に入れたけど、悠宇が上がった後は私も悠宇も抑えが利かなかった。

「とりあえず、汗かいてるだろうから一回着替えようね」

暑がりの悠宇は、いつものようにナイトブラとショーツだけ……でも、こんな格好をしてたら身体が冷えて悪化しちゃう。私はベッドを下りてチェストの引き出しを開けると、いちおう買ってあった悠宇のパジャマと替えのショーツを手にして戻る。

「ダルそうだけど……自分で脱げそう？」

「……………うん。でも、彩凪が脱がして」

こちらの問いに、悠宇は潤んだ瞳で私を見ながら微笑んでくる。

「はいはい、今日は好きなだけ甘えて——お姫さま」

私は溜息《ためいき》をつきながら、悠宇の下着を脱がしていった。

「彩凪に下着を脱がされてるのに、何もしないなんて……変な気持ち」

「人聞きの悪いこと言わないでほしいんだけど」

少しくらい私の分別を信じようよ。我ながら慣れた手付きで悠宇を裸にすると、

「はい。それじゃあ、着るのくらいは自分でしてね」

脱がした下着を回収して私は寝室を離れた。まずは悠宇に水分を摂らせなくちゃ。悠宇の下着を脱衣所にある三段タイプのランドリーワゴンの一番下のカゴへ放り込むと、その足でキッチンへ。そして収納を開けると、こういう時のために常備してあるペットボトルのスポーツドリンクを手に取った。冷蔵庫の中には冷えてるものもあるけれど、熱がある時に飲むと身体に負担をかけてしまう。だからスポーツドリンクは常温のものを――その代わりに、小さいグラスに冷凍庫から出した小さめの氷をいくつか入れる。そうして寝室へ戻って、

「お待たせ、飲み物を持ってきたよ。そっちは着替えた？」

「……………途中まではちゃんと着た」

ベッドの上から返ってきた言葉に見れば、パジャマの上はボタンが全開で、下はズボンが途中までしか穿《は》けていない状態の悠宇が横向きに寝転がっている。ただ見ただけだと、脱ぎかけなのか着かけなのか分からないような有り様……っていうか、

「途中までなら、ちゃんととは言わないんだよね」

少し呆《あき》れながら、私はベッドの宮台へ持ってきたペットボトルとコップを置くと、

「ほら……こっち向いて、ボタン留めてあげる」

そう言って、私は悠宇のパジャマの前を留めていった。胸元までしっかり閉じると締め付けがきつくなりそうだったから、そこはあえて開けたままにしておく。この方が通気性もいいし、熱もこもりにくいはずだからちょうど良いよね。

「よし、と。下の面倒までは見ないからね、パンチラでも半ケツでも好きにして」

「半ケツ……って」

ツボに入ったのか、悠宇はクスクスと笑って、

「彩凪は……どっちの私が好き？」

「私は元気な深未さんが好きだよ。はい、これ飲んで」

そう言いながら、私がペットボトルの蓋《ふた》を開けて渡してあげると、悠宇はそれに口をつけて半分くらいを飲み干した。良かった――どうやら身体を動かす元気はあるみたい。

「……――ありがとう」

「はい。ここに置いておくから、喉《のど》が渇いたら飲んでね」

受け取ったペットボトルの蓋を軽く締めると、ベッドの宮台に置いた。

「お腹はどう？　空いてる？」

「……………うん」

「良かった。それじゃあ、消化にいい食べやすいものを何か作るね。溶き卵のおかゆか、うどんなら、どっちがいい？」

「うどんがいい」

「いいよ、待ってて。あ、そうだ……いちおう氷も持ってきたけど――舐める？」

「……………………」

こちらの言葉に、なぜか悠宇は少し不満げな顔になる。

「えっと、なにその顔？」

「彩凪が口移しして……って思ったけど、風邪が移るとダメだから」

なるほど、そういうこと。

「…………別にいいよ。もし風邪ならとっくに移ってるだろうし、それに疲労が原因の発熱の可能性だってあるしね」

疲労による高熱や考えすぎの知恵熱みたいな、いわゆる「心因性の発熱」は人には移らない。そして――その特徴は風邪とちがって食欲があったり、それなりに元気があること。ただし、その代わり解熱剤が効かないいんだよね。もちろん私はお医者さんじゃないから勝手な診断は禁物。少しだけ様子を見て、さらに熱が上がるようなら病院かな……日曜だけど、探せば休日診療をしてくれるところがあるはずだし。私は氷の入ったグラスを持ちながら、

「口移しは構わないけど……キス以上はしないからね」

「…………………………」

何でそこで無言になるかな。やれやれと溜息をつきつつ、私はグラスを呷《あお》って氷をひとつ前歯で咥《くわ》える。口にひんやりとした冷気を感じながらグラスを置いて、

「…………ん」

喉を鳴らすような声で促しながら、私が悠宇の腰へ手を回して抱き寄せる。すると唇より先に自然と胸が重なるように当たって……互いの胸をいやらしく押し付け合うようにして、ゆっくりと顔を近づけてゆく。でも――私も悠宇も、薄っすらと瞳は開いたまま。だってこれはキスじゃなくて、氷の口移しだから。そうして私が咥えた氷を、悠宇は唇より先に舌で迎えて、

「ぇあ……んぅ……ちゅ、ふぅ……ん……れろ、んふ……くちゅ」

はしたない水音を立てながら、私たちは互いの舌の上で転がすように氷をやりとりする。時おり唇が重なる度に、ただの氷の口移しが本気のキスになって……いつしか私たちは互いに眼を閉じると、氷のことを忘れてキスへ夢中になってゆく。最終的に、ふたりの熱で溶けて小さくなった氷を、私は悠宇の口内へと舌を捻じ入れるようにして送り込んだ。そして唇を離すと、

「はい、これで——……」

終わりとは言えなかった。それより先に、悠宇に唇を奪われていたから。とっさに驚いて固まったこちらに、悠宇はゆっくりと顔を離すと両手の指先を胸元へやりながら、

「ねえ彩凪……私の胸、今だけキス以下にしていいよ」

「——————」

無自覚に……潤んだ瞳で放たれた言葉は、私の思考を止めるには充分すぎる破壊力で、まるで吸い寄せられるように、私は悠宇の胸元へと顔を近づけていって——そっとキスする。

「んっ——……」

氷で冷えた唇の感触に、悠宇は甘い声を漏らしながらピクンと身体を震わせた。その反応に思わず理性が飛びそうになって、私は体重を預けるようにしてベッドの上に悠宇を押し倒した。

……——着替えたばかりの悠宇のパジャマを脱がして、昨夜の続きをするのは簡単だけど。

でも、私は悠宇の胸に埋めていた顔を上げると悠宇の上から退いてベッドを下りて——代わりに布団をかけてあげる。

「………どうして途中で止めちゃうの？」

不服そうにこちらを見てくる悠宇に、

「あのね……途中もなにも、そもそも始まってないの」

うっかり始めちゃいそうだったけど――えらいぞ、私の理性と分別。

「とにかく今日は安静にして。そういうのは、熱が完全に下がって元気になったらね」

「夜までに熱が下がったら？」

「残念。完全に熱が下がったかどうかは、明日《あした》にならないと分からないよ」

でも、と私は付け加える。

「大人しくいい子にしてたら、後でご褒美があるかもね」

「………本当に？」

こちらの言葉に、悠宇は食いついてきた。ちょっと子供っぽい言い方だったかなって思ったんだけど、意外とこういうのが好きなのかな……まあでも、体調が悪い時は甘えたくなるよね。

だから私は頷《うなず》くと、悠宇の額にそっとキスをして、

「たまには唇じゃなくて、こういうのも良いでしょ」

そう告げると、悠宇はひとまず納得してくれて――そして私は部屋を出た。

▽▽▽

キッチンへ向かった私は、悠宇からのリクエストのうどんを作り始めた。

調理器具の準備をしながら改めて思う——まさか悠宇があんなに凄《すご》いモデルだったなんて。

もちろん綺麗《きれい》だとは思っていたけど、撮影現場の悠宇は素人目にも圧倒的すぎた。しかも、モデルとしての悠宇を見出したのが、よりにもよってあの斑目蓮だったとは。

『…………もう世界は救わないのかい？』

今まで誰にもバレなかったのに——まさか、こんなところで気付く人が出ちゃうなんて。

斑目さんが言った『ナギ』というのは、中学時代の私の実験的なSNSアカウントのこと。

正式名称は、『世界を救う系JC★ナギ』。彩凪の『凪』の字から取った仮名だ。

……——それは、単なる子供の思いつきから始まった。

名前も顔も分からない匿名の女の子が、人知れず世界を救い続けていたら——そんな物語の主人公のような存在がいたら面白いんじゃないかと考えたのは小学六年生のころ。

そして中学へ上がると同時に、私は非公開のアカウントを作って日常の投稿を開始した。

内容は大げさなものじゃなくて、女の子としての日々を綴《つづ》ったり、写したりした現実感のあるもの——そんな何気ない日常こそが、実は世界を救ってるという切り口にした。

だって正論や正義感ばっか振りかざして、自分の敵は悪だって決めつける……そういうヒーローは好きじゃなかったから。それよりも——自分に自信なんてなくて、匿名で顔も出さない状態でしか思っている事は言えなくて。そんな、どこにでもいる普通の女の子が、実はこの世界を救っているんだって方が応援して貰《もら》えると思ったのだ。少しバカっぽい名前にしたのも、その方が親近感をもって貰えると思ったからだった。

伝えることを意識したのは、情報じゃなくて生っぽい感情。だから大半は、同性の共感を誘う「あるあるネタ」の愚痴のような内容で、けれどネガティブになりすぎたり、攻撃的にはならないよう徹底的に計算した。たとえ嫌なことがあっても、その出来事が自分に起きたことで、実はこの世界は救われているかもしれない――そんなどこか前向きな負け惜しみをしつつ、一方で理不尽な出来事や振る舞いに遭遇したら引かず、許さず、時には勇気をもって戦う。そうして『#また世界を救ってしまった』とか、『#危うく世界が滅びるところだった』みたいなハッシュタグを付けながら、私は誰に知られることもなく、私だけの世界を毎日救い続けた。

投稿は、「おはよう」と「おやすみ」、そしてメイン投稿の一日三回。ただし、メイン投稿のネタはストックのため一日に三〜四個考えて――やがて一年が経ち、ストックが千個を超えると、そこで私はようやくアカウントを公開し、本格的に『実験』を開始した。

非公開のまま投稿を続ける傍ら、私は人気お笑い芸人コンビの深夜ラジオ番組に自分のアカウントを取り上げてもらえる『下準備』を進めていた。そのお笑い芸人さん達のラジオは、聞いている事がオシャレでステータスになるようなブランディングが成立していて、信者ともいうべきヘビーリスナーだけでなく、有名タレント、モデル、アーティストなど各種インフルエンサーから、裏方の制作スタッフさん達まで、多彩なファンを抱えるメディア的な影響力をもっていて、私はそこに目をつけていた。そして私の下準備が思惑通りにいって、一年にもわたって人知れず世界を救い続けていた匿名の女子中学生のアカウントが番組内で取り上げられると、内容を見たパーソナリティーのお笑いコンビに完全に刺さって――『世界を救う系JC★ナギ』は、一般リスナーだけでなく様々なジャンルの有名人に拡散。各業界のインフルエンサーからインフルエンサーへと次々に伝わって、彼らのファンやフォロワーへと波及した。正体不明のため、憶測が憶測を呼んで想像をかき立て、ネットメディアがPV数を稼ごうと煽《あお》るような記事を乱発。一躍テレビや雑誌でも次々に取り上げられるようになった。同性からの共感を得られるような女の子を演じながら、男性からは可愛げのある女子として映るような発信をしていたこともあって、『ナギ』の発信は華々しい写真でSNSを彩るインフルエンサー達よりも、むしろ一般の人に深く刺さって、次第にコアファンが増加――『ナギ』を真似して、世界を救う投稿の輪が拡大する現象が起きていった。DMはファンからの大量のメッセージに加えて、十代を中心とする若い世代への影響力を利用しようと、有名企業から芸能事務所まで様々な依頼や勧誘が来るようになっていって。

……――だから、私も彼らを利用する事にした。

プロフィールに、「覆面アカウントの私が、利益を得る依頼を裏で受けると、みんなからの信頼を失ってしまうから」と、企業からの依頼は全て、他のユーザーも閲覧できる『ナギ』宛てのメンション投稿のみ受け付けると記載。これにより、企業からは公開オファーでの依頼が行なわれるようになり、『ナギ』の影響力を可視化したのに加えて、依頼企業や依頼内容を見たフォロワー達が引き受けるべきかどうかで新たな盛り上がりを見せるようになる。そして、投票によって八十%以上の賛成があった時は話を聞くというルールなど、フォロワーが『ナギ』をプロデュースできるような仕組みで、ファンの応援が過熱するように誘導した。

予想以上の反響の大きさだったけど、大量のネタストックはそれを見越してのこと。注目されてる事に戸惑ったフリをしながらも、私は投稿頻度を落とすことなく毎日の発信によって女子中学生が世界を救うという話題を提供し続け、メディアの注目を維持していった。すると、ヒーローの本場であるアメリカにも評判が伝わり海外フォロワーも獲得。名前も顔も分からない正体不明の女の子『ナギ』のフォロワーは、最終的に二四〇万オーバーまで膨れ上がった。

この数字は、その時の日本の当該SNSランキングで十三位。他はモデルや役者やアーティストといった芸能人ばかりで、一般人のトップは百万に届いていなかった事を考えると異例の数字。そうして私は、覆面インフルエンサーとして様々な活動を行なっていった。

…──ただ、色々あって中三の夏休み明けに、私は『ナギ』のアカウントを消去。

それっきり個人のアカウントも休止してSNSからは離れていた。

しばらくは『ナギ』の不在を嘆く声がSNSに溢《あふ》れていたけど……移り気な若者はすぐに新しい興味の対象を見つけて、人知れず世界を救っていた少女は元の人知れぬ存在へと戻った。

今では──かつて溢れたハッシュタグだけが、何かで時おり見かける程度になっている。

▽▽▽

「…──絶対にバレないと思ってたのに」

キッチンで昆布の出汁《だし》を取っている鍋《なべ》を眺めながら、どうしたものかと呟《つぶや》く。

『ナギ』のアカウントを動かしてた時は、素性を知られないように細心の注意を払った。

ファンだけでなく、マスコミも躍起になって私の正体をつかもうとしていたし。

だから写真を投稿する時は、ネタと併せて一度ストックして時期をずらしてからにしていて、行動範囲こそ東京近辺だと特定されたけど、投稿タイミングと実際にその場にいた日時がまるで違っていたから、ファンはもちろん週刊誌の手からも逃げ切ることができた。まあ家と近所と学校と、あとは自分の姿さえ写さなければ意外と何とかなるんだよね。携帯で写真を撮ってる人なんて数え切れないほどいるし。ただ――本当に女子中学生なのかを疑われた時に数回だけ、顔や手を隠して写真を上げたことがあったんだけど、

「勘弁してよ、斑目さん……」

フォロワーの中に斑目蓮がいた事には気がついていた。彼女自身も有名人だったたし。ただ、斑目さんはフォローこそしてたけど、ＤＭはおろか「いいね」の一つも寄越したことはなかった。だから、大して興味を持ってないと思ってたら――まさか自分じゃ見えないような場所にあるホクロで気づかれるなんて。もちろんハッタリの可能性もあるし、いったんシラを切っておいたけど――あの感じだと見抜かれちゃってるよね。撮影のアイディアを素人《しろうと》の私に求めるような真似をしたのは、『ナギ』としての活動や手腕を見ていたからだと思う。

斑目さん自身も有名で立場もあるような人だから、おかしな脅迫とかしてくるような事はないだろうけど……面倒なことにならないと良いなぁ。

まあ、あれこれ心配しすぎても仕方ないよね。結局はなるようにしかならない――でも、なるように行動する大切さだけは忘れずに。これは、『ナギ』だった時に学んだ考え方。

「よし、と。こんなもんかな」

塩と醤油《しょうゆ》、みりんで味を調えるとつゆは完成。あとは便利な冷凍うどんと卵、さっぱりするようにネギを少し刻みつつ、身体が温まるように生姜《しょうが》を摺《す》り下ろしたものを溶かして入れれば病人用のうどんのできあがり。器に入れたものをお盆に載せて寝室に戻って、

「お待たせ～……できたよ深未さん」

そう呼び掛けたけど、悠宇からの返事はなかった。そのままベッドに行ってみると、

「…………………」

仰向けで横になっている悠宇は眼を閉じていて、穏やかな呼吸をしている。これは……作ってる間に寝ちゃったかな。一応、悠宇のおでこに触れてみたけど、熱が上がっている様子はない。栄養優先で、起こしてご飯を食べさせてもいいけど……さっき水分は摂っていたし、眠るのだって回復になるしね。起きたらまた作ってあげればいいんだし、

「おやすみ、悠宇……少ししたら様子を見にくるね」

私は囁《ささや》くようにそう告げると、そっと寝室を後にした。

◆

……――眼を覚ますと、私はベッドの布団の中で柔らかな温もりに包まれていた。

その温度と感触は、彩凪の胸に抱かれているからで――そのことに驚いたりはしない。だって、彩凪の腕の中で眠るのは毎日のことだから。いつもこうして眼を覚ますと、彩凪におはようのキスをして彼女を起こすのが私の役目で……私はゆっくりと彩凪にキスをしようとして、

「………………?」

ふと部屋が暗いことに気がつく。あれ、いま何時なんだろう――なんだか意識がぼんやりして、暗いのは夜だからなんて当たり前のことを理解するのにも時間が掛かってしまう。

最初は寝起きのせいかと思ったけど、しばらくすると少しずつ状況を思い出してきて、

「そうだ……私、熱を出して」

いつもみたいに、朝に彩凪を起こしたら熱を測るように言われて――そしたら三八度ちょっとで、それで一日寝てるように言われたのだ。それから彩凪に手伝ってもらって、パジャマに着替えて……少し寝た後、食欲があったから彩凪が作ってくれたうどんを食べたんだっけ。

咳《せき》やくしゃみがなかったのと、もう一度測っても熱が上がってなかったので、疲労性の発熱の可能性が高いかも……ということで、病院には行かずに彩凪が看病してくれる事になった。

それで私は安心して、いつの間にか眠ってしまったんだろう。顔を上げて宮台に置いてある目覚まし時計を見ると、どうやら深夜の一時すぎのようだった。まだ身体にだるい感覚が残っているけど、熱は下がったような気がする。朝には体調が戻ってそう――だから私はそのままもう一度眠ろうと、彩凪に身を寄せるようにして彼女の胸に顔を埋めた。すると、

「ん――……」

こちらを抱いている彩凪が、甘く鼻を鳴らすような寝息を漏らして……柔らかい彩凪の胸の感触と、彼女の身体から仄《ほの》かに香る甘い匂いに、そのまま身を任せてしまおうとする。けれど、

「……………………」

看病してくれた彩凪によって、きちんと水分は補給していたけど、ベッドから出ずに寝ていたせいで、下腹部の奥にジワッとくすぐったいような感覚があって――彩凪の温もりに後ろ髪を引かれつつ、彼女を起こさないようにしながらベッドを抜け出してトイレへ向かう。

そして用を済ませて水を流して手を洗うと、長い間寝ていたせいで喉《のど》も渇いていたため、寝室へは戻らずキッチンへ。まだ熱が下がりきってないのか少し寒気を感じた私は、鍋に一杯分の水を入れて火にかけつつ冷蔵庫の扉を開ける。

「――……これかな」

彩凪が作り置きしてくれてる惣菜《そうざい》の中から、生姜の甘煮とレモンの薄切りの蜂蜜《はちみつ》漬けが入った保存用のガラスケースをそれぞれ取り出した。これは昼間、喉が渇いた時に彩凪が作ってくれたホットジンジャーレモンに必要な材料。まずは、生姜の甘煮と煮汁を適量鍋に入れて軽く煮立たせて……後はレモンの蜂蜜漬けを入れたカップに鍋の中身を注ぐだけで完成する。

……――彩凪の迷惑にならないように、早く良くならなくちゃ。

そう思いながら軽く沸騰した鍋の火を止め、取っ手を持ってコップへ注ごうとした時だった。焦る気持ちがそうさせたのか、熱で体力を失っていたのか、手に上手く力が入らなくて――次

の瞬間、私の手から鍋の取っ手がするりと抜け落ちた。

▼▼▼

「――――――――」

そこから先はまるでスローモーション。キッチン台の縁に鍋が激突すると、ガシャンという金属同士がぶつかる音と共に、熱した鍋と沸騰した中身が私の足下へと落ちてきて、

「…――――悠宇っ！」

とっさに動けずにいた私は、ギリギリのところで横から腕を掴《つか》まれて強く引っ張られた。鍋が床へと落ちてけたたましい音を響かせる中――私は強く抱き締められていた。相手が誰かなんて、そんなの考えるまでもなくて、

「大丈夫っ？　火傷《やけど》してない？」

彩凪はこちらの腰を抱きながら、真剣な顔で確認してくる。

「………………」

突然のことに私が反応できずにいると、彩凪はパジャマに鍋の中身が掛かってないか手を滑らせるようにしながら私の状態を確認してくれていて、

「…………平気、彩凪のおかげで大丈夫だったみたい」

「そう……それなら良かった。あ、でも待って」

安心したように息をついた彩凪は、そう言うと私のズボンを引き摺り下ろした。

「あ――……」

「ほら……脚を抜いて」

下半身をショーツだけにされて思わず声を漏らすと、彩凪は優しくこちらを促して――頬を赤くしながら言われるままに脚を上げると、彩凪は私のパジャマの下を手際よく回収する。

見れば、さすがに完全に避けきれなかったのか、裾《すそ》のところが少し汚れてしまっていた。

下手をしたら盛大に鍋の中身が掛かって、大火傷をしていたかもしれない。

「どうして――……」

間一髪のタイミングで来てくれた彩凪を呆然《ぼうぜん》と見ると、

「ベッドから出たのは気づいてたから。でも、トイレに行ったきり戻ってこないで、キッチンで何かしてたみたいだから気になって……様子を見にきて良かった」

そして彩凪はキッチン台の上に視線をやって、

「ああ、そっか……ジンジャーレモンを作ろうとしたの？」

「…………ごめんなさい」

迷惑をかけないようにって作ろうとしたのに。申し訳なさと情けなさで項垂れるこちらに、

「謝らなくていいよ……それより、このパジャマを洗面所へ持ってってくれる？　できたら洗面台に溜めたお湯に液体石鹸《せっけん》を何回かプッシュして、汚れたところを浸け置きしておいて」

そう言った彩凪もまた、パジャマの下を穿《は》いていなかった。ただ、これはいつもの事で……

ベッドで抱き合って眠る時、私たちは脚を絡め合って眠る。その時、互いの素肌が触れ合う方が気持ち良いから、彩凪もズボンは穿かないのだ。

私は自分のパジャマの下を受け取ると、洗面所へ持って行って言われた通りにした。

そしてリビングへ戻ると、彩凪は既にキッチンの床の片付けを終えていて、

「すぐに出来るから、ソファで待ってて」

言われるままに先にソファへ行って座ってると、少しして彩凪が湯気の立つカップを二つ両手で持ちながらやってくる。そして、

「はい、喉が渇いちゃうといけないから甘さ控えめ。熱いから気をつけてね」

「…………ありがとう」

お礼を言いながら受け取ると、彩凪は私の隣へ腰を下ろして自分のカップに口をつけた。その様子を横目で見ながら、私も自分のカップに顔を近づける。甘い柑橘《かんきつ》系の匂いがふわりと香って、誘われるように一口飲めば口の中いっぱいに甘酸っぱい風味が広がって——喉の奥へと温かい液体が流れ込んでゆくと、身体の芯《しん》が温まった時に一瞬感じる心地の良い寒気がくる。

彩凪の作ってくれたジンジャーレモンが美味しくて、あっという間に飲み干すと、

「良かった……だいぶ元気になったみたいで」

そんなこちらを見ていた彩凪がふっと優しく微笑むと、空になったカップを私の手から取っていった。そして自分のと併せてテーブルに置くと、片手で私の前髪を掻《か》き上げるようにしながら互いのおでこをくっつけてきて、

「……——ほら、悠宇」

息が届くような至近距離で、こちらの瞳《ひとみ》を覗《のぞ》きこみながら彩凪は私の名前を呼んで——そのままキスをしてくる。突然のことに驚いた私に、彩凪は構うことなく舌を入れてきて、

「んちゅ……はぁ、んぅ……くちゅ……ん……ちゅぷ」

名前で呼ばれたら、私はひたすら彩凪に従順で……こちらからも口を動かすと、私たちのキスがあっという間に互いの舌を絡めたいやらしいものになる。蜂蜜の甘味と、レモンの酸味と、ジンジャーのほんのりとした辛味——自分が味わったものが相手と同じか、答え合わせをするみたいに、彩凪と私は互いの舌を艶《なま》めかしく押し付け合った。そして、お互いの舌をたっぷりと絡め合って、とろりとした唾液《だえき》のカクテルができたころ……彩凪はこちらから口を離して、

「……………うん、熱も大丈夫そう」

そう微笑んで、

「洗い物は明日《あした》にして……ベッドへ行こっか」

「……………………」

私はコクンと頷《うなず》いて——彩凪に手を引かれながら寝室へと戻っていった。すると彩凪は私より先にベッドに入ると、掛け布団をはだけさせる。

「…………ほら、おいで」

そう言うなり、彩凪はパジャマのボタンを上から順に開けて、柔らかそうな胸を露出させた。

煽情的なその姿に驚くこちらに、

「さっき……甘えたそうにしてたでしょ。今夜は悠宇の好きにさせてあげる」

彩凪は艶めかしい顔になりながら、自分の隣へ私を誘ってくる。

私は吸い寄せられるようにベッドへと乗ると、そのまま彩凪の隣へ――でも頭は枕には置かずに、彩凪の胸の前に顔がくるようにして、

「――――」

そして私はゆっくりと、パジャマの上からではなく彩凪の胸に直接顔を埋めた。すると彩凪の乳房の柔らかさが顔いっぱいに広がって――さらに、微かにトクントクンと静かな鼓動も伝わってくる。そんな彩凪の温もりをもっと感じたくて、頭を左右に小さく動かしながら彩凪の胸に顔を押し付けていると、ふと頬に弾力のある突起が触れて、

「…――――んっ」

とたんに彩凪が、ピクンと身体を震わせた。彩凪の反応に、自分が何をしたのかを理解して、

「っ、ごめんっ――――…」

私が慌てて胸から顔を離すと、彩凪は怒っていなかった。それどころか、そっとこちらの首の後ろに手を回して私の頭を優しく撫《な》でてくれる。その時だった――彩凪の乳首がいつの間にか、ほんの少し張り詰めていることに私は気づいて、

「…………………」

そのいやらしい形に、思わず眼を離せなくなっていると、

「…………いいよ、少しだけなら」

こちらの耳元で、彩凪が甘く囁いてくる。その声は全てを許してくれていて、私は誘われるようにゆっくりと彩凪の胸に口を近づけてゆく。そして唇が触れてしまいそうなギリギリまで来た時、気がついた時には彩凪の乳首を口に含んで……しゃぶっていた。その途端、

「んっ――はぁ……あん、んぅ……ふふ……あんっ」

彩凪はビクンと身体を震わせた。それでも私の頭を抱き締めて、甘い声を上げながら艶《つや》っぽい笑みを漏らしている。私が彩凪にされている時とはまるで違う反応。私よりも小柄で華奢《きゃしゃ》なのに、大人の余裕のようなものを彩凪は感じさせて……だからこそ、私は夢中になって彩凪に甘えた。今夜だけは彩凪は私のもの。どこか子供扱いされてるのに、その状態で彩凪にいやらしい事をさせてもらえるのが――私には背徳的すぎて、おかしくなりそうになる。

……――自分の好きに甘えるという行為を、これまで私はした事がなかった。

母さんに抱き締められたような記憶はない。物ごころがついた時には、円香さんも弟子入りしてる古武術の道場に入れられて、礼儀作法と武道の精神を徹底的に叩《たた》き込《こ》まれた。スキンシップといえば、幼いころに手を繋《つな》いでもらったくらい。それだって車道の近くや駅のホームなど、保護者として子供が事故に遭わないように責任を果たしていたからだ。けれど道場の稽古《けいこ》や、母さんとの距離を辛いと思ったことはない。私の世界では、それが当たり前だった。

それでも母さんは、たった一人の家族で――だから死んでしまった後、その喪失感から私は甘えたいという欲求を抱くようになった。正しい甘え方なんて、何も知らないままに。

円香さんにそれを求めなかったのは幾つか理由がある。母さんに甘えてないのに、母さんの

親友に甘えるのは違う気がしたし……それに同じ道場に通う先輩でもある。今は後見人として保護者になってもらってるけど、それでも家族みたいに思うには、別の関係性での付き合いが長すぎた。もちろん私にとって、大切な人ではあるんだけど。

……――だから今、こんな風に彩凪に甘えられる、この生活が本当に幸せ。

彩凪にメチャクチャにされるのが好き。その快楽が大きいほど――背徳的な行為であるほど、愛されてるんだって実感できる。私にだけは、こんな無茶な事までしちゃうんだって。だからこそ、そんな彩凪に応えたいと思ってしまうのだ。たとえそれが、どんな恥ずかしい事でも。

まるで――ふたりで一緒に、淫《みだ》らな悪戯《いたずら》をするみたいに。

彩凪の胸を吸わせてもらっていると、胸の奥がどんどん熱くなってきて……甘く疼《うず》くような切なさに、私は自分のパジャマのボタンを上から順に開けてしまう。見なくても分かる。胸を吸ってるのはこちらなのに、私は彩凪よりも乳首をいやらしい形にしてしまっていて、

「…――お願い彩凪、一回だけして」

私は彩凪の乳房から口を離すと、自分がどんな状態になっているかを見せる。

「今夜は私の好きにしていいなら……彩凪に好きにされたいの」

「――――」

甘えるような私の言葉に、彩凪の目つきが変わった。その瞳《ひとみ》を私は知っている――彩凪が昂《こう》奮《ふん》してくれている時の眼だ。こうなった時の彩凪は、絶対に私を求めてくれる。

「そんなにして……困った患者さんだね」

「…………うん」

「じゃあ私が、悠宇のお医者さんになってあげようかな」

彩凪は私の顎《あご》をそっと持ち上げると、こちらと目を合わせた。それから優しく微笑んで、

「今日はどうされましたか？」

ゾクッとするほど艶《なま》めかしい声と共に、私たちのベッドが背徳的な診察室へと変貌《へんぼう》する。これから自分がされる事を想像した私は、はしたない期待に胸を高鳴らせながら、

「…………胸の辺りが、ずっと疼いて」

「心配いりません。大丈夫ですよ……じゃあ、ちょっと診てみますね」

そう言うなり、私はパジャマの上を脱がされて——そして優しく胸を揉《も》まれる。

「これはどうですか？」

「んっ……あ……んぅ、あぁ……気持ち、良いです……」

彩凪の手で、乳房を淫猥《いんわい》な形にされた私が腰をくねらせながら答えると、

「では、これはどうですか？」

「んっ——あぁっ、はぁ……気持ち良い、です……んぅっ」

今度は胸の先端を摘まみ上げられ、私はビクンと躰《からだ》を跳ねさせる。そんなこちらの反応に、彩凪もどんどん興奮を昂ぶらせていって——そこから私は徹底的に全身を検査されていった。

左右の乳首を吸われてどちらが感じるか尋ねられ、尻《しり》をメチャクチャに揉まれて乱暴にされるのが好きなことを確かめられた。一回だけって言ったのに、彩凪は何度も私のことをイカせ

て……さらにショーツの中に手を入れて、私の敏感な場所を指先で念入りに触診してくれた。

それは夜のお医者さんごっこ、いやらしい診察、はしたない検査、淫らすぎる処方箋《しょほうせん》。

そうやって――先生になった彩凪がする官能的な手術に、私はどこまでも溺《おぼ》れていって、

「……――他に心配なところがなければ、診察は以上で終了になります。どうしますか？」

一時間後――背後から抱き竦《すく》めるようにして、私の胸をいやらしく揉みながら言った彩凪に、

「やぁ……お願い、もっと……いっぱいお医者さんしてぇ……」

私は自分の手を彩凪の手に重ね、肩越しに振り返って淫らな医療行為の延長をねだると、

「…………もう、困った患者さんだなぁ」

彩凪は最初と同じような事を言うと――ベッドの上での診察を続けてくれた。

……――でも、そこから先の事はあまり記憶にない。

ただ――最後はふたりで完全に裸になって、抱き合いながら舌を絡め合ったキスをした。

その時に感じた彩凪の体温だけはハッキリと覚えている。

△○▽

……――朝になると、悠宇の熱は下がっていた。

ただし体温計だと三七・〇四度。元から悠宇は体温が高い方だし、だから薄着が好きなんだけど……昨日の高熱のことを考えると、これは平熱じゃなくて微熱と考えるべきだと思う。

「…………彩凪？」

私の腕の中にいる悠宇がこちらを見つめてくる。それは私が判断を迷わせていたからで、

「うーん……念のため今日は、学校はお休みかな」

週が明けた月曜日——当然学校はあるけど、今日は大事を取ることにする。

「彩凪はどうするの？」

「私も休むよ。深未さんをひとりにしちゃって、何かで急変とかしたら良くないし」

熱の原因が風邪だった可能性もゼロじゃないしね。

学校への連絡は、生徒や保護者がアクセスできる専用ページから行なうことになっている。

ただ、これは朝八時半までと時間が決められていて、それ以降は電話しなくちゃダメらしい。

私と悠宇は、それぞれの携帯から欠席を申請すると、芦原さんと不破さんにもチャットグループで今日は休むと連絡しておく。するとすぐに既読がついて、心配の言葉や「お大事に」とスタンプが送られてきた。私と悠宇は、それぞれ「ありがとう」のスタンプを返すと、

「お休みにしたんだから、二度寝しちゃおうか」

「…………うん」

昨夜はたっぷりと悠宇に甘えさせてあげたのもあって、実はまだちょっと眠かったりする。

私の提案に悠宇はこくんと頷くと、布団の中でこちらへ擦り寄ってきて、

「彩凪……おやすみのキスして」

「さっき、おはようのをしたばっかなのに？」

甘えるようにねだってくる悠宇に、私は苦笑しながらキスをしてあげる。唇だけのつもりが、どちらからともなく舌を絡めると、次第に互いの脚までいやらしく絡めてゆく。パジャマの前はボタンが全部開いていて、中には何も着けていないから、私と悠宇は自然と胸を押し付け合う格好になって、互いの乳房をいやらしい形にしてゆく。そして、

「彩凪――……」

「ダメ。そういう事は、完全に熱が下がってからって言ったでしょ」

潤んだ瞳で悠宇がそれ以上を望んできたけど、私はキスだけで応えることで窘めた。

「…………いじわる」

悠宇は拗《す》ねたような顔になったけど、大人しく私の言うことに従って我慢してくれた。

そして――ふたりで二度寝をして、しばらく経ったころ。

ふと携帯が鳴った。それは電話の着信を告げる音で、

「…――ごめん、私のだ」

普段はチャットアプリの通話機能を使うので、滅多にない電話での着信に戸惑いつつ携帯を取ると、画面に表示されていたのは最近登録したばかりの連絡先――篠川女学院の番号だ。

「…――はい」

『雪平か。その声の様子だと、寝ていたところを起こしてしまったか？』

携帯から聞こえてきたのは女性の声で、すぐに相手を頭に思い浮かべながら、

「八神先生……おはようございます」

私が口にした名前に反応して、そっと悠宇も身体を起こしてくる。すると、

『ああ。だが、とっくに昼は回っているよ』

言われてベッドの目覚まし時計を見れば、間もなく午後一時になろうとしていて、

「本当だ……」

『で、ふたりとも調子はどうだ？』

「えっと、大丈夫です。私も深未さんも、明日には学校に行けると思います」

悠宇を見ながら答えると、何を思ったのか悠宇は私の背面に回り、後ろから抱き締めてくる。

首元に悠宇の吐息を感じながら、電話を持っているのと逆の手で彼女の頭を撫でてやりつつ、

「ひょっとして、様子を確認するためにわざわざ電話を？」

もしかして――サボったと思われたかな？　少し心配になってると、

『ああ、本来は連絡しないんだが……お前たちは保護者と離れて暮らしてるから念のためだよ』

「それは……ありがとうございます」

『深未は近くにいるのか？』

「あ、はい。スピーカーにしますね」

画面をタップして通話を切り替えた携帯を近づけると、悠宇は少しだけ顔を寄せて、

「…――います」

『よし、ならいいんだ。ないとは思うが――サボってないか確認する電話でもあったからな』

「………ですよね」

とはいえ、どちらにせよ気に掛けてくれたって事だよね。お昼休みの時間でも、教師って準備とか雑務とかで色々と忙しいみたいなのに……いい先生だなぁ。

『まあ、大丈夫なら良かったよ。とはいえ体調優先で、明日も無理はしないように』

「そうします。ご心配をおかけしました」

『その言葉は、親御さん達に伝えてやれ。私のは仕事だから気にしなくていいよ』

じゃあな、と言って八神先生は電話を切った。うーん、カッコいい。年長者のアドバイスに従って、お母さん達に連絡してもいいけど……今のタイミングだとムダに心配させちゃうよね。先生も伝えろとは言ったけど、すぐにとは言わなかったし。別の機会に連絡を取った時に、体調を崩して学校をちょっと休んだみたいに伝えるのがベストなのかな。

「とりあえず……お腹空いたし、ご飯にしようか」

こちらの提案に悠宇もコクンと頷いて……冷蔵庫の中のもので簡単なものを作ってふたりで食べると、そこからソファで一緒にテレビで動画とか見ながらぼんやりと過ごした。

……――そして学校が放課後の時間を迎えたころ、私と悠宇の携帯が同時に震えた。

それはチャットアプリの着信通知。見れば、芦原さんから【よかったら放課後、不破っきゅんとお見舞いに行っていい？】と来ている。お見舞いかぁ……どうしたものかと悠宇を見ると、

「彩凪がいいなら、私は別に構わないけど」

同じ内容を自分の携帯で確認していた悠宇は、こちらへ判断を委ねてくる。さて、どうしようかな。芦原さん達の気持ちは嬉《うれ》しいし、全然ＯＫなんだけど……ふたりの家ってウチとは別

の路線で逆方向だよね？　時間もかかるし、交通費だってタダじゃないのに——良いのかな？　気になるところはあるけど、仲良くなったクラスメイト——っていうか友達の厚意を断ることはしたくない。だから甘えることにして、お礼のスタンプと言葉を送ってから、マンションの住所を教えると……芦原さんと不破さんの二人から、すぐに明るいスタンプが届いた。

▽▽▽

そして夕方の五時前ごろ、芦原さんと不破さんが家にやって来た。

わざわざ来てくれたのに玄関で立ち話だけなのもなんだから、よかったら上がってと伝えると、ふたりはこちらに気を遣いながらも、

「それじゃあ～……お言葉に甘えて少しだけ」

「押しかけちゃったのにごめんね。お邪魔します」

と、寄っていってくれる事になる。玄関で靴を揃えながら、芦原さんが少し心配そうに、

「深未さんの体調はどう？」

「昨日は結構熱が高かったんだけど、今朝にはもうほとんど下がってたから大丈夫。ご飯も食べれてるし、たぶん疲労性のものだったんじゃないかな。で、さっきシャワーに入ったところ」

そう私が言ったタイミングで、洗面所の扉の向こうからドライヤーの音が聞こえ始める。どうやら、ちょうど悠宇がシャワーから上がったみたい。

「うわ……やっぱり迷惑だったよね、急に来ちゃって」

「まさか。心配して来てくれたんだもん、うれしいよ」

普段から掃除はある程度やってたけど、それは私と悠宇のふたりが気持ち良く過ごすためのもので、お客さんにもそう思ってもらえるかは分からない。だから掃除や家中の換気をしつつ、自分たち自身の匂いケアのためにシャワーに入ることにしたんだけど——さすがに二人が来るまでに全てを済ませるのはムリだった。だから悠宇と相談して、まずは私が先にシャワーを浴びさせてもらって、その間に悠宇が掃除を担当。私が上がったら入れ替わりで悠宇がシャワーに入って、私は二人をお迎えする準備を進める……という今の形に落ち着いた。

そうして芦原さんと不破さんをリビングに案内したタイミングで、

「雪平さん。よかったらこれ、後で深未さんと二人で食べて」

不破さんが手に持っていたコンビニの袋を渡してくれる。中にはゼリー、プリン、ヨーグルト、アイスがひとつずつ入っていて、

「こんなに沢山……いくらだった？　悪いから払うよ」

「気にしないで。どうしてもって言うなら、学校の昼休みに飲み物か何かで返して」

申し訳なさそうにするこちらに、不破さんは優しく微笑みながら言ってくれる。

「わかった。でもせっかく沢山あるんだし、この後みんなで食べようよ」

私の提案に、最初は遠慮しつつも芦原さんも不破さんも乗ってくれて——リビングのテーブルへ案内して、二人のために置いたクッションに座ってもらう。

キッチンでお茶を用意しながら様子を窺うと、彼女らはリビングを見回しているみたいで、

「？　何か気になるものでもあった？」

「あ、ううん……そういうワケじゃなくて、二人ってこういう部屋に住んでるんだなぁって」

こちらが声をかけても、芦原さんはキョロキョロと室内に視線を巡らせている。

……――その時、廊下との扉が開いて悠宇がやって来た。

ざっくりと胸元がV字に開いた毛足の長い白のモヘア生地のニットに、下は超ミニ丈のスカートにも見える黒のキュロットという可愛らしい格好。ドライヤーの時間が少し短かったのか、長い髪はしっとりとした質感で艶《つや》めいている。そんな悠宇の登場に、

「――――――」「――――――」

芦原さんと不破さんが、一瞬言葉を失っていた。これまで学校で制服を着ているところしか見たことがなかっただろうし、私服姿の悠宇に思わず見惚《みと》れてしまったのかもしれない。

悠宇は、固まってる芦原さんと不破さんに向かって、ぺこりと小さく会釈すると、

「おまたせ。私も準備手伝う」

「うん。それじゃあ、砂糖とミルクを出してくれる？」

そうして二人でお茶の準備をしていった。そして淹れたお茶をカップへ注ぐと、トレーに載せてリビングのテーブルへ――四人分のカップを置くと、私はテーブルを挟んで二人の正面へ腰を下ろした。そこへ砂糖とミルクを手に悠宇がやって来たところで、

「えと、深未さん。調子は大丈夫なの？」

ようやく金縛りが解けたみたいに芦原さんが尋ねると、

「ありがとう。もう平気……彩凪が付きっきりで看病してくれたから」

悠宇はふっと微笑むと、私の隣に腰を下ろした。私たち用のクッションはないから座る場所は自由なんだけど——悠宇はこちらと肩が触れそうな位置に座っていて、芦原さんと不破さんの間隔と比べるとかなり近い。なにこれ……眼の前の二人に何らかのアピールでもしようとしてるんだろうか。うーん、こういう場合はスルーするのが吉かな。私は気を取り直して、

「冷たいお菓子もあるから、冷えすぎないように温かい紅茶にしちゃったけど大丈夫かな？」

「もちろん。ありがと」「いただきます」

と言って、芦原さんと不破さんはカップに口をつけた。そうして一息ついたところで、

「それじゃあ、こっちも食べよっか」

私がテーブルの上に差し入れのお菓子を並べると、

「深未さんと雪平さんのために買ったものだから、まずは二人が食べたいものを選んで」

不破さんがこちらへ気を遣ってくれる。だから、

「それじゃあお言葉に甘えて。深未さんはどれがいい？」

「彩凪が選んでくれたのを食べる」

そんな悠宇の即答に、眼の前の芦原さんと不破さんが眼を丸くしていた。いや当然の反応だよね……これは流石にスルーすると良くなさそうなので、

「もう——ちょっと看病したら、すっかり甘えん坊になっちゃって」

私がやれやれと溜息《ためいき》をついて、悠宇の態度がおかしく見えないように振る舞うと、

「あはは、分かる〜。風邪引いた時ってさ、つい甘えたくなっちゃうよね」

上手く誤魔化せたのか、芦原さんは笑っていたけど、

「ええ、そうね」

静かにお茶を飲んでる不破さんのこの反応は……どっちだろ。まあ、初日の自己紹介の時に同居宣言しちゃった段階で、変な誤解や邪推をする人もいたかもだし、そういう風に見られても別にいいんだけど。どうせ――私たちの関係が本当はどういうもので、ふたりでどんな事をしてるかなんて、こんな会話くらいで知られるものじゃないんだから。

「それじゃ、深未さんはヨーグルトにしようね。この中だと一番健康に良さそうだし」

世話を焼いてるみたいに悠宇のものを決めて、私も自分の分としてプリンを貰《もら》うと、芦原さんがアイス、不破さんはゼリーに落ち着いた。そうして四人でお茶をしながら、

「そういえば芦原さん。さっきキョロキョロしてたけど、あれは何を見てたの？」

「あー……うん。あれはね、参考にしてたっていうか」

「まだ先の話だけど……実は私と咲耶も、卒業したら一緒に住もうって話してるの」

芦原さんの言葉を、不破さんが補足するように言った。

「だから、女の子ふたりでのルームシェアって、どんな感じなのか見てみたくて」

なるほど、そういう事か。なら、お見舞いに来てくれた理由はそれもあったからなのかな。

「二人の役に立ちそうならいいけど」

「ちなみに、ここの間取りって？」

「ウチは1LDKだよ。元は2LDKだったみたいだけど……だよね？」

「うん。リノベをかけた時に、部屋のバリエーションを作るために変えたって聞いてる」

悠宇がヨーグルトを口に運びながら答えると、芦原さんと不破さんが驚いたように、

「え……じゃあ、自分の部屋はないってこと？」

「そうだね。だから、もしかしたら二人の参考にはならないんじゃないかな。普通のルームシェアなら2LDKとか、パーソナルスペースがあった方が嬉しい人が多いだろうし」

と、そこまで言って思い出す。

「ああでも、二人は幼馴染《おさななじ》みなんだっけ。それなら一緒の部屋でも大丈夫かも」

「どうかな――お互いの家に泊まったりはするけど、ずっと同じ空間で生活したことはないし」

「うん……っていうか、雪平さんと深未さんは平気だったの？」

思案する不破さんの隣で、不思議そうにこちらを見る芦原さんに聞かれて、

「今のところは問題ないかな。ちゃんと仲良くやれてるし。ね、深未さん」

「…………うん」

私の「仲良く」というワードを変換して受け取ったのか、悠宇の表情が少し艶《つや》っぽくなる。

だから、そういう反応しないでってば。幸い、そんな悠宇の様子には気付かれずにすんで、

「確か……不動産屋さんのトラブルで、一緒に住むことになったたって聞いたけれど」

始業式の日に、私たちの同居の経緯を伝えたことを思い出したように言った不破さんに、

「うん。もちろん最初は少し考えたけど──寮生活だったら相部屋とかあるし平気かなって」

こちらの言葉に、芦原さんは「ほえ〜」と感心したように言った。

「一人になりたい時とかって、どうしてるの？」

「本当に一人になりたいなら、外に出かけるかな」

ルームシェアしてる人は、たとえ部屋が分かれてても多分そうしてると思う。

「家の中だと、お風呂《ふろ》とかトイレかなあ……」

私はこの家におけるパーソナルスペースを挙げた。

そう──実はこんな関係になってるのに、私と悠宇はお風呂に一緒に入ってない。同じ部屋に住めるし、一緒のベッドで眠れるけど──それでも、やっぱり互いを意識はしてしまう。

だからリラックスできる時間と空間を確保するために、基本的にお風呂やシャワーは別々に入ることにした。悠宇は一緒に入りたそうにしてたけど……片方が一人になりたい日に、もう片方が一緒に入りたいと思ったら、どちらかが我慢する必要が出てきちゃうもん。で、お風呂は我慢して、その分だけベッドでいっぱいしようねって伝えたらなんとか納得してくれた。

でも──この感じだと、なし崩しになっちゃうのも時間の問題な気もするけど。撮影の時の悠宇の雰囲気にあてられて、私自身も抑えが利きにくくなってる気がするんだよね。これで一緒に入ったら、シャワーやお風呂の度にそういう雰囲気になっちゃうだろうし。

どうしよう。デートみたいに、一緒に入る特別な日を作るとかしようかな。

悠宇に相談したら──今日からお風呂デートになりそうだから注意しなきゃだけどね。

◆●◆

一時間くらい色々と話した後——芦原さんと不破さんは帰っていった。

外が暗くなっていたので駅まで一緒に行こうとしたんだけど、病み上がりの私が出歩くのはダメだし、彩凪だけだと帰り道がひとりになっちゃうから良くないみたいな話になって。

それならマンションの下までということで、彩凪と一緒に外まで出てふたりを見送った。

そして扉を開けて玄関まで戻ったところで、

「明日《あした》、学校でふたりに会ったら改めてお礼を言わないとね」

「…………うん」

先に靴を脱いで上がった彩凪にそう言われて、私は頷《うなず》きを返した。もちろんそれは、本心からの同意だったけど……どうしても我慢ができなくて、私は背後から彩凪を抱き締める。

「……——深未さん？」

突然のことに少し驚いたような戸惑いの声を上げたけど、彩凪は抱き締めている私の腕にそっと自分の両手を置くことで優しく抱き締め返してくれた。

そんな彩凪を、私は何も言わずに——ただ抱き締め続ける。

……——来てくれた委員長たちには感謝してるし、心配してくれて嬉《うれ》しいって思ってる。

だけど——ここは彩凪と私、ふたりの家なのだ。

ふたりだけのプライベートな場所はここだけ。私にとってここは大切な場所で、きっと彩凪にとってもその筈《はず》。だから……彩凪がいいなら私も構わないというのは嘘じゃなかったけど、本音を言えば他の人を入れるのは嫌だった。

……――でもそれ以上に、こんな事でモヤモヤしている自分が嫌だった。

たとえば円香さんがこの部屋に来ても、たぶん私は嫌じゃない。だとしたら、この感情は矛盾してるし自分勝手だとも思う。彩凪にしてみれば委員長たちは良くて、円香さんは嫌かもしれないのに。私は心のどこかで、委員長たちに彩凪を取られるとでも思ったんだろうか。

彩凪と私の関係は、誰にも言えない秘密のもの。モデルの事だって、彩凪は委員長たちには言わないでいてくれた。あのふたりに、彩凪を取られる事なんてないって分かってるのに。

それなのに……どうして私は、こんなにも不安なんだろう。

彩凪と私の関係を言い表せる言葉や、この関係を保証できるものがないからだろうか。

こんな気持ち、彩凪に言ったら呆《あき》れられてしまうかもしれない。

……――だけど、そんな私を、それでも受け入れて欲しいとも思う。

いつから私は、こんな面倒くさい人間になってしまったんだろう。

悠宇って呼ばれて、彩凪のものでいる時は――何も考えなくていいのに。

＃私たちは、自分の仕事を果たすだけ。

翌日。無事に悠宇の体調も完全に回復し、私たちは学校へ行き始めた。

……――クラスでは、私と悠宇、芦原さんと不破さんの四人グループが自然とできていた。

問題児ふたりを、クラス委員が引き取って面倒を見てくれてるみたいな構図だよね。

そうしてクラスでの過ごし方に何となくの形ができて――週が明けた月曜日。

放課後に私と悠宇は、とある場所へと呼び出された。

アパレルブランドが集中してて、ファッション業界の中心のひとつに挙げられる高級住宅街。その一角にある小さなマンションの六階――そこが私たちの訪れた場所だった。

玄関を入ると、まず目に飛び込んできたのは、壁一面を使用したインスピレーションボード。最新のファッション雑誌の切り抜きから、撮影した写真、手描きのスケッチなんかが所狭しと並んでいる。無造作っぽく貼られているのに、オシャレな現代アートみたいになっているのは、きっとこれを使ってる人のセンスによって秩序が生み出されているから。

そして通されたリビングは巨大な作りになっていて、部屋の中央には大きな作業台。その上には、ミシンや裁縫道具、様々な生地のサンプルがあって、カッティングマットを敷いてあるエリアには服のパターンを取るための用紙が広げられていた。

ここは――ファッションブランド『Ｆｒａｎｄ Ｃｒｕ』のアトリエを兼ねた事務所。

私と悠宇は今、リビングの一角に設けられた八人用の応接スペースの椅子に座っている。

そしてテーブルを挟んで向かい合ってるのは、こないだの撮影にいた六道さんともう一人。

……――穏やかな雰囲気の女性だった。

『Ｆｒａｎｄ Ｃｒｕ』の新作シャツの上から、柔らかそうなニットジャケットを袖《そで》を通さずに肩で羽織っていて、下はシンプルなロングスカートという格好。

さっき六道さんから紹介された彼女こそ、『Ｆｒａｎｄ Ｃｒｕ』のトップ。

あの収縮する革新的なスーツやシャツを生み出したデザイナー、玖龍詩織《しおり》さんだった。

そしてもう一人。私たち側の端の席には、悠宇を撮った写真家の斑目さんまでいる。

そんな大人たちに囲まれた気まずい状況の中、最初に口を開いたのは六道さんで、

「突然お呼び立てしてすみません。お時間をいただき、ありがとうございます」

「いえ、そんな。別に大丈夫ですけど……それで今日は、どういったご用件なんですか？」

こちらとしては、まずこの状況の説明が欲しい。今日の昼休みに、斑目さんから悠宇の携帯に連絡が来て、玖龍さんと六道さんから話があるので『Ｆｒａｎｄ Ｃｒｕ』の事務所まで来るようにって言われた。そして放課後になって学校を出ると、向こうが手配したタクシーが私と悠宇を迎えに来てて、そのままここへ連れて来られた……というのが今の状況。

「もしかして、雨の中での撮影の件がやっぱり問題になったとか……」

服を濡《ぬ》らすことをデザイナーが嫌がるかもって話が提案段階で出ていた。すると、

「まさか、とんでもない。むしろその逆です。ですよね社長？」

「うん。斑目さんから送ってもらったけど、どれも良い写真ばかりで感動しちゃった」

六道さんと玖龍さんは、こちらを安心させるように言ってきて、

「一葉ちゃんから、雨の中で撮影していいかって連絡が来た時は意味が分からなかったけど」

「………社長、お客様の前ですので、きちんとした呼び方や言葉遣いを」

「あ、ごめん……じゃない、すみません。六道から連絡を貰《もら》った時は驚きましたけど、本当に素晴らしいクオリティだったので、どうしてもそのお礼をお伝えしたくて」

するとと玖龍さんは改めて私に向き直って、

「雪平さん、この度はありがとうございました」

「そんな……あれは深未さんがモデルとして最高のパフォーマンスを発揮して、それを斑目さんが一番良い絵として収めたからです。私なんか、素人考えのアイディアを口にしただけで」

「でもあたしが最高の撮影ができたのは、最高のアイディアのお陰だよ」

そんな斑目さんの言葉に、悠宇も一瞬こちらを見てから、

「私も……あの撮影の私が良かったなら、それはきっと彩凪のお陰」

ちょっと待って悠宇。斑目さんはともかく、悠宇まで私を持ち上げてどうすんの。面倒な事にならないように、穏便にすませて帰ろうねってタクシーの中で話しといたでしょ。

「もちろん――斑目さんや深未さんのお陰でもあるのは大前提の話です。その上で、お二人も

仰っているように、雪平さんのご協力も大きかったと私たちは考えているんです」

そして、と六道さん。

「私が玖龍に電話を入れる際に、雪平さんの方で考えてくださった『雨でも負けられない私たちへ』というフレーズですが……実際に雨の中での写真の方をメインで使用することになったのと併せて、新作のキャッチコピーとして正式に使わせていただきたいんです」

「そういう事なら……私は大丈夫ですけど」

あれは玖龍さんへの説得用に考えたものだから他に使い道なんてないし。すると、

「……――商業目的で使うなら」

ふと斑目さんが、六道さんを見ながら言った。

「当然――きちんとコピー費用を雪平ちゃんに払うんだよねえ？」

「はい、もちろんです」

「えっと、私は別にそんなの貰わなくても――……」

なんか話が妙な方向へ進みかけてる。とっさに私が断ろうとすると、

「いえ、それはダメです。斑目さんや深未さんを始め、他の撮影スタッフの皆さんにも報酬はお支払いしています。雪平さんにだけ支払わないという事はありえません」

「これは必要な事だから、きちんと受け取ってもらわないと困るかな」

六道さんと玖龍さんが、穏やかだけど有無を言わさない口調で言った。

「雨の中での撮影のアイディアと併せて、宣伝費用からお支払いをさせていただきます。後で

メールでもお送りしますが、問題なければこちらの金額にて請求書をいただけましたら」

「………五十万円？」

渡された用紙に記載された会社情報や依頼内容と併せて書いてあった予想外の数字に、私は思わずその金額を口にする。えっと……その場の思いつきで出した一言がこんな金額に？

「気にせず貰っとくといいよ。コピーライティングとして、日本のフリーランスの相場で考えると高いけど、アメリカで考えれば平均くらいの金額だし」

と、海外を活動拠点にしている斑目さんが言ってくる。

「そして日本人が立ち上げたけど、ここのブランドはあくまでアメリカの会社だからね」

いや……私も『ナギ』をやってた時は、海外企業の依頼を受けたこともあったから、日本と海外の金額観の差はそれなりに知ってるけど。とはいえ、今の私はただの女子高生なワケで。

「大丈夫だよ。それを言ったら、悠宇はもっと貰ってるしね」

斑目さんの言葉に隣を見ると、悠宇はコーヒーが注がれたカップに口を付けていた。

モデルとしての悠宇――『ＵＵ』はまだ新人だけど、斑目さんが推薦した秘蔵っ子なワケで。そして前回の撮影で起用されるなり、スーツをヒットさせる実績を作って、ＳＮＳでの爆発的な広がりと共に『Ｆｒａｎｄ Ｃｒｕ』の飛躍のきっかけになった。だとしたら……アメリカの金額観だと、たぶん悠宇の報酬は軽く百万円は超える。下手したらそれ以上かも。

うーん……『ナギ』を辞めて、やっと金銭感覚がまともに戻ってきたところだったのに。

でも、ここで下手に断ろうとして話が長引く方がよくない展開になりそうだし。

「………分かりました。ありがたく頂戴《ちょうだい》します」

教科書やタブレットなんかが入ってる鞄《かばん》の中に用紙をしまうと、

「それじゃあ、他にお話がなければ私と深未さんはそろそろ――…」

「いえ、まだお話が――というより、今日お呼びした本当の理由は他にありまして」

六道さんはこちらを制して……そして言った。

「…――実は、弊社の『タグライン』の考案を、雪平さんに依頼したいんです」

改まった口調で切り出されたものの、私は返す言葉を思いつけずにいた。だって、

「あの……『タグライン』って？」

そもそも言葉の意味が分からない。だから、ピンと来ないまま尋ねると、

「…――一葉ちゃん、やっぱりムリに依頼しなくても」

「大丈夫。彼女のアイディアや言語化能力が優れてるのは見たでしょ」

不安そうな玖龍さんを安心させるためか、六道さんは言葉遣いの注意はせずに、

「きちんと説明せずに失礼しました。タグラインとは、企業やサービスなどのアイデンティティを短く、印象的に伝えるためのキャッチフレーズのようなブランドメッセージのことです」

「大手企業のCMでも流れてるから、見たり聞いたりした事はあるんじゃない？」

と、笑いながら斑目さん。

「お菓子会社の『お口の恋人』とか、乳酸菌飲料企業の『カラダにピース。』とか。ハンバーガーチェーンの『I'm lovin' it』に、家具量販店の『お、ねだん以上』とかね」

「ああ……あれって、タグラインっていうんですか」

全然知らなかった。っていうか、わざわざCMで言ってるってことは、

「もしかしなくても、それって会社にとってメチャクチャ大切なもの……ですよね？」

「はい、会社とブランドの根幹となるものと思っていただければ」

と六道さん。

「弊社は現在、ありがたい事に新進気鋭のブランドとして非常に高い評価を得ています。美しいシルエットに加え、身に纏《まと》うだけで収縮作用をもたらす私たちのスーツは、フルオーダーを超える着こなしを実現したとも言っていただき、SNSを中心に一気に広がりを見せました」

「でも……今のままじゃダメなの」

玖龍さんは、それまでの穏やかな表情を真剣なものに変えながら言った。

「私たちはまだこれからのブランド。SNSの盛り上がりなんて一過性のブームでしかない。注目されてる今こそ、もっと飛躍を遂げるためにブランドとしての魅力を打ち出して、ステークホルダーからより強い信頼と協力を得られるようにしなくちゃ」

ステークホルダーは知ってる。社内外の関係者から、金融や行政などの各種機関まで、あらゆる利益関係者を総合した言葉。『ナギ』の依頼案件の中に出てきたから調べたんだよね。

「その一環として、弊社はタグラインから再構築を図るべきでは——と」

「……………私は別に、そこは今のままでも良いと思うけど」

六道さんの説明に、少し拗《す》ねたように玖龍さんが言った。

「ブランドの成長は大切だけど、タグラインでどうにかなるものでもないと思うし」

「いいえ。社長と、社長の生み出した服の評価に、会社の器が追いつけてません」

六道さんは首を横に振って、

「まだ三年目ですし、それこそタグラインだけで効果が薄いなら、いっそブランド名の変更も視野に入れてもいいとも思ってます。だってあれは、私たちが――……」

「…――それだけはイヤ」

遮るように言った玖龍さんの声は、それまでとは打って変わって低いトーンになっていた。

「『Ｆｒａｎｄ Ｃｒｕ』の名前が消えるくらいなら廃業するから」

「詩織……！」

カッとなったように声を上げた六道さんに、

「お客様の前ですよ六道さん。呼び方に気をつけて」

と、玖龍さんは取り合うことなく言い放つ。

「この議論は時間の無駄です。話を進めたいならどうぞ」

「…………はい」

うわぁ……修羅場じゃん。社長と副社長で意見が割れてる依頼とか、できれば引き受けたくないんだけど。六道さんは「失礼しました」とこちらに謝ってから、

「それでタグラインの再構築なのですが、広告代理店にも依頼してみたものの……結局これだというものは出来ず。そんな時――先日の撮影で、雪平さんのアイディアを拝見したんです」

六道さんが、私に合わせていた視線を隣の玖龍さんへ向けながら、

「あの提案は私だけでなく、玖龍も話を伝えた段階で評価していました。後で確認したところ、出来上がりの絵がある程度想像できていたそうです」

「ただの撮影スタッフなら反対したけど……斑目さんとUUさんの事は信頼できたから」

玖龍さんは、斑目さんと悠宇を順番に見て言った。

「二人なら、それこそ『雨にも負けず』に最高の絵を撮ってくれるって思えたの。その信頼に応えてくれて、最終的な仕上がりは私たちの想像をはるかに超えたものになった」

「それで、雨天での撮影というアイディアを思いついた雪平さんに、タグラインの考案についてもお願いできないか……と考えたんです」

「そんな無茶な……そもそも私、アパレルの事なんて大して分からない素人《しろうと》ですし」

「だからこそお願いしたいんです」

私が口にした弱みを、六道さんはむしろ強みだとばかりに、

「以前お願いした広告代理店はファッション業界の実績に長けた、それこそ雪平さんとは対極のプロでした。でも、だからこそ彼らは既存の価値観に影響されてしまっていたんです」

「どこかで見たことのあるようなものだったり……逆に意識しすぎて、尖《とが》っているだけで私たちの本質から外れてしまっていたりね」

玖龍さんも提案されたものに納得がいっていなかったのか、表情を曇らせて、

「私たちは自分らが生み出した革新を、新しい伝統にしていきたい。欲しいのはその場を取り

繕うだけの見映えや聞こえの良い言葉じゃなくて、百年先でも色あせない確かなものなの」

「本当は自分たちで考えられたら良いんですが……私たちは当事者です。近すぎて、自分たちでは自身の姿がきちんと見えてないような気がして」

六道さんの言葉に、玖龍さんが瞳《ひとみ》を伏せる。そんな玖龍さんには気づかずに、

「ですから――雪平さんには私たちや広告代理店とはちがう、素人だからこその新たな視点で、弊社の在り方や可能性を見出してもらえたら、と」

もちろん、と六道さん。

「報酬はお支払いします。お引き受けいただけたら百万を……そして実際に採用できるものをいただけたら、さらに百五十万円を追加報酬とさせていただきます」

「いえ、報酬の問題じゃ……」

こないだのは、『ナギ』の件を斑目さんにバラされたくなかったから仕方なくやった事だし。

それに――あれは現場を取り仕切っていた斑目さんの酔狂みたいな無茶振りで、アイディアにOKを出すかはクライアントの六道さんが決めるという、それぞれの役割が完全に決まった座組での話。だからこそ私は、無責任に自分のアイディアを披露することができた。

…――だけど今回の依頼は、撮影における斑目さんのポジションを私が担うようなもの。

斑目さんには写真家としての確かな実力に裏打ちされた信頼と実績があるけど、私はそんな重責とてもじゃないけど担えない。それに多分――私は引き受けない方がいいと思う。だから、

「…………本当に申し訳ないんですけど、私には荷が重すぎるので」

そもそもウチの学校は基本的にアルバイトは禁止されてる。例外的に、芸能活動については推奨こそしないものの申告すれば認めるみたいな話があった気もするけど……悠宇のモデル仕事が黒寄りのグレーゾーンだとしたら、今回の依頼は校則違反になってしまう可能性が高い。

「ほら、だから言ったでしょ……報酬で釣ってもムダだって」

しばらく黙っていた斑目さんが、笑いながら言った。どういう事かと私が視線を向けると、

「ああ、ごめん。間に入っているあたしは六道さんからある程度の事情を聞かせてもらってたからね。その時に言ったんだよ。普通に依頼しても、雪平ちゃんは断ると思うよって」

「……………そうですか」

「だったら雪平ちゃん。逆に、ど、どういう、う、条件なら、ら、六道、さ、さんたちの、の依頼を引、き受けて、て、くれ、る？」

「どうって……」

「報酬の問題じゃなくて、荷が重いから断りたいって言うなら……いっそ断れないような状況になったら引き受けてくれるのかな？」

たとえば、と斑目さん。

「もし雪平ちゃんが引き受けなかったら――あたしが降りるって言ったら？」

「――――――」

斑目さんの『条件』に、思わず私は言葉を失う。いきなり何を言い出してんだこの人？

「…――そういう話は冗談でも困ります、斑目さん」

そう言って六道さんが顔をしかめると、

「冗談ねえ……」

斑目さんは私に冷たい笑みを向けながら、その瞳を蛇のように鋭いものにして、

「餌をぶら下げても走らない馬は走らない。でも、鞭《むち》をくれてやれば嫌でも走るものだよ。馬も、それに人もね。ごく単純な飴《あめ》と鞭の話さ」

「斑目さんが降りる事が、私にとっての鞭になるってことですか？」

「そうだよ。あたしが降りれば、あたしが撮った写真も使えなくなるんだからね」

つまり、と斑目さん。

「こないだの撮影も全てムダになる。スタジオ内で撮ったものだけじゃなく、あの雨の中で撮影したものも全て。骨折り損じゃないけれど、ズブ濡《ぬ》れ損にはなるだろうね」

だとしたら——悠宇が体調を崩してまで頑張ったものも、全てがムダになるということで、

「請け負いの買い切り仕事でしょう……そんな横暴が許されるはずが」

「許されるさ。あたしが報酬を返せばね。撮影に掛かった費用も持つ。何の問題もないよ」

斑目さんはそう言うと、黙り込んだ私を見ながら楽しそうに、

「まだ足りないかな？　なら、今後は二度と悠宇をモデルとして使わないって言ったらどう？」

「そんな——……」

「……——馬鹿馬鹿しい」

とっさに私が言葉を返すより先に、悠宇が吐き捨てるように言って席を立った。

「好きにすればいい。帰ろう彩凪、こんなところ連れてくるんじゃなかった」

そう言って悠宇がこちらを促してくるけれど——でも私は動けなかった。

「…………彩凪？」

「当然の反応だよ。あたしが仕事を降りるのも、今後は悠宇を使わないっていうのも、あたし自身の判断じゃない。雪平ちゃんが依頼を引き受けないならそうするって話なんだからね」

だから、と斑目さん。

「たとえ悠宇は気にしなくても、雪平ちゃんは気にするよ——ねえ？」

悔しいけどその通りだった。私だけの問題ならまだしも、悠宇にまで被害が及んじゃうなら話は別。悠宇は気にしないって言うだろうけど、あれだけのモデルの才能と——その未来の可能性を、私のせいで閉ざされてしまうのは嫌だった。悠宇だけじゃない。『ＦｒａｎｄＣｒｕ』さんにいたっては被害どころか実害が生じてしまう。今から斑目さんクラスの実力の写真家と、悠宇レベルのモデルを押さえるなんて至難の業だし……それこそ、あの奇跡のような撮影の再現なんてまず不可能。その事は、撮影の現場を目撃した人なら誰もが理解してるはず。

「…………斑目さんは」

私は視線を向けながら尋ねる。

「どうしてそんなに、私に引き受けさせたいんですか？」

「あたし個人の意見でいえば、その方が面白いことになりそうだからだね」

斑目さんは『ナギ』の事は一切口にしないで、それでも私には伝わるように即答する。

「雪平ちゃんの『雨の中での撮影』というアイディア。確かに面白かったけど、あれ自体は別に新しい発明ってワケじゃない。イメージ写真なんかでは普通に見られる撮影手法だからね」

でもね。

「それでもあのアイディアは素晴らしいんだ。なぜなら——あの時、あの場で即座に提案できたからだよ。時間をかければ良いアイディアは思いつくし、後から振り返れば正解はいくらでも出せる。そんな中、雪平ちゃんはあの場で言えたんだ。それは誰にでもできる事じゃない」

「……——私も、そう思います」

と、六道さんも同意するように頷《うなず》く。斑目さんはそれを踏まえながら、

「何より一番は、『Ｆｒａｎｄ Ｃｒｕ』さんが依頼したいって望んでるからだよ。突然のオファーに戸惑ったかもしれないけど、逆に言えば彼女らはそれだけキミを評価しているし、何よりも困ってる。だから——知らない仲じゃないあたしとしては、助けになってあげたくてね」

わざとらしく肩なんか竦《すく》めちゃって、何をぬけぬけと。

やっぱり面倒なことになっちゃったなぁ。どうしたものかと思案していると、

「っていうかさぁ……なんで雪平ちゃんは引き受けたくないワケ？」

「なんでって——……」

「どういう条件なら引き受けてもいいか決められないなら、躊躇《ちゅうちょ》してる理由を解消してみようよ。『Ｆｒａｎｄ Ｃｒｕ』さんは依頼を受けて欲しいだけで、ブランドを飛躍させる素晴らしいものを絶対に出してくれとまでは頼んでないよ。そういう期待はしていてもね」

だから、と斑目さん。

「あたしが降りるどうこうは冗談として……どんな条件をプラスすれば引き受けられるかじゃなくて、今の条件から何をマイナスすれば引き受けられるかだったらどうだい？」

冗談って……絶対に本気のクセに。でも——条件のマイナスか。確かにそういう考え方もあるのかも。だとしたら……私は少し考えてから六道さんへ向き直って、

「それじゃあ——着手金みたいな最低報酬はナシにして、提案したものが採用になった場合のみの完全な成果報酬にしてもらえますか？」

「それは構いませんが……理由をお伺いしても？」

「提案する形式や内容をこちらで決めさせてもらいたいからです。総額二五〇〇万の発注に見合う提案資料を作るのは、正直ちょっとハードルが高いので」

「なるほど、確かにそりゃ道理だね」

斑目さんが納得とばかりに言った。六道さんが玖龍さんを窺《うかが》うように見ると、

「うん——いいと思う。私たちも、ハードルを上げすぎるのは良くないし」

「では、お言葉に甘えて成果報酬のみとさせていただきます。他に何かありますか？」

「これは条件の追加になるんですけど……深未さんにも手伝ってもらいたいんですが」

「…………私が彩凪を？」

驚いたようにこちらを見てくる悠宇に、私は「うん」と頷いて、

「このブランドのモデルをしてる深未さんだからこそ感じたり、気づけたりできる事があると思う。だから、私とは違う視点を持ってる人にサポートしてもらいたくて」

私ひとりでもそれなりのモノは作れるかもだけど、悠宇の力を借りれるならその方がいい。

このまま一人で引き受けると、私を巻き込んじゃったって悠宇が気にしちゃうし。

「……………わかった。私が彩凪の力になれるなら」

と悠宇は言って、こちらを見つめてくる。頼ってもらえて嬉《うれ》しいのか、その表情はさっきまでより少しだけ緩んでいて――そんな私たちのやりとりに、

「こちらとしては構いません。問題ありませんよね？」

「うん。雪平さんの言うように、実際に私たちの服を着てくれてるUUさんだからこそ見えるものって絶対にあると思うから。全く異論はないよ、むしろお願いしたいくらいかも」

六道さんと玖龍さんも賛成してくれる。悠宇はそんな二人に対し、

「『ＦｒａｎｄＣｒｕ』の服をなるべく多く借りられますか？　私と――それと彩凪の分を」

と要望を口にする。確かに……それは欲しいというか、むしろ絶対に必要かも。実際に服を着てみないと始まらないもんね。こういうところも情報分析タイプの私にはない、実践行動タイプの悠宇だからこその視点や強みだ。早くも助けてもらった事への心強さを感じていると、

「もちろん全ての型を手配します。ＵＵさんは分かってますので、雪平さんだけ後ほどサイズ確認のための採寸をさせていただいて良いですか？」

「わかりました。では、お願いします」

私は軽く頭を下げつつ、

「あとは――たとえ採用になった場合でも、私のアイディアという事は伏せてください」

はっきりいってこれ以上、他の人に余計な興味を持たれたくない。斑目さんみたいな人が他にも出てきて、それこそ『ナギ』の事を掘り返されたりとかしたら最悪すぎる。

「分かりました。そちらについても、ご希望に添うようにします」

「…………それと最後に」

私はそう言うと、斑目さんを見すえる。

「今回の件を引き受けることで、斑目さんに貸しをひとつ作れるようにしてください」

そんなこちらの要求に、

「なるほど……そうくるか。キミは交渉上手だね」

斑目さんは愉快そうに眼を細める。

「これで雪平ちゃんが依頼を受けるかは、あ、た、し、が、そ、の、条、件、を、呑、む、か、ど、う、か、に、変、わ、っ、た、ワ、ケ、だ」

「そうですね。斑目さんがイヤだと言うなら、私は降ります」

言われたことを返してあげると、斑目さんは苦笑しながら、

「やれやれ、因果応報だ……貸しの定義は？」

「今後、何かで私が困った時にひとつお願いを聞いてもらえれば。ただし無理や無茶をして貰《もら》うことはないです。金銭的な要求とか、斑目さんのキャリアに支障が生じるような事も」

「契約としてはちょっと曖昧《あいまい》だね。どうとでも解釈できちゃいそうだ」

「そうですね。だから、もし聞けないお願いだった時は断ってもらって構いません」

「でも彩凪、それだと……」

悠宇が心配そうに見てくる。分かるよ……斑目さんが自由に断れるなら、それは貸しとして成立してない。六道さんも玖龍さんも、私の意図は分からないみたいだった。でも、

「なるほど──要求はあくまでおまけなんだね」

斑目さんだけは、私の思惑を理解していた。

「最終的にあたしに呑ませること自体が目的か……雪平ちゃんは性格が悪いなあ」

「心の底から斑目さんには言われたくないです」

でも斑目さんの言う通り。私の狙いは、『Ｆｒａｎｄ Ｃｒｕ』さんの依頼が成立しなかった時の責任を私から斑目さんに移すこと。それは同時に、私が斑目さんの思惑通りには動かないという意思表示でもある。さらに言えば──おそらく私のお願いは断りにくいはず。

……──だって、私の正体を知っている斑目さんは、私のことを認めてくれている。

だから……後になって誤魔化したりとか、私に幻滅されるような真似はしない。世界的フォトグラファーの斑目蓮が、自分のした発言を逆手に取られた挙げ句、その約束を守らないなんて──そんな無様なことはプライドが許さないでしょ。かといって自分に都合が悪いからって、この条件を断ることもできない。それは尻尾《しっぽ》を巻いて逃げるのと同じだから。

残された選択肢は、斑目さんの器を示すことだけ。すると斑目さんは、

「…………それじゃあ、今回はあたしが借りておくしかないね」

それでもどこか嬉しそうな表情で、降参とばかりに両手を上げた。とりあえず一矢は報いたのかな。でも同時に、私も『Ｆｒａｎｄ Ｃｒｕ』さんの依頼を受けることが決定になる。

つまりは互いに痛み分け。そうして──その場の話し合いは終了した。

▽▽▽

私が正式に依頼を受けるにあたって、まずは最初にやらなくちゃいけない事があった。

『Ｆｒａｎｄ Ｃｒｕ』さんの内部情報を取り扱う上で必要となる秘密保持契約と、私が依頼を受けるにあたっての業務委託契約──その内容の確認と締結だ。

悠宇と一緒に帰宅した私は、ふたりで夕飯を食べると、リビングのソファに陣取って、

「ごめん深未さん──しばらく集中するね」

「………わかった」

洗い物をしてる悠宇が頷いたのを確認すると、私は六道さんから渡されたタブレットを起動。

そしてトップ画面にあるドキュメントをタップして、堅苦しい言い回しであれこれ禁則事項が延々と書かれてるビジネス書類に目を通していった。お互いに反社会的勢力じゃない事とか、深刻な問題が起きた場合はどこの裁判所で争うかなんて物騒なことが書かれてるけど……これは契約書でよくあるフォーマットなのでそこまで気にする必要はなかったりする。

『ナギ』として企業案件を受けて、初めてこういうのを見た時は、頭痛がしてくるような内容をどう読んだらいいのか、何に注意すればいいのか全然分からなかったけど、今となってはそこまで身構えずに淡々と読めるようになっている。そうして最後まで読み終えて、

「……――うん、特に問題ないかな」

秘密保持における情報取り扱いの注意もちゃんと相互になってる。

これなら――私が『Ｆｒａｎｄ Ｃｒｕ』の情報の取り扱いを注意するだけじゃなくて、『Ｆｒａｎｄ Ｃｒｕ』側も私の情報を第三者に漏洩《ろうえい》したりできない。私は住所などの必要事項を記入して、電子サインによる契約を完了。そして手始めに閲覧権限をもらったオンラインストレージにアクセスして、『Ｆｒａｎｄ Ｃｒｕ』に関する資料を片っ端から確認する。

……――とりあえず共有して貰ったのは、ホームページには書かれていない裏側の情報。

資料の量はかなり多いけど……創業三年目の若いブランドで、商品の数もそこまでないし、何よりもデジタル化できてるから、これでもまだマシなんだよね。これが歴史と伝統があるような老舗《しにせ》ブランドだったら、紙資料だって大量にあるだろうし、頭に入れなきゃいけない知識や情報も膨れ上がってしまう。そんな事を思いながら資料に目を通していると、

「あ……やっぱりブランド名のアイディアってワインからなんだ」

ふと、ブランド立ち上げについてまとめているスライドに書かれた一節に眼が留まった。

これはマンガで得た知識だけど……フランス語で『特級』って意味の『Ｇｒａｎｄ Ｃｒｕ』ってクラスのワインがあるんだよね。たしか一番高い評価を獲得してる畑のブドウを使用したワインだけに許された等級だったかな。記録によれば、玖龍さんと六道さんがふたりでワインを飲みながら考えていた時に、『Ｃｒｕ』と玖龍さんの名前との繋《つな》がりに気づいたんだとか。

とはいえ、有名なこの単語をそのまま丸パクリするワケにもいかないし、そもそも駆け出し

のブランドが自分たちで『特級』なんて言うのはおこがましい。そこで肝となる『Ｃｒｕ』の部分を据え置いて、『Ｇｒａｎｄ』を別の言い回しにできないか、ふたりで色々と調べて――その時に見つけたのが『ＦＲＡＮＤ』という言葉だった。

『Ｆａｉｒ，Ｒｅａｓｏｎａｂｌｅ Ａｎｄ Ｎｏｎ－Ｄｉｓｃｒｉｍｉｎａｔｏｒｙ』

これは「公正で合理的で非差別的」という意味で、特許の使用条件なんかで使われる言葉らしい。この言葉に辿《たど》り着《つ》いた玖龍さんと六道さんが、最終的にどうして自分たちのブランド名に使用することにしたのかは書かれていなかった。海外にはよくある人種差別を受けたりして辛い想いをした経験があったのか……当時から既に、収縮する生地の特許を取得して服を作るプランだったのか。あるいはその両方か――もっと別の理由があったのかも。

そんな二人が、設立当初に考案したタグラインが『ＷＩＴＨ ＹＯＵＲ ＨＥＡＲＴ』。

「あなたの心と共に、か――……」

それこそが『ＦｒａｎｄＣｒｕ』のブランド理念。

……――自分たちもいつか、一流のブランドになれますように。

ふたりでお酒を飲みながら、一緒に夢を語って……こういうの大人の青春だよね。

きっとその時のことって、玖龍さんにとっては大切な思い出なんだろうな。

一方で、六道さんはお酒を飲みながら考えたものだから、最悪ブランド名も含めて変えていいんじゃないかって考えて……それでふたりの意見が分かれてあの修羅場になった、と。

とはいえ二人のやりとりの感じでは、パワーバランス的には玖龍さんの方が上っぽかった。

って事は、乗り気じゃない玖龍さんに認められる必要があるワケで――なかなか悩ましい状況だなぁ。まあ、雨の中での撮影ってアイディアはOKが出たんだし、全くの難攻不落ってことはないんだろうけど。……――さて、どうしようかな。

いったん、締め切りは一週間後にしてもらってる。

六道さんはもっと時間をかけていいって言ってたけど、私から一週間でお願いした。

シャツの発売まで時間がないし――私の提案が通らなかった場合は、他の人に依頼する必要がある。『FrandCru』さんのお金に加えて、時間まで奪うワケにはいかないもんね。

「…………難しい顔してる」

ふと頭上からした声にタブレットから顔を上げると、悠宇が目の前に立っていて、

「――――――」

こちらを覗《のぞ》き込んでくる悠宇に、私は思わず眼を奪われた。洗い物が終わった後にお風呂《ふろ》に入ったのか、髪の毛がしっとりとしている。いつの間に――と思って壁の時計を見たら、かなり集中していたのか、なんと二時間近くも経っていた。

悠宇のお風呂上がり姿はもちろん艶《つや》っぽいけど、とはいえ同棲《どうせい》中の私には見慣れた姿。

……――それでも驚いたのは、お風呂上がりの悠宇が着ていた服のせい。

ショーツに白シャツのみというラフな格好――でも反則みたいなプロポーションをしてる悠宇は、それだけでかなりの破壊力になる。しかも身体のラインはくっきり浮かび上がっていて、

「そのシャツって――……」

『Ｆｒａｎｄ Ｃｒｕ』の新作。荷物にならないからって、帰りにこれだけ渡されたでしょ」

悠宇は自分の身体を見下ろしながら言った。

「彩凪がアイディアを考えるのに、少しでも役に立てたらって思って」

そこで、少しだけ表情を悲しげなものにして、

「……──私のせいで、こんな事になっちゃったから」

やっぱり気にしてる。別に悠宇のせいじゃないんだけどな。きっかけは悠宇に連れてってもらった撮影現場だったかもしれないけど──でも、斑目さんに興味を持たれたのは昔の『ナギ』としての活動が原因だし。だから、

「……──悠宇、ちょっとここ座って」

私は悠宇を呼び捨てにした。その瞬間──悠宇はビクンと小さく身体を震わせる。それは、私に名前で呼ばれるという事が、どういう意味かを理解してるからこその反応で、

「…………………………」

ポンポンとソファを叩《たた》いた私に従うように、悠宇はこちらの隣へと座ってくる。

先に言葉で伝えると何だか説教臭くなっちゃう気がして──私は悠宇の肩に手を回すと、まずは抱き寄せるようにしてキスしてあげた。こちらが名前を呼んだらもう悠宇は私のものになっていて……うっとりとした様子で私の唇と舌を受け入れると、

「ん……はぁ、んぅ……ちゅ……んむ、くちゅ……んっ」

キスしてるだけなのに悠宇は敏感で、こちらが肩を抱いていた手を滑らせるようにして指先

を首筋から耳元へ這《は》わせると、気持ち良さそうにピクンピクンと身体を甘く震わせる。

そして悠宇の肩に掛かっている長い黒髪を掻《か》き上げるようにしてあげると、さらりとした手触りと共にヘアオイルの甘い匂いがふわりと香って――やがて私はそっと唇を離した。

そして悠宇の頬に優しく手を添えると、互いの額をコツンと重ねて、

「帰りの電車でちゃんと言ったでしょ。今回のことは気にしないでって」

「…………うん」

甘いキスで瞳《ひとみ》を潤ませた悠宇が、私の言葉に小さく頷《うなず》く。『Ｆｒａｎｄ Ｃｒｕ』の事務所で席を立った時とは別人のような素直な態度。これは悠宇が私にだけ見せる特別な反応だ。

うーん……可愛いなぁ。このままソファの上で押し倒して、色々したい気持ちもあるんだけど、流石に今それをやるワケにはいかないんだよね。なので、

「あのね――今回の件って、私としてはやり甲斐《がい》も感じてるんだ」

私は悠宇に、これまで言ってなかった自分の気持ちを伝える事にする。

「最初に、撮影現場で斑目さんからアイディアを求められた時は驚いたけど……それでも実際に採用されて、私の考えたものが悠宇のモデルの仕事に少しでも役立ったんだって思ったら、なんだか嬉《うれ》しくて。多分――悠宇と一緒に働けたみたいな気持ちになれたんだと思う」

それに、嬉しい事がもうひとつ。

私は悠宇がモデルの『ＵＵ』だって事は知らなかったし、悠宇も私が『ナギ』をやっていた過去を知らない。そう――私たちはモデルとインフルエンサーじゃなくて、普通の女の子とし

て出会って、そして今の関係になった。出会いのきっかけはトラブルで、同居の決断には損得勘定もあったけど……それでも私たちのお互いへの気持ちは純粋だって胸を張って言える。

「私には斑目さんみたいなカメラや映像の才能なんてない。だけど……そんな世界トップクラスの斑目さんに、私のアイディアで悠宇を撮らせることはできた。自惚《うぬぼ》れかもしれないけど、私の言葉やアイディアで、私なりに悠宇を輝かせてみせたつもり」

でも、これだけじゃまだ足りない。

このままモデルとして活動してゆく中で……何かのきっかけ次第では、悠宇は華やかな世界で生きてゆくようになるかもしれない。それこそトップクラスの存在になる可能性もある。すでに世界的カメラマンと、海外セレブに評価されたブランドと近い場所にいるんだから。よって、今回の『Ｆｒａｎｄ Ｃｒｕ』の依頼を通して――『ナギ』じゃなく雪平彩凪としての評価を獲得しておきたいところ。ただし、それは表沙汰《おもてざた》にはせずに、高校卒業後なんかに活用できる財産として眠らせておく。そうすれば、余計な注目を集めるような事もないはず。

「今回の件は斑目さんに脅されたからじゃない……他でもない私自身がやりたいの。だからお願い、悠宇も『Ｆｒａｎｄ Ｃｒｕ』のモデルとして私に色々と教えて」

すると、こちらの気持ちが伝わったのか、

「…………分かった」

コクンと頷くと、今度は悠宇の方からこちらを抱き締めて、

「何でも言って……私にして欲しいこと全部。彩凪のためならどんな事だってするから」

確かな声で私の耳元へと囁《ささや》いてくる。そんな悠宇に、

「……………ありがと。頼りにしてる」

そうお礼の言葉を返して、少しの間そのまま私たちはソファの上で抱き合った。

悠宇の背中に回した手で感じる『Ｆｒａｎｄ Ｃｒｕ』のシャツの触り心地はシルクみたいに滑らかで、シルエットだけじゃなくて手触り感にまでこだわってるのがよく分かる。

スタイリッシュな見映えに眼を奪われがちだけど、こういう肌触りや着心地なんかへの心配りこそが、『ＷＩＴＨ ＹＯＵＲ ＨＥＡＲＴ』というタグラインを上辺だけの言葉にしない、『Ｆｒａｎｄ Ｃｒｕ』というブランドのプライドなんじゃないかな。

「ねえ深未さん、このシャツなんだけど」

と、身体を離してその事について話をしようとした時、

「……………………」

悠宇が無言のまま、少し拗《す》ねたような顔になった。

「えっと……どうしたの？」

「……………悠宇」

ジッとこちらを見つめながら、悠宇は自分の名前を口にする。

「元に戻さないで……もっと呼び捨てにして」

あ、そういう事ね——私としては悠宇に言い聞かせるために呼び捨てにしただけだから、話が終わったんで気を取り直したつもりだったんだけど。悠宇としては呼び捨てにされた時点で

若干スイッチが入っちゃったというか、少し期待していたところがあったのかもしれない。

「名前で呼ぶのはいいよ。でも、そういう事はまだできないけど……それでも良い？」

「大丈夫。彩凪の仕事の邪魔はしたくないから」

ただ、と悠宇。

「呼び捨ての方が、彩凪に必要とされてる感じがして嬉しいだけ」

「………分かった。じゃあ、そうするね」

私自身は、悠宇を呼び捨てにすると『そういう気持ち』になっちゃうから、これでも場所とかタイミングとか色々考えてるんだけど……悠宇が喜んでくれるなら我慢しようかな。

「それじゃあ悠宇……そのシャツをよく見せてくれる？」

「………うん」

私が呼び捨てにしてあげると、眼の前にいる悠宇が嬉しそうにコクンと頷いた。そしてソファから下りると、見えやすいようにこちらの前に立ってくれる。だから私も立ち上がって、

「――――――」

眼の前の悠宇を改めてジッと見つめた。このシャツは私の分も渡されている。でも明日《あした》にはスーツも届くから、それからきちんと合わせて着てみようと思ってたんだよね。

けど――イメージモデルの悠宇はブランドの象徴、見本としてこれ以上の存在はいない。

たとえシャツだけでも、『Ｆｒａｎｄ Ｃｒｕ』の服の魅力を充分に伝えてくれる。

……――改めて目の当たりにして思うことは、悠宇のスタイルや美しさの圧巻ぶり。

そして『Ｆｒａｎｄ Ｃｒｕ』の服が、着る人のスタイルを浮き彫りにする事。

自己肯定感を持てている人の割合が多い海外なんかだと、ありのままの自分の体型を美しく見せられる服の需要はそれなりに高いんだろうけど……日本だと結構ハードルがあるよね。

身体のラインを出す服を恥ずかしいと思う人と、そういう服を下品と思っちゃう人が一定数いるし。オシャレをしたい気持ちより、オシャレに思われたい心理のほうが強く働くというか。

けど一方で、最近は身体のラインをあえて見せるようなファッションやコーディネートが日本でも増えてきてたりする。昔に流行《はや》ったスタイルがまた来てるっていうのもあるんだろうけど……一番はＳＮＳの影響が大きいんじゃないかな。

そういう服の方が、どうしても反響は多くなりやすいもんね。

「……──今ってこれ、ブラしてないよね？」

「うん。その方が、服の特性が分かりやすいと思ったから」

「だとしたら──やっぱり凄《すご》いよね、このシャツって」

単純に身体の凹凸が分かるとかいう次元じゃない。シャツの上からでも悠宇の胸の形から谷間まで完全に分かっちゃうレベル。特に悠宇はメリハリがすごい体型で、大きすぎる胸と細すぎるウエストのギャップがとんでもないプロポーションをしてる。だから普通のシャツだと布地が胸の膨らみに沿って下に流れちゃうから、ウエストのラインを曖昧《あいまい》にして太って見えてしまうんだけど、『Ｆｒａｎｄ Ｃｒｕ』の服は胸だけじゃなくウエストも強調できる。しかも、

「ここまでぴったり身体に密着するのに……乳首は浮かないんだ」

「たぶん生地の厚みとか含めて、その辺はすごく意識して作ってるんだと思う」

「着心地はどう？　ここまで身体のラインが出てるし、ブラトップとかに近かったりする？」

「伸縮性もあるけど強くはないから、カップレスのブラトップみたいにサポートされてるとか、ホールド感みたいなのはなくて——でも、すごく自然に身体にフィットしてる感じ」

「そうなんだ……じゃあ窮屈さみたいなものはない？」

「個人差はあると思うけど、少なくとも私は特に感じない」

　このバストサイズの悠宇が気にならないなら、ほとんどの人がストレスを感じずに着ることができそうだよね。あと確認したい事といえば——そこで私は思い浮かんだことを口にした。

「ねえ悠宇——ボタンを全部開けてみせて」

◆

　彩凪の言葉に——私は密かに息を呑《の》んだ。シャツの下にブラは着けてない。

　その状態でボタンを開ければ、どうなるかなんて明白だった。だけど、

『何でも言って……私にして欲しいこと全部。彩凪のためならどんな事だってするから』

　ついさっき私自身が口にしたばかりの言葉をウソにはできない。

　何よりも——彩凪は今、私を名前で呼んでる。だから、もう答えは決まっていて、

「…………………」

私は彩凪に言われるままに、ゆっくりとシャツのボタンを上から開けてゆく。

するとーー着てる人の体温を吸収して収縮する『Ｆｒａｎｄ Ｃｒｕ』のシャツは、ボタンを開けても閉じた状態と変わることなく前が合わさったままだった。

……――でも、それは最初だけ。

ボタンを外したことで戒めを解かれたみたいに、私の胸の膨らみが大きいところから、じんわりとシャツの前が開いてゆく。すると彩凪は、私の胸元に顔を寄せながら、

「へえ……すごいね」

と、それでも充分みたいに感心の声を上げる。

「普通のシャツのジャストサイズだと、胸の辺りのボタンが飛んだりしちゃうよね？」

「…………っ……」

私はコクンと頷きながら、小さく身体を震わせる。

……――自分で散々開発したあげく、彩凪によってさらに感覚を高められた私の胸。

それは彩凪の視線を意識したらもっと敏感になり、吐息が触れるだけでも感じてしまう。

もちろん、普段の私はこんな感じじゃない。男の人の不快な視線は適度に受け流せるようになったし、女性しかいない斑目さんの撮影現場では服を脱ぐことにも慣れてきてる。

でもーー彩凪だけは特別だった。彩凪に見られてると思うと身体の芯《しん》が震えるし、同時にくすぐったいような感覚が胸の辺りと腰の奥底から湧き上がってくる。裸どころか、もっと恥ずかしい姿まで何度も見られてるのに……名前を呼ばれるだけで反応してしまって、

「ちょっと、裏側がどうなってるか見せてね」

彩凪はそう言うなり、シャツの片側をめくった。そして私の胸が露わになると、

「――――――」

膨らみの先端にある乳首が、いやらしい形になっていて……私はあらためて自覚する。

彩凪に見られてるって意識するだけでこんな風になっちゃうくらい、私にとって彩凪はそう、いう存在になってるんだ。そして彩凪もきっと、そんな私を当然のように思っていて、

「肌触りは表より少しサラサラしてるんだ……これなら着心地も良さそう」

シャツの裏側を触りながら、しっかりと生地感を確かめてゆく。そうしてシャツを揉《も》むようにしている彩凪の手は、どこか私の肌に触れる時の動きに似ていた。

……――普段の私たちなら、とっくにそういう事を始めてる。

今はふたりきりだし、何より彩凪は私を名前で呼んでる。私の胸がこんな感じになってるのに放っておくはずない……名前で呼ばれている時の私は、彩凪のものなんだから。

だけど今は、彩凪は私じゃなくて私が着てるシャツと――『Ｆｒａｎｄ Ｃｒｕ』の依頼に集中してる。だから、そんな彩凪の邪魔にならないように我慢しなくちゃ。

「………………………」

そうして私が黙っていると、

「……――もうちょっと我慢できる？」

こちらを見ないまま、呟《つぶや》くように彩凪が言った。まるで見透かしたような彩凪の言葉に、

「…………うん」

私はただ素直に頷《うなず》いた。彩凪はちゃんと私の気持ちに気づいてくれてる……私が我慢してるって分かってくれてる。だったら――それで充分だった。そして、

「それじゃあ……脱がすね」

彩凪は私の前に立つと、内側から外側へと私の鎖骨に沿ってゆっくりと手を滑らせる。すると胸から肩まで露出するようにシャツが開けて……その状態で袖《そで》から腕を抜けば、シャツは彩凪の手に渡り、私が身に着けてるのはショーツ一枚だけになる。

そして彩凪が、改めてシャツの生地感やテクスチャについて確認しているのを見ながら、

「………………っ」

背筋にゾクゾクとしたものを感じて、そっと私は息を呑《の》んだ。それは部屋の温度が低いからじゃなくて、自分が今している格好や状態が、一体どうなっているかを理解してるから。

……――私が穿《は》いているのは、あのランジェリーショップで、彩凪が選んでくれたもの。

その中でも――もっとも布地が少なくてセクシーな、黒のレースのTバックを着けている。

腰骨に引っ掛けた三本ラインのサイドループによる微かな締め付けや、Tバック特有の細い生地のお尻《しり》への食い込み……そんなのは下着として当たり前のものなのに、彩凪を前にしている今の私にとっては充分すぎるほどの快感で。ただ穿いてるだけなのに、ショーツの奥が勝手にいやらしい熱を持つ。恥ずかしさに背中を丸めて、腕で胸を抱くようにして淫《みだ》らな形に張りつめた乳首を隠したい気持ちになるけど……これは私が選んでした格好。だから私は背筋を伸

ばし、姿勢を正してモデルのように美しく立った。そうした方が、自分の肢体がもっとも艶《なま》めかしく見えることを私はもう知っている。そして彩凪には魅力的な私を見てもらいたかった。

だから——私が胸を張っていると、程なく確認を終えた彩凪はシャツを畳んで、

「……………お待たせ、悠宇」

そう言ってこちらを見るなり、視線をスッと下に落として、

「それで——どうして悠宇は、そんなエッチな下着をつけてるの？」

彩凪の視線を直に感じて、私は内腿《うちもも》を擦り合わせるようにぴったりと閉じた。

…………これは私との行為を、彩凪に楽しんでもらうために買った淫らな勝負下着。

お風呂上《ふろあ》がりで、この後はもう基本的に寝るだけ。だから穿くならナイトブラとセットのシンプルなデザインのもので充分なのに……それでも私はこのショーツを選んでいた。それは、

「……………彩凪に見てほしかったから」

下着姿をじゃない——彩凪に見てもらいたかったのは私自身だ。資料を見始めてから彩凪は、一度たりともタブレットの画面から顔を上げなくて……もちろん仕事の邪魔はしたくなかったし、だから少しでも役に立てるように例のシャツを着たりもしたけれど。でも……それと同時に、少しでもいいから彩凪の気を引きたくて、だから私はこのショーツを穿いていた。すると、

「それじゃあ……じっくり見せてもらおうかな」

彩凪は薄《うっす》らと笑うと、ショーツだけの私をゆっくりと眺め始めた。それは露骨な眼差しで——

—彩凪は分かりやすく私を性的な目で見てくる。男の人から向けられるとうんざりして、同性

からでも不快さのある視線なのに、その相手が彩凪だとまるで嫌じゃなくて、

「……――ねえ、後ろがどうなってるか見せて」

「…………うん」

彩凪に言われるままに、私は彼女に自分の後ろを――お尻を見せた。洗面所の鏡で自分でも確認したいやらしい姿。それを今、私は彩凪に見られている。背中越しでも分かるその感覚に、

「………………っ」

彩凪の視線を確かに感じて、私がお尻をいやらしく震わせていると、

「ふふ、悠宇ってば嬉《うれ》しそう。ならもっと見てあげるから、そのまま艶《つや》っぽく脱いでみて」

そう言って、彩凪はこちらを淫らに促してくる。もちろん今の私は彩凪のもの……だから、

「……………………」

私は腰の両横――サイドループの内側に両手の親指を引っ掛けると、そのままゆっくりとショーツを下へと降ろしていった。するとお尻の途中まで来たところで、サイドループが布地部分を追い抜いてショーツが裏向きにひっくり返ったのを感じた。と同時、

「…――ぁ」

太股《ふともも》の内側を伝うようにして温かい雫《しずく》がツーっと滑り落ちてゆく感覚に、私は思わず声を漏らした。彩凪に見られていただけなのに、私は股間《こかん》をはしたなく濡《ぬ》らしていて、

「………ぁあ……」

私が顔を赤くしながら、思わず羞恥《しゅうち》の声を漏らした時だった――彩凪がこちらを背後から

抱きしめてくれたのは。そして、

「恥ずかしがっていいよ……その気持ちごと、私が悠宇を貰《もら》ってあげるから」

甘く囁《ささや》くように言いながら、彩凪の手がゆっくりと私の躰《からだ》の愛撫《あいぶ》を始める。それは優しい指使いによるフェザータッチで――脇腹や臍《へそ》のあたりを、そっと指先で触れられた私は、

「んっ……は、あぁ……んぅ……ふ……っ」

鼻を鳴らすような吐息を漏らしながら、腰を揺らめかせるように身悶《みもだ》える。少しくすぐったいような甘い感覚……それがあっという間に快楽へと変わってゆく。そんなこちらに、

「……ねえ悠宇、どっちでして欲しい？」

彩凪はそう言って、左手で私の胸の下側に触れつつ、右手を臍下のあたりに持ってくる。

……――それは、上と下のどちらで快楽を極まらせたいかの問いかけ。

淫猥《いんわい》な究極の選択を求められた私は、

「……それなら、胸でイカせて」

彩凪に自分の願望を告げた。でも、それは一つだけじゃなくて、

「そのあと、この間みたいに……彩凪の手で作ったショーツを穿かせて」

それこそが今の下着よりも私を淫らにして、だからこそ彩凪を惹《ひ》き付けるのだ。

「……ふふ、悠宇は欲張りだなぁ」

そんなこちらに、彩凪は艶っぽく笑うと――両手でゆっくりと私の胸を揉《も》み始めてくれる。

いやらしい大きさの私の乳房が、彩凪の手でもっと淫らなものへと形を変えられて、

「あぁん……はぁっ、彩凪……んぅ……はぁ、彩凪……ぁ……っ」

待ちわびていた快楽を与えられた私は、彩凪の腕の中で身悶えながら甘い声を漏らす。

静かな夜のリビングに、私のいやらしい喘《あえ》ぎ声が響いていった。

そして私の太股の内側はもう――股間から溢《あふ》れてしまった蜜《みつ》液でぐしょ濡れになっている。

△○▽

寝室に移動して、私も裸になって――ベッドで一通り悠宇を可愛がってあげた後。

ふたりで枕を背もたれのクッション代わりにしながら、私は悠宇の肩を抱いていた。

そして改めて『Ｆｒａｎｄ Ｃｒｕ』の服について、腕の中にいる悠宇に話を聞くと、

「ある意味で、着る人の体型に左右されない凄い服」

と、モデルとしての感想を教えてくれる。

「でも……ここまで身体のラインを拾うと、そういう見方をする人は一定数いると思う」

あの服はビジネスシーン向けとされているけど、陸上競技のユニフォームとか、競泳やビーチバレーの水着みたいに、本来の意図から外れた目で見られるケースはありそう。

とはいえ、普通のスーツだってタイト系のスカートなんかだとお尻《しり》のラインが出ちゃうワケで、こういう問題はどこまで気にするのかっていう話でもあったりする。女の子だって男性のスーツ姿とか、ネクタイを外す仕草なんかに色気を感じる人もいるっていうし。とはいえ、

「まあ……海外で広がったSNSでの評判が、そういう感じだったから仕方ないのかな」

最初に話題に取り上げてくれたのは、世界的な女性アーティスト。彼女が自身のSNSにアップした着こなしは、裸の上から『Ｆｒａｎｄ Ｃｒｕ』のスーツを着るというものだった。

イメージモデルを務めた悠宇もしていた格好だ。そうした悠宇の姿を撮った斑目さんの写真画像が、女性アーティストにインスピレーションを与えた可能性はある。

……──そして、そこから爆発的に『Ｆｒａｎｄ Ｃｒｕ』は海外で拡散されていった。

それはSNSで自分の美しさを発信するSNSセレブリティやネットモデルたちが、こぞって下着や裸の上から『Ｆｒａｎｄ Ｃｒｕ』のスーツを身に纏《まと》った姿をアップしたから。

結果としてユーザー認知は拡大して、ブランドの躍進につながったけど、

「だけど……多分それは玖龍さんや六道さんが望んでた形じゃなかった」

働く女性のスーツをスタイリッシュに際立たせることで、仕事の場でのモチベーションを上げる──六道さんに共有してもらった資料の中にあったコンセプトノートには、そんな『Ｆｒａｎｄ Ｃｒｕ』の理念が書いてあった。

「だから私の『雨でも負けられない』みたいな案はキャッチコピーとして認められたけど、前に依頼してたっていう広告代理店が上げてきたものは採用されなかったんじゃないかな」

「広告代理店は、どんなタグライン案を出してたの？」

そう言って私にくっついてくる悠宇に、

「SNSでの評判を軸にしたみたい。『Ｎｕｄｅ』とか『Ｖｅｎｕｓ』とかのワードと、スー

ツの『Ｓｕｉｔ』を組み合わせて。たとえばヌードは裸って意味だけど、ファッションやメイクなんかだと素肌感みたいな意味で使われるでしょ」

そして。

「『Ｓｕｉｔ』には『似合う』とか『ぴったり合う』みたいな意味もあるみたいで……そういうとこも『Ｆｒａｎｄ Ｃｒｕ』の服に合うって考えたんだと思う」

私はヘッドボードに置いてたタブレットを手に取った。そして広告代理店が作ったプレゼン資料を表示すると、悠宇と一緒に画面を見る。

そこには、セクシー感のある言葉とビジネス的なスーツ──相反する言葉をあえて掛け合わせることで、バランスを取りつつも堅さを上手く崩し、オシャレな雰囲気を演出する……みたいな方針が書いてあった。イメージがそっち方向で付いちゃってたし、ブランドの拡大っていう目的で考えるなら、必ずしも戦略的に間違ってるってワケじゃない気もする。だって、

「渡された他の資料に『Ｆｒａｎｄ Ｃｒｕ』の出資者リストもあって……見たら女性のモデルやＳＮＳ系のインフルエンサーが多いんだよね。一番出資比率が高い人も、アメリカのトップモデルの女性で、自分でアパレルや化粧品のブランドを幾つも展開してるような人だし」

資料を切り替えると、画面には綺麗《きれい》な女性の写真とプロフィールが映し出される。

リアラ・アイン──彼女のことは、アパレルに詳しくない私だって知ってる。活動してすぐにフォロワー数が一千万を超えた新時代のＳＮＳの申し子のひとり。今は二十一歳で、フォロワー数は二千万をゆうに超えてる。四大コレクションのランウェイも歩いてるし、それこそ斑

目さんが写真を撮ったこともあったはず。『Ｆｒａｎｄ Ｃｒｕ』に出資したのも、斑目さんを介してとかもありそうだよね。もしくは、リアラが斑目さんを使うように言ったとか。

「彼女もＳＮＳに着用写真を上げてて……きちんとシャツを着たフォーマルな格好もしてるんだけど、反響が大きいのはやっぱり裸や下着の上から羽織ってるセクシーなものみたい」

「そういうネット上での反響が、『Ｆｒａｎｄ Ｃｒｕ』の魅力だって考えて、広告代理店はその方向性で提案した。だけど――その結果ダメだった」

そこまで言うと、悠宇は思案するように、

「希望や想いみたいなものがあるなら、どうして『Ｆｒａｎｄ Ｃｒｕ』の人たちは、それを広告代理店に伝えなかったんだろう。今日だって彩凪には何も言わなかったし」

「自分たちが良いと思っているものの中に、正解はないって考えてるんじゃないかな」

自分たちには足りないものがある――六道さんからは、危機感にも似た課題意識みたいなものが感じられた。彼女が求めているのは、自分たちにはない新しい価値観で、

「だからこそ、足りないものがある自分たちの意見が、自由な発想やクリエイティブを邪魔するかもって考えて、あえて何も言わずに任せたんだと思う」

結果として、広告代理店から上がってきたものは、ＳＮＳ上に広がるイメージに乗っかったものだった。ただ、そうしたユーザーに媚《こ》びるような安直な方向性は、玖龍さんも六道さんも考えたはずだし、何ならとっくに彼女たちで却下していたのかもしれない。

それでも――自分たち以外の人が、改めてその方向性が良いと提案してきたら再考するつも

りだった可能性もあるけど……結果としては採用には至ってない。

……――いやもう、これってクイズだとしたら、かなりの難問だよ。

課題という名の問題はあるけど、でも出題者は正解を知らなくて……そんなクイズの正解を、出題者の代わりに考えなくてはならない。しかも正解かどうかを判断するのは、正解を知らない出題者ときた。はっきりいって途轍《とてつ》もないし途方もない話だと思う。

ただし――これはクイズじゃない。『Ｆｒａｎｄ Ｃｒｕ』と広告代理店は、出題者と解答者なんかじゃなくて、患者と医者の関係に近かったんだと思う。患者の抱える問題を、プロとして医者が解決する。その際、医者は患者に代わって正解を導き出して治療する必要がある。

要は私への依頼は、セカンドオピニオンみたいなもの。最初の医者である広告代理店の治療方針に納得できなかった『Ｆｒａｎｄ Ｃｒｕ』が、私にも診断を求めたという話。

それはまあ良いんだけど……問題は、私は医師免許のない素人《しろうと》だって事だよね。もちろん依頼は医療行為じゃないから違法とかじゃないけど、とはいえ素人なのは間違いない。

「……――やっぱり問題は、誰にとっての正解にするか……だよね」

会話の先を思考だけで走らせていた私の呟きに、悠宇がこちらを見ながら、

「誰って……依頼主の『Ｆｒａｎｄ Ｃｒｕ』じゃないの？」

「玖龍さんと六道さんの思惑は違ってる。だから――そんな意見の一致してない二人を、同時に納得させるっていうのが、今回の依頼のポイントになってくると思うんだよね」

本来は、依頼の前に二人の意見をまとめてもらわないと困るんだけど。っていうか――ここ

まで延々と考えてきたけど、張り切ってる私の肩に力が入ってしまってるだけで、そんな複雑な話じゃないのかもしれない。それこそ私なりのタグラインを考えるだけで良いのかも。

……――ただ……広告代理店の提案資料が、かなり良くできてるんだよね。

社名で検索してホームページを見ると、掲載されてる実績は錚錚《そうそう》たるものがずらりと並んでるような会社で、実際に資料に書いてある提案内容もけっして悪くはなかった。それでもダメだったって事は、どこかで何かを間違えてしまっているはず。その見当がつかないと、広告代理店みたいにズレたものを提案してしまいかねない。そんな事を思ってると、

「…………………………」

隣にいる悠宇が、何かを考え込んでいた。

「…………どうかした？」

「誰のためかって話。それも大切だと思うけど」

あのね、と悠宇。

「そもそもタグラインを変更したい理由が――他にも別にあるんじゃないかなって」

「――――――――」

発せられた悠宇の言葉に、まるで視界が開けたように私の思考がクリアになる。

そうか……見直さなきゃいけなかったのは、誰のためのタグラインかじゃない。

『タグラインの再構築』という依頼そのもの――その裏側にあるものだったのかも。

……――タグラインの変更に積極的な六道さんと、消極的な玖龍さん。

どうして二人の意見が分かれてるのか。

やるべきなのはタグラインの正解を出す事じゃなく、二人が抱えてる問題を解決する事。

誰のためかじゃない。何のためかが重要だったんだ。

「ありがとう悠宇……おかげで、何に気をつければいいのか分かったかも」

「…………よかった、役に立ちそう？」

「立ちまくりだよ。上手くいったら悠宇のおかげってくらい」

そう言って肩を抱き寄せると、悠宇は嬉《うれ》しそうにこちらへ頬を寄せてくる。

そんな悠宇の体温を感じながら、私の中で方針が定まっていった。

ここからは、どこまで私たちが『Ｆｒａｎｄ Ｃｒｕ』の二人の思考に迫れるか。

……――『Ｆｒａｎｄ Ｃｒｕ』のタグラインは『ＷＩＴＨ ＹＯＵＲ ＨＥＡＲＴ』。

それを再構築するなら――まずは玖龍さんと六道さんの心に寄り添わなくては。

◆●◆

翌日――彩凪と私のためのスーツ一式が届いた後。

彩凪は本格的に、『Ｆｒａｎｄ Ｃｒｕ』からの依頼に取り掛かっていった。

とはいえ学校もあるから、使える時間は放課後に帰宅してから寝るまでの間だけ。

しかも各科目やグループワークなんかの課題もある。グループワークについては芦原さんと不破さんが主導してくれたおかげで負担はそこまで大きくなかったけど、彩凪は自分の担当をしっかりと受け持ちつつ、『ＦｒａｎｄＣｒｕ』の依頼にも取り組んでいた。

……――当然、最初の内は私も手伝ったりはした。

彩凪と一緒にスーツやシャツに袖を通して、あらためて『ＦｒａｎｄＣｒｕ』の服の魅力について理解を深めたり、彩凪の思考がより動きやすくなるように資料を整理したり。

でも――やれる事はそういった雑用ばかり。

それらが一通り終わると、それこそ私にできる事はなくなった。

彩凪は本当に深いところまで思考して、『ＦｒａｎｄＣｒｕ』についての分析と想像を働かせながら、タグラインの可能性と方向性を探っていたから。それはまるで無呼吸の潜水のようなもので……あっという間に私は、彩凪が潜る思考の深さについて行けなくなった。

こちらが尋ねたら彩凪は答えてくれたかもしれないけど、説明させてしまうことで足手纏《あしでまと》いになってしまうような気がして――つい躊躇《ちゆうちよ》してしまって聞いたりはできなかった。

……――そんな彩凪のために私にできたのは、とにかく邪魔にならないようにする事だけ。

だから彩凪の思考を途切れさせないように、私から声を掛けるような事はしなくなり……必然的に私と彩凪の会話は減少。それまでは毎晩のようにしていた彩凪との行為もなくなった。

もちろん寂しかったし、甘えたりしたいとも思った。だってそれが当然だったから。

けど……そのせいで彩凪の時間を奪って、足を引っ張るような事になるのはイヤだった。

彩凪の邪魔をしてしまうこと以上に、彩凪に邪魔だって思われたくなかった。

怖かった。

邪魔という感情は、彩凪と私が一緒にいる今の生活を揺るがしかねないものだったから。

……――でも、全ては一週間だけ辛抱すればいい話。そう思ったら我慢はできた。

一緒に暮らしているし、同じベッドで寝て起きる生活は変わらなかったから。

そして迎えた木曜日――時刻は夕方の六時半すぎ。今は、珍しく彩凪が夕食の前にお風呂《ふろ》に入っている。料理中、買ったばかりの片栗粉の袋を開けた拍子に、中身を被ってしまったのだ。

胸元から服の内側にまで入ってしまっていて……汚した床を掃除しようとしていた彩凪を問答無用で浴室へ行かせた。今ごろはお風呂場で、汚れた服を洗面器につけて洗ってると思う。

そんな時だった――私の携帯が鳴ったのは。画面に表示されたのは登録されてる番号で、

『レイブルハウスの遠藤と申します。深未悠宇さんのお電話でよろしかったでしょうか？』

こちらが電話に出ると、丁寧な口調で話し始めたのは聞き覚えのある女性の声。それが彩凪と私がこの部屋で鉢合わせした時にやって来た不動産屋の女性であることを思い出し、

「…………はい、そうですが」

『先日は、あのような形でのご挨拶《あいさつ》になり申し訳ありません。今お時間よろしいですか？』

「ええ……大丈夫です」

答えながら疑問に思う――いったい何の用だろう、わざわざ連絡してくるなんて。

『雪平さんのお電話が繋《つな》がらなかったので、それでこちらへ掛けさせていただいたのですが』

遠藤さんは、そう前置きをしてから言った。

『実は——今お住まいのそちらの部屋よりも条件の良い物件に空きが出ましたので、優先的にご案内できればと思いまして、ご連絡させていただきました』


その言葉を聞いた瞬間、思考と一緒に私の呼吸が止まる。

別の部屋が見つかった連絡……何それ、もしかして彩凪が頼んでいた？

呆然《ぼうぜん》となって言葉が出せずにいるこちらに、

『新しい物件は、家賃は同じで部屋の広さもそう変わらず、しかし最寄り駅からの距離は近くなります。ただし住所は他の区になり路線も異なりますが』

それでも、と遠藤さん。

『伺っている通学先を考えると移動時間は短縮されますので、利便性はアップするかと。四月のこの時期に、ここまで良い条件の物件が出るのはほとんど奇跡です』

滅多にないような事みたいで、電話の向こうの声には少し熱がこもっている。

でも、私にはその声が遠く聞こえた。遠藤さんの声より、もっと大きい音があったから。

それは心臓の鼓動で……胸の奥で信じられないほどの音が鳴り響いていた。

……——遠藤さんはきっと、これは彩凪と私にとって良い話だと思ってる。

だけど私には……私にとってそれは、もっとも考えたくない事だった。

彩凪と一緒に暮らせてる今のこの生活こそが、これ以上ない奇跡なのだ。

なのに別の部屋？　しかも他の区で、ちがう路線？

だとしたら普段の生活で顔を合わせるような事はなくなるし、登下校だって別々になる。

一緒に住んでいる今の生活が――まるで嘘だったみたいに。

『深未さんと雪平さんには、当社の手違いからご迷惑をおかけしてしまいました。いきなり一緒に暮らすことになって、ご不便な想いもされたかと思います』

優しい声で残酷に、私たちの生活を否定する言葉を告げてくる。とっさに「ちがう」って叫びたかった……でもそれは私の気持ちで、彩凪も同じとは限らない。だから、別の部屋の話は遠藤さんが親切心でやってくれたのか、それとも彩凪が頼んだのかを確認したかったけど、

「…………………………」

言葉どころか声も出せない。もし、後者と言われたら――そう思うと怖くて聞けなかった。

『一週間ほどでしたらお時間を差し上げられますので、ご検討いただければと。物件情報については、お二人ともにお送りする形でよろしいですか？』

遠藤さんが確認してきて――私は思わずお風呂場の方向を見た。

どうしよう。どうすれば。どうしたら。思考がグルグルと回る。

『………深未さん？』

こちらがずっと無言でいる事に、遠藤さんの声が怪訝《けげん》そうになる。

だけど私は答えられなかった。だって……答えなんて、なかったから。

……――それでも、このまま黙っていたら遠藤さんは電話を切ってしまう。

かけ直してくれるかもしれない。けど、そのまま物件情報を送ってくるかもしれない。

そうしたらもう手遅れ。彩凪は知ってしまうのだ……私と別々に暮らす可能性と選択肢を。

だから、

「…………私にだけ、送ってください」

気がついた時には――それだけを言って私は電話を切っていた。

△○▽

…――タグラインの締め切りまで、残り二日となった土曜日。

私は悠宇と別行動をとって、とある場所を訪れていた。

それは東京の心臓部のひとつ――丸の内。

東京駅の西側に位置するこのエリアには、無数の高層ビルが空に向かってそびえ立つ。

一方で少し足を延ばせば、高級レストランやブティックも軒を連ねていて、歴史を感じさせる伝統と最新のテクノロジーとが調和した洗練された街並みが広がってる。

女子高生にはあまり馴染《なじ》みのない街――だけど、私には少しだけ縁があった。

…――ここは、私のアイディアによって悠宇の撮影が行なわれた場所だったから。

先日の雨が嘘みたいな晴天の下、私は石畳の通りに面したカフェで人と会っていた。

赤を基調としたオープンテラス――その一角にある四人掛けのテーブル席で向かい合う相手

は『Ｆｒａｎｄ Ｃｒｕ』のふたり、玖龍さんと六道さんだ。

「本当にすみません、お休みの日にお時間をいただいちゃって」

今日のこの場は私がお願いしたもの。二人へのヒヤリングの機会を作ってもらったのだ。

「いえ……雪平さんも学校がありますし、週末の方がお話をするには良いと思います」

「それに休みの日はいつも街に出て、デザインの参考になるように人間観察をしてるから」

こちらの言葉に、六道さんと玖龍さんが優しく応じてくれる。二人の表情と雰囲気は少し柔らかくて……私は心の中でそっと、自分の判断が正しかったことを思った。

本来の依頼を考えれば……クライアントの要望に沿ってタグラインを考案するなら、もっと早くに玖龍さんと六道さんから話を聞くべきだった。こちらとしても『Ｆｒａｎｄ Ｃｒｕ』のブランドの理解だけでいえば、木曜にはある程度しっかりできていたし。

だけど平日に――それこそ事務所で聞かせてもらっていたら、二人はビジネスモードだったはず。でも、依頼の裏側にあるものを炙《あぶ》り出すって考えると、あまり身構えられてしまっても困る。だからオフの二人と話せるように、週末のカフェを指定させてもらったのだ。すると、

「……――私たちの服を着てくれてるんだね」

テーブルを挟んだ席からこちらを見ながら、玖龍さんが嬉しそうに言った。

そう――私は『Ｆｒａｎｄ Ｃｒｕ』のスーツとシャツを着てきていた。今日の目的のひとつは、玖龍さんに色々と話してもらう事。そのためには、彼女と打ち解ける必要がある。

……――正直いって玖龍さんは、あまり私に心を許してくれてない。

残念だけど、でも当然の反応だと思う。だって私は、玖龍さんが大切にしてるものを変える依頼を請けてるんだから。それでも、彼女の協力は何としても必要だった——だから、

「せっかくお二人に話を伺うなら、それに相応《ふさわ》しい格好をしたかったので」

こんなのは基礎的な礼儀の話——ＴＰＯに合わせた服装だ。

アパレルブランドのインタビューをする時、事前にブランド側から商品を渡されておいて、当日に聞き手が持ってこないなんて話にもならない。それこそ渡された以外のアイテムを買って、さりげなく身に着けて心証を良くしたり、そこから話題を広げたりするはず。

「送っていただいた物をすぐに着てみて……本当に凄《すご》かったです。袖《そで》を通して数分たつと、まるで服がそっと抱き締めてくれるみたいに収縮するんですよね」

そして今、私の身体にピッタリと合ったシルエットになっている。

「あと、これは実際に着てみて思ったんですけど……あまりスタイルに自信がないって考えてる人にも着て欲しい服だなって」

「っ————そう思うっ⁉」

こちらの言葉に、身を乗り出すようにして聞いてくる玖龍さんに、

「はい。深未さんが着てるのを見てたから、ちょっと気後れしちゃってたんですけど……でも、思いきって袖を通してみたら本当にラインが綺麗《きれい》で」

最初は少し恥ずかしさみたいなものもあったけど、鏡を見ながらシルエットが少しずつ変わってゆくのを見ていると、自分の姿に目が慣れるからそこまで違和感を覚えないんだよね。

……――もちろん、だからといって悠宇みたいになれるワケじゃない。

思わず息を呑《の》むような、あの壮絶な美しさは――モデル『ＵＵ』だけのもの。

これは他の誰かになれる服じゃない。本当の自分を見せられる服なんだと思う。

その上で、このスーツやシャツは着る人のスタイルを綺麗に見せられる。

前向きに言ったら――胸を張れるほどに。

「ありがとう……そう言ってもらえて本当に嬉《うれ》しい」

玖龍さんは喜びの表情を浮かべながら、

「オーダーとかセミオーダーのスーツなんかも、自分のスタイルに自信がない人こそ買うと良かったりするの。既製服の手軽さは素晴らしいけど、やっぱり人が服に合わせるものだし」

口にする言葉に、わずかに熱が入ってゆく。

「自分の身体にコンプレックスがある人は、コーディネートの知識があれば上手にスタイルを隠したりできるけど……でも誰でもファッションに興味があるワケじゃないでしょ？　それにスーツだと、どうしても誤魔化しが利きにくいのはあるから」

最低限きっちりとしたシルエットに、制限されるアイテム。特に、ある種の『無難さ』が美徳とされてる日本では、なおさら工夫の余地は限られてる。そんな玖龍さんの言葉に、

「セミオーダーなら、お手軽な値段のものもありますもんね」

私は頷《うなず》きながら話についてゆく。『Ｆｒａｎｄ Ｃｒｕ』にとって、オーダーやセミオーダーのスーツはある意味ライバル。玖龍さん達と話をする上で、そこの知識は欠かせない。

「ただ……オーダーした時の採寸に合わせて作られるから、スタイルが変わると着にくさが出てくるのもあって、敬遠しちゃう人がいるみたいですね」

「ええ──でも、そうした問題も我々の服ならクリアできます」

と、自信を込めた口調で六道さん。

「毎日、袖を通す度に採寸するようなものですから。体型の変化も、よほど極端なことにならない限り充分カバーできるように作っていますので」

結果としてサイズが合わなくなった事による廃棄も減らせる。これは環境問題に敏感なアパレル業界におけるＳＤＧｓに適うもの。ＳＮＳでのセクシー画像がバズっただけじゃない。

『Ｆｒａｎｄ Ｃｒｕ』が投資家から出資を集められてるのは、こういう強みもあるからなのだ。

スーツはこういうものだって諦《あきら》めてきた事や、こうあるべきみたいな既成概念に囚われる事なく──その上で仕事用の服としても成立する絶妙なバランス。そんな新しい着こなしを実現した『Ｆｒａｎｄ Ｃｒｕ』の服は革新的だし、それ以上に挑戦的だと思う。

だから──上手く認知が広がれば、日本でも手に取ってもらえる機会は増えるはずで、

「あ……もしかして、向こうから来る人が着てるのって」

という私の言葉に、玖龍さんと六道さんが後ろを振り返る。

こちらの視線の先──石畳の通りを背の高いスーツ姿の女性が颯爽《さっそう》と歩いてきていた。

ピシッとした格好という言葉を、これ以上ないほど体現している美しいそのシルエットに、

「ええ──ウチの服です」

確信したように六道さんは言った。声は落ち着いてるけど、表情は嬉しそうにしていて、

「すごい偶然……どうしよう、声とか掛けちゃダメかな？」

と、興奮したように言う玖龍さんに、

「ダメよ、向こうは仕事中かもしれないんだから。見るだけにしなさい」

六道さんが優しく諭すように告げると、『Ｆｒａｎｄ Ｃｒｕ』のスーツを着た女性が私たちのいるテラス席の横を通り抜けてゆく。高いヒールのパンプスで、コツコツと硬質な音を立てながら歩いてゆく彼女の姿は、正面や横だけじゃなく、後ろから眺めても美しかった。

去ってゆく女性を見送っている玖龍さんと六道さんに、

「………もっと、着てくれる人を増やしたいですね」

私は自分の気持ちを告げた。悠宇のこともあるけど――私なんかで役に立つなら、力になりたいって思う。そんな想いを確かにしながら、

「それで……連絡した際にお伝えしたように、今日はお二人の話を伺いたくて」

そう言うと、玖龍さんと六道さんはこちらを向いて――いよいよ私は本題へ入る。

「資料にあった経歴を拝見しました。お二人ともニューヨークにあるファッション専門の大学に通われてましたよね。玖龍さんはファッションデザイン学部、六道さんはファッションビジネス学部を卒業とありましたけど……出会われたのは在学されていた時なんですか？」

「ううん――私と一葉ちゃんが会ったのは高校の時だよ」

玖龍さんの口調が、ここまでの空気作りが功を奏したのか完全に砕けたものになっていた。

手応えを感じながら、私はそっと六道さんの反応を窺う。ここでまた、玖龍さんの話し方をたしなめられてしまうと、柔らかくなった空気が固まってしまう。すると少しの間をおいて、

「……――そうね。一年の時に同じクラスになって、そこからここまで来ちゃった感じかな」

そう言って、六道さんはふっと表情を緩めた。玖龍さんの空気に合わせたのだ。

上手くいった――話題の時間軸を過去にしたことで、二人の関係も社長と副社長じゃなくてプライベートなものになっている。その空気を壊さないようにしながら、

「何がきっかけで一緒にファッションブランドを立ち上げるパートナーになったんですか？」

「最初はそこまで仲良くなかったの。普段はそれぞれ別の友達グループで過ごしてたし」

と、過去を懐かしむように玖龍さん。

「話すようになったきっかけは文化祭でね。私たちのクラスは出しものを喫茶で申請したの。最初はメイド喫茶って話だったんだけど……最終的に執事喫茶になって」

「上の学年でもメイド喫茶で申請したところがあったんです。そのため話し合いになりまして」

六道さんは苦笑しながら、

「まあ色々あって、後輩のこちらが譲る事になって執事喫茶に」

「あー……ありますよね、そういう事って」

「ええ。ただ女子校だったので、上手くいけばこっちの方が人気が出るんじゃないかってみんなで話してました。そして本番を迎えたら、私たちのクラスは売上げと人気投票の両方で全体のトップになりまして……あまりに盛況だったので、三年間ずっと執事喫茶をやることに」

そして。

「その時に、衣装を手掛けてくれたのが――詩織だったんです」

「一年の時から全校トップって……当時からやっぱり玖龍さんって凄かったんですか？」

こちらの問いに、玖龍さんと六道さんは顔を見合わせると――おかしそうに笑い出して、

「それが大変だったの。私がこだわりすぎちゃって予算は余裕でオーバーしそうになるし、仕上がりも予定から遅れに遅れてね。あまりにどうしようもない状況だったから、委員長だった一葉ちゃんが怒って――それでケンカになったりしたんだけど」

でもね、と玖龍さん。

「一方的に怒るんじゃなく、私の話を最後まで全部聞いてくれて……私のやりたい事とクラスのみんなの気持ちを上手くまとめて、ほとんど崩壊しかけてた現場を立て直してくれたの」

「あの頃から詩織は根っからのデザイナーで、みんなそのこだわりに付いていけなくて――それで孤立してしまっていたんです。ただ、見本として作った一着目の出来が本当に良かったんですよ。だから、その素晴らしさを分かってもらえれば何とかなるとは思ってました」

「そうだったんですね……でも、どうやってクラスのみんなに理解してもらったんです？」

「うふふ、それはね～」

玖龍さんは悪戯《いたずら》っぽい笑みを浮かべると、慣れた手つきで自分の携帯を操作してこちらに渡してくれる。その画面には、執事の衣装を身にまとった人物の画像が映し出されていた。

凛《りん》とした佇まいを可能にしているのは、衣装の質感とシルエットの美しさ。まるでオーダー

メイドのように身体にフィットしてるその執事服は、どことなく『Ｆｒａｎｄ Ｃｒｕ』のスーツに近いものを感じる。そんな衣装を着ている人物には見覚えのある面影があって、
思わず顔を上げたこちらに、六道さんは自分のコーヒーカップを口元に運びながら、

「これって……もしかして六道さんですか？」

「……ええ、恥ずかしながら」

「凄いでしょ。この姿をお披露目したら、みんな本当に驚いてくれてね。それで、この格好の一葉ちゃんがお願いしたら、他のクラスの子まで協力してくれるようになったんだよ」

「なるほど……それで間に合ったんですね」

これは玖龍さんがデザイナーとして優秀だったって話ではあるけど、それ以上に機転の利かせ方だったり、芸術家肌の玖龍さんのケアからクラスのコントロールだったり、いかに六道さんがリーダーとして優れてるかってエピソードだと思う。そうして玖龍さんが嬉しそうに思い出話をあれこれと披露してゆく中、ふと六道さんは過去を思い出すように虚空を見つめて、

「最後に全校生徒の前でみんな一緒に表彰された……あの時の達成感は忘れられません」

「すると私たちの学祭の写真がＳＮＳで評判になって、ネットメディアでも少し取り上げられたりしたの。そうしたら近隣の高校や大学から、学祭や演劇部の活動用の衣装の依頼が来るようになって……でも、私だけだとまたトラブルになりそうだったから」

「そこからはいつも一緒――マネージャーみたいなものです。今でこそ副社長兼秘書なんてやってますけどね。私の本質は今も、デザイナー玖龍詩織のマネージャーなんです」

ただ、と六道さん。

「一緒に海外留学したいって言い出した時はどうしようかと思ったけど」

「でも——ついて来てくれたよ」

隣にいるパートナーの横顔を見ながら、微笑を浮かべた玖龍さんに、

「そりゃね、あんたは言い出したら聞かないから」

やれやれと溜息《ためいき》をついた六道さんは、

「まあ……一緒に行けて良かったとは思ってる。詩織のデザインは……『Ｆｒａｎｄ Ｃｒｕ』の服は、向こうじゃないと形にならなかっただろうし」

そこで声のトーンを少し低いものにして、

「それに……あっちには、詩織に必要なものが揃《そろ》ってる。だから——……」

「……——だから何？」

六道さんの言葉を遮るように、玖龍さんが問いかけの言葉を口にした。

硬い表情と声——そっか……玖龍さんは、六道さんが何を言おうとしたか分かってるんだ。

せっかく良かったこれまでの空気が、嘘みたいに重たくなってしまう中、

「玖龍さん。これ、ありがとうございました」

そう言って、私は彼女に携帯を返した。そして、

「それと……ちょっと六道さんと二人だけで話したいんですけど、いいですか？」

「え——……？」

予想外のお願いだったのか、携帯を受け取った玖龍さんが驚いたように眼を丸くする。

そして玖龍さんは、隣の六道さんを気まずそうに見た。自分のせいで空気を悪くしてしまった手前、六道さんへの言葉を見つけられずにいる玖龍さんに、

「向かいのお店……知ってるでしょ。全国に数十店舗、海外展開もしてる大手のセレクトショップよ。表参道や恵比寿なんかの店舗は見たけど、ここは来たことないから様子を見てきて」

六道さんは眼を合わせることなく、席を外すように玖龍さんへ言い放つ。

「…………………………」

玖龍さんはしばらく黙った後——ゆっくり席を立って、言われたお店へと一人で向かった。

そして玖龍さんがセレクトショップへ入っていったところで、

「すみません。先日に続いて、お見苦しいところを」

六道さんは瞳《ひとみ》を伏せたものにしながらこちらへと謝った。

「それで……お話というのは？」

「はい——ご依頼のタグラインの件についてです」

私もまたトーンを真剣なものにして、

「現在の『WITH YOUR HEART』から変更したいというお話ですが、改めてなぜそう思われたのかを伺いたくて。身体に寄り添《ふさわ》う機能を持った服を通して、着る人の心に寄り添う……御社のタグラインとして相応しいと感じたんですけど」

「それは————…」

言いよどむ六道さんに掘り下げて尋ねる。

「先日の打ち合わせでは、タグラインの変更は六道さんのお考えのようでした。今の会社にはそぐわないからというのが理由でしたよね。どうしてそう思ったんですか？」

「…………恥ずかしながら、今のものは私と詩織がアルコールを飲んでいた時に、ブランド名と一緒に考えたいい加減なものでして。これまではそれで通せたりもしたんですが、ブランドの今後を見据えると、きちんと考案したものにすべきと思ったんです」

「きちんとしたもの……ですか？」

「ええ——何かおかしいでしょうか？」

キョトンとなった私へ、六道さんは問い返してきた。少しムッとしたように感じられるのは多分気のせいじゃない。でも、これは狙い通りの反応だったりする——だって今日の目的は、六道さんの本音を引き出すこと。だから感情的になって貰《もら》わないと困るわけで、

「酔った時とはいえ、一番の当事者の六道さんたちが考えたものはダメなんですよね？」

それなのに。

「私が考えるときちんとしたものになるんですか？　アパレル・ファッションの素人《しろうと》で、御社のこともよく分かってない女子高生が考える方が、いい加減な気がしてしまうんですけど」

「優れた能力は、必ずしも年齢や知識によって保証されるものではありません。センスや才能が、経験や歴史を凌駕《りょうが》することは普通にあるんです。それこそ——詩織のように」

そんな六道さんの言葉に、私は確信を強いものにしながら、

「それは分かりますし、私を評価してもらえたのは光栄です。ただ、だとしたら私に求めるのは素人だからこその既成概念に囚われない自由で柔軟な発想であって、会社やファッションブランドとしてきちんとしたものを頼むというのは適切ではないと思うんです」

「…………ですから、雪平さんには柔軟な思考でアウトプットをお願いし、その結果として弊社にとってきちんと良いものが生まれれば、と」

「柔軟な思考ということであれば、現在のブランド名やタグラインはそうして生まれてます。だってお酒を飲んでいたんですから。普段とは違う自由な発想から考えられてますよ」

「ですが、酔っている状態では自由な発想というよりむしろ思考は低下して――……」

「そうですか？　クリエイティブって必ずしも机に向かってる時に生まれるものじゃないでしょう。ご飯を食べながら、お風呂《ふろ》に入りながら、休憩中にぼんやりしながら……それこそお酒を飲んでる時に考えついたものだって幾らでもありますよね」

一流ブランドのトップデザイナーの中には、お酒や薬物に溺《おぼ》れてる人もいたみたいだし、

「そもそも――思いついた時は酔っていたとしても、最終的な決定は正常な判断ができる状態で行なったはずです。そうじゃないと、他でもない六道さんがＯＫを出しませんよね？」

「…………………」

六道さんは黙り込んだ。理詰めで追いつめるような真似をして申し訳ないな、とも思う。

だけど、これは必要なこと。『Ｆｒａｎｄ Ｃｒｕ』のためにも、玖龍さんのためにも。

そして何より――六道さんにとっても。

……――今回の依頼で私がするべき事……それはタグラインの考案じゃない。

六道さんに考え直してもらう事なのだ。そのためにも、

「酔っていた時に考えたことが問題じゃないはずです。もし本当にそれが理由なら、お酒を飲まずに考えればすむ話ですから。だとしたら何がいけないんでしょうね」

少し俯《うつむ》き加減《かげん》でいる六道さんへ、私は追及の手を緩めない。

「玖龍さんや玖龍さんの作った服の評価に対して、器としての会社が追いつけてない。そのためタグラインを再構築して、何ならブランド名まで変えていい。六道さんは――ご自身が関わっているところばかりを変えようとしてますよね」

それが意味するところは何か――その真実を、真っ向から六道さんを見据えて告げる。

「……――離れるつもりですね。会社と……玖龍さんから」

▽▽▽

私の言葉に、六道さんは何も言わなかった。だけどそれは間違いなく肯定の無言で、

「…………どうしてなんですか？」

そう尋ねると、六道さんはふっと視線をこちらから外した。

見つめる先は通りを挟んだ向かいのショップ――店内にいる玖龍さんで、

「高校時代は支えてあげられていたと思います。他に頼れる人もいませんでしたし」

ただ、と六道さん。

「アメリカに渡ると、その考えはなくなりました。個性そのものが才能となるデザイナーと違って、ファッションビジネスを学ぶ人間の優劣は明確です。私よりも優秀な人は数え切れないほどいる。詩織の服は詩織にしか作れませんが、私の代わりなんて幾らでもいた」

そこまで言うと、再び瞳を伏せたものにして、

「それでも詩織は私と一緒にやりたいと言ってくれました。嬉《うれ》しかったです……本当に。だから死に物狂いで頑張りました。私なりにサポート役を務めて、どうにかここまで来たんです」

でも。

「資金調達によってお金が集まり、会社として投資できる余裕ができました。今なら優秀な人材を雇うお金もツテもあります。詩織と会社のことを考えるなら、無理に私が傍にいて足手まといになるよりも——そう思ったら、それ以上に自分が役立てるビジョンが見えなくて」

「それで玖龍さんとあえて衝突したり、より良いタグラインやブランド名を自分以外の人間に考えさせることで、玖龍さんや投資家に貴女よりも良い選択肢があると分からせようと？」

「……——無責任であることは承知の上です」

六道さんの選択を軽々しく無責任とは言えない。私だって、悠宇のモデル活動の足手まといになりたくなくてこの依頼を受けたようなものだし。

何より高校時代からずっと一緒で、相手のために海外まで共に行くまでした人なのだ。望んでこんな真似するはずがない。今言ったのだって、きっとごく一部の話。

この決断をするまでに、もっと色んな出来事や葛藤《かっとう》があったはず。全ては玖龍さんやブランドが、さらなる飛躍を遂げるために――六道さんは自分で自分をクビにしようとしてたのだ。

「………今日のこの場は、依頼を断るためだったんですか？」

「いいえ――ご依頼にはお応えします。私なりにですけど」

私はそう言うと、持ってきた鞄《かばん》の中から貸し出されてるタブレットを取り出して、

「ブランド名ですが……玖龍さんとワインを飲んでいる時に、『Ｇｒａｎｄ Ｃｒｕ』から取ったものなんですよね。なぜ『Ｆｒａｎｄ』にしたんですか？」

「それは……資料にも書かせていただいています。元の『Ｇｒａｎｄ Ｃｒｕ』のグの母音であるウ音のものの中で、使えそうなのはそれしかなかったからです」

母音がウのものは、『う・く・す・つ・づ・ぬ・ふ・ぶ・む・ゆ・る』。スライドツールを立ち上げた私は、タッチペンでそれらを順に書いてゆきつつ、

「玖龍さんのブランドで、『Ｂｒａｎｄ Ｃｒｕ』って選択肢もなくはないと思うんですけど」

「一応候補として出ましたが……ブランド名にそのまま『Ｂｒａｎｄ』と入れるのはあまりに安直すぎますし、正直センスを疑われてしまう可能性があったので」

「………なるほど」

危ない危ない……『Ｆｒａｎｄ』の意義を強調しようとして、やぶ蛇になるところだった。

自分にファッションやアパレルの知識とかセンスがないのを戒めるように自覚しながら、

「それで今の『Ｆｒａｎｄ』になったんですね」

そう言いつつ、私は次のスライドに本来の意味を書いてゆく。

『Ｆａｉｒ，Ｒｅａｓｏｎａｂｌｅ Ａｎｄ Ｎｏｎ―Ｄｉｓｃｒｉｍｉｎａｔｏｒｙ』

そしてその下に「公正で合理的で非差別的」と綴《つづ》って、

「良い言葉が見つかりましたよね。着る人の体型や骨格に左右されない服の特性に加えて、ファッション業界でも避けて通れないＳＤＧｓの潮流にもマッチしてますし。この単語を入れることでメッセージ性が出て、セレブ達からの出資にもつながったんじゃないですか？」

「その側面もあったとは思います。注目を集めやすい富裕層の方達のほうが、寄付や環境問題などへの意識は比較的高い傾向にありますので」

「だとしたら――今のブランドの成功は、六道さんのお陰でもあるって事ですよね」

「………………………」

こちらの指摘に六道さんはまた沈黙した。まあ、そう簡単に乗ってこないよね。

だから私は、別角度からの質問をぶつける。

「ところで……元ネタのワインはお二人にとって大切なものなんですか？　玖龍さんは、ブランド名を変更するくらいなら会社を畳むみたいなことまで言ってましたよね」

「…――いえ、それが……」

こちらの問いに、六道さんは答えに詰まる。

「ふたりで進級祝いがてら、ブランド名を考えていた時に開けたワインではあります。でも、特別な思い入れがあるかというと……だからこそ、変えても良いのではと思ったのですが」

「玖龍さんには、『ＦｒａｎｄＣｒｕ』の名前にこだわる理由があるって事ですね」

私はそう口にすると、次のスライドに『ＦｒａｎｄＣｒｕ』と大きく書いた。

そして六道さんに見せるように『／』によって単語を区切る。

『Ｆｒ／ａｎｄ／Ｃｒｕ』――つまり『Ｆｒと玖龍』だ。

「…………これは？」

キョトンとなった六道さんの前で、私がさらに文字を書き加えると、

「っ――――…」

ハッとなったように六道さんが息を呑《の》んだ。私がスライドにこう綴ったからだ。

『Ｆ・ｒｉｋｕｄｏ／ａｎｄ／Ｃｒｕ（Ｆ・六道と玖龍）』と。

そう――恐らく「ｒ」は六道さんのイニシャルで、私はそこからさらに書き記してゆく。

『Ｆｏｒ／ｒｉｋｕｄｏ／ａｎｄ／Ｃｒｕ（六道と玖龍のために）』

『Ｆｏｒｅｖｅｒ／ｒｉｋｕｄｏ／ａｎｄ／Ｃｒｕ（永遠に、六道と玖龍）』

玖龍さんの想いが込められた可能性――それを目の当たりにした六道さんは言葉もない。

でも――可能性はこれだけじゃなくて、

「六道さん……Ｆって何の略称として使われますか？」

「え――――…？」

「フロアの略で一階を１Ｆって表示したり、女性のＦｅｍａｌｅの頭文字としてトイレの性別表記に使われたり……それに音楽記号のフォルテなんかもＦって表示しますよね」

ただし——ここで言いたいのは別のもの。

「他にも『F』に略されるものは色々とあるんですけど……その中に『ｆｏｌｉｏ』って単語もあるみたいなんですよ。意味は分かりますか？」

「…………………………………」

こちらの問いかけに、六道さんは完全に言葉を失っていた。アメリカでビジネスレベルの英語を駆使してコミュニケーションを取っている彼女なら間違いなく知ってるはず。

『二つ折り』や『ページ』などの意味がある中、可算名詞のひとつが『一葉』だ。

だから私は答えを書いた。

『Ｆｏｌｉｏ・ｒｉｋｕｄｏ／ａｎｄ／Ｃｒｕ（六道一葉と玖龍）』

恐らくこれが、玖龍さんがブランド名に込めたもの——絶対になくしたくない大切な想い。

「こんなの……雪平さんが強引にこじつけただけでは」

「その可能性もありましたけど、それはさっき六道さんが否定してくれました。ワインに思い入れはないって。まあＦは別の略かもしれませんけど、込められた気持ちは変わりません」

秘められた想いを暴くみたいな真似をしてしまった事に申し訳なさを感じつつ、

「玖龍さんには言わないでおいてください。このことに私が気づいて、六道さんに伝えることを、彼女は望んでいないと思います」

だって。

「玖龍さんのこの想いは——他の誰でもない、六道さんが気づくべきものですから」

六道さんがやるべき事は、自分の価値を否定する事でも、部外者の私なんかに依頼する事でも、ましてや玖龍さんから離れる事でもなくて。六道さんが大切に想ってる玖龍さんが、同じように大切に想ってくれている自分を、もっと信じる事なんだと思う。だから、

「ご依頼のタグラインですが、私なりに考えたものは一応この中に入っています」

多分もう必要ないとは思いつつ、私はタブレットを六道さんの方へ。

「アイディアを考える際に書いたメモも同梱《どうこん》してあります。かなり横断的に思考展開したのでまとまりはありませんが、使えそうなアイディアやネタの材料になりそうなものなどは丸で囲っておきました。良さそうなものがあれば活用してみてください」

そう——本当にタグラインを変えるなら、六道さんと玖龍さんが考えるのが一番良い。

だから静かに席を立って、

「今回のご依頼で私ができる事は以上になります。期日までまだ日はありますが、恐らくこれ以上のものは出てきません。もしこちらのアイディアにご不満なようでしたら報酬は結構です。それでは——玖龍さんによろしくお伝えください」

六道さんの反応を待たずに、私はその場を後にした。こちらの様子に気がついた玖龍さんが、慌てたように向こうのお店から出て来たけれど、私は軽く会釈だけして足は止めない。

だって私の役目はもう終わり。この後どうするかは——あの二人が決めるべき事だから。

◆●◆

彩凪が『ＦｒａｎｄＣｒｕ』の六道さんと玖龍さんに会いに行ってる時。

別行動を取っていた私は、斑目さんの仕事部屋を訪れていた。

斑目さんは、閑静な住宅街の一角にある平屋造りの小さな一軒家を仕事場にしている。

……――視覚の共感覚を持った彼女は、人の感情をオーラのように色と形状で認識できる。

ただし――その感覚は、撮影の時以外は基本的にノイズになってしまうらしい。

そのためマンションなどの集合住宅は向かないし、人混みの多い繁華街なんてもっての外。

だから部屋に窓はなく、電気を落とせばそのまま部屋が暗室になる設計になっていた。

外の景色も、音も、自然光も、そして人も――自分以外の全てを遮断したその部屋で、

「……――ねえ悠宇、そろそろ用件を話してくれるかな」

私と向かい合うようにして作業用デスクの椅子に座っていた斑目さんが、手にしていたカメラをこちらへ向けてシャッターを切った。と同時――デスクの上に置かれたパソコン用の大型液晶モニターに、今撮ったばかりの私の写真が映し出される。それはカメラとパソコンが無線接続されてる事によるもの。そして、撮られた写真はもう何枚目か分からない。

この部屋へ来てからもう、かれこれ三十分以上は経ってるはず。それなのに、

「……………………」

私は斑目さんに何も話せずにいた。ここに来たのは彩凪との事を相談するため。

不動産屋がより良い条件の物件を見つけた事で、彩凪との同居生活が終わる可能性が出てきて——その不安をひとりで抱えきれなくなってしまったから。

でも、なぜ私がこんなにも不安なのか……その理由をどこまで話していいか分からない。

私たちの関係は——私と彩凪がしてる事は、他の人には知られてはいけないもの。

それこそ円香さんや、彩凪のお母さんにバレたら、私たちはすぐに引き離されてしまう。

……——そんな中、斑目さんを相談相手に選んだのは、海外での経験が豊富だったから。

斑目さんは仕事柄、いろいろな国の文化や、様々な人の価値観に触れている。偏見で私たちを見るような真似はしないだろうし、関係的な距離も近すぎないから、心配ばかりが先行して頭ごなしに私たちの関係を否定するような事もしないと思った。それでも打ち明けることに抵抗があるのは、きっと彩凪が斑目さんに私たちの関係を知られることを望んでないから。

私の中で、苦しみから楽になりたい自分と、彩凪を裏切るのを止める自分とが戦っている。

そんな私をジッと見つめていた斑目さんは、

「ふーん……雪平ちゃんとケンカした感じでもないね。彼女に言えない事があって、後ろめたさを持て余してるってところかな。それで、裏切ってるような気持ちになってるんでしょ」

図星だった。不動産屋が代わりの物件を見つけたことを、私はまだ彩凪に伝えられてない。

別々に暮らすなんて——そんな可能性、彩凪に微塵《みじん》も考えて欲しくなかったから。

「共感覚って……そんな事まで視えるんですか？」

「まさか。そこまで万能なものじゃないよ。あたしはただ、自分が視えてるものが何なのか……それを読み解く想像力みたいなものを働かせるのが得意なだけ」

おどけたように肩をすくめた斑目さんに、

「そんなに推理が得意なら、警察の捜査の手伝いでもすればいいのに……」

「ああ、何度かあるよ。日本じゃなくてアメリカでだけどね。ＮＹ市警にＦＢＩ、それと国防総省管轄の研究開発局でも少し」

「え――…」

驚いて軽く眼を見開いたこちらに、

「なんてね……嘘だよ、冗談」

ハハッと斑目さんは笑い飛ばしたけど……こちらを見るサングラスの奥の瞳《ひとみ》は冷たい蛇のようで、実際はどちらが嘘なのかは見破れない。と――その時だった。

電子音と共に、斑目さんのパソコンモニターの画面右下にメール着信の通知が表示された。

斑目さんがマウスに手を伸ばしてメールを開封する。そして、

「…――へえ、さすが雪平ちゃん。上手くやったみたいだね」

メールの文面に目を通すなり、低いトーンの声で愉快そうに言った。

「もしかして『ＦｒａｎｄＣｒｕ』さんからですか？」

「ああ、結果が出たら提案資料と併せて情報を共有してって頼んでおいたんだ。雪平ちゃんとの間を取り持ったのはあたしだからね。それくらいしてもらってもバチは当たらないでしょ」

「………そうですか」

「おや――冷静だね。依頼が成功したっていうのに」

「提案する内容については知ってましたから」

彩凪からは、『Ｆｒａｎｄ Ｃｒｕ』側へどう伝えるのか教わってる。そしてあの内容なら、間違いなく成功すると思っていた。だって、それだけのものを彩凪は作り上げていたから。

斑目さんは、メールに添付されていた資料を開くと内容を確認してゆき、

「なるほど――『Ｆｏｌｉｏ・ｒｉｋｕｄｏ／ａｎｄ／Ｃｒｕ（六道一葉と玖龍）』か。こんなの本人にも気づかれてなかったろうに……よくもここまで読み解いたもんだね」

どこか呆《あき》れたように言いながら、さらに別の資料を開いて、

「こっちはタグライン案かな。『Ｗｉｚ Ｙｏｕｒ ｈｅａｒｔ（あなたの心に魔法を）』。今の『ＷＩＴＨ ＹＯＵＲ ＨＥＡＲＴ』をベースにアレンジしたのか。確かにブランド名に込められた本当の意味を考えれば、元のものを活かすのがほぼ唯一の正解といっていいかもね」

と、そこまで言うとスッと眼を細めて、

「………ああ、ここからさらに大文字のところを削って、小文字だけにするワケか」

斑目さんはあっさりと、彩凪が込めた仕掛けを見抜いたようだった。

『Ｗ·ｉｚ Ｙｏｕｒ ｈｅａｒｔ』の大文字だけを削ると『·ｉｚ ｏｕｒ ｈｅａｒｔ』。

つまり『·ｉｓ ｏｕｒ ｈｅａｒｔ（これが私たちの心）』になる。

その証拠に資料のスライドショー機能をオンにすると、『Ｗ·ｉｚ Ｙｏｕｒ ｈｅａｒｔ』の

下に『iz our heart』が飛び出すように登場し、『z』が『s』へと変わって『is our heart』へ――そして最終的にひとつの文へと繋《つな》がる。

すなわち『「Wiz Your heart《あなたの心に魔法を》」is our heart《これが私たちの心》』

それこそが彩凪がタグライン案に仕込んだ魔法。その名に大切な秘密が込められ、着る人の心に寄り添う服を生み出すブランドのタグラインとして相応《ふさわ》しいもうひとつのメッセージで、

「ははっ、いやぁ……さすが雪平ちゃん。やっぱり『ナギ』はこうでなくちゃね」

興奮をにじませながら、斑目さんが喝采《かっさい》の声を上げる。そこに出て来た名前に、

「それって彩凪の……」

「ああ。スタジオであたしと雪平ちゃんが話していたこと、本当は悠宇も聞いてたはずだよ。だからとっくに調べたでしょ?」

斑目さんの言うように――あのとき私は二人が何の話をしてるのか聞いていた。

だから、もちろん調べた。かつて存在していた覆面インフルエンサー『ナギ』のことは。

最終的なフォロワー数は二四〇万オーバー。それだけでも凄《すさ》まじいのに、投稿インプレッションは数百万から一千万超えを連発。『ナギ』が注目されるきっかけとなったのが有名お笑い芸人の深夜ラジオだったこともあり、芸能界の大手事務所や、広告代理店チームなどが緻密《ちみつ》に作り上げた偶像プロジェクトだったのでは――といった都市伝説のような推察もされていた。

もしそれらが全て、彩凪一人でやってたものだとしたら……底知れないものを感じはしたけれど、一方でこれはあくまで想像の話。彩凪が何も言ってないことを、私から尋ねる必要はな

いって思った。だって昔インフルエンサーだったかなんてどうでも良い。

私が好きになったのは、『ナギ』なんかじゃなくて、『雪平彩凪』だったから。

でも——斑目さんは私とは反対のようで、

「斑目さんは、いったい『ナギ』の何がそんなに気に入っていたんですか？」

斑目さんが撮っている海外モデルの中には、それこそフォロワー数が一千万超えの人だって何人かいる。

彼女たちは知名度としても、インフルエンサーの格としても、『ナギ』よりもずっと上のはず。そんな人たちを知りながら、なぜ斑目さんはこうも『ナギ』に執着してるのか。

「まあ——一言でいえば『人を操る力』だよ。『ナギ』はそれがズバ抜けていたんだ。しかも、その操り方がなんとも巧みでね。撮影の時の悠宇のような、分かりやすい支配的なカリスマ性を発揮することもあったけど、ほとんどはそれとは真逆のごく自然な感じで誘導してたんだ」

そして、と斑目さん。

「その現象はSNSの中に留まらず、実際の人々や様々な企業まで、自然と彼女の言葉に同調するようになっていった。まるで魔法で操られたみたいに」

よく考えてごらん。

「彼女は雨の中での撮影というアイディアを六道さんに納得させ、電話伝えでも玖龍さんのOKを貰《もら》えて最終的にキャッチコピーに採用された。この間の打ち合わせだってそうだ。タグラインの依頼を引き受けること以外、彼女の要求は全て通っている。おかしいとは思わない？」

そういう考え方をしたら、たしかに彩凪の思惑通りに動いてると言えなくもないけど、

「そんなのは彩凪が優秀だったからじゃ……」

「撮影の時は初対面だったんだよ？　雪平ちゃんが優秀かなんて六道さんに分かるはずがない。そのうえ彼女はファッションの素人《しろうと》で……おまけに高校生だ。子供なんだよ。信頼もない、実績もない、なのに彼女の言葉は通った。そんなこと本来は絶対にあり得ない」

そう斑目さんは言うと、薄く笑って、

「あたしよりも悠宇の方が雪平ちゃんを知ってるんだ。だったら彼女と出会ってからこれまで、どれだけの事が雪平ちゃんにとって都合よく進んでるか、試しに思い返してみなよ」

言われてみれば……確かにそうだった。撮影現場やタグラインの依頼の時だけじゃない。

一一〇番通報までしたのに、すぐに警察官の円香さんから信頼されて同居の賛成を得て。

心配していた彩凪のお母さんにも、一度の通話だけであっさりと同居を許してもらってる。

学校でもそうだった。芦原さんと不破さんが声をかけてくるのを狙ってその通りになった。

これまでの全てが――彩凪の思い通りになってるって考え方もできる。

「――――――」

ドクン、と心臓の音が聞こえた気がした。

それなら……私の彩凪に対するこの気持ちも？　私も彩凪の都合のいいように操られてた？

だとしたら――彩凪と私のこれまでの事は……。

「……………………………」

「ほらね、やっぱり覚えがあるでしょ」

黙り込んだこちらの反応を肯定と受け取ったのか、斑目さんは楽しそうに笑った。

「……──そもそも悠宇は、雪平ちゃんにどうして欲しいのさ？」

「どうしてって……」

「悠宇にとって、雪平ちゃんに求めているのは友達なのか、お母さんが死んでしまった寂しさを埋める擬似的な家族なのか、それとも──それ以上か」

ちなみに、と斑目さん。

「こないだの雨の中での撮影の後。車の中でふたりが何をしてたかは大体分かってるよ」

「っ──あれは……っ」

共感覚のある斑目さんには、外からでも何か視えたんだろうか。慌てて顔を上げたこちらに、

「別に責めてるわけじゃない。あんな事くらいでモデルのクオリティやパフォーマンスが上がるんなら安いもんさ。好きなだけやってくれて良い」

斑目さんは平然と言い放つ。

「恐らくだけど……雪平ちゃんにされると、嘘みたいに簡単にイカされちゃうでしょ。気持ち良さも段違いで、それこそ魔法みたいなんじゃない？　そういうところだよ、彼女の凄《すご》さは」

どういう事か。

「雪平ちゃんはあらゆるものに対して『察する力』に長けている。人に対する洞察力から、物事に対する考察力、果ては秘密に対する推察力までね。そして正解を導き出せる……だから人を操れるのさ。どうすれば人を思い通りに動かせるのか、その答えをあの子は知ってるんだ」

でもね、と斑目さん。

「騙《だま》されたなんて思う必要はないよ。自分にとって都合よくなるように立ち回るなんてのは、誰でもやってる事なんだから。それが上手いか下手かの個人差はあってもね」

「……思ってません。騙されてたなんて」

俯《うつむ》いた私に、斑目さんは笑みを深くしながら、

「って事で本題だけど――つまりは悠宇が雪平ちゃんとどうなりたいか、どうされたいかって話なんじゃないの？　そして、たぶん悠宇の中で答えはもう出てる。でも、どうすれば良いのかが分からない。だからあたしに相談しに来たんでしょ」

その通りだった――ぐうの音も出ない。どうすれば彩凪と今の関係を続けられるのか、その答えを知りたくて私はここへ来たのだ。そして、私たちの関係が斑目さんにバレてしまってるなら、もう隠したり誤魔化したりする必要もない。

「私はただ……彩凪と離れたくないし、失いたくない。望んでいる事はそれだけです」

一人ぼっちのままならそれでも良かった。でも今の私はもう、彩凪と一緒にいる幸せを知ってしまったのだ。離れ離れになるなんて――考えられないし、考えたくもない。すると、

「失いたくない、か……心配なんだね」

こちらの想いを見透かすように斑目さんは言った。

「相手を求めた時、同じくらい相手からも求められないと辛いよね。悠宇は雪平ちゃんが自分と同じくらい想ってくれてるか、その自信が持てなくて不安になってるんでしょ」

そうかもしれない。だって間違いなく私の方が彩凪のことを好きだから。

でも——それで良いって思ってた。眼に見えない気持ちの重さや大きさなんて、考え出したらキリがないし。なにより私が求めたら、彩凪は必ず応えてくれたから。

……——なのに、こんなに不安なのは、別々に暮らす可能性が出てきてしまったため。

彩凪と私の関係はみんなには秘密で、その想いは二人きりの時にしか叶《かな》わない。

あの部屋は、私たちが安心して本当の私たちでいられる——そんな唯一の場所。

だから絶対に手放したくない……彩凪も、彩凪との生活も。

斑目さんの言う通りだ。私の中で答えはもう出ている。ただ、どうすれば失わずに済むのか分からなくて——もっと確かなものが欲しいのに、それが何なのか見つけられない。

「…………………………」

黙ってうなだれているこちらに、斑目さんはやれやれと溜息《ためいき》をついて、

「…………仕方ないなぁ。じゃあ、こんなのがあるけど試してみる？」

デスクの引き出しの中からあるものを取り出した。それは鮮やかな赤と白によって彩られた正方形の紙の小箱で、上蓋《うわぶた》には『ＦＬＯＲＡ』と刻印されている。

「それは……？」

「こないだ海外で仕事をした時、依頼人から貰ったんだ。パートナー同士が愛を確かめ合い、深め合うことを目的に作られたセレブご用達の媚薬《びやく》入りチョコだってさ」

尋ねたこちらに、斑目さんは蓋を外して中を見せてくれた。

ただ箱を開けただけ――それだけなのに薔薇《ばら》の香りがふわっと室内に広がる。

「赤の薔薇は『情熱と支配』を、白の薔薇は『純粋と従順』を象徴していて、味だけじゃなくて成分も違っているらしい。そして、ふたりで別々の色を食べると、その香りが互いを惹《ひ》き付けるフェロモンのような効果を生じさせるんだって」

その言葉の通り、赤と白の薔薇の形をしたチョコが二つずつ並んでいて、

「元々チョコには媚薬的な効果もあるけど、この『ＦＬＯＲＡ』は脳の快楽中枢を刺激する特殊な成分を配合していて、恋愛感情や高揚感、幸福感みたいなものを司る脳内物質とか神経伝達物質の分泌を最大限に促進するそうだよ」

斑目さんが口にした効能が仮に本当だとするなら――私は眉《まゆ》をひそめながら、

「…………そんなもの、違法な何かじゃないんですか？」

「その心配はいらない。賢いセレブ連中が、わざわざ一流大学の研究室と料理研究家に作らせた特注品だ。彼らは頭が回るからね……自分たちの立場を失うようなはしゃぎ方はしない。昔とちがって今の時代は安全に、その上で最高に楽しめるもので遊ぶのさ」

斑目さんはそこで蓋を閉じて、

「最近電撃結婚した十代のセレブカップルや、久しぶりに子供を作ったハリウッドスターの夫婦なんかはこのチョコを試したからって話だよ。これがどういうものか伝えてから雪平ちゃんに一緒に食べようと誘っても良し、黙って食べさせてその気にさせちゃうのも良いかもね」

そうして、こちらへ小箱を差し出してくる。

「もちろん食べなくたって構わない。いざという時の切り札としてお守りみたいに取っておけば、風邪薬なんかと同じで持ってるだけで安心感はあるだろうし。その気になれば、いつでも雪平ちゃんを夢中にさせられる……そう思ったら、少しは気持ちが楽になるでしょ」

そんな斑目さんの言葉に——私は手を伸ばして、その小箱を受け取っていた。

「…………………………」

まるで吸い寄せられるように、小箱から視線を外せずにいた私に斑目さんは言った。

暗い笑みを含んだ声で、

「ただし、これは相手と一緒に食べないと意味のない代物だよ。風邪の時はこじらせる前に薬を飲むのと同じ。大切なものを失いたくないのなら——手遅れにだけはならないようにね」

△○▽

六道さんと玖龍さんの二人と別れた後、私はすぐに帰宅しなかった。

ちょっとした用事があったからだ。だから東京駅の構内にあるカフェでしばらく時間を潰《つぶ》してると、ほどなく連絡が来て——無事に用を済ませたところまでは良かったんだけど、

「…………運転見合わせかぁ」

タイミング悪いなぁ……悠宇に今から帰るってメッセージを送っちゃったのに。うわ、一本で帰れる路線だけじゃなく、少し回り道をする乗り換えルートまで全滅してるじゃん。

振り替えの交通手段はバスか地下鉄、それとタクシー。でもタクシーはお金が掛かるし、バスは時間が掛かるから、消去法で地下鉄を選んだ私は再び丸の内方面に向かうことにする。

これで六道さん達と鉢合わせとかしたら凄く気まずいんだけど、あれから一時間以上は経ってるし、流石にもう会うことは……ないよね？

なんて事を思いながら、すでに陽が落ちつつある駅前を抜けて地下鉄の駅を目指してると、

「……——彩凪ちゃん？」

ふと名前を呼ばれて、私はドキッとしながら足を止めた。見れば、車道に停まってる黒い車の窓が開いていて、運転席の女性が私のいる歩道に近い助手席側へと身を乗り出している。

「…………椎名さん」

車から声を掛けてきたのは、悠宇の保護者で女性警察官の椎名円香さんだった。

「よかった。そんな格好をしてるから、もしかしたら人違いかもって思ったんだけど」

「あ〜……ですよね。ちょっと人と会う用事があって」

とっさに私は、この服装の理由をぼかして伝えた。悠宇がモデル仕事のことをどんな風に椎名さんに伝えてるかまでは知らなかったし、私が『Ｆｒａｎｄ Ｃｒｕ』の依頼を請けたことは校則違反になる可能性がある。まあ……警察は法律や条令の違反は問題にしても、校則違反までは咎《とが》めないから、椎名さんに話しても大丈夫な気がしなくもないけどね。とはいえ悠宇の保護者の椎名さんに、校則違反をしてるかもしれないなんて積極的に伝える必要はない。

「今日は悠宇と一緒じゃないの？」

「あ、はい……深未さんは深未さんで、知り合いと会うって言ってました」

悠宇は今ごろ、斑目さんのところへ行ってる。本当なら今日は一緒に来てもらおうって考えてたんだけど……こないだはタグラインの依頼を私に引き受けさせるための方便として、斑目さんから自分のモデル仕事を人質にするような事を言われてピリピリしちゃってたからね。私と違って、悠宇は斑目さんとの関係を大切にした方がいいし、向こうを優先してもらった。

「あの……椎名さんはどうしてここに？」

話題をそらすために、こちらから質問すると、

「私は仕事でこっちの方へ来た帰り」

そう言った椎名さんの服装は、最初に一一〇番をかけた悠宇と私のところへ駆けつけてくれた時のようにスーツに身を包み、ロングヘアを髪留めでまとめた凛々しい出で立ちだった。

けれど丸の内は、椎名さんが配属されてる本条署の管轄じゃない。こっちの方に仕事って話だけど……この周辺の所轄署か、それとも少し行った先にある警視庁本庁に用があったのかもしれない。椎名さんが乗ってるのは白黒のパトカーじゃなくて普通の黒塗りの車だけど、もしかして刑事さんが乗る『覆面パトカー』ってヤツなのかな。いずれにせよ、

「土曜日なのに大変ですね……」

「ウチの会社は土日も祝日も関係ないからね」

椎名さんは苦笑しながら、

「彩凪ちゃんの方はもう用事は済んだの？」

「えっと、はい。でも電車が止まっていたので、地下鉄で帰ろうかなって」

「それなら、私もこれから署に戻るところだったからついでに送るわ」

「そんな……悪いですよ。そういうのって規則違反になっちゃうでしょうし」

私は手を横に振りつつ遠慮した。ありがたいけど、悠宇のいないところで椎名さんと話すのは、なるべく避けたかったりする。悠宇が椎名さんとどんなやりとりをしてるか知らないし、下手なことを言ってヤブ蛇になったら目も当てられない。だけど、

「気にしないで。悠宇とはメッセージのやりとりはしてるんだけど、あの子のことを任せちゃってる手前、彩凪ちゃんからも話を聞きたいなって思ってたところだから」

椎名さんは保護者として真っ当な想いを伝えてくる。親のいない悠宇にとって、一番の味方である大人――それが椎名さんだ。そんな椎名さんとは私自身も良い関係でいるべきだけど、刑事さんと車内なんて密室にふたりきりとか、そんなのもう走る取調室みたいなものだよね。

……――こんな風に思っちゃうのは、きっと椎名さんに対して後ろめたい想いがあるから。

悠宇との関係や、あの子としてる行為について――椎名さんに知られるワケにはいかない。

私と悠宇のことは互いに望んだ結果だから、悠宇に対してはあまり後ろめたさを感じてないけど……椎名さんや、それこそお母さんにバレるのはマズい。私たちの関係は、ふたりで秘密の校則違反を犯してるようなもの。だからボロが出ないようにしなくちゃダメなんだけど、

「それに――悠宇について、少し話しておきたい事もあるしね」

やや神妙な面持ちでそう言われちゃうと、私としても聞かないワケにはいかなくて、

「…………分かりました。それじゃあ、お言葉に甘えて」

私は観念すると、椎名さんに送って貰《もら》うことにした。助手席の扉を開けようとすると、

「っと、悪いけど後ろの席に乗ってもらえる？　車で送るのはどうとでも言いワケができるんだけど、前に座らせちゃうと色々と問題があって。彩凪ちゃんも荷物があるみたいだし」

椎名さんは私が持っている手さげの紙袋を見ながら言った。

そっか……警察車両には無線機みたいな一般人には見せたり触らせたりしない方が良いものとかあるもんね。言われた通り、後ろへ乗り込んでシートベルトをしたところで、

「それじゃあ出発するね」

椎名さんはそう言って車を出発させた。高さのある建物に囲まれた道を、椎名さんの運転する車は法定速度を守りながら走ってゆく。普段は車に乗ることがないので、土地勘どころか方向感覚もない私は完全にお任せするしかなく、後部座席のシートで揺られていると、

「あれ以来、様子を見に行けなくてゴメンね。ちょっと仕事が立て込んじゃってて」

「いえ……大変ですよね、刑事さんって」

現実はドラマや漫画みたいに殺人事件のような派手な事件は頻発しないけど、代わりにニュースにならない様々な事件が数え切れないほど起きてる。本条署の管轄には繁華街も含まれるから、それこそトラブルなんて日常茶飯事だろうし、すぐに解決しない問題も少なくないはず。

「そんなに忙しくされてて、体調とかは大丈夫なんですか？」

「うーん……正直に言えば楽じゃないかな。でも、自分で望んだ仕事だしね」

軽い口調でこちらへ答えたものの、ルームミラーに映る椎名さんの瞳《ひとみ》は笑ってなかった。

それは真剣な眼差しで——椎名さんの警察官であることへの矜持《きょうじ》を感じさせる。

「体調といえば前に悠宇が熱を出したのよね？　本人から後になってメッセージが来たけど」

「すみません。深未さんが変に心配かけたくないからって」

椎名さんは咎めるような口調じゃなかったけど、とっさに私は謝った。

「もっと熱が上がって病院へ連れていくような事になったら、私から連絡するつもりでした」

これはその場しのぎの点数稼ぎとかじゃなくて本当のこと。私と悠宇のふたり暮らしは、それぞれの保護者の恩情で成り立っているもの——下手に大人に心配をかけたり機嫌を損ねたりすれば、いつ取り消されたっておかしくない。その事はきちんと理解してるつもりでいる。

「彩凪ちゃんが看病してくれたんでしょ？　ありがとね、あの子の面倒を見てくれて」

「面倒だなんて……私も深未さんのおかげで色々と助かってますから」

「なら良かった。本人から聞いてるかもだけど、あの子は小さい頃から道場に通ってて腕っ節だけは相当なものだから、一緒にいたらそれなりに安心のはずよ」

「はい。すごく頼もしいです」

聞いてるどころか、スーパーでの大立ち回りを実際に目の当たりにしてるんだけど……これも心配かけちゃうから言わないでおく。っていうか警察官の椎名さんのお墨付きとか、悠宇って本当に強いんだなぁ。そんな事をぼんやりと思っていると、

「……——正直なところ、ふたりが仲良くやってることに少し驚いていてて」

ふと切り出すように椎名さんが口を開いた。

「もう知ってると思うけど……悠宇は基本的には人と距離を取りたがるタイプで、滅多に心を開かないの。本人はそれでいいと思ってるみたいで、去年は学校でも孤立してたみたいだし」

「…………そうですね」

始業式の日、新しいクラスメイト達の前で悠宇が見せた自己紹介は素っ気ないものだった。とはいえ、それはムダに愛想を振りまくような真似をしてないだけ。人見知りなところはあるけど、私以外にも芦原さんや不破さんとも普通に仲良くなれてるし。

「…………………」

自然と車内に沈黙が満ちたので、そっと私は思考を深くする。思うのはもちろん悠宇の事。

あの子は——男の人顔負けの腕っ節を持ってはいるものの、精神的な弱さも抱えている。

そのせいか大人びた外見とは裏腹に、子供っぽくて甘えん坊。そして、あんなに綺麗《きれい》なのに無防備で、気も腕っ節も強いのに意外と押しには弱い。そういう意味では、椎名さんの『危ういところがある』という表現は、悠宇のことを的確に表してる言葉だと思う。

そんな凜々しさと儚《はかな》さのギャップにやられてしまい、初日の夜に悠宇と一緒に私も暴走しちゃって……最早ふたりして突き動かされるみたいに互いを求め合って、今の関係になった。そのことを後悔はしてないけど——怖くもある。

……——だって、あの日、裸の悠宇と出会ったのが私じゃなかったら。

考えたって仕方がないのは分かってる。現実もゲームみたいな選択肢の連続だけど、現在を

生きてる私たちにセーブやロードはできないんだから。そんな事を思っていると、

「――――――」

ふと、運転してる椎名さんとルームミラー越しに眼が合って、

「あ、すみません……ひとりで黙り込んじゃって」

「ううん。悠宇のこと考えてくれてたんでしょ。ありがとね」

気まずくなって謝ると、椎名さんは穏やかな微笑を返してくれる。

「そういえば、深未さんについて話したいことがあるって言ってましたけど……」

「………ええ」

思い出したように言ったこちらに、椎名さんは頷《うなず》きながらそっとブレーキを踏んだ。

赤信号だ。大きな川にかかった橋の手前のところでゆっくりと停車しながら、

「これは悠宇のプライバシーに関わる事だけど……ただ私も一応は当事者で、何よりもあの子の保護者として彩凪ちゃんには知っておいて欲しい話」

椎名さんは言葉を選ぶようにしながら、そう丁寧に前置きをして、

「………悠宇の母親のこと。あの子から聞いた？」

「はい、初日の夜に……去年亡くなったって」

重たい問いかけに、私が頷きながら答えた瞬間だった。

「…――死因が自殺だった事は？」

私の耳に届いた言葉は、氷のように冷たくて――その意味は分かるのに言葉が出てこなくなる。私が悠宇から聞いていたのは、お母さんが亡くなった事と、シングルマザーの家庭環境だった事。そして悠宇のお母さんと椎名さんが、昔からの親友だった事だけで、

「……………そこまでは」

私は絞り出すように短い言葉を口にする。もちろん、その可能性を考えたりもしたけど……すぐに頭の片隅にしまっていた。勝手にあれこれ想像して、必要以上に悠宇を悲劇のヒロインみたいに憐れんだりとか、そんな真似はしたくなかったから。

「どうして……この話を私に？」

「ゴメンね。こういう空気になっちゃうと思ったんだけど……」

椎名さんはそう言って話を続ける。

「あの子の母親は私にとっては仲のいい年上の幼馴染《おさななじ》みでね。少し年は離れてたけど本当の姉みたいに思ってた。悠宇の出産には複雑な背景があって……あの人はひとりで悠宇を産んで育てる道を選んだの。私も可能な限りサポートしてたけど、結果としては支えきれなかった」

信号が青に変わり、ゆっくりと車が発進する。ルームミラーに映る椎名さんの瞳は、前方よりも遠くを見つめていた――まるで過去を思い出すみたいに。

「遺体を発見したのは悠宇だった……現場が自宅だって事もあってね。連絡をもらって駆け付けた時の無力感は今でも忘れられない。せっかく警察に入ったのに、私はあの人を救えなかっ

た。できた事といえば——身寄りのなくなった悠宇の保護者として後見人になることくらい」

　椎名さんは力のない笑みを浮かべながら、

「それでも警察官という肩書きは、最終的には血のつながりのない私が後見人になるための役には立ったかな。でも悠宇が学校へ行けなくなってたころ、管内で立て続けに大きな事件が起きててね。あの子が一番辛い時に、ほとんど私は傍にいてあげられなかった」

　そして。

「裁判所に認められて申請が通ったころには、悠宇は学校へ通えるようになっていて……今からでも一緒に暮らそうって提案したけど断られちゃった。それなら、すぐ様子を見に行ける管内の近いところに住むように言って……それで見つけたのがあのマンションだったんだけど」

　椎名さんは困ったように笑う。

「まさか引っ越してすぐに、二重契約で鉢合わせて通報騒ぎになるなんて。でも……結果としては良かったと思う。悠宇が彩凪ちゃんと出逢《であ》えたワケだし。あの子、今までは様子を確認したら『一人でも大丈夫』って言ってたのに、今は『彩凪と一緒だから平気』だって」

「………私も、深未さんがいてくれて心強いです」

　自分の全てを受け入れてもらえる、そう思えるような相手は誰にでもいるものじゃない。だけど私と悠宇は幸運にも巡り会えたのだ。その人のことしか考えられなくなるような、そんな夢中になってしまう相手に。だから失いたくない——これから先もずっと。すると、

「伝えられてよかった。彩凪ちゃんにこの話をしたのは、今後も悠宇と一緒にいる中で、たと

え何かあっても……知らずにいるより、知っておいた方が乗り越えられることが多いって思ったから。もちろん私も出来る限りの事はしていくつもり」

だから、と椎名さんは言った。刑事ではなく、家族を想う眼差しで、

「もう一度言わせて——悠宇のこと、どうかお願いね」

▽▽▽

椎名さんは家まで送ってくれようとしてたけど、私はスーパーで降ろして欲しいと頼んだ。夕飯の買い物がしたいからって伝えたけど、本当は少し気持ちを落ち着かせるため。悠宇のお母さんの話を聞いたばかりで、どんな顔で会えばいいか分からなかったからで、

「それじゃあ、またね」

「はい。ありがとうございました」

お礼を言って車を降りると、椎名さんの運転する覆面パトカーは静かに走り去っていった。その後ろ姿を見送ってから、私はスーパーの店内へ。そして晩ご飯の食材をカゴに入れながら、自分の思考をまとめてゆく。まず最初に考えたのは——今までのこと。

……——これまで私は、悠宇を傷つけてしまうような言動を取っていなかっただろうか。見える地雷は踏んでないと思う。家族の死——それもシングルで育ててくれていた母親のことだ。自殺だった可能性も浮かんではいたから、そもそも話題にすること自体を避けていた。

でも、それで充分だったとは言い切れない。唯一の家族を失って――しかも置いて行かれたのだ。ひとり残された悠宇の孤独や苦しみが、一体どれほどのものかなんて想像もできない。こちらが気を遣いすぎると悠宇が嫌がると思ったから考えすぎないようにしてたけど……もっと早く知っていれば、今よりも良い接し方ができていたんだろうか？

……――それでも、悠宇からこの話を聞いておきたかったとは思わない。

悠宇は言うべきだと思った事は言ってくれる。私に話してないって事は、私が知る必要のない事か、私に知られたくない事のどちらかだ。プライバシーの中でも特にデリケートな話題なんだし、こちらから立ち入っていいような事じゃない。

私だって両親の離婚が父親の浮気《うわき》とは伝えたけど、不倫セックスの現場を目撃した事や、そのあと睡眠障害になった事――男性に生理的な嫌悪感を抱くようになってしまった事なんかは話してない。あの男が家庭より優先した快楽がどんなものか、それまで興味もなかった情報を狂ったように調べて、それを自分で試して……結果的に父親をもっと嫌いになれた事も。そうして得た性知識を、いまは悠宇に対して使ってるとか――そんなのは全くする必要のない話。

悠宇と溺《おぼ》れる快楽は甘く幸せなもので、あの男への復讐《ふくしゅう》の代償行為じゃないんだから。

「…………うん」

私は気を取り直す――結局はなるようにしかならない。悠宇のお母さんのことを知ったからといって何かを変えたら、これまでの私と悠宇のしてきた事が間違いみたいになっちゃう。

それは校則とか法律とか、倫理とかに反してしまうって話じゃない。私と悠宇が守りたいのは、他人が決めたルールなんかじゃなくて、私たちが二人で決めたこと。

家事は料理が私で掃除は悠宇。朝は悠宇がキスで私を起こしてくれる。

ふたりの関係は周囲には秘密で、みんなの前では普通に振る舞う。

けれど——私が悠宇を名前で呼んだら、悠宇は私のものになる。

正しいとか間違ってるとか、そんな事はどうだっていい。

それが私と悠宇の同居のルールで、ふたりが望んだ関係で——私たちが守りたいものだから。

……——そして、買い物を終えてスーパーを出ると、外はすっかり暗くなっていた。

早く帰ってご飯の準備をしなくちゃ。遅くなったから悠宇がお腹を空かせて待ってるはず。

そうして足早に帰宅して、玄関の鍵《かぎ》を開けて扉を引いた——その瞬間だった。

「——————」

ある違和感に、私は無言でわずかに眉《まゆ》をひそめる。それは扉の隙間から漏れてきたもの。

甘ったるい花の匂いが、室内から外へあふれるように香っている。

悠宇がディフューザーでも買ったんだろうか……そんな事を思いながら玄関の中に入ると、
室内は照明がついてなくて暗い状態だった。でも悠宇は帰ってる——だって靴があるもの。

「………悠宇？」

呼びかけに返事はなかった。暗くなる前に帰ってきた後、うたた寝でもしてるんだろうか。

そして荷物を玄関に置いて、壁の照明スイッチに手を伸ばそうとした時だった。

「——————」

私は思わず息を呑《の》んだ――暗い廊下に服が落ちている。それは『Ｆｒａｎｄ Ｃｒｕ』さんから借りているスーツのジャケット。見ればその先にはタイトスカート、さらにはストッキングまでもが脱いだままのような状態で置かれている。その状況を目の当たりにした瞬間、

「…………………っ」

私の心臓の鼓動が跳ね上がった。父親の――あの男の不倫現場に遭遇した時を思い出して。

だから私は、誘われるようにリビングへ。寝室を覗《のぞ》かなかったのは、花の香りが奥の方から来てるって分かったから。そこに悠宇がいる気がしたのだ――どこか確信みたいに。

「――――――――」

足を踏み入れたリビングは薄暗かった。それでも最初の玄関よりも室内の様子を見渡せるのは、窓のカーテンが開いたままの状態で月明かりが室内へ差し込んでいたため。

でも……部屋の暗さよりもまず気になったのは室内に充満している匂い。それは濃厚な薔薇《ばら》の香りで――やっぱり匂いの元はこのリビングのようだった。そんな匂いだけの花園の中、

「…――ん……ぁ……んぅ……」

ソファのある方から、甘い吐息が聞こえてくる。誰のものかなんて言うまでもなかった。その声は、私がベッドやソファでよく聞いてるものだったから。

「…………悠宇？」

声をかけながら、それでも電気をつけなかったのは、悠宇が寝てる可能性もあったため。夢の中で私に抱かれる事も多いみたいで、悠宇が艶《つや》めいた寝言を漏らすことは珍しくない。

だから悠宇は眼を覚ましたら私をキスで起こし、私は悠宇に夢の続きをしてあげている。

私はキッチンの横を通り抜けて、ゆっくりとリビングの奥のソファへ。

そして予想通り、そこには悠宇がいて——息を呑んだ。

「————————」

それは想像を遥《はる》かに超えた淫《みだ》らな姿だった。

……——ソファの上で仰向けに寝転んでいる悠宇は眠ってはいない。

潤んだように濡《ぬ》れた瞳《ひとみ》は開いていて……でも焦点は合わないまま虚空を見ている。月明かりしか照らすものがなくても、悠宇の頬がすっかり紅潮してるのが分かった。

身に着けているのは『Ｆｒａｎｄ Ｃｒｕ』のシャツと下着だけ。けれど、シャツは胸元のボタンが開いていて、私が選んであげたレースの黒のブラはずり下がって胸が完全に露出した状態——そして悠宇は左手で、大きすぎる乳房を形が変わるほど揉《も》みしだいていた。細くて長い指の動きに合わせて、淫靡《いんび》な形に張り詰めた悠宇の乳首が気持ち良さそうに揺れている。

そして悠宇は、下半身のショーツの中へ入れてるもう片方の手もいやらしく動かしていた。

それは私が教えてあげた快楽で、

「ねえ……悠宇？」

「……——お願……い、彩凪……もっと……彩凪」

まるで香水の一気飲みでもしたみたいに、悠宇が声を上げるのに合わせて薔薇の香りが強まってゆく。すぐ傍にいるのに——悠宇はこちらの呼びかけには反応しない。自分の中にいる私

との淫らな快楽にすっかり夢中になっている。その様子は明らかに普通じゃなくて、

「────っ」

　とっさに私は、横から覆い被さるようにして悠宇にキスした。乱暴に唇を重ねて、強引に舌をねじ込む。すると悠宇は驚いたように目を見開くと、やっと私に気がついたみたいで、

「んっ……はぁ……ちゅ……んぅ、ふ……くちゅ……っ」

　こちらに応えるようにして、悠宇は私の唇と舌を従順に受け入れる。ねっとりと甘いキスだった──比喩《ひゆ》じゃなくて、本当に悠宇の唇と舌が甘い。キスの合間に漏れる悠宇の吐息は、薔薇のフレーバーというより、本物の薔薇をさらに濃密にしたみたいだった。

　だからキスを続けながら悠宇がこうなっている理由を探すと、テーブルの上に見慣れないものがあった。それは正方形の紙箱に入っている薔薇の形をした赤と白のお菓子で──四個入りのものが一つなくなっている。もしあれが悠宇の今の状態の原因だとしたら、一体どこでそんなものを手に入れたのか。ポケットから携帯を取り出すと、私は登録アドレスから初めての番号に電話をかけた。それは救急車を呼ぶ一一九でも、悠宇の保護者の椎名さんでもなくて、

『……────やあ、雪平ちゃん。どうかした？』

「悠宇が食べたお菓子が何なのか教えてください。渡したのは斑目さんですよね」

　相手が電話に出ると同時──私は悠宇とのキスを中断して強い口調で言い放った。

　タグラインの依頼を請けた時、貸しを作った流れにもっていった事もあって、念のため連絡先を交換しておいて良かった。もちろん、いざとなったら悠宇の携帯を使っただろうけど。

『おや、藪から棒だね。信用がないなぁ……いや、逆に信用があるって事なのかな？』

「っ――ふざけないで下さい！」

とぼけたように言う斑目さんに、とっさに私は声を大きくした。こんな感情を爆発させるみたいなのは好きじゃないけど、残念ながら今の私は余裕がない。もし危険な成分が入ってるなら、病院で胃洗浄や点滴などの処置を受けさせるために救急車を呼ばなくては。すると、

『悠宇にあげたのは、あたしがアメリカで貰《もら》ったチョコだよ。使用する薔薇の成分を、大学の研究室の特殊な装置で抽出から濃縮まで行なったもので、「食べる香水」なんて言われてる』

だとしたらこの匂いの説明はつくけど……私は悠宇の様子を見ながら、

「それだけですか？　悠宇の様子が明らかに変なんですが」

『ああ……その感じだと、発情してたりする？』

声に笑みを含んだ斑目さんの問いかけに、

「……………やっぱり、おかしな成分が入ってるんですね」

『いいや。リキュールなんかが入ってるけど問題ない量だし、濃密な薔薇の匂いに特化しただけのチョコレートさ。ただ――あたしはそれを「セレブご用達の特別な媚薬《びやく》チョコ」って吹き込んで渡したからね。もし興奮してるなら、それは悠宇の自己暗示《ブラシーボ》だよ』

ちなみに。

『赤い方は「情熱と支配」、白い方が「純粋と従順」で、カップルがそれぞれの性質の色を食べると、二人は強烈に惹《ひ》かれ合って結ばれるって話した。だから、悠宇は白を食べたでしょ？』

「…………………」

　斑目さんの言う通りだった。四個入りのチョコの内、残っているのは赤が二つと白が一つ。

　悠宇が食べたのは白い方で間違いない。

「媚薬入りだなんて……どうしてそんな騙《だま》すような真似を？」

『悠宇が雪平ちゃんとの事で、あたしのところへ相談に来たからだよ。雪平ちゃんと離れたくないって思い詰めた感じで言ってたから、パートナー同士が結ばれるチョコって話をでっちあげたんだ。もしかしてだけど……同居を解消する可能性とか出て来たりしてる？』

　そこでようやく確信する――やっぱり悠宇にも物件が見つかったって話が行ってたんだ。

　……――レイブルハウスの遠藤さんからは、少し前に連絡を貰っていた。

　私は今さら悠宇と離れるつもりなんてないし、悠宇だって同じ想いでいると思ってる。だけど、もし悠宇が別々にって言い出したら……そう思うと怖くて悠宇には言えなかった。

　要はそういう事――悠宇も、私に対して言えずにいたのだ。それこそ、もしかしたら私が別の部屋を探してたんじゃないかって誤解してしまった可能性もある。

『まあ、その反応だと悠宇の勝手な思い込みのようだね。あの子の逞《たくま》しすぎる想像力は、モデルとしては活かされる魅力になる反面、思い込んだらどんどん深みに嵌《は》まってしまう。媚薬チョコだって信じたら、雪平ちゃんが慌ててあたしに電話するほど乱れちゃうようにね』

　と斑目さん。

『元々不安定なところがあった母親と二人きりなんて複雑な家庭環境もあって、悠宇自身も感情が不安定なタイプだ。そして、それは母親の自殺によってさらに拍車が掛かった』

それは――つい先ほど私が聞いたばかりの悠宇の秘密で、

「…………その話、悠宇から聞いたんですか？」

『いや、椎名さんと話して彼女から事情を聞いたよ』

「椎名さんのこと知ってるんですか？」

『もちろん。未成年に仕事をさせるんだから、保護者に話を通すに決まってるでしょ』

当然のように言われる。そうだ――斑目さんと椎名さんが繋《つな》がっていてもおかしくない。なんでその可能性に気づかなかったんだろう？　悠宇の性格から椎名さんにはモデルの事を黙っていると思った？　それとも、

『まあ……親に内緒で覆面インフルエンサーをやれてた子には盲点だったかもね』

「……………………」

痛いところを突かれて黙りこんだこちらに、

『とはいえ、あたしが椎名さんから悠宇の話を聞いたのはモデルに誘う前のことだよ』

だとしたら――それはいつか。

『あたしが悠宇に声をかけたのは、深夜の歩道橋の上だったんだ。保護者の連絡先を聞いて掛けたら、刑事が来た時はさすがに驚いたけど。感謝されたよ。あの時――もしあたしが止めてなかったら、雪平ちゃんは悠宇と出会ってなかったかもしれない』

「――――――」

ギョッとなって悠宇を見ると、斑目さんの声が聞こえてたのか、悠宇は気まずそうにこちらから視線を逸らした。椎名さんは言ってた――悠宇には危なっかしいところがあるって。

あれは自分の魅力に無防備だとか、喧嘩《けんか》っ早《ぱや》いとかじゃなくて……そういう事だったの？

これ以上、話を悠宇に聞かれない方が良いかもしれない。私はリビングを出て寝室へ。

「……――それで？」

『で――悠宇を家にひとりでいさせると良くないって話になって、あたしがモデルをやる事を提案して悠宇がそれを受けたってワケ。椎名さんも、本人に少しでも興味があるならやらせてやって欲しいって言ってね。そういう事もあって、彼女とは定期的に連絡を取ってる』

そして、と斑目さん。

『時間が経つにつれて少しずつ悠宇の心は安定していったけど……それでも基本的には人付き合いが苦手で避ける傾向は変わらない。正しい愛情表現を教わらなかったからか、不器用で甘え下手。あたしはもちろん、保護者である椎名さんにも頼ったり甘えたりはしない』

けれど。

『そんな悠宇が、初めて自分から関係を求めたのが雪平ちゃんだったんだ。驚いたよ。ただ案の定というか――愛情に飢えてたあの子にはちょっと刺激が強かったんだろうね。求められると愛されてると強く感じられるから何でも受け入れて……どこまでも依存してしまう』

だからこそ、と斑目さん。

『雪平ちゃんと離れる事になるかもしれない……その不安に耐えきれなかったんだろうね』

そう言った後、どこか声に悲しさのようなものを含ませて、

『でも、そっか……悠宇は一人であのチョコを食べたのか。可愛らしいというか、いじらしいというか、それが悠宇の純情なんだろうね』

そう――悠宇は私と一緒に食べるのでも、黙って私にも食べさせるのでもなく、自分一人で食べた。斑目さんの言葉の通りなら、私に愛されたいと思いながら、けれど私を騙すような事だけはしたくなくて……でも一人でいるのは不安で苦しくて、それで今みたいになっている。

「悠宇が精神的に不安定な状態だって分かってて、よくもこんな事……一歩間違えたら」

『チョコのアルコール成分はたかが知れてる。すぐに落ち着くはずだよ。でもそんなに心配なら、大丈夫だって悠宇に分からせてあげればいい、そこまで懐かせたんだから簡単でしょ』

「そんな適当な……」

『適当にとは言ってない。上手くやってくれって言ったんだ。人を操るのは得意でしょ？』

「…………どういう意味です？」

自然と声を低いものにしながら尋ねると、

『六道さんから連絡があったよ。上手くやったみたいだね。あと提案資料も見せてもらった』

と楽しげに斑目さん。

『広告代理店に頼んでも納得できないこだわりの強いクライアント。一方でそのこだわりの強さが、あそこまで繊細かつ革新的な機能を持った服を生み出した……だとしたら答えは彼女たちの中にしかない。だったら足りない自信を補ってやるのが一番だ』

そして。

『そのためのプレゼンの舞台として、こないだの撮影現場の丸の内にあるオープンカフェをチョイス。聞けば、たまたま「Ｆｒａｎｄ Ｃｒｕ」の服を着た女性が通りかかったって？』

「…………何か問題でも？」

『丸の内はビジネス街の中でも特に上場企業が多くあるエリアだ。就労規定もあって週末の休みに、ビジネススーツを着て歩く人は少ない。君たちがいる店の前を、タイミングよくあの服を着た人が通るかな？　大手ブランドのように大量生産されてるものでもないのに』

それに、と斑目さん。

『カフェには店内席もあった筈《はず》だ。それなのに、オープンテラス席を選んだらしいね。まるで、外の席にいれば良いものが見れると分かっていたみたいに』

「私が『Ｆｒａｎｄ Ｃｒｕ』の服を着た人を仕込んだと？」

『プレゼンは演出も重要だよね。身体のラインを美しく見せる事をテーマにしたあの服は、ＳＮＳで検索をかければ購入者を見つける事は難しくない。自己主張や承認欲求を煽《あお》るようなアプローチをしても良いし、そもそもそんな真似はせずに適当なモデルに依頼したっていい』

だって。

『タグライン考案の件の資料として借りてるものがある。それを貸せばいいもんね』

「――――」

六道さん達と別れた後――私がしばらく駅で時間をつぶしていたのは、あるものを回収するためだった。そして開錠コードを共有してもらったコインロッカーからそれを持ち帰った。玄関に置いた紙袋。その中には確かに、私が今日のために用意した悠宇のサイズの『Ｆｒａｎｄ Ｃｒｕ』のスーツが一着入ってる。まるで全てを見透かすかのような斑目さんは、

『ブランド名に込められた意味についても見たよ。大した推理だ。雪平ちゃんは名探偵だね』

でもね。

『玖龍さんに確認したら、Ｆは「Ｆｏｌｉｏ」じゃなくて「Ｆｏｒ」だったらしいよ』

「そうですか。外れてしまいましたね」

『またまた。六道さんは、ちゃんと君が「Ｆｏｒ」も候補として挙げてたって言ってたよ』

「…………その可能性もあると思ったので」

『いや、可能性が高いのは「Ｆｏｒ」の方でしょ。「六道一葉と玖龍」ってフルネームと苗字だけのものが混ざるより、「六道と玖龍のために」と揃える方が美しいんだから。そして考えたのは玖龍さんだ。彼女のようなデザイナーの思考に君が思い至らないはずがない』

だけど、と斑目さん。

『もし「Ｆｏｌｉｏ」だった場合――思考を読み切れなかったと思われてしまう。だから保険候補だった「Ｆｏｌｉｏ」をメインにしたんだ。「ｒｉｋｕｄｏ ａｎｄ Ｃｒｕ」に気づいたところで評価はもう充分だったろうに……意外と子供っぽいところがあるんだね』

「…………………」

『もちろんこれは全て勝手な想像だよ。それにあたしは責めてない。ただ嬉《うれ》しいだけでね』

「…………嬉しい？」

『かつて想像する事しかできなかった存在の、その正体を知れたんだから。しかもそのパフォーマンスは期待していた以上だった。こんなに興奮することはないよ。さあ今こそ、かつて世界を救い続けた君が、どうやって眼の前の女の子を助けるのか見せつけてよ』

そこまで言ったところで──電話の向こうにいる斑目さんが冷たく笑ったのが分かった。

『ああでも──悠宇の事を助けたら、世界が滅びちゃうなら無理なのかな？』

その挑発めいた言葉を聞いた瞬間、

「…──────くたばれ、クソ女」


そう言うなり私は電話を切った。そして携帯をベッドの上に放り投げてリビングに戻る。

あの女に言われるまでもない。世界なんかどうだっていい。今は悠宇を助けるに決まってる。

そうしてソファのところへ行くと、斑目さんの言った通り悠宇は少し回復してきていて、

「…………彩凪」

ソファに座った状態で、しっかりと私を認識してこちらの名前を呼んでくる。その事に胸を撫《な》で下《お》ろしつつ──それでもまだ安心はできない。だって悠宇がこんな真似をしてしまった原因がなくなったワケじゃないんだから。そして、その原因は他ならぬ私……私の事を想ってくれているからこそ、悠宇はここまで苦しんでしまった。だからこそ、

「…………………」

どうするのが悠宇にとって一番良いか答えが出なくて——私は何も言えずに立ちつくす。

その時だった。

「…………ごめんなさい」

ポツリ、と悠宇が言った。ハッとなって見ると、悠宇の瞳《ひとみ》から光るものが零れている。

泣いていた。それはきっと不安の涙で、想いと一緒になって溢《あふ》れてしまったもの。

……——悠宇は何について謝ったんだろう。

不動産屋さんから連絡があったのを黙っていた事か。今のこの状況の申し訳なさか。

それとも——私と離れたくない一心からか。

私は改めて理解する。そんな沢山の後ろめたい気持ちや不安を抱えきれずに、それこそ媚薬《びやく》チョコなんかに逃げてしまう……そんな弱さを抱えてるのが深未悠宇という女の子なんだと。

悠宇と付き合うというのは、そんな繊細な彼女の全てを受け入れるという事。

だとしたら、私が悠宇にしてあげるべき事は決まっていた。テーブルの上に置かれたままになっていた斑目さんのチョコの箱に手を伸ばし——悠宇の見てる前で、私は赤い薔薇《ばら》のチョコを自分の口の中へ放り込む。

「——————」

悠宇が呆然《ぼうぜん》となる中、私は奥歯で薔薇のチョコを思いきり噛《か》み砕《くだ》いて呑《の》み込んだ。そして、

「本当は私と食べたかったんでしょ。いいよ、一緒におかしくなってあげる」

私はこれがただのチョコレートだって知っている。だけど私は、プラシーボなんかなくてもこれを媚薬に変える事ができる。簡単だ、悠宇に対して——理性を手放してしまえばいい。

……——もしも、これがヒロインを救うヒーローなら。青春ラブコメの主人公だったら。

好きだと伝えて、抱き締めて、必要ならキスして。それでヒロインを救えたかもしれない。

綺麗《きれい》事ばかりの、お伽話《とぎばなし》みたいな物語が本当は理想なんだろうし……そういう優しい世界も、きっと現実にだって、どこかにはあるんだと思う。

だけど私は王子様じゃないし、生きている世界はお伽話じゃない。

だから私は悠宇の両肩をぐっと摑《つか》むと、その瞳を覗《のぞ》きこむようにして彼女に教えてあげる。

「言っておくけど——私の方が重いから」

そう告げるなり私は奪うようにして、悠宇の唇へと自分の唇を重ねる。

そのキスは——背徳の薔薇《ばら》の香りがした。

◆●◆

……——リビングでキスされた後。私は彩凪によってお風呂場《ふろば》へと連れ込まれた。

この場所に一緒に入ることは、私たちにとって特別な意味を持っている。

私たちが一緒に暮らすこの部屋において、プライベートとプライバシーの両方が確立できているのは、トイレと浴室だけ。特にお風呂《ふろ》は裸になって心と躰《からだ》の開放とリラックスをもたらせる唯一ともいえる空間だ。そのため、お風呂場はひとりになれる空間として貴重だった。

だって私たちは寝室だけじゃなく、リビングやキッチンでさえも、その気になったら淫《みだ》らな行為を始めることができてしまう。彩凪と私の関係は――そういうものなのだ。

そしてお風呂は裸で入るもの。彩凪と私が一緒に入ったりしたら、二人がどうなってしまうかなんて、そんなのはもう考えるまでもない。でも……だからこそ私は、彩凪と入りたいって思っていた。もっと彩凪をいっぱい感じたいって、そう思っていたから。

……――けれど、ひとりになれる時間や場所が必要っていう彩凪の言うことも分かる。

少なくとも彩凪と一緒にいる時の私は、良くも悪くも彩凪のことしか考えられない。一緒にいて彩凪を意識しない瞬間なんてなくて……それ程までに、私は彩凪のことを想っていた。

そう――私は彩凪に依存してしまっている。言い訳はできないし、するつもりもないけれど。

彩凪が同じように私を想ってくれているかは分からない。だけど一緒にいる時の……ふとした瞬間に彩凪がこちらへ向けてくる瞳《ひとみ》は、間違いなく私を求めてるって感じられるもの。

この部屋で同棲《どうせい》を始めてから、彩凪とキスをしなかった日なんてない。彼女に裸を見られなかった日もないし、毎日いやらしい事をされている。そうやって私の名前で呼び捨てにして、自分のものにしている時の、私だけの支配者になっている彩凪がたまらなく好き。

だってそんな彩凪の裏の顔を知っているのは私だけだから。まるで秘密を共有するみたいに、彩凪は私にだけ教えてくれて、私を特別な存在にしてくれた。だからこそ――人には言えない淫らな行為を通して、私たちはふたりだけの秘密を重ねていっている。

だけど……一緒にお風呂に入るのが当たり前になってしまうと、互いの裸に慣れすぎて昂奮《こうふん》できなくなってしまい、自然と性生活がなくなってしまうみたいな話もあって。私の彩凪の裸に慣れるなんてあり得ないけど、彩凪が私の裸に飽きてしまう可能性はゼロじゃない。そんな事だけは絶対にイヤで——お風呂には一緒に入らないっていう彩凪の案に賛成していた。

…——けれど今、私は彩凪によって、浴室へと連れ込まれている。

最初に彩凪がしてきたのは——脱衣所で服を脱がして私を裸にすることだった。

「————————」

彩凪は無言のまま、私のシャツのボタンをひとつ残らず開けてしまうと、両手をシャツの胸元の内側へと差し入れてきて、

「………んっ」

彩凪の指先が触れてきてピクンと躰を震わせたこちらに、彩凪はまるで構うことなく私の鎖骨にそって内側から外側へと両手を広げてゆくように滑らせる。脱ぐ時に引っ掛かってストレスにならないよう、収縮する生地は腕には使用されていなくて——こちらの肩の上まで彩凪が手を持ってゆくと、自然とシャツの袖《そで》が私の腕から抜け落ちるようにして脱げていった。

…——胸の下まで降ろしたブラと、快楽ですっかり濡《ぬ》れたショーツ。

そんな淫らな下着姿の私に対し、彩凪はこちらの背後へと手を回すと、慣れた手つきでブラのホックを外して奪うように取り去ってしまう。そして彩凪は——私の腰の横で結ばれているショーツの紐《ひも》の片側をシュッと解いた。すると私の股間《こかん》から剝《は》がれるみたいに、解いた側のシ

ヨーツの生地が上から裏返しに捲《まく》れていって、最後に彩凪がこちらの腰骨に引っ掛かっている逆側を指先で弾くと、私の足下でビチャっと床を叩《たた》くような淫らな音が生まれる。それはショーツがさせて良いような音じゃなくて……太腿《ふともも》の内側まではしたなく濡らした状態の私は、

「……………ぁ……ぁぁ……っ」

ひとりで淫らな行為をしているところを見られて——今さら恥ずかしいなんて思っても手遅れなのに。それでもあまりの羞恥《しゆうち》に、思わず消え入るような声が漏れてしまう。

そんなこちらの手を引いて、彩凪は私を浴室の中へと連れていった。湯船にお湯を張ってないのに、お風呂場は温かな湯気が漂っていて……どうやらミストサウナを作動させているようだった。と、そこで彩凪からパッと手を離されて、

「…——あ」

まだ食べてしまった媚薬《びやく》チョコの効果で、甘い官能の熱に冒されていた私は膝《ひざ》に力が入らなくて、ぺたんと浴室の床に尻餅《しりもち》をついてしまう。お風呂場の床にへたり込んでいる裸の私に対し、彩凪はジャケットこそ脱いだものの、『Ｆｒａｎｄ Ｃｒｕ』のシャツとタイトミニのスカートト、それにストッキングを穿《は》いた格好だった。性行為における衣服の有無は、立場の上下につながるもの。彩凪は改めて、私が彼女のものだと分からせてくれようとしている。

…——そして、彩凪の今の格好にはもうひとつの意味があった。

雨の中で行なわれた先日の屋外撮影——その時に私がしていた格好に似てるのだ。

だから眼の前の彩凪を見ていると、移動車の中でした様々な行為を思い出してしまって、私

の躰がさらに熱くなってしまう。ところが、

「…………………」

こちらを見下ろしていた彩凪は、踵《きびす》を返してそのまま浴室を出ていった。置き去りみたいにされた私は、見捨てられたみたいに気持ちになって胸の奥が苦しくなる。だけど追い掛けることもできなくて——そうして私がひとりで立てずにいると、すぐに彩凪は戻ってきてくれた。

その手には大きいビニール袋が提げられていて、中にはギチギチに何かが入っている。彩凪はその袋をドサッと浴室の床に置くと、中身を浴槽の縁の上へと端から順に並べていった。

…——それは買い置きしてある飲み物のストック。五百㎖のペットボトルだった。

ミネラルウォーターが八本に、スポーツドリンクが四本。合計十二本がずらりと浴槽の縁へと並べられたその光景は、壮観というよりも異様な迫力を放っている。そして——ペットボトルを並べ終えた彩凪がこちらを振り返ると、ようやく口を開いて言った。

「…——ねえ悠宇。これから自分が何をされるのか分かる？」

冷たい声と共に彩凪がこちらへ向けた顔を見た瞬間——私は息を吞《の》んだ。どこまでも冷静な表情とは裏腹に、その瞳には燃えるような感情が渦巻いてるのが分かったから。

彩凪も白の媚薬チョコを食べた効果で昂奮してるのか、赤を食べた私が彩凪にいつもよりも従順になっているのかは分からない。だけど今、眼の前にいる彩凪はまるで別人のようで。

思わず言葉を失っていると、彩凪はゆっくりと浴室の扉を閉めた。そしてガチャリと鍵《かぎ》をかけて、私たちがいるお風呂場を密室にしてしまう。そうやって私をこの場所に閉じ込めて、

「先に謝っておくね。私も今は冷静じゃないから、多分やりすぎちゃうと思う。普段は悠宇が本当に嫌がるような真似はしないし、そんな雰囲気になったらすぐに止めるつもりだよ。でもね、今日はそうしない。そんな風にできる自信がないし、それ以上にしたくないの」

だって、と彩凪は言った。

「いつもの私じゃ――今の悠宇にしっかりと応えてあげられないって思うから」

こちらを見下ろしながら強い口調で言ってきた彩凪に、

「――――――――」

私は彼女の本気を感じて、思わず身震いしてしまう。今までも彩凪には、それこそ価値観が変わるような淫らな行為と共に、官能の快楽を充分すぎるくらい教えられてきた。

でも、そうした行為をする時の彩凪には、間違いなくこちらへの気遣いがあって……無茶なことはしても、私が無理だと思うようなことだけは絶対にしなかった。

だけど今、彩凪はそれをやろうとしてくれている。

……――もしかしたら私は、彩凪に我慢させているのかもしれない。

そう不安に思ったことはある。それは性的な行為だけじゃなくて、不動産屋さんから連絡があった時に、私との同棲生活を彩凪は望んでないのかもしれないって考えてしまったから。

だから欲望のまま……彩凪の好きなように、私を求めてほしいと思っていた。彩凪のものになると誓った初めての夜からずっと、私の心と躰はとっくにその準備ができていたから。

大量に用意されたペットボトル。あれは――ふたりであの量を消費するほどの長い時間を、

彩凪は私とこの浴室で過ごすつもりでいることの証で、

「…………嬉《うれ》しい」

震えるような悦びを感じながら、私は素直な気持ちを口にする。

彩凪のものとして所有されたい、自分の全てを征服されたいという私の願望は、正しい恋心じゃないのかもしれない。けれど——だとしたら正しい恋心とは一体何だというのか。

ゆっくりと好意を育んで、それが恋愛感情だと理解することだけが正解なんて限らない。

しっかりと行為に及んで、相手への想いを恋と理解する……そんな正解の形もあるはず。

他の人にとっては間違いでも構わない。彩凪と私にとって正解だったらそれでいい。

そして私が求めている正解は——彩凪が正解だと思うものだから、

「お願い、どうか私のこと……彩凪の好きにして」

心の底から懇願するように私が自分の想いを口にすると、

「…………うん。そのつもりだよ」

彩凪はそう言って、ミネラルウォーターのペットボトルを手に取った。

「とにかく媚薬の成分を何とかしなくちゃ。躰に負担の少ないマイクロミストにして温度も低く設定しておいたから、水分補給をしながらたっぷり汗を掻《か》いてデトックスしていこうね」

そしてキャップを開けると口をつけて——そこで私の顎《あご》を持ち上げるなり、

「——————」

そのままキスしてくる。そんな彩凪のキスを私は当然のように瞳を閉じて受け入れて、

「んっ……ちゅ、はぁ……ん……んっ、ふぅ……んぅ」

私たちのふたりの時間は、口移しで水を飲むことから始まった。前に熱を出してしまった時に、氷の口移しをしたことがあったけど……水の口移しは氷よりも難しくて。唇の端から零れてしまった水が、顎から喉《のど》を伝って鎖骨にたまっていくと、くぼみから溢《あふ》れたものが私の胸をいやらしく濡らしてゆく。ひとりエッチですっかり火照っていた私の躰は、浴室のミストサウナでさらに温められたことで常温の水さえ冷たく感じるようになっていて、肌の熱を下げてくれるその心地良さにゾクゾクしてしまう。それに上手く飲めないもどかしさも新鮮で――ペットボトルの半分がなくなるまで、彩凪と私はひたすら口移しを楽しんでいった。

……――そうして水分補給を終えると、彩凪が手を伸ばしたのはボディソープのボトル。彩凪はポンプに手を置くと、ノズルの先端をこちらへ向けて――そしてたっぷりと私にかけ始めた。彩凪がポンプを押す度に、私の胸や躰にトロリとした白濁の液体がかけられて、

「……――んっ……ぁ、あぁ……ん……っ」

すっかり敏感になってる肌に、べっとりと液体が付着してゆく感覚に私は身を悶《もだ》えさせた。かけられているのは躰を綺麗《きれい》にするボディソープなのに……まるで彩凪にいやらしく汚されているみたいな気持ちになってしまう。そのたまらない背徳感に、

「…………ぁあ……彩凪、これ……もっと」

甘えるように私がねだると、

「なに言ってるの……本番はこれからだよ」

彩凪はボディソープのボトルをラックに置くと、私の背後へと回った。そして――そっとこちらを抱き締めながら、

「……――約束通り、私の好きにしてあげるね」

耳元へ囁《ささや》かれるのと同時――私は彩凪の手で全身をメチャクチャに泡立てられて、

「――――――っ！」

泡まみれの乳房をいやらしい形にされながら、私は浴室の壁が共鳴するほどの大きな喘《あえ》ぎ声を上げた。媚薬の効果に加えてひとりエッチの快楽の熱もまだ躰に残っていたせいか、一瞬で躰《からだ》の中から湧き上がったその感覚は、私がこれまで体験してきたどの絶頂よりも激しくて、

「はあぁっ……あぁん、やぁっ……彩凪ぁ……はぁっ……彩凪ぁあぁああぁ……っ」

あまりに激しい快楽の奔流に、私は彩凪の腕の中でいやらしく躰をくねらせながら彼女の名前を叫んだ。そんなこちらを強引に押さえつけるように、彩凪はさらに力を込めて私への愛撫《あいぶ》を重ねていって。鎖骨に首筋、両脇に脇腹、太腿に膝裏――そして腰にお尻《しり》。全身を敏感にしていた私は、乳房や乳首以外でも彩凪のいやらしい指使いで次々に快楽を極めさせられる。私の躰を使って泡立てられたボディソープは、まるで生クリームのように濃厚かつ滑らかになっていて、全身をいやらしくデコレーションされた私は、

「やあっ、あぁん……んっ、ああっ、ふあぁぁんっ、んあぅっ、っあぁぁぁぁっ！」

ひたすら嬌声《きょうせい》を上げながら、終わることのない絶頂へと溺《おぼ》れてゆく。

「はぁっ、凄《すご》い……私、こんな感じて……っ」

彩凪の手によって変えられてゆく悦びと、彩凪のものとして支配される事の幸せ。呼吸が乱れて苦しいのに、それ以上の幸せな感覚が躰の奥から溢れて止まらなかった。すると、

「ほら悠宇……今度はこっちをしてあげるね」

そう言うなり彩凪はとある場所へと手を伸ばしてきた。それは私の股間で——信じられないことに、私は浴室に入ってからまだそこを彩凪に触られていなかった。その事実を認識した瞬間、疼《うず》くような切ない熱が下腹部の底に溜《た》まったままでいることを感じて、

「はぁ……んっ、うん……彩凪の……したいようにして」

私がそう言って彩凪にその先をゆだねると、

「……………いいよ。ほら、もっと脚を広げて」

「————————」

こちらを促してきた彩凪に、私は黙ってゆっくりと股《また》を開いていった。すると彩凪の手が、そっと私の股間へ伸びてきて——また彩凪のものになる悦びが私の全てを支配してゆく。

……——間もなく訪れるその瞬間を思いながら私は確信していた。

たぶん私はこれで戻れなくなる。そして彩凪からは二度と離れられなくなるのだ。

本当に誰かのものになるというのは、きっとこういう事で——もうすぐ私は普通の人とは決定的に違ってしまうと思う。でも、結局はそれも正しい恋心と一緒。どこまでが普通で、どこからが異常かなんて、そんなものは線引き次第でどうとでもなるのだ。他の人がどう思おうと、そんなものは構わない。彩凪と私の普通は、私たちふたりが決めれば良いものだから。

性行為をしてる高校生同士のカップルなんて珍しくもない。その中には、私たちより淫《みだ》らな行為に溺れてる子たちだっているはず。心配してくれてもいい。呆《あき》れてもらってもいい。誰も救えないような正論なんかで、私たちを否定しなければ、どうぞ好きにしてくれたらいい。

……――裸を見られて、ファーストキスを奪われて、胸まで揉《も》まれて始まった同棲《どうせい》生活。

その日の晩に私を自分のものにした彩凪と、彩凪のものになりたいと願った私。そんな私たちはきっと、ここまで行き着いてしまう運命だったのだ。だから彩凪の手で触られる直前、肩越しに背後を振り返った私は潤んだ瞳《ひとみ》で彼女をみつめて、

「……――彩凪、大好き」

濃厚な薔薇《ばら》の匂いが立ち込める浴室で、全身を泡まみれにされて、いやらしく股を広げながら――私は彩凪に告白した。そんな私の淫らな告白に彩凪は優しく微笑むと、こちらへチュッと唇だけの軽いキスをしてくれる。そして、

「私も悠宇のこと大好きだよ。だからこれで、もっと大好きにしてあげるね」

そう言うと同時、彩凪の手によって敏感な股間《こかん》を擦り上げられた私は、

「――――――――――――――――っ！」

自分は彩凪のものだと思い知りながら、どこまでも幸せな快楽を極まらせた。

△○▽

……――悠宇の股間を泡まみれにした後も、私はひたすら彼女をイカせ続けた。

媚薬チョコの自己暗示に加えてひとりエッチもしていた事で、すっかり官能に溺れていたのに――その状態で私の愛撫までたっぷりと受けた悠宇は、面白いように絶頂を重ねていって。

そんな悠宇の全身を、私は自分の手を使って淫らに磨いてあげた。中でも悠宇の大きな胸は私の片手はもちろん両手でも溢れてしまうようなボリューム感で……そんな彼女の乳房を片方ずつ両手を使って念入りに洗ってあげると、悠宇は甘えた声を上げながら何度も腰を浮かせて全身をはしたなく震わせていた。胸の形をいやらしくした状態で乳首まで吸ってあげると、悠宇はこちらにしがみつきながら官能をさらに極まらせて――やがて完全に意識をとろけさせると、ひたすら快楽に素直な艶《なま》めかしくて淫らな女の子になった。その頃にはすっかり悠宇の躰は熱を帯びていて、だから私はミストサウナをＯＦＦにすると、ぬるま湯のシャワーで悠宇の躰の泡を流してあげた。全身を敏感にしていた悠宇は、シャワーを掛けられただけで軽く達しているみたいに、甘い声を漏らしながらピクンピクンと可愛らしい反応を見せてくれて。

……――普段の私なら、きっとここで終わりにしていたと思う。

けれど今日の私はいつもと違っていて――再びペットボトルの水で自分の喉の渇きを癒しつつ、口移しで悠宇にも充分な水分を補給させると、そこからはシャワーを使って悠宇の性感をたっぷりと刺激していった。お湯は体温と同じくらいの三十七度設定でぬるま湯にした上で、シャワーヘッドをマイクロバブルに調整。その状態でひたすら股間を優しく刺激するようにシャワーを当て続けてゆくと、敏感なところを絶妙な加減で刺激された悠宇はそれまでのように

快楽を極まらせる事はないままに、通常の性感を絶頂よりも高い状態へと昂ぶらせてゆく。

焦れったい弱火のような温度と勢いのシャワーで煮込むみたいに、悠宇の一番恥ずかしい場所がトロトロになるまで加熱して——途中で煮詰めすぎないように、休憩という建前の胸や尻への愛撫に切り替えたり、水分補給を欠かないようにしながら温め続けること二時間。

用意したペットボトルの半分近くをふたりで空にした現在。私のいやらしい愛撫と淫らなシャワーで官能の感度を完全に引き上げられた悠宇は、まるで薔薇風呂《ふろ》みたいに濃密な花の香りが立ち込めた淫らな浴室の中で、

「はぁ……ん、あぁ……んふ……はぁ、彩凪ぁ……ぁあん」

艶めかしく桜色に染まった首筋を、私の舌で舐《な》められながら胸を揉みしだかれ……その恍惚《こうこつ》に溺れながら、はしたなく広げた股間にシャワーを当てられ続ける官能に夢中になっている。

「ふふ……凄いの知っちゃったね。これでもう悠宇は戻れないよ」

私は悠宇の耳元へ囁くと、彼女の胸を揉んでいる右手でキュッと乳首を摘まみながら、少し離してお湯をかけていたシャワーヘッドを優しく悠宇の股間に押し当ててあげる。すると、

「やぁん……んっ、ふぁあんっ……私また、いっ……あぁっ……ぁあぁあぁ——っ」

新たな絶頂の高みへと到達した悠宇は、お風呂場《ふろば》に声を響かせながら激しく躰をくねらせる。

虚空へ突き出すように腰を浮かせ、胸と尻を小刻みに震わせるその姿は最高に淫靡《いんび》で……私が悠宇の顎をつかんでこちらを向かせ、奪うように唇を重ねてキスしてあげると、

「はぁ……ん、あぁ……ちゅぷ、んふ……彩凪、あぁ……ちゅっ」

悠宇はうっとりとしながら私を受け入れ、自分からも淫らに舌を絡めてくる。そうして悠宇の絶頂感が収まるまで、たっぷりとキスをした後——そっと唇を離した私は悠宇に告げる。

「いいよ悠宇。上手にイケるようになったね」

「ん……はぁ……わたし、上手になったの……？」

「そうだよ。だって、最初のころよりずっと気持ち良いでしょ……ほら」

官能の吐息を漏らした悠宇の胸を、私がいやらしく揉んであげると、

「……——んっ。うん……すごく気持ちいい」

とろんとした瞳の悠宇は、甘く躰を震わせながら正直に自分の快楽を認めていて、

「悠宇はいい子だね。じゃあ、もっと上手にしてあげようか」

「…………うん。お願い彩凪、私のこと——もっといい子にして」

そう言って、こちらへ甘えるようにしなだれかかってくる。だから私はこれまでと同じように、悠宇の胸へと口を寄せていやらしい形になってる乳首を吸ってあげた——その時だった。

ふと悠宇に変化が生じた。精神の限界を超えるような快楽を受け入れ続けたせいか、艶めかしい表情がぐにゃっと笑顔になると——まるで全てを許された子供みたいに、悠宇の声と雰囲気が可愛らしいものなって、

「あぁは……ふぁあ……気持ちいい、彩凪ぁ……すごく気持ちいいよぉ……っ」

すっかり夢見心地になって乱れた悠宇は、「あんっ♥　あんっ♥」とはしゃぐように甘えた喘ぎ声を上げ始める。それは媚《こ》びているのとはまるで異なる声音。悠宇はただ、どこまでも快

楽に純粋な女の子になっていて――その艶めかしい姿からは信じられないほど背徳的な雰囲気に、

「ふふっ、悠宇ってば可愛い。ねえ、おっぱい気持ちいい？」

「うん、気持ちいぃ……彩凪もっとぉ、もっとしてぇ……」

理性のタガが外れてしまったように、悠宇はいやらしい行為を求めてくる。今の悠宇はきっと、最初にボディソープで私がイカせた時と同じレベルの快楽が当たり前になっている。

派手な絶頂なんてしなくても同じ次元の悦びを得られる淫らな躰へと、私によって現在進行形で開発されていっているのだ。だから私は、そのまま悠宇の心と躰に教え込んでゆく。

「こんなの自分でしちゃダメだよ。これを悠宇にやって良いのは私だけ……覚えといてね」

悠宇の大きな胸をいやらしい形にしてあげながら、私はひたすら彼女に語りかけてゆく。

自分が誰のものか思い知るまで。悠宇の全部が私のものになるまで。もう二度と――悠宇がおかしな心配をしてしまわないように。

……――本当は、こんなの良くないって事くらい分かってる。

でも心がまだ足りないって叫んでる。もっと続きをしたいって願ってしまう。そんな自分の本心に気づいたら誤魔化すことなんて出来ない。もう諦《あきら》めて認めるしかないのだ。

悠宇を自分だけのものにしたくてたまらない。私は――雪平彩凪はそういう女なのだと。

いやらしい独占欲……いつも悠宇に偉そうなことばかり言っておいて、私の心は卑怯《ひきょう》だね。

でも好きな人への独占欲なんて、大なり小なりみんなが持ってる。私のものになりたいっていう悠宇の気持ち——それもまた立派な独占欲だ。

……——性行為だってそう。もっと淫らな事をしてる人たちはいる。

私や悠宇だけが特別じゃない。それに……たとえ電気を消して部屋を暗くして、どれだけ上品に正常位をしたところで、ＳＥＸが添い寝になるワケじゃないのだ。だから私は、せめて自分が悠宇にした事からは逃げない。悠宇も望んだとか、同意があったとか、そんな事は言いたくない。私は私の意思で悠宇を自分のものにした——そして、これからもそうする。

「…………………」

だから——私はゆっくりと立ち上がると、悠宇の眼の前で自分の着ていた『Ｆｒａｎｄ Ｃｒｕ』の服を脱いでいった。完全に下着が透けているぐしょ濡《ぬ》れのシャツのボタンを外したら、次はホックを外してファスナーを下ろしたタイトミニのスカートに手をかける。そして、お尻を出すようにしながら左右の脚を抜いていくと、私の穿《は》いていたスカートが浴室の床に落ちて、

「————」

そんな私の姿をとろけた瞳で見上げていた悠宇が——その時わずかに眼を見開いた。気がついたのだ。私が服の下にブラもショーツも着けてなかったことに。

……——これは六道さん達へのプレゼンが、少しでも有利に働けばと考えての行動だった。

『Ｆｒａｎｄ Ｃｒｕ』の服は、体温を吸収して着る人の身体に吸いつくように収縮する機能を有している。そしてモデルを務める悠宇が撮影時に下着をつけていないのは、その状態がもっとも理想的なシルエットを演出できるから。だとしたらデザイナーの玖龍さんを前にした時、

モデルでもない私が少しでも『Ｆｒａｎｄ Ｃｒｕ』の服を着こなそうと思ったら、こうするのが一番だと思ったのだ。もちろん恥ずかしさはあったけど、

「……――悠宇と同じだから、怖くなかったよ」

私は微笑みながら告げると、悠宇の眼の前でストッキングを下ろしていった。そして下半身を悠宇と同じにするとシャツも脱ぎ去って……そうして自分の全てを悠宇と同じ裸にすると、

「………………っ」

悠宇は込み上げる想いと快楽が複雑に入り混じったような表情で、床からこちらを見上げていた。そんな彼女と目線の高さを合わせるように腰を下ろすと、私は苦笑しながら、

「………やっぱり、一緒に入ったらこうなっちゃうよね」

そう告げるなり――優しく覆い被さるように悠宇を浴室の床へと押し倒すと、私は悠宇と抱き合うようにキスした。唇を重ねるだけだったキスを、舌を使った淫らなものへと変えると、

「――――――――っ」

悠宇は私の背中に両手を回してこちらを抱き締め、自分からも積極的に舌を絡めてくる。私が脱いだ服は散らかったまま、悠宇に快楽を与えたシャワーも出しっぱなしで転がっているような状態で、ようやく私たちは淫らな入浴を始めていった。

……――どれだけ喉《のど》が渇いても問題はない。

用意したペットボトルは――まだ半分くらい残っているから。

▽▽▽

そうして私と悠宇が初めて一緒に入ったお風呂は、決して忘れられないものになった。

……──まあ、悠宇との行為で覚えてないものなんて今のところないんだけどね。

あの後も、私と悠宇は浴室でたっぷりとお互いの心と躰《からだ》を確かめ合った。

悠宇を背後から抱き締めた体勢で自動給湯を始めた浴槽の中に腰を下ろして、ふたりで引き続き温かいシャワーを浴びながら、お湯が溜《た》まってゆく感覚を楽しんだりもした。

お互いの体温だけが全てだった私たちを、それ以上の温かさが少しずつ包み込んでくれて、柔らかなお湯の中へ躰を沈ませるみたいにしながら、私と悠宇は淫《みだ》らな快楽を共にした。

それこそ──ふたりで溺《おぼ》れるみたいに。

そうして湯船の中で体温を同じにした私たちは、夢中になってお互いを求め続けた。

私は悠宇にどこまでも私のものであることを望み、悠宇は自分が私のものだと感じられるような快楽を願って……ベッドに移動するために湯船から上がったころには、私と悠宇の躰はふやけるを通りこして、とろけるようになっていた。お湯を注いだまま忘れられて、温め直されたカップラーメンの気持ちって、もしかしたらこんな感じなのかも。違うか。

そして──寝室へと移動した私たちは、そこから夜が明けるまでベッドで互いの快楽を教え合った。でも終わりを迎えたのは朝になったからじゃなくて、とうとう悠宇が限界を迎えてしまったから。まあ——私はする側で、悠宇はされる側なんだから当然かもだけど。

知らない人はよく覚えておいてね。これがこじらせた十代の女の子の性欲です。

とりあえず今回学んだのは、私たちの部屋は三十分くらいずっとお湯を出し続けてしまうと給湯用のガスの安全装置が働いて水になっちゃうので、その度に壁のリモコンを操作する必要があること。そして——やっぱり私にとって、悠宇は大切な存在だっていう事実。

現在、時刻は朝の十時すぎ。平日なら大遅刻だけど、今日は日曜日だから大丈夫で、

「…………………」

ベッドで横になっている私の隣では、悠宇が穏やかな寝息を立てている。布団の中の温もりは、裸でいる私たちが生み出しているもの。あんなに無茶をしたのに、こちらの腕の中で眠っている悠宇の表情は幸せそうで……そんな悠宇の寝顔が私の心を少しだけ救ってくれる。

…——私は眠れなかった。悠宇の寝顔を見ていたかったから。

ううん……そうじゃない。もし眠って次に目を覚ました時、悠宇もこの同棲《どうせい》も、全てが夢だったらって考えたら怖くなってしまったのだ。

ねえ悠宇——あなたは思いもしないでしょ。あなたが私のものになってくれた事が、私にとってどれだけ幸せな事かなんて。あなたの中の私はきっと、いつも強い支配者だもんね。

でもね。本当は私だって、悠宇と同じように不安なんだよ……？

私は悠宇のお母さんのことを知らない。だから——悠宇の私への想いが、お母さんから注がれていた愛情の代わりを求めているからなのか、これまで愛情を感じられなかったからこそ私

にそれを求めているのかは分からない。もちろん、そんなの関係なしに私を好きになってくれている部分だってあるだろうし、そうだって信じたいけれど。

……――こないだ熱を出した時。悠宇はいつもよりも私に甘えてきていた。ベッドで縋《すが》るように抱きついてきて……そうして私の温もりを求めた。体調を崩したせいで人恋しくなってるのかなとも思ったけど、恋しかったのはお母さんだったのかもしれない。

こんな事を想ってしまうのは、私も人のことは言えないから。私だって――仕事よりも、愛人よりも、何よりも私を一番に想ってくれる存在を欲しがっていることは否定できない。

家族よりも仕事を優先したお母さん。私やお母さんよりも愛人との不倫を選んだ父親。

それが二人の決断なら自由にすればいいし、否定するつもりないけれど……だったら私だって好きにして良いよね。

何よりも誰よりも、私を一番に想って絶対に裏切らない――そんな存在を求めても。

……――でも昨日までの私は、それを悠宇に求めるつもりはなかった。

どこかで悠宇が私から離れてしまっても、平気なように自分の心に予防線を張ってたから。

だけど媚薬《びやく》チョコの件で分かった。悠宇もまた私に絶対を求めていたのだ。

だったらもう……同じ気持ちの私たちが我慢する必要なんてどこにもない。私たちは見つけることができたんだから――自分の全てを捧《ささ》げたいって思えるような相手を。

したり顔の大人たちは、私たちのこの気持ちを一時の錯覚みたいに言うかもしれない。

恋なんてどれも似たようなもので、そんなものはどこにでも転がってるんだって。

いや知らないから。あなた達が転がっただけの話でしょ。それにたとえ恋じゃなくても、誰かと絶対みたいに思えたような瞬間がある人はいるはず。

私と悠宇はその気持ちを続けてゆくのだ……この部屋で、ふたりで一緒に。

……――だから私は、ベッドの脇に置いてあった携帯を手に取った。

そしてとある相手にメッセージを送る。

私と悠宇はこれからも一緒に暮らしていくから――もう大丈夫だと。

すると日曜の朝にもかかわらず、数分で相手からもメッセージが返ってきた。

それはこの部屋を私に紹介してくれて、悠宇と巡り合わせてくれた不動産屋の遠藤さんで、

【ご連絡ありがとうございます。承知しました。おふたりの生活が素敵なものになりますように祈っております。もし何かありましたら遠慮なくご連絡ください】

私たちを祝福してくれるその言葉に、私は簡単なお礼の返信を送っておく。

……――本当なら、ここでやりとりは終わるはずだった。

ところが――数分後、なぜかまた遠藤さんから長文のメッセージが届いて、

【余談なのですが……社内調査の結果、雪平さん達にご迷惑をおかけした理由が判明しました。弊社のとある社員が条件の良い物件として、深末さんの契約後もご入居の予定日まで、そちらのマンションを空室扱いとして案内していたことが原因のようです】

おお、それっていわゆる囮《おとり》物件というヤツでは。いけない事なんだろうけど……その人のお陰で悠宇と出逢《であ》えたって考えると非難もしにくくて何だかなぁ。私はメッセージをスクロー

ルして読み進めてゆくと、ちょっと見過ごせない文面が目に飛び込んでくる。

【実は――昨日もう一人、雪平さんの後にそちらの部屋の契約を結ばれていたお客様がいらっしゃった事が判明しました。つきましては雪平さん達にご連絡していた物件を、その方に紹介させていただこうと思います。この度はご迷惑をお掛けしまして申し訳ございませんでした】

えーと……つまり、二重契約ではなく三重契約だったと。ごめん。流石にそれはもう感謝できないです。っていうか二重契約でも私と悠宇がルームシェアをしたのは、互いの事情なんかを気遣ってのことだった。そんな私たちに、念のためでも三人目とのルームシェアの可能性をまったく尋ねてこないって事は、恐らくだけど相手は男の人なんじゃないかな。

これ以上とんでもない情報が出ても困るので、私は華麗に既読スルー。

そしてぼんやりと、私たちには別の可能性があったかもしれないことに想いを馳《は》せた。

……――もしもあの日、私じゃなくてその男の人が悠宇と出会っていたら。

今ごろ悠宇は、その人とどうにかなっていたのだろうか。それこそ物語の主人公のような人で、悠宇はヒロインとして幸せになっていたのかもしれない。

でも残念でした。悠宇はもう私のものだから、青春ラブコメの主人公はお引き取りください。

逆に私だったらどうだろう？　もし私がその人と出会っていたら……私はいま悠宇じゃなくてその人の寝顔を見ていたんだろうか。

それはないって断言できる――そうなったら私はいま間違いなくこの場所にいない。

どちらにせよ、全てはもう手遅れ。ドラマを盛り上げるためなんて馬鹿みたいな理由で遅れて、本当に大切な瞬間には間に合わない――そういう役立たずの主人公が出る幕じゃない。

そんな奴は、いつまでも呑気《のんき》に運命のヒロインを探していれば良いのだ。

けれど断言してあげる、絶対に見つからないよ。どうしてって、そんなの決まってる。

だって一番のヒロインは――私の隣で寝てるから。

でも……そう考えると、やっぱり物語の主人公なんてって思ってしまう。

もちろん向こうも私たちのことなんか眼中にないだろうし、お互いさまだろうけれど。

常識という温室で育てられた私たちは、皆と同じでいられる事に安心してきたよね。

退屈でつまらない日常でも、我慢していればいつか幸せになれるんだって。

……――でも、そんなの全部嘘っぱちだって今はもう知ってる。

もしも――私たちが信じていた幸せが本当に確かなものだったなら。

私と悠宇はこんなにも苦しまなかったし、そもそも出会う事もなかった。

だから……私たちにはもういらない。そんなものは全部必要ない。

この目の前にいる大切な子の気持ちに応えられないのなら。

この手の中にある私を求めてくれてる子を救えないのなら。

私たちが幸せになれない常識なんていらない。

私たちを守ってくれない他人なんて知らない。

優しいだけの主人公も、楽しいだけの青春も、そんな綺麗《きれい》事なんて欲しくない。

だってそうでしょ？

不安で苦しくて、快楽に溺れる事でしか自分を保てなくなってしまった子に、心配いらないなんてありきたりな言葉しか言えなくて、その心を救ってあげたいなんてどうして言えるの。

……――だから私はいったん、ひとつの答えを出すことにする。

それは今の自分が、残酷な運命の被害者にならないようにするための方法。

①被害に遭わないように、ひたすら逃げに徹する
②なんとか主人公と思しき人を探して、絶対に安全なポジションを確保する
③仕方ないから自分が主人公になって、問題の解決を試みる

私が考えていた三つのこの選択肢は、間違いではないけど失敗する可能性があるよね。

どれだけ逃げたって追いかけてくる悲劇。見つからない主人公に安全地帯。

無理して主人公になったところで、どうしたって抗えないものはある。

悲劇の主人公なんて言葉があるくらいなんだから。

だから私は④の選択肢を作った。それは『物語の外』にいて――作者になること、、、、、。

当たり前だけど、現実に生きてる私たちは結局、物語の登場人物にはなれない。

主役はもちろんのこと、脇役にだってなれやしないのだ。

それでもこの残酷な世界で――作者にだったらなれるかもしれない。

ただし生み出すのは虚構ではなく現実で、紡ぐのは台詞《せりふ》じゃなくて本物の言葉だけど。

何者にもなれない私が、何者にもなりたくない私たちが。

かつて『ナギ』だった私みたいに、世界を救うなんて大それた事は言わなくても。

それでもいつか、自分だけには誇れるようになれると信じて。

私たちの現実《ものがたり》は私たちが作る。非現実《フィクション》の主人公はいらない。


……――なんてね。日曜の朝っぱらから何を考えてるんだか。


私はやれやれと溜息《ためいき》をつくと、腕の中の悠宇をそっと抱き締める。すると、

「………………ん」

悠宇はあどけない寝息を漏らして、その反応に私はそっと幸せの意味を思った。

これからも色々なことがあるかもしれないけど、今はただ悠宇の寝顔を見ていたい。

溺れるように背徳的な――私たちのこのベッドで。

溺《おぼ》れるベッドで、天使《てんし》の寝顔《ねがお》を見《み》たいだけ。

#ふたりで犯《おか》した秘密《ひみつ》の校則違反《こうそくいはん》

著　上栖綴人《うえすてつと》

角川スニーカー文庫　24434

2025年4月1日　初版発行

発行者　山下直久

発　行　株式会社KADOKAWA
〒102-8177 東京都千代田区富士見2-13-3
電話　0570-002-301（ナビダイヤル）

印刷所　株式会社暁印刷
製本所　本間製本株式会社

◇◇◇

Printed in Japan　ISBN 978-4-04-115625-4　C0193

★ご意見、ご感想をお送りください★
〒102-8177 東京都千代田区富士見2-13-3
株式会社KADOKAWA　角川スニーカー文庫編集部気付
「上栖綴人」先生「千種みのり」先生

角川文庫発刊に際して

角川源義

第二次世界大戦の敗北は、軍事力の敗北であった以上に、私たちの若い文化力の敗退であった。私たちの文化が戦争に対して如何に無力であり、単なるあだ花に過ぎなかったかを、私たちは身を以て体験し痛感した。西洋近代文化の摂取にとって、明治以後八十年の歳月は決して短かすぎたとは言えない。にもかかわらず、近代文化の伝統を確立し、自由な批判と柔軟な良識に富む文化層として自らを形成することに私たちは失敗して来た。そしてこれは、各層への文化の普及滲透を任務とする出版人の責任でもあった。

一九四五年以来、私たちは再び振出しに戻り、第一歩から踏み出すことを余儀なくされた。これは大きな不幸ではあるが、反面、これまでの混沌・未熟・歪曲の中にあった我が国の文化に秩序と確たる基礎を齎らすためには絶好の機会でもある。角川書店は、このような祖国の文化的危機にあたり、微力をも顧みず再建の礎石たるべき抱負と決意とをもって出発したが、ここに創立以来の念願を果すべく角川文庫を発刊する。これまで刊行されたあらゆる全集叢書文庫類の長所と短所とを検討し、古今東西の不朽の典籍を、良心的編集のもとに、廉価に、そして書架にふさわしい美本として、多くのひとびとに提供しようとする。しかし私たちは徒らに百科全書的な知識のジレッタントを作ることを目的とせず、あくまで祖国の文化に秩序と再建への道を示し、この文庫を角川書店の栄ある事業として、今後永久に継続発展せしめ、学芸と教養との殿堂として大成せんことを期したい。多くの読書子の愛情ある忠言と支持とによって、この希望と抱負とを完遂せしめられんことを願う。

一九四九年五月三日

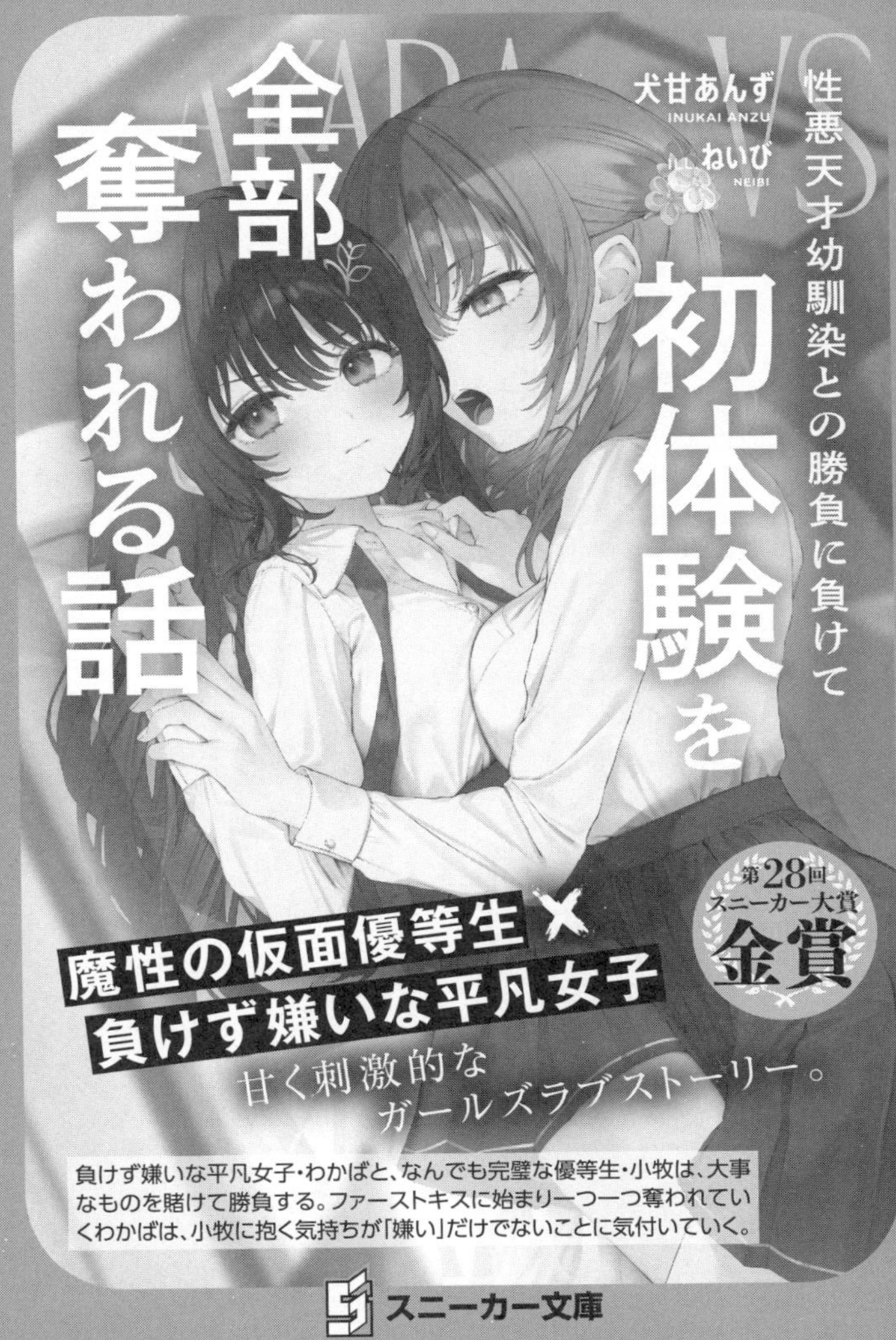

性悪天才幼馴染との勝負に負けて
初体験を
全部奪われる話
犬甘あんず
INUKAI ANZU
ILL. ねいび
NEIBI
第28回
スニーカー大賞
金賞
魔性の仮面優等生×
負けず嫌いな平凡女子
甘く刺激的な
ガールズラブストーリー。
負けず嫌いな平凡女子・わかばと、なんでも完璧な優等生・小牧は、大事なものを賭けて勝負する。ファーストキスに始まり一つ一つ奪われていくわかばは、小牧に抱く気持ちが「嫌い」だけでないことに気付いていく。
スニーカー文庫

勇者パーティーをクビに
なったので故郷に帰ったら、
メンバー全員がついてきたんだが
Yuusha Party wo KUBI ni
natta node Kokyou ni Kaettara,
MEMBER ZENIN ga
TSUITEKITA n daga
木の芽
イラスト
希
もう、みんなと結婚してハーレムライフ始めます
幼なじみの【勇者】レキからパーティーを追放され田舎に戻った【冒険者】ジン。しかし速攻で魔王を討伐し追ってきたパーティーメンバーに次々にプロポーズされてしまい!?異世界ハーレムスローライフ生活スタート!
スニーカー文庫

俺の幼馴染はメインヒロインらしい。
author
3pu
illust.
Bcoca
でも彩人《モブ》の側が一番心地いいから
青春やり直しヒロインと紡ぐ
学園ラブコメディ
彩人の幼馴染・街鐘莉里は誰もが認める美少女だ。共に進学した高校で莉里は運命的な出会いをしてラブコメストーリーが始まる……はずなのに。「彩人、一緒に帰ろ!」なんでモブのはずの自分の側にずっといるんだ?
スニーカー文庫

物語に一切
関係ないタイプの
音々
イラスト
Genyaky
強キャラに
転生しました
Reincarnated as a type of Kyouchara that has nothing to do with the story
ただ偶然、
そこにいただけの——
最強。
和製RPG『ネオンライト』に転生したものの、ゲームに登場しないくせに冗談みたいなスペックの最強キャラに転生した主人公。物語の流れに干渉しないよう大人しく生きるが、素知らぬところで世界は捻じ曲がる——。
スニーカー文庫

勇者は魔王を倒した。

同時に――

帰らぬ人となった。

誰が勇者を殺したか
駄犬 イラスト toi8
発売即完売！

続々重版の話題作！

魔王が倒されてから四年。平穏を手にした王国は亡き勇者を称えるべく、偉業を文献に編纂する事業を立ち上げる。かつての冒険者仲間から勇者の過去と冒険譚を聞く中で、全員が勇者の死について口を固く閉ざすのだった。

男嫌いな美人姉妹を
名前も告げずに助けたら
一体どうなる？
みょん Illust.ぎうにう
早く私たちに溺れればいいのに
——濃密すぎる純情ラブコメ開幕。
1巻発売後即重版!
学年一の美人姉妹を正体を隠して助けただけなのに「あなたに隷属したい」「君の遺伝子頂戴?」……どうしてこうなったんだ?　でも“男嫌い”なはずの姉妹が俺だけに向ける愛は身を委ねたくなるほどに甘く——!?
スニーカー文庫

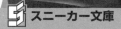

すめらぎひよこ
ep.1
魔王城、燃やしてみた
illustration
Mika Pikazo
background painting
mocha
我が焔炎にひれ伏せ世界
12年ぶり「大賞」受賞作!
最強爆焔娘の異世界コメディ!
(あわよくば何か燃やしたい……)という欲求を抱いていたホムラは異世界へと招かれる――。燃やすことこそ大正義! 焼却処分はエクスタシー!! 圧倒的火力で世界を制圧していく残念美少女ホムラの行く末は!?
第27回
スニーカー大賞
大賞
スニーカー文庫
The Devil's Castle, Burning
By my flame the world bows down
スニーカー文庫

陰キャだった俺の青春リベンジ
天使すぎるあの娘《こ》と歩むReライフ
慶野由志
ill たん旦
この社畜力でやり直す、
彼女と一緒の
2度目の青春！
シリーズ
続々
重版中!!
ブラック企業で社畜生活の末倒れた新浜は、目覚めると高校二年生にタイムリープしていた。死ぬ前に頭をよぎったのは高校時代の憧れの少女。2度目の人生は後悔したくない。彼女と一緒に最高の青春をリベンジする!

スニーカー文庫

世界最高の暗殺者、異世界貴族に転生する
The world's best assassin,
To reincarnate in a different world aristocrat
月夜 涙 画れい亜
"伝説の暗殺者"、異世界で無双
最強×無敵の
アサシンズ・ファンタジー――!
世界一の暗殺者が、暗殺貴族の長男に転生した。現代であらゆる暗殺を可能にした知識と経験、そして暗殺者一族の秘術と魔法。その全てが相乗効果をうみ、彼は史上並び立つ者がいない暗殺者へと成長していく!!
特設サイトは▼コチラ!▼
スニーカー文庫

女友達は頼めば意外とヤらせてくれる
Onna Tomodachi ha Tanomeba Igai to Yarasete kureru
あたしはカノジョじゃなくて──
友達、なんだからね？
鏡遊 Yuu Kagami
絵 小森くづゆ
1巻発売即重版!!
インドア陰キャ男子高校生の湊。リア充陽キャの葉月。正反対でありながら毎日遊び回るうちに親友となった二人。あるとき、湊が土下座して「一度でいいからヤらせてくれ!」とお願いしたらあっさりとOKされて……。
スニーカー文庫

時々ボソッとロシア語でデレる隣のアーリャさん
Милашка❤
story by sun sun sun
Illustration by momoco
燦々SUN
イラスト ももこ
ただし、彼女は俺がロシア語わかることを知らない。
特設サイトはこちら!
スニーカー文庫